HEYNE
BÜCHER

DEBORAH MARTIN

MELODIE DER SINNLICHKEIT

Roman

Aus dem Amerikanischen
von Traudi Perlinger

WILHELM HEYNE VERLAG
MÜNCHEN

HEYNE ROMANE FÜR ›SIE‹
Nr. 04/319

Titel der Originalausgabe
DANGEROUS ANGEL

Deutsche Erstausgabe 1/2000

Printed in France 2000
Umschlagillustration: Pino Daeni / Agentur Schlück
Umschlaggestaltung: Nele Schütz Design, München
Satz: Pinkuin Satz und Datentechnik, Berlin
Druck und Bindung: Brodard & Taupin

ISBN 3-453-15972-1

http:// www.heyne.de

Für meine Kolleginnen der schreibenden Zunft – Rexanne Becnel, Pamela Caldwell, Barbara Colley, Marie Goodwin und Dr. Emily Toth. Ich danke Ihnen fürs Zuhören.

Für Dr. Roseanne Osborne und Dr. Anita Tully, meine beiden wunderbaren Lehrerinnen, die mich zum Schreiben ermutigt haben.

Und für meinen bezaubernden Sohn Nicholas – dir schenke ich all meine Liebe und die schönste Musik der Welt, um deine Welt der Stille zu erreichen.

Kapitel 1

März 1743, Cumberland County, England

»Komm schwe-e-r-er Schla-a-a-af ... Du Bru-u-der des To-o-o-odes ... und schlie-ie-ie-ße meine mü-ü-ü-den Au-gen ...«

Cordelia Shalstone legte die Hände an die Ohren, als der monotone Gesang aus dem oberen Stockwerk des Pfarrhauses nicht enden wollte. Gottlob hatte an diesem Nachmittag kein Besucher vorgesprochen. Womit hätte sie Vaters betrunkene Klagelieder erklären sollen?

Allerdings gab es heute auch einen besonderen Anlaß für sein Lamento: Der Tod seiner Gemahlin jährte sich zum drittenmal. Und alle Bewohner der kleinen Stadt hätten Verständnis für die schwermütige Stimmung ihres Vikars.

Nun klagte er schon seit dem frühen Nachmittag, und Cordelia konnte es nicht mehr hören. Auch sie trauerte um den Verlust der Mutter, hatte aber auch eine Menge Arbeit zu erledigen. Vaters Predigt für morgen war zu schreiben, Rechnungen zu bezahlen ... das Sonntagsmenü zusammenzustellen ... Zu allem Überfluß würde Mrs. Weston dieser Tage mit ihrem fünften Kind niederkommen, und Cordelia hatte versprochen, ihr während der Geburt beizustehen. Sie mußte damit rechnen, noch heute nacht aus den warmen Federn geholt zu werden und hinaus in die Kälte zu müssen.

Bitte, Vater, hör auf! flehte sie im stillen. *Verschone mich endlich mit deinem Gebrüll!*

Als habe der Vikar ihre Bitte gehört, verstummte sein Klagen, und es wurde still. Cordelia nahm eine Hand vom Ohr, legte den Kopf schief und horchte. Über ihr wurden schwankende Schritte laut, dann ein Ächzen und das Knarzen des Bettgestells.

Erneute Stille, gesegnete Stille. Cordelia nahm die andere Hand vom Ohr und stützte die Ellbogen auf das schwere Eichenpult. Nun setzte sein Schnarchen ein, tief und gleichmäßig. Cordelia seufzte erleichtert. Wenn ihr Vater schlief, war es im Pfarrhaus von Belham so still und friedlich wie in der Kirche zur Zeit der Schafschur. Nun hatte sie mindestens zwei Stunden für sich, um konzentriert arbeiten zu können.

Cordelia blickte mißmutig auf die Unordnung auf dem Schreibpult. Als erstes wollte sie sich an die Predigt machen, doch dann streifte ihr Blick die Notenblätter ihrer neuen Komposition, halb unter der schweren Bibel verborgen.

Das Schnarchen von oben wurde kurz von lautem Prusten unterbrochen, bevor der gleichbleibende Rhythmus wieder einsetzte. Cordelia änderte ihren Entschluß. Vor Montag früh bot sich ihr keine Gelegenheit mehr, an ihrer Komposition zu arbeiten. Und Vaters Predigt konnte sie auch morgen vor dem Gottesdienst noch schreiben.

Energisch hob sie die Bibel hoch und zog die Blätter mit ihrer Choralmusik hervor, wobei auch Briefe ihres Musikverlegers in London zum Vorschein kamen. Nein, Vaters Musikverleger. Die Begleitschreiben zu ihren Kompositionen trugen Vaters Unterschrift. Es war *sein* Name, den Lord Kent kannte und schätzte. Kein vernünftiger Musikverleger würde den Kompositionen einer Frau Beachtung schenken. Ohne die Verlockung des Geldes, das ihre Choräle einbrachten und das dringend zur Haushaltsführung gebraucht wurde, hätte Cordelia sich nicht auf diesen schändlichen Betrug eingelassen.

Seufzend schob sie die Briefe beiseite und breitete die Notenblätter auf dem Pult aus, um die sorgfältig geschriebenen Noten zu prüfen. Es dauerte nicht lange, bis sie die Welt um sich herum vergaß und völlig in der Musik aufging. Sie studierte die kontrapunktische Komposition, in der mehrere Stimmen melodisch selbständig geführt wurden und dennoch einen harmonisch sinnvollen Einklang ergaben. Sie zog in Erwägung, Tenor und Altstimmen kontrapunktisch zu verändern, um ein unterschiedliches Taktmaß zu erreichen.

Cordelia rümpfte die Nase. Sie könnte den Tenor auf der zweiten Note des ersten Takts verändern ... doch dadurch würde sich ein Oktavsprung ergeben, was allerdings die Fähigkeiten der Sänger des Belhamer Kirchenchors überfordern würde ...

»Miß?«

Beim Klang der schrillen Stimme hob Cordelia den Kopf. Prudence stand in der Tür.

Sie ließ die Notenblätter unter den Briefen verschwinden und begegnete dem mürrischen Blick der alten Magd. »Sag bitte nicht, bei Mrs. Weston ist es schon so weit.«

Prudence verzog verächtlich den Mund. Ihr fortgeschrittenes Alter und ihr Alleinsein waren die einzigen Gründe, warum sie immer noch im Pfarrhaus geduldet war. Cordelias Mutter hatte Prudence vor Jahren in ihre Dienste genommen und ihre Entscheidung mehr als einmal bereut, es allerdings nicht übers Herz gebracht, die verbitterte alte Frau fortzuschicken, genauso wenig wie Cordelia nach dem Tod der Mutter es übers Herz brachte.

Prudence hob das Kinn und musterte Cordelia kritisch, deren Haube über dem zerzausten Haar verrutscht war. »Von Mrs. Westons Zustand weiß ich nichts. Aber im Salon wartet ein Herr auf Sie.« Das Wort ›Herr‹ betonte Prudence, wie sie etwa ›Schlange‹ oder ›ein Stück Dreck‹ betonen würde.

»Ein Herr?«

»Er behauptet, ein Lord zu sein, Miß.«

Cordelia hatte Mühe, ein Lächeln zu unterdrücken.

Prudence würde jedes männliche Wesen in Belham verdächtigen, sich als Aristokrat auszugeben. Belhams einziger Adeliger, der Graf, in dessen Diensten ihr Vater stand, war ein ältlicher Eigenbrötler. Die Aristokratie fühlte sich in dem kargen Hügelland um Belham herum im Norden Englands nicht wohl; die vornehme Gesellschaft zog es in die milde Seenlandschaft im Westen. Belham war seit jeher ein verschlafenes Nest, wo die Schafe zufrieden grasten, während ihre Besitzer sich darüber ereiferten, wessen Wolle die feinste Beschaffenheit aufwies.

Der Argwohn der Magd war nicht verwunderlich.

»Was will er?« fragte Cordelia neugierig.

Prudence' ohnehin schmale Lippen wurden noch schmaler. »Er behauptet, er kommt aus London und will den Vikar sprechen.«

»Du liebe Güte.« In seinem betrunkenen Zustand war der Vikar nicht ansprechbar und nicht vorzeigbar. Cordelia war um seinen guten Ruf besorgt. »Hat er seinen Namen genannt?«

»Lord Waverley. Von dem habe ich noch nie gehört.«

Cordelia erbleichte. Lord Waverley? Hier? Wie konnte das sein? Ihr Blick flog zu Lord Kents Briefen auf dem Schreibtisch. Lord Kent hatte einen älteren Bruder, auf den vor einigen Jahren der Titel des Herzogs von Waverley übergegangen war.

Ihr Herz schlug bang. Aber das war unmöglich. Honorine, die Jugendfreundin ihrer Mutter, hatte in einem ihrer geschwätzigen Briefe davon gesprochen, Lord Waverley lebe in Indien. Wie konnte er dann nach Belham kommen?

Tatsache aber war, daß Lord Kent einen Bruder hatte, den Herzog von Waverley. Wer könnte er sonst sein? Cordelia kannte keinen adeligen Herrn außer den hiesigen Grafen.

Sie versuchte sich zu erinnern, was Honorine sonst noch über den Lord geschrieben hatte, die voller Ehrfurcht war, daß der Vikar den Bruder eines Herzogs persönlich kannte. Aber war da nicht noch etwas gewesen? Hatte Honorine nicht etwas von dessen Beziehungen zur East India Company erwähnt? Ja. Honorine hatte geschrieben, der Herzog sei gezwungenermaßen ›Geschäftsmann‹, da sein Vater bei seinem Ableben einen riesigen Schuldenberg hinterlassen habe.

Cordelia erhob sich kopfschüttelnd und strich sich gedankenverloren über die Röcke. Nichts von diesen Überlegungen ergab eine plausible Erklärung für seinen Besuch. Es mußte etwas mit dem Musikverlag seines Bruders zu tun haben. Aber was?

»Soll ich diesem Herrn sagen, der Herr Vikar fühle sich unpäßlich und ihn bitten, morgen wieder vorzusprechen?« fragte Prudence.

Cordelia fürchtete, diese Ausrede würde in diesem Fall nicht genügen. »Nein, ich spreche mit Seiner Lordschaft«, erklärte sie zerstreut und verließ das Zimmer.

Jede andere junge Frau hätte ihr Aussehen im Spiegel überprüft, sich in die Wangen gekniffen und widerspenstige Löckchen hastig unter die Haube gesteckt.

Nicht so Cordelia. Der Gedanke, daß Lord Waverley im Salon auf sie wartete, beunruhigte sie zwar und weckte ihre Neugier, aber sie war mit zu vielen anderen Dingen beschäftigt, als sich um ihre äußere Erscheinung Sorgen zu machen. Natürlich wußte sie, daß ihr abgetragenes Baumwollkleid nicht passend war, um einen Herzog zu empfangen, ebenso wenig wie ihre tintenbefleckten Finger. Sie aber setzte sich über solche Bedenken hinweg.

Beim Anblick des hohen Besuchers durch die offene Tür des kleinen Salons verharrte sie. Er hatte ihr das Profil zugewandt und blätterte in den Noten, die verstreut auf ihrem geliebten Cembalo lagen. Das also war

Lord Waverley. Du meine Güte, den hatte sie sich völlig anders vorgestellt, sie hatte einen älteren, sehr viel älteren Mann erwartet. Die schlanke, sehnige Gestalt, das faltenlose Gesicht ließen auf einen Mann von höchstens dreißig schließen.

Es handelte sich mit Sicherheit nicht um jenen Lord Waverley, von dem Honorine in ihren Briefen gesprochen hatte. Dieser Mann hatte das blendende Aussehen eines eleganten Beaus.

Cordelia legte den Kopf zur Seite und korrigierte den ersten Eindruck. Als Beau konnte man ihn eigentlich nicht bezeichnen. Kühn geschnittene Gesichtszüge, hohe Wangenknochen verliehen ihm ein verwegenes Aussehen. Sein sonnenverbranntes Gesicht wies nicht den leisesten Hauch von Puder auf. Zwei senkrechte Stirnfalten ließen ihn verschlossen, unnahbar wirken und paßten nicht zu einem eleganten Charmeur.

Dazu kam, daß er keine Perücke trug. Jeder trug heutzutage eine Perücke, selbst ihr Vater. Cordelia fand diese Mode albern und töricht. Warum sollte man sich das Haar kurz scheren, nur um sich etwas über den Kopf zu stülpen?

Lord Waverleys kastanienbraunes Haar war im Nakken zu einem schlichten Zopf gebunden. Die schräg einfallende Nachmittagssonne ließ rötliche Glanzlichter darin schimmern. Er wandte den Kopf und entdeckte sie. Interesse flackerte in seinen Augen auf.

Peinlich berührt, dabei ertappt worden zu sein, den Besucher heimlich durch die halboffene Tür beobachtet zu haben, betrat Cordelia das Zimmer und streckte ihm die Hand zum Gruß entgegen. »Guten Tag, Lord Waverley. Ich bin Cordelia Shalstone.«

Er hob ihre Hand zu einem galanten Kuß. »Sind Sie die Hausherrin?«

Sein melodisch tiefer Bariton klang ihr angenehm in den Ohren.

»Ja. Ich bin die Tochter des Vikars.« Cordelia mußte sich zur Gelassenheit zwingen. »Prudence sagte mir, Sie wünschen meinen Vater zu sprechen.«

Lord Waverley nickte und zog eine Augenbraue hoch. »Anscheinend ist Ihr Vater nicht zu Hause, da Sie mich empfangen.«

Seine unverblümte Art verwirrte sie. »Ich ... ich fürchte, mein Vater ist ... unpäßlich und kann heute keine Besucher empfangen. Vielleicht kann ich Ihnen helfen?«

»Nein, danke. In dieser Angelegenheit kann nur Ihr Vater mir helfen. Er wird mich gewiß trotz seiner Unpäßlichkeit empfangen, wenn Sie ihm sagen, ich komme im Auftrag von Lord Richard Kent. Meinem Bruder.«

Er ist also tatsächlich der Herzog von Waverley, dachte Cordelia, und ihr Magen krampfte sich zusammen. Sie beschloß, ohne Umschweife zur Sache zu kommen. »Lord Kent verlegt ... ehm ... die Musikstücke meines Vaters. Ich nehme an, Ihr Besuch hat damit zu tun.«

Lord Waverley musterte sie ungehalten und hob das Kinn. »Ich ziehe es vor, die Angelegenheit mit Ihrem Vater zu besprechen. Wenn Sie ihn also bitte holen wollen ...«

»Mein Vater ist krank. Wenn er krank ist, nehme ich die Geschäfte für ihn wahr. Seien Sie versichert, ich bin bestens über die Kompositionen meines Vaters und über seine Korrespondenz mit Ihrem Herrn Bruder unterrichtet.« Ein Anflug von Sarkasmus stahl sich in ihre Stimme. *»Bis ins kleinste Detail.«*

Eine bleierne Stille legte sich über den Raum. Dann spöttelte der Herzog: »Komponieren Sie auch für ihn?«

Cordelia erbleichte. Er hatte keine Ahnung, daß er damit den Nagel auf den Kopf getroffen hatte. »Euer Gnaden, warum bestehen Sie darauf, meinen Vater heute noch zu sehen?«

Seine bernsteinfarbenen Augen blitzten in verhaltenem Zorn auf. Die ungewöhnliche Augenfarbe erinnerte sie an die Augen eines wilden Tieres, das seine Beute belauert.

Plötzlich flog sein Blick zum Cembalo. Mit einer nonchalanten Geste deutete er auf das Instrument. »Spielen Sie?«

Seine Frage traf sie unerwartet. »Wieso fragen Sie? Selbstverständlich.«

»Selbstverständlich?«

»Es ist mein Cembalo«, antwortete sie mit einer fahrigen Handbewegung, ehe sie die Finger verschränkte. Vater schalt sie immer wieder, zu viel mit den Händen zu reden.

»Aha. Und wo ist das Instrument Ihres Vaters?«

Ihre Lippen wurden schmal. »Euer Gnaden, ich will nicht unhöflich erscheinen, aber ich muß zurück an meine Arbeit. Würden Sie mir bitte sagen, aus welchem Grund Sie meinen Vater zu sprechen wünschen?«

Der Herzog rieb sich das Kinn. »Wie mir scheint, sind Sie recht unnachgiebig.«

»Ja, da mögen Sie recht haben.«

Sein Blick durchbohrte sie. Dann seufzte er. »Nun gut. Wie Sie richtig vermuten, komme ich wegen seiner Musik. Sicher wissen Sie, daß mein Bruder die Kompositionen Ihres Vaters sehr schätzt.«

Sie sah ihn mit großen Augen an. Der Herzog hatte kaum die weite Reise unternommen, um ihrem Vater ein Kompliment zu machen. »Lord Kent hat dies bereits in seinen Briefen zum Ausduck gebracht.«

»Hat er das?« Lord Waverley betrachtete sie sinnend. »Ihr Vater hat nämlich einen zweiten Bewunderer, einen Mann, von dem Sie vielleicht gehört haben. »Er legte eine Pause ein. »Georg Friedrich Händel.«

Plötzlich war es totenstill im Raum. Nur Cordelias Herzschlag dröhnte ihr in den Ohren. Georg Friedrich Händel. Einer der berühmtesten Komponisten Londons.

Die Uraufführung seines neuen Oratoriums *Der Messias* im letzten Jahr in Dublin war ein rauschender Erfolg gewesen. Im ganzen Königreich sprach man davon. Honorine hatte geschrieben, seine Musik gleiche einem Engelsgesang.

Und Georg Friedrich Händel bewunderte *ihre* Musik? Cordelia konnte es nicht glauben.

»Wie ich sehe, haben Sie von Maestro Händel gehört.« Lord Waverleys Stimme drang in den Aufruhr ihrer Gedanken.

Sie vermochte nur zu nicken. Von dem Maestro gehört? Wer nicht?

»Richard hat sich sehr darum bemüht, Händels Kompositionen für seinen Musikverlag zu erwerben. Doch Händel will sich nicht von seinem bisherigen Verleger John Walsh trennen und lehnte Richards Angebot ab. Bis vor kurzem.«

»Bis vor kurzem?« Was hatte das alles mit ihr zu tun?

»Händel kaufte offenbar einige Choräle Ihres Vaters, die Richard auf Wunsch des Vikars anonym veröffentlichte. Händel schlug meinem Bruder einen Tausch vor: Er ist bereit, meinem Bruder ein Oratorium zu überlassen, wenn Richard ihn mit seinem ›besten Komponisten‹ bekannt macht – dem Komponisten dieser Choräle.«

Plötzlich ergab alles einen Sinn. Cordelia erinnerte sich an den Brief vor wenigen Monaten, in dem Lord Kent ihren Vater zu einem Besuch nach London eingeladen hatte, ohne freilich Händel zu erwähnen. In ihrem Antwortschreiben hatte Cordelia die Einladung dankend abgelehnt mit der Begründung, die Reise sei für den Vikar zu beschwerlich. Im übrigen, hatte sie geschrieben, wünsche er seine Anonymität um jeden Preis zu wahren, da es sich mit dem Priesteramt nicht vereinbaren ließe, Kirchenmusik gegen Bezahlung zu schreiben.

Cordelia hatte nicht wirklich geglaubt, Lord Kent würde sich mit dieser Argumentation zufriedengeben, doch als er das Thema nicht wieder erwähnte, hielt sie die Angelegenheit für erledigt.

Hätte sie zu der Zeit allerdings geahnt, aus welchem Grund Lord Kent am Besuch des Vikars gelegen war, hätte sie auch gewußt, daß er nicht so schnell aufgeben würde. Winkte dem Verleger doch Händels Musik als Belohnung für den Erfolg seiner Bemühungen.

Was sollte sie tun? Welch aufregende Vorstellung, daß ein bedeutender Komponist den Wunsch äußerte, sie kennenzulernen, mit *ihr* zu sprechen! Und zugleich eine völlig absurde Idee.

Schließlich handelte es sich um ihren Vater, den Lord Kent Mr. Händel vorstellen wollte, nicht um sie. Selbst wenn Cordelia zugeben dürfte, die Komponistin zu sein, würde Lord Kent niemals auf die Idee verfallen, sie dem großen Musiker vorzustellen. In seinen Briefen hatte der Verleger mehr als einmal betont, Frauen seien unfähig zu komponieren. Als sie einmal in aller Bescheidenheit vorgeschlagen hatte, einen Choral der Tochter des Vikars einsenden zu dürfen, hatte er höflich abgelehnt mit der Begründung, Frauen taugen wohl besser für Aufgaben in Küche und Kinderstube. Selbst wenn sie ihm die Wahrheit sagte, würde er ihr nicht glauben, und damit wäre der Traum eines Zusammentreffens mit Händel ausgeträumt.

Im übrigen hegte Mr. Händel mit Sicherheit die gleichen Vorurteile. Cordelia konnte sich lebhaft vorstellen, wie der Komponist auf sie reagieren würde. Er würde ihr höhnisch ins Gesicht lachen. Sie würde sich und ihren Vater vor ihrem Verleger lächerlich machen, und das wäre das Ende ihres musikalischen Schaffens, das ihr zum Lebensinhalt geworden war.

Wieder drängte die Stimme des Herzog sich in ihre Gedanken. »Nun begreifen Sie wohl, warum ich Ihren Vater persönlich sprechen muß.«

»Sie sind also gekommen, um meinen Vater einzuladen, Sie zu einem Treffen mit Mr. Händel zu begleiten«, sagte sie tonlos.

»Ja. Mein Bruder wird den Namen Ihres Vaters ohne dessen Einwilligung nicht preisgeben. Ich bin gekommen, um mir diese Einwilligung zu holen und Ihren Vater nach London einzuladen. Und ich möchte, wenn möglich, noch heute aufbrechen.«

Cordelia wanderte händeringend in dem kleinen Zimmer auf und ab. »Aber das ist nicht möglich!«

»Was ist nicht möglich? Daß wir noch heute aufbrechen? Daß ich mit Ihrem Vater spreche? Ich begreife nicht, wieso meine Bitte so …«

»Es ist nicht möglich, daß mein Vater Mr. Händel trifft.« Sie holte tief Luft. Sie durfte ihm ihren inneren Aufruhr nicht zeigen. »Ich … ehm … Vater hat seinen Standpunkt in seinen Briefen erklärt.« Sie zwang sich, Lord Waverley direkt ins Gesicht zu sehen.

»Sagen Sie Lord Kent, der Komponist der Choräle sieht sich nicht in der Lage, die weite Reise zu unternehmen, und wünscht seine Anonymität zu wahren.« In ihrer Stimme schwang ein scharfer Unterton. »Der Vikar bedauert zutiefst, ihm diese Bitte abschlagen zu müssen.«

Die versteinerte Miene des Herzogs ließ Cordelia wissen, daß er nicht bereit war, eine Niederlage einzustecken. »Das ist leider nicht möglich, Miß Shalstone. Ich bin nicht ohne guten Grund auf der Suche nach einem Vikar mit fragwürdigem musikalischem Talent in diesen abgelegenen Winkel Englands gereist.« Er richtete sich kerzengerade auf, blickte hochmütig auf sie herab und schien zu überlegen, ob er noch mehr Erklärungen abgeben sollte. Dann holte er tief Luft. »Richards Musikverlag steht vor dem Bankrott.«

Cordelia trat einen Schritt zurück und hob die Hände ans Herz. »Was wollen Sie damit sagen?« fragte sie verdutzt.

Der Herzog wandte sich ab. Sie spürte, wie schwer es

ihm fiel, einer völlig fremden Person Einzelheiten einer heiklen Geschichte anzuvertrauen. »Damit will ich sagen, daß der Verlag meines Bruders in Begriff ist, von seinen Gläubigern aufgefressen zu werden.«

Cordelia dachte an die liebenswürdigen Briefe von Lord Kent und krauste die Stirn. »Wie schrecklich! Wie nimmt er es auf?«

»Wie er es aufnimmt?« Lord Waverley lachte trocken. »Er ißt nicht mehr, er schläft nicht mehr und wandert unablässig durchs Haus wie ein Gespenst. So nimmt er es auf.«

Sie blickte in sein finsteres, kantiges Gesicht. Mitleid zog ihr das Herz zusammen.

»Meine Schwester hat mich zu Hilfe gerufen, als es mit ihm bergab ging. Ich hielt ihre Besorgnis zwar für übertrieben, hatte aber ohnehin vor, England einen Besuch abzustatten …« Ein Muskelstrang in seiner Wange spannte sich. »Als ich ihn sah, wollte ich meinen Augen kaum trauen. Er ist zum Skelett abgemagert. Die Gläubiger belagern sein Haus. Die leidige Situation zehrt an seinem Körper und seinem Geist. Aber von mir will er kein Geld annehmen.«

»Das tut mir leid«, sagte Cordelia tonlos und schämte sich wegen der Unzulänglichkeit ihrer Worte. Doch was hätte sie sonst sagen können?

Lord Waverley achtete nicht auf ihre Bemerkung. »Richards Gesundheit ist ohnehin angegriffen. Durch eine Krankheit in der Kindheit sind seine Beine gelähmt. Als er den Verlag unseres Vaters übernahm und zu einem blühenden Unternehmen erweiterte, schien das die Rettung für ihn. Er kam sich nicht mehr wertlos und nutzlos vor. Doch als sich die Geschäfte verschlechterten, ging es auch mit seiner Gesundheit bergab. Wenn wir Geschwister ihn beschwören, mehr auf seine Gesundheit zu achten, meint er bloß, sein Leben habe ohnehin seinen Sinn verloren.«

Sein Blick kehrte zu ihr zurück, voll Vorwurf und Groll. »Und was soll aus unseren drei Schwestern werden, die von ihm abhängen?«

»Ich begreife nicht, was der Besuch meines Vaters an der fatalen Situation Ihres Bruders ändern könnte. Ich meine, wenn er Geld braucht ...«

»Es geht nicht nur um Geld. Damit könnte ich ihm helfen.« Er wandte sich wieder ab. »Vor einem Jahr veröffentlichte er ein Manuskript, ohne zu wissen, daß es gestohlen war. Der Komponist bezichtigte Richard öffentlich der Unlauterkeit und schädigte damit seinen Ruf als Verleger. Seither kauft kein Musiker seine Veröffentlichungen, da er als unehrlich verschrien ist. Kein angesehener Komponist läßt seine Werke bei ihm drukken, weil die Musik niemand kauft. Es ist ein Teufelskreis, dem er sich nicht entziehen kann.«

»Wenn er seine Situation erklärt ...«

»Das hat er längst getan. Er hat sämtlichen Geschäftspartnern geschrieben und seine Unschuld beteuert. Doch niemand will ihm glauben.« Der Herzog seufzte. »Ich habe Ihnen noch nicht alles über Händel erzählt. Mr. Händel schlug das Treffen mit Ihrem Vater erst vor, nachdem Richard sich an ihn um Hilfe gewandt hatte, in der Hoffnung, wenn er den angesehenen Musiker von seiner Unschuld überzeugen könnte, würde Händel sich für ihn und seinen Verlag verbürgen. Und Händel zeigte tatsächlich Verständnis für die vertrackte Situation meines Bruders. Und dann kam er auf Richards Veröffentlichungen der Musik Ihres Vaters zu sprechen.«

Lord Waverley warf ihr einen finsteren Blick zu. »Händel wollte wissen, wer diese Musik geschrieben hat ... neugierig und argwöhnisch zugleich, da Richard ja im Ruf steht, die Werke unbekannter Musiker zu stehlen. Händel erklärte sich bereit, ihm ein Oratorium zur Veröffentlichung zu überlassen, unter der Voraussetzung, den begnadeten Komponisten dieser Choräle persönlich kennenzulernen und aus seinem eigenen Mund zu hören, daß er diese Musikstücke geschrieben hat. Deshalb ist mein Besuch so wichtig.«

»Sie glauben also, Vaters Besuch würde Lord Kent die Unterstützung von Mr. Händel zusichern und dadurch den Niedergang seines Verlages aufhalten«, faßte Cordelia zusammen.

»Ja. Andernfalls sind der Verlag und mein Bruder dem Untergang geweiht.«

Ihre Gedanken wirbelten durcheinander. Die Freundlichkeit, die Lord Kent stets in seinen Briefen zum Ausdruck brachte, der Zuspruch, die Anerkennung, die er ihr – beziehungsweise ihrem Vater – gegeben hatte, das alles drohte ein Ende zu haben. Welch furchtbare Vorstellung, den Bedauernswerten dem Untergang geweiht zu wissen, den Cordelia trotz seiner abfälligen Meinung über weibliche Musiktalente zu schätzen gelernt hatte.

Und sie hatte ihn hintergangen. Sein ›bester Komponist‹ war ein Schwindler. Wieviel Schaden würde die Wahrheit anrichten? Lord Kent hielt sie für den Vikar, dessen Bitte um Anonymität zwar seltsam, aber für einen bescheidenen Mann der Kirche verständlich war.

Wenn er die Wahrheit erfuhr …

Der Gedanke machte ihr angst. Nein, Lord Kent durfte die Wahrheit nicht erfahren.

Das Gesicht des Herzogs verfinsterte sich noch mehr. »Ich lasse nicht zu, daß mein Bruder zugrunde geht, wenn die Lösung seines Problems so nahe liegt, Miß Shalstone. Ich verbringe die meiste Zeit im Ausland, und Richard ist der einzige, der sich in meiner Abwesenheit meiner Schwestern annimmt. Außerdem ist mir der Gedanke unerträglich …«

Er führte den Satz nicht zu Ende. Cordelia empfand

Mitleid mit ihm. Ihre Weigerung zwang den Herzog, ihr, einer fremden Person, seine Seele zu öffnen; ein Umstand, der ihm zweifellos fremd war.

Lord Waverley maß sie mit kaltem Blick, der ihr einen Schauer über den Rücken jagte. »Ich sorge dafür, daß Händel Ihren Vater kennenlernt, koste es, was es wolle! Und ich lasse mich von meinem Vorhaben nicht durch eine fadenscheinige Ausrede abbringen, die Reise sei zu beschwerlich für ihn!«

Es war ihm ernst damit. Von Cordelia konnte er jedoch keine Hilfe erwarten, das mußte sie ihm begreiflich machen. Die einzige Möglichkeit, ihn von der Ausweglosigkeit seines Vorhabens zu überzeugen, bestand darin, ihm die Wahrheit zu sagen. Nur dann würde er einsehen, daß er einen anderen Weg finden mußte, um seinem Bruder zu helfen.

Cordelia seufzte. »Wir haben ein Problem ...«

»Es gibt kein Problem«, unterbrach er sie schneidend und trat einen Schritt vor. »Lassen Sie mich mit dem Komponisten der Choräle sprechen, und das Problem ist gelöst.«

Sie sah ihn beklommen an. »Das Problem besteht darin, daß mein Vater *nicht* der Komponist der Choräle ist.«

Der Herzog stutzte, faßte sich aber erstaunlich schnell. »Wer sonst? Irgendein Landpfarrer? Ein Bekannter Ihres Vaters? Der Leiter des Kirchenchors? Einerlei. Solange dieser Mann erklärt, daß Richard sein Verleger ist, wird Mr. Händel sich damit zufrieden geben. Er muß nichts von Ihrem Vater wissen. Sagen Sie mir, wer das verdammte Zeug geschrieben hat, und ich mach mich auf die Suche nach ihm!«

Es war Zeit, die ganze Wahrheit zu gestehen. »Ich fürchte, Euer Gnaden, *ich* bin es, die das ›verdammte Zeug‹ geschrieben hat.«

Er öffnete den Mund, und einen Moment fürchtete

sie, er würde sie anbrüllen. In seiner Miene spiegelten sich sämtliche Phasen von Unglauben und Bestürzung. Und dann geschah etwas völlig Unerwartetes.

Er warf den Kopf in den Nacken und lachte schallend. Kein Verlegenheitslachen. Nein, ein schallendes Gelächter, triefend vor Hohn und Spott. Sein Gelächter ging ihr durch Mark und Bein. Eine maßlose Kränkung, die sie zutiefst verletzte.

Immer noch lachend stieß er hervor: »Nein, wie komisch! Sie ... Sie haben die Musik geschrieben!« Dann wurde er ernst, seine Gesichtszüge verkrampften sich. »Ich habe Verständnis, daß Sie Mr. Händel bewundern und den Wunsch haben, ihn persönlich kennenzulernen. Fein. Sie dürfen uns begleiten. Deshalb müssen Sie doch keine Lügen erfinden.«

Lügen? Er wagte es, sie der Lüge zu bezichtigen? »Es ist die Wahrheit. Ich habe jeden einzelnen der Choräle geschrieben, die Lord Kent veröffentlichte.«

»Aha.« Seine Stimme wurde leise und bedrohlich. »Ich schlage vor, Sie bringen mich nun zum Vikar. Die Unterhaltung mit Ihnen war recht amüsant, aber ich habe keine Zeit mit dummen Scherzen zu verlieren.«

»Es ist kein Scherz. Ich habe die Choräle geschrieben!«

»Mein Bruder hat mit einem Vikar korrespondiert.« Sein Blick wanderte mit einer Unverfrorenheit über ihre Gestalt, die Cordelia die Röte in die Wangen trieb. »Sie sehen nicht aus wie ein beleibter, alter Pfarrer mit finsterem Gesicht.«

Sie hatte nicht erwartet, daß er ihr Glauben schenkte, aber mußte er so abscheulich kränkend sein? »Nein, ich glaube nicht, daß ich beleibt bin. Ist mir zumindest noch nicht aufgefallen. Finsteres Gesicht?« Mit hochgezogener Augenbraue betrachtete sie sich prüfend im Spiegel über dem Kaminsims. »Ja, gelegentlich. Was das Alter betrifft, so denke ich nicht, daß ich mit dreiundzwanzig Jahren bereits eine altersschwache Greisin bin.«

»Ich will damit sagen, daß Sie nicht der Vikar sind«, stieß er zähneknirschend hervor.

»Das ändert nichts an der Tatsache, daß ich die Musik geschrieben habe.«

»Gütiger Himmel, Sie sind eine Frau!«

Zorn wallte in ihr hoch. Sie blickte an ihren kleinen Brüsten und ihrer schmalen Taille hinunter, bevor sie mit gespielter Verblüffung wieder zu ihm aufsah. »Verflixt! Ich glaube, Sie haben recht! Man stelle sich vor, ich bin eine Frau! Und ich hielt mich die ganze Zeit für eine Kröte!« Sie hielt seinem lodernden Blick stand. »Sie haben eine erstaunliche Beobachtungsgabe, Euer Gnaden.«

Er schloß die Augen, um die Beherrschung nicht zu verlieren. »Miß Shalstone, wenn Sie nicht augenblicklich aufhören, Ihre albernen Scherze mit mir zu treiben und mich nicht umgehend zu Ihrem Vater bringen, mache ich mich selbst auf die Suche nach ihm!«

Cordelia war sofort ernüchtert. Sie durfte nicht zulassen, daß der Herzog ihren Vater in seinem Zustand sah. »Kein Grund, unhöflich zu werden. Mein Vater hat sich zur Ruhe begeben, und ich werde ihn nicht stören. Wenn Sie morgen …«

»Zum Teufel! Ich will Ihren Vater jetzt sprechen!« schrie er. Dann faßte er sich wieder und senkte die Stimme zu einem drohenden Flüstern. »Ich lasse mich nicht länger hinhalten.«

Ein zorniges Funkeln trat in ihre Augen. »Euer Gnaden, Sie ereifern sich grundlos.«

Nun verlor er endgültig die Beherrschung. »Zum Teufel mit Ihnen, Miß Shalstone, Sie kennen mich nicht, wenn ich mich wirklich ereifere …«

»Was soll dieser Krach?« polterte eine Stimme von der Treppe her.

Cordelia schloß stöhnend die Augen und legte die Hand an die Stirn. Gütiger Himmel! Sie hätte wissen müssen, daß Vater von dem Lärm aufwachen würde. Aber mußte er zu allem Überfluß auch noch herunterkommen?

Der Vikar stapfte ins Zimmer. Auf ihn paßte die Beschreibung des Herzogs treffend. Er war beleibt und alt und trug eine finstere Miene zur Schau. In den letzten drei Jahren seit dem Tod seiner Gemahlin war er um zehn Jahre gealtert.

In jeder anderen Hinsicht entsprach er allerdings nicht dem Bild eines Vikars. Seine Perücke war verrutscht, die Weste halb aufgeknöpft, der Anzug zerknittert, die geröteten Augen vom Schlaf verquollen.

»Kann man denn in diesem Haus nie Ruhe haben?« brummte er verdrießlich und blinzelte benommen in Cordelias Richtung.

»Guten Abend, Vater.« Cordelias Stimme klang schrill und gehetzt. »Ich freue mich, daß du dich besser fühlst. Du hast Besuch vom Bruder deines Verlegers.«

Sie beachtete den Herzog nicht, der vermutlich zufrieden war über die Wendung der Dinge.

»Mein Verleger?« Der Vikar rieb sich die rote Nase und wischte sich die Hand am Ärmel ab.

Gottlob sprach er einigermaßen deutlich. Cordelia senkte die Stimme. »Ja, Vater. Erinnerst du dich? Lord Kent in London. Er veröffentlicht die Musik.«

Der Vikar dachte eine Weile nach, kratzte sich am Kopf, worauf die Perücke vollends verrutschte und zu Boden fiel. Dann räusperte er sich. »Ach ja, ja. Die Musik. Ich vergaß.« Dann wandte er sich an den Herzog. »Sie kommen wegen der Musik?«

»So ist es.«

Der Vikar furchte die Stirn und machte eine wegwerfende Handbewegung. »Dann reden Sie mit meiner Tochter. Damit habe ich nichts zu tun, ich setze nur meine Unterschrift unter die Briefe.« Er warf unstete Blicke um sich. »Die Leute würden es nicht anders billigen.«

»Was billigen, Sir?« fragte Lord Waverley, der mit jeder Sekunde gereizter wurde.

»Frauen und Musik. Ich meine, Frauen, die Musik schreiben. Ich meine, daß Cordelia die Musik schreibt. Die Leute rümpfen die Nase darüber. Obwohl ich den Grund nicht begreife.« Er bekam feuchte Augen. »Meine Frau spielte das Spinett wie ein Engel. Ja, wie ein Engel. Und wenn eine Frau ein Instrument spielen kann, kann sie auch ...«

»Soll das heißen, Ihre Tochter schreibt tatsächlich die Noten der Choräle, die mein Bruder veröffentlicht?«

Cordelia fuhr herum. Wenn Herablassung in Adelskreisen als Tugend galt, so hatte Lord Waverley eine Auszeichnung verdient.

Der Vikar zupfte sich am Ohrläppchen. »Nun ja. Freilich schreibt sie die Choräle. Ich wäre dazu nicht in der Lage. Ich kann nämlich keinen Ton halten. Und Notenlesen ist mir ein Buch mit sieben Siegeln. Unser Chorleiter meint, sie schreibt gute Kirchenlieder. Ich kann das nicht beurteilen.«

Wenigstens hatte ihr Vater den Mut, sie zu verteidigen. Cordelia trat neben ihn und hakte sich bei ihm unter. Müde lächelnd tätschelte er ihre Hand.

Sie warf dem Herzog einen triumphierenden Blick zu, den er nicht zu bemerken schien, da er ihren Vater unverwandt fixierte. »Wollen Sie damit sagen, in Belham weiß jeder, daß die Musik nicht von Ihnen stammt? Und niemand erhebt Einwände gegen diesen ... diesen Betrug? Man führt die Musik Ihrer Tochter auf? Ohne irgendwelche Bedenken?«

Die Hand des Vikars festigte sich um ihr Handgelenk. Bisher hatte er sich in bewundernswerter Weise beherrscht, ging allerdings jetzt in bedenkliche Schräglage, und Cordelia fürchtete, dem Herzog würde sein

Zustand nicht mehr lange verborgen bleiben. Behutsam führte sie den Vikar zu einem Polstersessel.

Als er sich schwer darauf niederließ, beeilte sie sich, die Frage des Herzogs zu beantworten. Ein Anflug von Ironie schwang in ihrer Stimme. »Trauen Sie den Bewohnern unserer kleinen Stadt mehr Urteilsfähigkeit zu als der Musikwelt Londons?«

Ihre Worte schienen ihm etwas peinlich, hatte er doch selbst vor wenigen Minuten zugegeben, daß Mr. Händel und sein Bruder große Stücke auf ihre Kompositionen hielten.

Sie zog die Nase kraus. »Unsere Kirchengemeinde erfreut sich an der Musik und fragt nicht danach, wer sie geschrieben hat.«

Zwei senkrechte Falten bildeten sich zwischen den Augen des Herzogs. »Mich interessiert die Meinung Ihrer frommen Kirchengemeinde nicht.« Er wandte sich an den Vikar. »Sie hätten niemals erlauben dürfen, daß Ihre Tochter meinen Bruder hintergeht, Sir. Wie konnten Sie zulassen, daß sie Ihnen auf der Nase herumtanzt und einen Narren aus Ihnen macht?«

»Wie bitte? Ich tanze meinem Vater nicht auf der Nase herum!« entrüstete Cordelia sich. »Sie haben ja keine Ahnung ...«

»Laß gut sein, Cordelia«, fiel der Vikar ihr ins Wort. Ein seltsamer Glanz zog über sein Gesicht. »Der Herr ist nur besorgt um mich.« Er hob seinen verschwommenen Blick zum Herzog auf. »Was war es gleich, weswegen Sie mich sprechen wollten?«

Lord Waverley murmelte einen Fluch, wie sie ihn von einem Stallknecht erwartet hätte, nicht aber von einem adeligen Herrn. Doch was wußte sie schon von adeligen Herren?

Die Situation war ihr aus der Hand geglitten. Ihr Vater ließ die Knöchel seiner Finger knacken, wie immer, wenn er verärgert war. Nicht mehr lange, und er würde unverständliche Worte vor sich hinbrabbeln, und dann würde der Herzog sie beide für noch verrückter halten, als er es ohnehin schon tat.

Sie legte ihrem Vater tröstend die Hand auf die Schulter. »Seine Lordschaft kommt wegen der Musik. Ich kümmere mich darum.« Ihre Bemerkung erntete ein verächtliches Schnauben des Herzogs. »Du solltest wieder zu Bett gehen, da du dich … ehm … nicht wohl fühlst, heute abend. Du brauchst Ruhe, damit du morgen deine Predigt halten kannst.«

Der Vikar erhob sich schwerfällig und schwankte ein wenig, ehe er sich gefaßt hatte. »Ja, ja. Das ist es. Ich fühle mich nicht wohl, müssen Sie wissen«, fügte er mit einem Nicken in Richtung des Besuchers hinzu. Dann klopfte er zu Cordelias Entsetzen seine Taschen ab. »Nein, ich fühle mich ganz und gar nicht wohl. Wo ist meine Medizin? Ich hab' sie eingesteckt, das weiß ich genau.« Er klopfte seine Brusttasche ab und schien zunehmend verwirrt zu sein.

Cordelia sah den Hals der Weinflasche aus der Innentasche seines Rockes ragen. Rasch beugte sie sich vor, zog sie heimlich aus der Tasche und verbarg sie unter ihrer Schürze. »Komm, Vater! Wahrscheinlich hast du deine Medizin oben gelassen. Wir sehen mal nach.«

Nun schwankte der Vikar gefährlich, stolperte und landete mit einem dumpfen Schlag auf dem Fußboden, wo er hilflos mit den Armen ruderte wie ein auf den Rücken gefallener Käfer.

»Cordelia«, jammerte er, und Tränen liefen ihm übers Gesicht. »Ich habe vergessen, warum ich heruntergekommen bin. Und ich kann meine Medizin nicht finden. Wo ist meine Medizin?«

Cordelia kämpfte gegen das schmachvolle Gefühl der Demütigung an und weigerte sich, den Herzog anzusehen. Beschämt bückte sie sich, um ihrem Vater auf die

Beine zu helfen. »Schon gut, Vater. Wir finden sie. Versuch aufzustehen. Ich helfe dir.«

Lord Waverley bückte sich und half dem Vikar auf die Beine, ehe sie einen Einwand erheben konnte. »Ich bringe ihn in sein Zimmer«, murmelte der Herzog, legte einen Arm um seine Mitte und setzte sich mit ihm in Bewegung.

Peinlich berührt folgte Cordelia den beiden. »Bitte, es ist nicht nötig ...«

Lord Waverleys Blick durchbohrte sie, als wolle er in ihr Herz dringen und ihre verborgenen Geheimnisse und Sehnsüchte aufdecken. »Ihr Vater ist in einem ... ehm ... bedenklichen Zustand. Ich bringe ihn zu Bett.«

Er hatte die Situation durchschaut, trotz Cordelias Bemühungen, den Zustand ihres Vaters zu verheimlichen. Der Vikar roch nach Wein, seine rote Nase glänzte förmlich im Halbdunkel der Diele.

Wie üblich geriet ihr Vater in einen Angstzustand, wenn er sich von ihr verlassen glaubte. »Cordelia, Kind, wo bist du?« Er stieß den Herzog von sich und wäre beinahe wieder zu Fall gekommen.

»Ich bin bei dir, Vater.« Sie nahm ihn beim Arm und warf dem Herzog einen hilflosen Blick zu. »Ich muß ihn selbst hinaufbringen, Lord Waverley. Wenn er ... so krank ist, muß ich ihm helfen.« Sie brachte es nicht über sich, laut auszusprechen, was der Herzog mit Sicherheit bereits wußte. Der Vikar lehnte sich schwer gegen sie und seufzte wie ein Kind. Cordelia redete weiter auf den Betrunkenen ein. »Komm, Vater, wir wollen deine Predigt für morgen vorbereiten ...«

»Schreiben Sie die etwa auch für ihn?« fragte der Herzog spöttisch.

Sie überhörte die Frage. »Es dauert eine Weile, bis ich ihn beruhigt habe. Ich muß bei ihm bleiben, sonst steht er wieder auf und stößt die Möbel um, auf der Suche nach mir und seiner ... Medizin.«

Lord Waverleys Gesicht verfinsterte sich erneut. »Unsere Unterredung ist noch nicht beendet, Miß Shalstone. Wir müssen über das Treffen mit Mr. Händel sprechen.«

Cordelia hatte Mühe, ihren Vater auf den Beinen zu halten, und versagte sich auch darauf eine Entgegnung. Hatte Lord Waverley im Ernst vor, die Sache weiter zu verfolgen? Sie hatte ihm doch erklärt, von wem die Musik stammte, und Vater hatte ihre Aussage bestätigt. Glaubte er ihr immer noch nicht? War er nach wie vor an diesem absurden Treffen interessiert?

Nun, er konnte sich noch so sehr bemühen, er würde nichts erreichen. Die Überheblichkeit, die er ihren Fähigkeiten entgegengebracht hatte, war nur ein Vorgeschmack auf das, was Cordelia in London erwarten würde, und sie hatte wahrhaftig nicht den Wunsch, sich weiteren Demütigungen auszusetzen.

Der Vikar fiel vornüber, und Cordelia drohte unter der Last seines Gewichtes zusammenzubrechen. Geistesgegenwärtig fing der Herzog den Betrunkenen auf, legte den Arm um ihn und half ihm die Treppe hinauf.

Cordelia folgte den beiden Männern. Oben angekommen, wollte sie dem Besucher die schwere Last wieder abnehmen.

»Lassen Sie nur, ich helfe Ihnen, ihn ins Bett zu bringen«, bot Lord Waverley ihr an.

»Nein!« wehrte sie erschrocken ab. »Nein. Ich komme allein zurecht.« Sie wollte Lord Waverley den Anblick ihres hilflos brabbelnden Vaters ersparen, den sie wie ein Kind ausziehen und ins Bett legen mußte. »Gehen Sie jetzt. Bitte.«

Der Herzog sah sie an. »Gut, ich gehe«, willigte er schließlich ein und überließ ihr den Betrunkenen. »Aber ich komme morgen wieder.«

Sie nickte zerstreut. »Morgen nach dem Gottesdienst.« Dann besann sie sich. »Besser noch, Sie kommen zum Mittagessen um zwei Uhr. Dann haben Vater und ich mehr Zeit zu reden.« Ein Gespräch mit dem Herzog bei Tisch im Kreise der Bekannten ihres Vaters, die zum Sonntagsmahl geladen waren, würde mit Sicherheit weniger spannungsgeladen verlaufen als die heutige Unterredung.

Lord Waverley nahm die Einladung an. »Wie Sie wünschen.« Dann bedachte er sie mit einem tadelnden Blick. »Aber ich sorge dafür, daß Ihr Vater morgen einen klaren Kopf hat.«

Ehe sie sich versah, hatte er blitzschnell zugegriffen, die Weinflasche aus ihrer Schürze geholt und sie in seine Rocktasche gesteckt.

Während Cordelia ihn verdattert anstarrte, murmelte er: »Ihr Vater wird ohne seine ›Medizin‹ auskommen müssen, Miß Shalstone. Morgen werde ich eine ernsthafte Unterredung mit ihm führen.«

Damit stieg er hocherhobenen Hauptes die Treppe hinunter. Cordelia seufzte tief. Glaubte der hochnäsige Mensch tatsächlich, sie würde ihrem Vater die Flasche überlassen? Sie, die ständig hinter ihm her war, um aus allen möglichen Verstecken im Haus halbvolle Flaschen hervorzuholen und sie in den Ausguß zu leeren?

Dabei achtete sie peinlich genau darauf, daß der Keller stets verschlossen war, räumte sämtliche Flaschen fort, derer sie habhaft wurde, doch irgendwie kam ihr Vater immer wieder an Alkohol. Entweder er bestach jemand, ihm Wein zu besorgen, oder er hatte eine andere heimliche Quelle, die für Nachschub sorgte. Es war Cordelia bislang nicht gelungen, den Unhold zu entlarven. Aber wenn sie ihm eines Tages auf die Schliche kam, würde sie ihm die Augen auskratzen. Sie mußte das Übel mit der Wurzel ausrotten, das war ihre einzige Hoffnung, denn mit Vernunft war ihrem Vater nicht beizukommen, so sehr sie ihn auch anflehte, von seinem Laster zu lassen.

Seine Lordschaft meinte also, es genüge, ihm eine Flasche wegzunehmen. Über so viel Naivität konnte sie nur lachen.

Cordelia schleppte ihren Vater zum Bett und zwang ihn mit sanfter Gewalt, sich zu setzen. Er plumpste unbeholfen auf die Matratze. »Wo ist meine Medizin?«

»Heute gibt es keine Medizin mehr, Vater. Es ist Zeit, dich auszuruhen.«

Er schloß die Augen und fiel mit einem gequälten Stöhnen nach hinten in die Kissen und jammerte. »Sie hat mich verlassen. Sie hat mich allein in diesem Jammertal zurückgelassen. Warum nur? Es ist so ungerecht, so furchtbar ungerecht.«

Cordelia ging nicht auf sein Lamentieren ein. »Gott hat Mutter zu sich genommen«, entgegnete sie mit ruhiger Stimme. »Wir müssen uns dem Willen des Herrn beugen, Vater.«

Der Vikar nickte ergeben, ohne die Augen zu öffnen. Cordelia blickte betrübt in das weinerlich verzerrte Gesicht ihres Vaters. Sein Seelenschmerz zerriß ihr das Herz. Wie lange würde sie seinen Zustand noch verschleiern und seine Aufgaben übernehmen können, ehe jemand sich bei einer höheren Kirchenstelle über den pflichtvergessenen Vikar beschwerte? Wie lange konnte sie seine Trunksucht noch verheimlichen? Sie mußte ihn schützen und darauf hoffen, daß er seine Trauer eines Tages überwinden und seine Aufgaben wieder übernehmen konnte.

In letzter Zeit wünschte sie allerdings, er würde keine so großen Ansprüche an sie stellen. Sie wünschte, er würde sich endlich aufraffen, sein Selbstmitleid überwinden und aus dem schwachen Kind wieder zum starken Vater werden.

Beschämt über ihre Gedanken streichelte sie seine stoppelbärtige eisgraue Wange.

Der Vikar bewegte sich leicht. »Ach, wenn Florinda

nur nicht gegangen wäre, mein Kind. Ich sehne mich so sehr nach ihr. Wenn sie nur nicht gegangen wäre.«

Cordelia schluckte mit Mühe gegen den Kloß an, der ihr die Kehle zuschnürte. »Ja, Vater, das wünschte ich auch.«

Denn als Cordelias Mutter starb, wurde der Tochter auch der Vater genommen. Und Cordelia wußte nicht, ob sie ihn je wiederbekommen würde.

Kapitel 2

Da saß er nun in einer einfachen Schenke, vor sich einen Krug Bier und in der Rocktasche eine Flasche Wein. Ungewöhnlich für einen Adeligen. Nun, Sebastian Kent war an ungewöhnliche Lebensumstände gewöhnt. Schließlich war es auch ungewöhnlich für einen Herzog, mit Gewürzen aus Indien zu handeln, ebenso ungewöhnlich war es, in das gottverlassene öde Hügelland im Norden Englands zu reisen, um eine merkwürdige Mission zu erfüllen.

Wenn er an Richard dachte, der sich auf seinen Krükken durchs Haus schleppte, rastlos, bleich und mit irrem Blick, krampften sich Sebastians Eingeweide zusammen. Dies war seine letzte Hoffnung, Richard von seiner Schwermut zu befreien, nach so vielen vergeblichen Versuchen.

Sebastian starrte trübsinnig in seinen Bierkrug. Da saß er nun am Ende der Welt und bemühte sich um ein vernünftiges Gespräch mit einem trunksüchtigen Vikar und seiner dreisten Tochter.

Seiner frechen und hübschen Tochter, verbesserte Sebastian sich und sah Miß Shalstones gertenschlanke Gestalt und ihren süßen Kußmund vor sich.

Süßer Kußmund? Heilige Mutter Gottes, was war in ihn gefahren? Hatte der lange Ritt seinen Verstand so sehr durchgerüttelt, daß er auf lustvolle Gedanken an eine Pfarrerstochter verfiel?

Anscheinend tat ihm die Trennung von Judith nicht gut. Seit seiner Rückkehr nach England hatte er seine Verlobte beinahe täglich gesehen. Nein, das war nicht der Grund. Die Trennung von ihr brachte sein Blut nicht in Wallung. Auch wenn er noch so oft an Judiths blütenzarte Haut dachte, an ihre weichen blonden Locken, ihre üppige Figur, vermochte er der bevorstehenden Vermählung mit ihr keine rechte Begeisterung entgegenzubringen.

Obschon sie vorzüglich zu ihm paßte. Mit ihrem gewinnenden Wesen, ihrem untadeligen Auftreten erfüllte sie alle Voraussetzungen einer zukünftigen Herzogin. Judith war nicht von Widerspruchsgeist beseelt wie diese aufsässige Tochter des Vikars. Judith machte nie eine Szene, war stets guter Dinge, liebenswürdig und heiter. Nicht umsonst trug sie den Kosenamen ›die liebreizende Judith‹.

Nie hatte sie die Stimme gegen ihn erhoben, nie hatte sie irgendeine seiner Entscheidungen in bezug auf ihre Verlobung oder die spätere Heirat in Frage gestellt. Zugegeben, manchmal kam er sich vor, als habe er es mit einem Chamäleon zu tun, das ständig die Farbe wechselt, um sich seiner Umgebung anzupassen, so beflissen redete sie ihm nach dem Mund. Manchmal wünschte er, sie würde eine eigene Meinung äußern. Doch wenn er sie dazu drängte, meinte sie lächelnd, sie sei völlig seiner Ansicht, wodurch es nahezu unmöglich war, über irgendein Thema mit ihr zu diskutieren.

Die Tochter des Vikars war von anderem Kaliber. Zum Teufel mit ihr! Schon wieder drängte sich die Kleine in seine Gedanken. Sebastian stützte die Arme auf den Tisch und furchte die Stirn. Zu dumm, daß sie keine pferdegesichtige alte Jungfer war. Als sein Bruder die Tochter des Vikars erwähnte, hatte Sebastian sich kein vorlautes Geschöpf mit lustigen braunen Augen und einem entzückenden Lächeln vorgestellt.

Sebastian schüttelte den Kopf. Als er sie in dieser Puppenstube mit der Vitrine voller Staffordshire-Porzellan und gerahmter Bibelsprüche gesehen hatte, wußte er, daß sie nicht in diese Umgebung paßte. Sie war kein schüchternes, naives Mädchen vom Land.

Aber sie war auch kein hochnäsiger Blaustrumpf. Nein, Miß Shalstone war wesentlich gefährlicher. Man stelle sich vor: eine Frau mit Talent und Intelligenz, gepaart mit einem liebenswürdigen Wesen und einer hübschen Figur. Eine solche Frau hatte das *Zeug*, ihren Ehemann wie einen Tanzbären am Nasenring vorzuführen. Man mußte ja nur zusehen, wie sie mit ihrem Vater umging.

Dabei kam Sebastian in den Sinn, den Gastwirt über das seltsame Paar auszufragen. Er winkte Mr. Gilwell zu sich. Wenn er morgen dem Pfarrhaus einen zweiten Besuch abstattete, wollte er besser vorbereitet sein. Wer hätte gedacht, daß er im Pfarrhaus eine Musikexpertin antreffen würde und einen Vater, der entweder schwachsinnig oder ein Trunkenbold war?

»Zu Diensten, Euer Gnaden?« fragte der Gastwirt unterwürfig. Sämtliche Bewohner Belhams machten Diener und Kratzfüße vor Sebastian. Es war geradezu lächerlich, wie die Männer in der Mitte abknickten und die Frauen die Erde mit den Röcken fegten, wann immer Sebastians Blick sie streifte.

Nun lächelte er wohlwollend und versuchte, dem Gastwirt die Befangenheit zu nehmen. »Gutes Bier. Das beste Bier, das ich seit Tagen getrunken habe.«

Der Mann strahlte übers ganze Gesicht. »Vielen Dank, Euer Gnaden. Freut mich, wenn es Ihnen schmeckt. Das Lob gebe ich an meine Frau weiter. Sie braut es selbst.«

»Und davon versteht sie etwas. Ehrlich. Ausgezeichnetes Bier«, lobte Sebastian und nahm einen Schluck. »Ach übrigens, da fällt mir ein, vielleicht können Sie mir über jemand in Belham Auskunft geben.«

»Aber gewiß, Euer Gnaden. Alles, was Sie wissen wollen.« Der Wirt beugte sich mit einem listigen Augenzwinkern vor. »Ich weiß über jeden im Ort Bescheid und kann Ihnen allerhand erzählen.«

»Gut. Dann können Sie mir vielleicht auch etwas über den Vikar erzählen.«

Der Gastwirt richtete sich ruckartig auf. »Unser Vikar?«

»Ja.«

Mr. Gilwell schluckte und wischte seine Bärenpranken an der schmutzigen Schürze ab. »Es geht mich ja nichts an, Euer Gnaden, aber warum interessieren Sie sich für Vikar Shalstone?«

Sebastian stutzte bei dem argwöhnischen, beinahe feindseligen Ton des Wirts. »Ich will nur wissen, was für ein Mensch er ist.«

»Warum? Wollen Sie wissen, ob wir mit ihm zufrieden sind? Wir sind nämlich mit ihm zufrieden und froh, daß wir ihn haben. Wir wollen nicht, daß er weggeht.« Ein verwirrter Ausdruck flog über sein Gesicht. »Na ja, der beste Pfarrer ist er grade nicht. Ich meine, er hat so seine Fehler, wie wir alle. Wenn Sie auf der Suche nach einem Vikar sind, finden Sie woanders mit Sicherheit einen besseren.«

Es dauerte eine Weile, bis Sebastian den Grund der Besorgnis des Wirtes erfaßte. »Ich bin nicht hier, um euch den Vikar wegzunehmen, wenn Sie sich deshalb Sorgen machen.«

Das Mißtrauen des Mannes legte sich ein wenig. »Weshalb erkundigen Sie sich dann nach ihm?«

»Ich habe ihm heute nachmittag einen Besuch abgestattet, doch seine Tochter wollte mich nicht zu ihm lassen. Er sei krank, behauptete sie.«

Und schon war das Mißtrauen wieder da. Der Wirt beäugte Sebastian argwöhnisch. »Nun ja, Reverend Shalstone hat schon mal einen schlechten Tag.«

Sebastian versagte sich die Frage, ob ein ›schlechter Tag‹ des Vikars etwas mit seinen Trinkgewohnheiten zu tun habe. Doch Mr. Gilwell war ohnehin mißtrauisch, und er wollte ihn nicht vor den Kopf stoßen.

Sebastian versuchte, auf indirektem Wege ans Ziel zu gelangen. »Ist er häufig krank?«

Mr. Gilwell wischte sich wieder die Hände an der Schürze ab. »Häufig? Was meinen Sie mit häufig?«

So kam er anscheinend nicht weiter, dachte Sebastian gereizt und wies auf den Stuhl ihm gegenüber. »Setzen Sie sich doch.«

Der Wirt setzte sich an die äußerste Kante. Sein Blick flog unstet umher, sein Gesicht war angespannt.

Sebastian beugte sich vor. »Ich will ehrlich zu Ihnen sein, Mr. Gilwell. Ich mache mir Sorgen um die Gesundheit des Vikars. Sie können ganz offen mit mir sein. Wie krank ist Mr. Shalstone? Glauben Sie, er könnte eine Reise unternehmen?«

Der Wirt sprang erschrocken auf und warf in seiner Hast Sebastians Bierkrug um, dessen Inhalt sich über seine Hosen ergoß.

Beflissen beeilte sich Mr. Gilwell, Sebastians Reithosen mit der Schürze abzuwischen. »Es tut mir furchtbar leid, Euer Gnaden. So eine Bescherung ...«

»Schon gut. Das trocknet wieder«, wehrte Sebastian ab. »Wenn's weiter nichts ist.«

Doch der Wirt ließ sich nicht beschwichtigen. »Was bin ich für ein unbeholfener Tölpel. Wie konnte mir das nur passieren ...«

»Nein, es war meine Schuld. Ich hatte ja keine Ahnung, daß meine Bemerkung über die Krankheit des Vikars Sie so aus der Fassung bringen würde.«

Der Wirt hielt inne, stand einen Moment starr, dann ließ er sich wieder auf den Stuhl plumpsen.

»Ist er denn so schwer krank?« fragte Sebastian.

»Sie sind doch hoffentlich nicht hier, um ihn wegzuholen, wie?« fragte der Mann besorgt.

»Ihn wegholen?«

»Ja. Weil Sie von einer Reise reden ... Kommen Sie im Auftrag eines Kirchenrates in London? Ich meine, Sie sind doch nicht hier, um ihm seinen Posten wegzunehmen, hoffe ich.« Seine Stimme war bittend geworden. »Weil wir unseren Vikar behalten müssen, Euer Gnaden. Er ist der einzige, den wir seit hundert Jahren haben, seit der letzte von einer Bande Papisten umgebracht wurde. Belham hat einen Ruf zu verlieren, und außerdem sind wir eine kleine Stadt und ein bißchen hinter dem Mond, falls Ihnen das noch nicht aufgefallen ist. Es ist eine lange Reise von London hierher. Na ja, das wissen Sie ja selbst. Und es sind nur fünf Meilen bis zur schottischen Grenze, wo die Mordbuben lauern.«

Sebastian versagte sich eine sarkastische Bemerkung.

»Euer Gnaden, wir müssen unseren Vikar behalten.«

»Verstehe.« Sebastian musterte den Gastwirt neugierig. »Ehrlich gestanden, Sie machen mir eigentlich nicht den Eindruck, ein besonders frommer Mann zu sein. Warum hängen Sie so sehr an dem Vikar?«

Mr. Gilwell wurde rot, beugte sich vor und legte die fleischigen Arme auf den Tisch. »Sie wissen wahrscheinlich nicht, wie wichtig er für uns ist. In London gibt es ja auch genügend Pfarrer. Aber hier bei uns …« Er wies mit dem Daumen zur Küchentür, durch die den ganzen Abend drei dralle Mädchen aus und ein gingen. »Wir brauchen dringend einen Pfarrer. Ich habe drei Töchter, die bald verheiratet werden müssen. Wie soll ich sie verheiraten ohne Pfarrer? Ich muß sie alle drei nach Kensingham zur Kirche schicken. Was das kostet! Und dann sind auch noch die Kranken und Armen und …«

»Darum kümmert sich der Vikar?« Sebastian dachte an den gebrochenen Mann, den er am Nachmittag kennengelernt hatte.

Der Wirt zuckte mit den Schultern. »Er sorgt dafür, daß das getan wird, was er nicht selbst tun kann.«

»Das heißt also, seine Tochter macht das alles.«

Mr. Gilwell stutzte, dann brummte er in sich hinein. »Wie gesagt, es wird getan.«

»Soll das heißen, daß Miß Shalstone die ganze Arbeit ihres Vaters macht?«

»Nein, nicht die ganze Arbeit.« Er kratzte geistesabwesend an einer Schorfwunde am Arm. »Er hält die Predigten – gute Predigten, ohne Drohungen von Höllenfeuer, Tod und Verdammnis, wie es so viele Fanatiker gern tun. Und er hält Taufen und Trauungen ab ... und so.«

»Aber seine Tochter nimmt ihm viele Pflichten ab, wie?«

Der Wirt rutschte verlegen auf seinem Stuhl hin und her. »So ähnlich. Will mal so sagen, sie kümmert sich um die Dinge, wie ihre Mutter es früher getan hat.«

»Heißt das, es war schon immer so?«

»Nein, das will ich damit nicht sagen. Als seine Frau noch lebte, hat der Vikar nicht nur die Predigten gehalten, er hat den Leuten geholfen, die mit ihren Sorgen zu ihm kamen, und er hat die Brautleute auf die Ehe vorbereitet. Aber er konnte nicht alles alleine machen. Seine Frau hat sich um die Armen, Kranken und die werdenden Mütter gekümmert. Doch dann ist sie gestorben. Danach ... Na ja, danach ... hat sich sein Geist verwirrt, wenn Sie wissen, was ich meine.«

Sebastian wußte es nicht. »Sein Geist hat sich verwirrt? Wollen Sie damit sagen, er ist wahnsinnig geworden?«

»Nein, das nicht. Er kann nur gelegentlich seine Pflichten nicht ganz erfüllen. Verstehen Sie? Die Trauer um seine Frau hat ihn eine Weile richtig krank gemacht. Und jetzt ...«

»Jetzt trinkt er«, führte Sebastian den Satz zu Ende.

»Das hab' ich nicht gesagt.«

»Aber der Mann trinkt doch eindeutig zu viel. Ich jedenfalls habe sofort gesehen, daß er betrunken war.«

Der Wirt richtete sich voller Entrüstung auf. »Entschuldigen Sie schon, Euer Gnaden, aber das ist ausgesprochen ungerecht. Der Mann ist vor Trauer krank, und wir haben Nachsicht mit ihm, solange die Arbeit getan wird.«

»Das heißt also, ihr deckt ihn alle und überlaßt es seiner Tochter, seine Arbeit zu tun.«

»So lange die Arbeit getan wird«, wiederholte der Wirt eigensinnig.

Sebastian seufzte. War der Vikar nun vor Trauer um seine verstorbene Frau krank? Oder war er ein unverbesserlicher Säufer? Und war der Kerl in der Lage zu reisen oder nicht?

Sebastian änderte erneut die Taktik seiner Fragestellung. »Was ist mit der Tochter des Vikars?«

Mr. Gilwell lehnte sich zurück und verschränkte die Arme vor der Brust. »Sie meinen Cordelia?«

Richtig. Cordelia hieß sie. Wie passend, dachte Sebastian, obgleich Shakespeare vermutlich ein sanfteres Wesen als treue Tochter vor Augen hatte, als er *König Lear* verfaßte. »Ja. Erzählen Sie mir von Miß Shalstone.«

»Ich habe Ihnen schon alles gesagt. Sie tut das, was der Vikar nicht schafft.«

»Aha.« Cordelia war seiner Frage ausgewichen, ob sie auch die Predigten ihres Vaters verfaßte, erinnerte Sebastian sich. »Aber wieso lebt sie bei ihm? Sie ist im heiratsfähigen Alter. Hat sie keine Verehrer? Es dürfte ihr doch nicht schwerfallen, einen Ehemann zu finden.«

»Na ja, so einfach ist das nicht. Sie hatte einige Verehrer; brave junge Burschen, aber die hat sie alle abgewiesen. Sie kann ihren Vater nicht allein lassen, sagt sie.«

Das erklärt viel, dachte Sebastian. Deshalb vertrieb sie sich also die Zeit mit Notenschreiben, deshalb stellte sie sich schützend vor ihren Vater ... Deshalb vielleicht auch der gehetzte Blick in ihren Augen. Sebastians Mutter hatte einen ähnlich ruhelosen Blick, wenige Monate vor ihrem Tod. Auch sie war mit einem freudlosen Leben an der Seite eines Tunichtguts geschlagen.

Sebastian schüttelte den Kopf. Aber ein Geistlicher! Das ergab keinen Sinn. Adelige führten nicht selten ein ausschweifendes Leben, aber doch nicht ein Pfarrer. Sebastians Vater war beispielsweise nur einer aus einer langen Reihe seiner Vorfahren, die das Vermögen der Familie durch die Kehle rinnen ließen. Diese Kette wurde erst durchbrochen, als Sebastian den Besitz seines Vaters in Indien zu einem florierenden Handelsunternehmen ausbaute und allmählich den Schuldenberg seines Vaters abtragen konnte.

Bedauerlicherweise war Sebastian nun gezwungen, die Leitung des Unternehmens vorübergehend in fremde Hände zu legen, bis er Richards Verlag aus den roten Zahlen geholt hatte. Und um Richard zu helfen, brauchte er diesen Pfarrer, der sich anscheinend demnächst zu Tode trank.

Sebastian gab sich innerlich einen Ruck. Möglicherweise zog er voreilige Schlüsse, nur weil er den Vikar betrunken kennengelernt hatte. Doch dann sah er wieder das Bild vor sich, wie Reverend Shalstone verzweifelt nach seiner ›Medizin‹ suchte. Nein, sein erster Eindruck trog ihn wohl nicht. Die Bewohner von Belham mochten den Pfarrer für krank halten, er aber erkannte einen unverbesserlichen Trunkenbold.

Das Leidige an der Sache war, daß Sebastian einen Vikar brauchte – einen nüchternen Vikar –, um ihn seinem Bruder und Mr. Händel zu präsentieren. Im Augenblick sah es allerdings ganz danach aus, daß er gar keinen Vikar zur Verfügung hatte.

Am nächsten Morgen begab Sebastian sich frühzeitig zur kleinen Kirche von Belham, ungeduldig, seinen Auftrag zu erledigen und möglichst bald abzureisen.

Seine Kutsche, die ihm aus London folgte, während er vorausgeritten war, mußte spätestens morgen Belham erreichen. Sobald die Pferde gewechselt waren, wollte er die Rückreise antreten. Doch zunächst galt es, einen endlos langen Gottesdienst über sich ergehen zu lassen, ehe er mit dem Vikar sprechen konnte. Sebastian war sogar bereit, auch das durchzustehen.

Beim Betreten der Kirche wurde er von einem Kirchendiener zu einer der vorderen Bankreihen geführt, die offenbar für die Angehörigen des Pfarrers reserviert waren. Im Augenblick saßen darin nur die alte, mürrische Frau, die er gestern im Pfarrhaus gesehen hatte, und eine junge Magd.

Nachdem er Platz genommen hatte, entdeckte er Cordelia neben den Stufen vor dem Podium, wo der Chor gerade Aufstellung nahm. Sie redete leise auf den Chorleiter ein. Sebastian schmunzelte über ihre gestenreiche Sprache, die ihm gestern schon aufgefallen war.

Sie trug ein Sonntagskleid aus gelber Seide, dessen Ausschnitt sittsam mit einem Spitzenbesatz bedeckt war. Auch heute trug sie das Haar bedeckt, diesmal unter einer Spitzenhaube und einem Strohhut.

Ihre Haarfarbe kannte er, ein warmes Dunkelblond. Ob sie das Haar zu kurzen verspielten Löckchen trug, wie die Damen bei Hofe? Oder langes Haar zu einem schweren Knoten im Nacken gebunden, den sie zur Nacht löste?

Er sah sie vor sich in einer dunkelblonden, wallenden Lockenfülle, die ihr weit über die Schultern reichte.

Sebastian schalt sich wegen seiner törichten Fantasien und fragte sich, wieso ausgerechnet eine Pfarrerstochter einen Reiz auf ihn ausüben konnte. Sie hob den Kopf, und ihre Blicke begegneten einander.

Zu seinem Erstaunen, ja Entzücken, errötete sie und senkte den Kopf. Sebastian unterdrückte ein Lächeln. Hatte sie etwa seine lüsternen Gedanken gelesen? Zum

Teufel, dieser Frau war alles zuzutrauen. Vielleicht konnte sie sogar Gedanken lesen.

Sie nahm in der Bankreihe neben den beiden Bediensteten Platz, und Sebastian konnte sie nur sehen, wenn er sich vorbeugte. Schade, dachte er. Würde sie neben ihm sitzen, würde die kommende Stunde vermutlich weniger langweilig verlaufen.

Er verlagerte das Gewicht auf der harten Bank und blickte sich im Kirchenschiff um. Die durch hohe, bemalte Fenster einfallenden Sonnenstrahlen tauchten das Innere der Kirche in farbiges Licht. Sebastian hatte seit der Beisetzung seiner Mutter keine Kirche mehr betreten.

Er war damals ein kleiner Junge gewesen, doch auch als Achtjähriger war er von tiefer Trauer erfüllt; ein Schmerz, der nie ganz von ihm gewichen war. Bis heute erinnerte er sich an die rosigen Wangen seiner Mutter, die sie so oft an sein Kindergesicht geschmiegt hatte ... an ihre Finger, die an seiner Kleidung nestelten und sein Haar glätteten ... an ihr scheues Lächeln, wenn sein Vater das Haus betrat, ein Lächeln, das nie schwand, auch dann nicht, wenn der Herr Gemahl stockbetrunken war.

Am Begräbnis seines Vaters vor zwei Jahren hatte Sebastian nicht teilgenommen. Damals kümmerte er sich bereits in Indien um den Familienbesitz. Doch er hatte ein lebhaftes Bild von der Trauerfeier vor Augen. Seine beiden Onkeln, redlich bemüht, lobende Worte in ihren Grabreden zu finden; seine Großmutter, aufrecht mit versteinertem Gesicht und schmalen Lippen; seine drei Schwestern, die nicht wußten, ob sie traurig oder erleichtert sein sollten.

Ihnen war wenigstens Richard geblieben.

Der Schmerz des drohenden Verlustes seines Bruders krallte sich um Sebastians Herz. Er hörte kaum zu, als der Chor ein bekanntes Kirchenlied zur Einleitung des Gottesdienstes sang. Bald würden seine Schwestern auch Richard verlieren, wenn Sebastian keinen Ausweg aus der Misere fand. Die Zukunft der ganzen Familie hing vom Erfolg seiner Bemühungen ab.

Und wenn er versagte? Er mußte sich mit der Tatsache abfinden, daß Cordelia die Verfasserin der Choräle war. Wenn es ihm nicht gelang, sich ihre Mithilfe zu sichern?

Auf keinen Fall würde er sich von ihr von seinem Ziel abbringen lassen. Diese Pfarrerstochter würde sich ihm nicht in den Weg stellen. Schließlich ging es darum, Richards Leben und seine Zukunft zu retten.

Ein Mann aus der Kirchengemeinde trat ans Pult vor dem Altar und verlas einen Bibelspruch. Nur mit halbem Ohr hörte Sebastian das Gleichnis des Hirten, der seine neunundneunzig Schafe zurückließ, um sich auf die Suche nach einem verirrten Lamm zu begeben. Er beobachtete die Gesichter der Gläubigen, während der Mann die Bibelworte mit stockender, ungeübter Stimme verlas. Bei der Erwähnung einer Schafherde hoben sich einige Köpfe, um rasch wieder das Interesse zu verlieren.

Dann trat der Chorleiter vor die Sänger. Und plötzlich veränderte sich die Atmosphäre in der Kirche. Sebastian spürte die Spannung, sah sie in den erwartungsvollen Gesichtern der Mägde unter weißen Hauben und den sonnenverbrannten Gesichtern der einfachen Bauern und Landarbeiter.

Die Spannung übertrug sich auch auf ihn, und dennoch war er nicht vorbereitet auf die Klänge, die nun ertönten. Es waren nicht die Stimmen der Sänger, auch nicht die Inbrunst, die sie in ihren Vortrag legten. Es war die Musik und der Text des Kirchenlieds, wie er noch keines zuvor gehört hatte. Im Text ging es um Trauer, die der Mensch im Vertrauen auf Gott hinnehmen müsse. Die Worte und die Melodie waren von einer Eindringlichkeit und Schwermut, die wie süßer Wein durch die Adern strömte. Im Liedtext fehlten alle Mahnungen und Drohungen vor dem Jüngsten Gericht und einer rächenden, strafenden Gottheit. Statt dessen war von blühenden Gärten die Rede, vom Paradies, in dem alle Menschen einst Frieden und Vergebung finden.

Sebastian lauschte gebannt auf jede Note der bittersüßen Melodie, gesungen von dem gemischten Chor. Er beugte sich vor, um einen Blick auf Cordelia zu werfen.

Was er sah, versetzte ihn in Erstaunen. Sie wiegte unmerklich den Kopf, ihre Finger klopften den Takt auf ihren Rock, ihr Gesicht trug einen beglückten Ausdruck. Sie schien jede einzelne Note des Liedes zu kennen, das ihm völlig unbekannt war. Seine Kenntnisse in Kirchenmusik waren allerdings ziemlich lückenhaft. Andererseits hatten Richard und er in ihrer Jugend Unterricht bei einem ausgezeichneten Musiklehrer gehabt, der sie in das musikalische Schaffen großer Meister eingeführt hatte. Er hätte schwören können, daß diese Musik von keinem der ihm bekannten Meister stammte.

Sebastian ließ die Blicke über seine Umgebung schweifen. Manche Gläubige saßen mit geschlossenen Augen. Lippen bewegten sich zu den Worten, als wüßten sie den Text auswendig. Andere lächelten und wiegten sich leise zu den anschwellenden Tönen. Als Sebastian seine Aufmerksamkeit wieder dem Chorleiter zuwandte, bemerkte er, daß der Mann immer wieder verstohlene Blicke über die Schulter hinweg in Cordelias Richtung warf, als suche er ihre Anleitung.

Ihre Musik? fragte Sebastian sich verwundert. Die Komposition war weder eingängig noch schlicht oder leicht nachzusingen. Sollte sie von Cordelia stammen, so strafte sie Richards Meinung Lügen, die er über weibliche Komponisten äußerte. Es war das reinste und schönste Kirchenlied, das er je gehört hatte.

Wenn diese Komposition von ihr stammte, so hatte Maestro Händel allen Grund, sie zu bewundern.

Sebastian lehnte sich nachdenklich zurück. Er hatte nicht glauben wollen, daß die Pfarrerstochter fähig war, Musik zu komponieren, die selbst der große Händel bewunderte. Doch da dies offenbar der Fall war, sollte *sie* es sein, die mit dem Komponisten redete – was bedauerlicherweise undenkbar war. Richard würde nicht wagen, Händel eine Frau vorzustellen. Sein Vorurteil gegen musizierende Frauen war zu tief verwurzelt.

Zu dumm, dachte Sebastian. Es mußte der Vikar sein, kein anderer. Aber was sollte er tun, da der Vikar die Musik nicht geschrieben hatte?

Als das Lied endete, schien ein Seufzen durch die Reihen der Gläubigen zu gehen. Die Chormitglieder setzten sich, und der Vikar betrat die Kanzel. Sebastian musterte ihn prüfend, um Anzeichen seiner gestrigen Ausschweifungen zu entdecken. Der Mann hatte zwar immer noch eine rote Nase, aber seine Augen waren klar, seine Haltung aufrecht, sein Gang sicher. Er sah aus, wie ein Pfarrer auszusehen hatte.

Reverend Shalstone legte einige Blätter auf die Kanzel, überflog die ersten Zeilen, bis er mit sonorer Stimme sprach. Die Predigt behandelte das Bibelgleichnis, das zu Beginn des Gottesdienstes verlesen worden war. Der Inhalt war weder fesselnd noch langweilig. Nun war Sebastian kein religiöser Mann, der sich für gottesfürchtige Ermahnungen erwärmen konnte. Wie sollte er die Predigt also beurteilen können?

Allerdings konnte er die Art des Vortrags beurteilen, die ihm eine Ahnung davon vermittelte, daß Reverend Shalstone einst ein guter Vikar gewesen sein mußte. Er verfügte über ein kraftvolles, dramatisches Stimmvolumen und verstand es, schlichte Aussagen durch die Betonung mit einer hintergründigen Bedeutung zu versehen. Sebastian hörte den Ausführungen des Vikars über den Symbolgehalt des Gleichnisses aufmerksam zu, obwohl ihn der Inhalt nicht interessierte.

»Nicht anders als die neunundneunzig Schafe fordert der Herr von uns, Verständnis für ein einziges, verirrtes Schäflein zu zeigen.« Der mächtige Baß von Reverend Shalstone dröhnte durch das Kirchenschiff. Er legte eine Kunstpause ein, warf einen Blick auf seine Aufzeichnungen und fuhr bedeutungsschwer fort: »An dieser Stelle sollst du die Anfangsworte des Bibeltextes verlesen ...«

Der Vikar hielt jäh inne, als er seinen Lapsus bemerkte. Sebastian konnte nur mit Mühe das Lachen unterdrücken. Seine Vermutung stimmte also: Cordelia schrieb auch die Predigten für ihren Vater.

In der ausgedehnten Pause war vereinzeltes Kichern, Prusten und Hüsteln zu hören. Während der Vikar sich räusperte und nach der richtigen Zeile suchte, las Sebastian in den schmunzelnden Mienen der Kirchenbesucher, daß dieses Vorkommnis kein Einzelfall war. Zumindest hielt die Predigt des Pfarrers seine Zuhörerschaft wach, wenn auch nur, um seine Fehler nicht zu versäumen.

Der Vikar faßte sich wieder. »Kann anscheinend meine eigene Schrift nicht mehr entziffern«, murmelte er und setzte seine Predigt fort, als sei nichts gewesen.

Nach der dritten mit sonorer Stimme vorgetragenen, nicht zum Konzept passenden Randbemerkung beugte Sebastian sich vor, um zu Cordelia hinüberzusehen, die den Blick geradeaus gerichtet hielt, die Hände sittsam im Schoß gefaltet. Er fixierte sie so lange, bis sie ihm ihr Gesicht zuwandte und ihn mit blitzenden Augen anfunkelte. Dann blickte sie wieder geradeaus, straffte die Schultern, lehnte sich unmerklich zurück und entzog sich seinem bohrenden Blick.

Sebastian entspannte sich. Im Pfarrhaus lag also einiges im argen. Da der Vikar seinen Pflichten nicht nachkommen konnte oder wollte, setzte Cordelia alles daran, um sein Unvermögen zu verheimlichen, und kein

Bewohner der Stadt hatte den Wunsch, etwas an dieser seltsamen Situation zu ändern.

Vielleicht konnte Sebastian sich daraus Vorteile verschaffen. Sein ursprünglicher Plan war zum Scheitern verurteilt, seit Cordelia ihm eröffnet hatte, daß sie die Musikstücke geschrieben hatte. Das bedeutete nun aber nicht, daß Sebastians Mission vergeblich war. Es mußte einen Ausweg aus dem Dilemma geben, und er mußte ihn heute finden.

Das Mittagessen würde vermutlich verlaufen wie jedes Sonntagsmahl in einem beliebigen englischen Pfarrhaus – eine große Tafelrunde, bestehend aus Mitgliedern der Pfarrei. Cordelia hatte Sebastian für zwei Uhr geladen. Er wollte um eins erscheinen. Er würde sich nicht von ihr an der Nase herumführen lassen, wenn sie sich hinter ihren Aufgaben als Gastgeberin verschanzte. Er durfte keine Zeit verlieren. So oder so, er würde Cordelias Mitwirkung erzwingen. Und natürlich die des Vikars. Das dürfte nicht allzu schwierig sein, da der Alte das tun würde, wozu seine Tochter ihn drängte.

Wie konnte Sebastian die Pfarrerstochter auf seine Seite bringen? Cordelia konnte mit ihrem Leben an der Seite ihres Vaters nicht zufrieden sein. Vielleicht konnte er ihr einen Ausweg bieten.

Wie aber sollte es *ihr* gelingen, Richard den Rückhalt des großen Meisters Händel zu sichern? Anfänge eines Planes begannen sich in Sebastians Kopf zusammenzufügen, und ein zufriedenes Lächeln breitete sich auf seinem Gesicht aus. Der Pfarrerstochter war es bisher gelungen, die Rolle des Vikars zu übernehmen. Vielleicht war es an der Zeit, daß der Vikar nun in die Rolle seiner Tochter schlüpfte.

Kapitel 3

Cordelia half Prudence und Maggie in der Küche bei den letzten Vorbereitungen. Würde das Sonntagsmahl den Ansprüchen eines Herzogs genügen? Nach der peinlichen Begegnung von gestern wollte sie ihm wenigstens einen guten Sonntagsbraten vorsetzen. Jedesmal, wenn sie an die Betrunkenheit und den Sturz ihres Vaters dachte, stieg ihr die Schamröte ins Gesicht.

Sei nicht albern, schalt sie sich, während sie eine Extraportion Sahne in die Suppe rührte. *Nur weil Lord Waverley Vater betrunken erlebt hat, muß ich mich nicht überschlagen, um bei dem hohen Herrn einen guten Eindruck zu machen.*

Ihr Wunsch, einen guten Eindruck zu machen, hatte freilich noch einen anderen Grund. Das Wiedersehen mit Seiner Lordschaft in der Kirche hatte sie seltsam berührt. Er hatte umwerfend elegant ausgesehen in seinem Sonntagsstaat. Und jedesmal, wenn ihre Blicke sich begegneten, hatte sie ein befremdliches Kribbeln durchrieselt.

Er besaß die Gabe, selbst in spöttische Blicke einen Hauch von Zärtlichkeit zu legen ...

Kein Wunder, daß achtbare junge Mädchen immer wieder von Aristokraten ins Unglück gestürzt wurden. Es schien bei adeligen Herren Sitte zu sein, Frauen mit Blicken zu verführen.

Ungehalten wies sie ihre träumerischen Gedanken von sich. Es lag gewiß nicht in Lord Waverleys Absicht, den sie als arroganten Spötter kennengelernt hatte, sie zu verführen. Beim Sonntagsmahl würde sie vermutlich seinen Spott wieder zu spüren bekommen. Im übrigen zählte bei einem Mann nicht das gute Aussehen, sondern der gute Charakter. Nach Vaters stammelnder Predigt würde Lord Waverley sie vermutlich noch herablassender behandeln. Darauf sollte sie sich vorbereiten, statt davon zu träumen, welche Wirkung Seine Lordschaft auf ihre romantischen Gefühle ausübte.

»Keinen Wein für Vater«, wies sie Prudence an, die dabei war, die Kristallkaraffe zu füllen. »Der Wein ist nur für Seine Lordschaft bestimmt.«

»Wie Sie wünschen, Miß«, brummte Prudence verdrießlich.

»Wird Seine Lordschaft öfter zum Essen kommen, solange er sich in Belham aufhält?« fragte die mollige Maggie und zog den Bräter mit der knusprigen Lammkeule aus der Röhre.

»Ich denke kaum«, meinte Cordelia. »Er wird nicht lange bleiben«, hoffte sie wenigstens.

»Der feine Herr wird es kaum erwarten können, nach London zurückzukehren«, brummte Prudence. »Solche Leute fühlen sich nur in vornehmen Kreisen wohl und sind sich zu gut für ein einfaches, ehrliches Landvolk.«

Maggie lächelte friedfertig und begoß mit Hingabe den Braten. »Mir kam er nicht hochnäsig vor. Ganz und gar nicht. Der alte Jack, der als Bursche zur See gefahren ist und in Indien war, hat sich nach der Messe mit Seiner Lordschaft unterhalten. Die beiden haben sehr angeregt über Bananen und Maharadschas und so was alles geplaudert. Man hätte meinen können, Seine Lordschaft sei selbst mal Seemann gewesen.«

Aha, der Herzog behandelte also nur Cordelia von oben herab. »Ich kann mir nicht vorstellen, wie Lord Waverley in Samthosen und Brokatweste in der Takelage herumklettert«, bemerkte Cordelia und rührte emsig in der Suppe, um zu verhindern, daß sich Klümpchen bildeten.

»Ich schon.« Maggie wischte sich mit dem Handrükken eine feuchte Haarsträhne aus dem erhitzten Gesicht und trat an den Brotschrank. »Er hat etwas Verwegenes an sich, auch wenn er feine Kleider trägt. Dem würde ich nicht gern nachts auf einer einsamen Straße begegnen.«

Cordelia lachte. »Tatsächlich? Ich dachte, du findest ihn hübsch?«

»Hübsch?« Maggie verdrehte die Augen zum Himmel und holte einen Laib Brot aus dem Kasten. »I wo! Lord Waverley schaut viel zu finster drein, um hübsch zu sein. Sehen Sie sich meinen Peter an, der ist ein hübscher Mann.«

Maggies Verlobter Peter war ein strammer blonder Bauernbursche ohne einen Funken Verstand im Kopf. Ihm würde Cordelia lieber nicht nachts auf der Straße begegnen, im übrigen auch nicht bei Tage. Er war imstande, mit seinem Ochsenfuhrwerk einen harmlosen Wanderer zu überfahren, ohne es überhaupt zu bemerken.

»Nicht, daß Seine Lordschaft mir einen Blick zuwerfen würde«, plapperte Maggie munter drauflos. »Ich bin keine, der ein Herzog schöne Augen macht.«

Prudence schnaubte verächtlich. »Weil du viel zu ehrlich und bescheiden bist für so einen feinen Pinkel.«

Cordelia und Maggie tauschten verdutzte Blicke, da Prudence dem Mädchen stets Vorhaltungen machte, sie dürfe Peter ihre Zuneigung nicht so freimütig zeigen. Prudence' Abscheu gegen die Aristokratie überwog anscheinend alle anderen Bedenken.

Es klopfte an der Haustür, und die drei Frauen hoben die Köpfe. Cordelia warf einen Blick zur Wanduhr. Ein Uhr. Sie erwartete die Gäste um zwei.

»Das ist er! Ich weiß, daß er es ist!« jammerte Maggie und bekleckerte sich mit Bratensaft. »Der Chorleiter ist immer pünktlich auf die Minute! Die Vanillesoße für das Dessert ist nicht fertig. Und die Erbsen sind noch nicht gar …«

»Zerbrich dir den Kopf nicht darüber!« Cordelia wischte sich die Hände an der Schürze ab. »Wenn Seine Lordschaft es vorzieht, eine Stunde zu früh zu erscheinen, muß er eben warten, bis das Essen fertig ist. Kein Grund, daß wir uns seinetwegen abhetzen.« Sie machte eine ausladende Geste zum Herd. »Ihr zwei kümmert euch in aller Ruhe ums Essen, ich empfange den Gast.« Auf dem Weg zur Tür rief sie über die Schulter. »Wo ist Vater?«

»In seinem Zimmer«, antwortete Prudence.

Cordelia durchquerte das Eßzimmer und trat in die Diele. An der Treppe warf sie einen unschlüssigen Blick nach oben. Es blieb keine Zeit, nach ihm zu sehen. Und wenn er wieder trank? Aber er hatte kaum Gelegenheit seit gestern abend gehabt, heimlich Wein in sein Zimmer zu schaffen. Sie würde auf der Stelle tot umfallen, wenn Lord Waverley ihm heute wieder eine Flasche wegnehmen müßte.

Es klopfte ein zweitesmal, und Cordelia schickte ein Stoßgebet zum Himmel, ihr Vater möge heute ausnahmsweise nüchtern zu Tisch erscheinen.

Als sie öffnete, stand Lord Waverley mit erhobener Hand vor ihr, im Begriff, ein drittesmal zu klopfen.

Bei ihrem Anblick ließ er die Hand sinken. »Guten Tag, Miß Shalstone. Ich irre hoffentlich nicht? Sie haben mich doch zum Essen eingeladen?«

»Ja, natürlich.« *Er kann nur die Uhr nicht lesen.*

Er blickte an ihrer Schürze herunter, dann wieder in ihr erhitztes Gesicht. »Ich bin etwas zu früh. Ich vergaß ... Haben Sie etwa zwei Uhr gesagt?«

»Nicht der Rede wert«, sagte sie freundlich und suchte seinem höflichen Lächeln zu entnehmen, ob er absichtlich zu früh auftauchte. »Bitte treten Sie ein. Sie sind stets herzlich willkommen.«

Er schmunzelte über ihre offenkundige Lüge und trat ins Haus. »Keine Schmeicheleien, bitte. Mir ist wohl bewußt, daß Sie sich zu dieser Einladung genötigt fühlten.«

Mit errötend gesenktem Kopf nahm sie ihm den feinen Wollumhang ab und hängte ihn an den Haken neben der Haustür. Dann ging sie dem Gast durch die Diele voran. »Ihr gestriger Besuch kam für Vater und mich überraschend, doch die Einladung war aufrichtig gemeint.« *Beinahe aufrichtig,* fügte sie in Gedanken hinzu.

»Sie haben auch mich überrascht«, murmelte er in seinem weichen Bariton, der ihr gestern schon aufgefallen war.

Allerdings hatte seine Stimme gestern weniger einschmeichelnd geklungen. Cordelia lächelte zaghaft. »Das blieb mir nicht verborgen. Sie schienen erzürnt, daß der von Ihrem Bruder gelobte Komponist sich als Frau entpuppte.«

»Ich fürchte, in meiner Verblüffung habe ich Sie gekränkt. Verzeihen Sie.«

Bei seiner unerwarteten Entschuldigung blieb sie stehen, fuhr herum und hatte seine makellos weiße Halsbinde dicht vor Augen.

Gütiger Himmel, wie groß er ist, dachte sie und hob den Kopf, um ihm ins Gesicht zu sehen.

In seinen bernsteinfarbenen Augen tanzten belustigte Funken. »Nehmen Sie meine Entschuldigung an? Es lag nicht in meiner Absicht, Ihre Begabung anzuzweifeln. Ich war nur nicht darauf gefaßt. Es war unhöflich, an Ihren Worten zu zweifeln.«

Sie wußte nicht, ob sie ihm glauben sollte. Gestern hatte er wenig schmeichelhafte Dinge gesagt. »Heißt das etwa, Sie zweifeln nicht länger, daß ich die Choräle geschrieben habe?«

Er zog einen Mundwinkel zu einem schiefen Lächeln hoch. »Wie könnte ich daran zweifeln? Ihr Vater hat Ihre Aussage ja eindeutig bestätigt.«

»Meinem Vater glauben Sie, aber meine Worte genügten nicht, um Sie zu überzeugen«, bemerkte sie spitz. Er war nicht der erste Mann, der ihr bewies, daß das Wort einer Frau nichts galt. Selbst die Bewohner von Belham, die in jeder Notlage um Rat und Hilfe zu ihr kamen, verlangten von ihr, sich bei wichtigen Entscheidungen hinter ihrem Vater zu verstecken.

Der Herzog betrachtete sie sinnend. »Mein Bruder hat mit Ihrem Vater korrespondiert, deshalb hielt ich es für angebracht, die Wahrheit von ihm zu erfahren.«

»Ach ja, die Briefe«, erwiderte sie mit kleiner Stimme. Die Briefe waren ein weiterer Betrug, dessen sie sich schuldig gemacht hatte.

Der Herzog kniff die Augen zusammen. »Gehe ich recht in der Annahme, daß Sie auch die Briefe verfaßt haben?«

Sie senkte den Blick und trat zwei Schritte zurück, um Abstand zu gewinnen. »Mein Vater versteht wenig von Musik, Euer Gnaden.« Sie wollte sich abwenden, doch der Herzog hielt sie am Arm zurück.

Die sanfte Berührung seiner Finger wirkte lähmend auf sie. »Aber *Sie* verstehen viel von Musik, wie?«

»Vielleicht sollten Sie diese Frage an meinen Vater richten, da Sie meinen Worten wenig Glauben schenken.«

Er lächelte unsicher, beinahe entschuldigend. »Es erübrigt sich, Ihren Vater zu fragen. Das habe ich aus dem Kirchenlied herausgehört.«

Schwang da so etwas wie Respekt in seiner Stimme? »Das Kirchenlied?«

»Der Chor hat während der Messe eines Ihrer Lieder gesungen, stimmt's?«

Ein seltsames Glücksgefühl durchrieselte sie. Sie nickte befangen.

»Sie sind sehr begabt.« Der Herzog gab ihren Arm frei, wobei seine Finger unmerklich über ihren Handrücken strichen und ein zartes Kribbeln hinterließen. Er senkte die Stimme. »Es war ein Fehler, daß ich Ihnen gestern keinen Glauben schenkte. Es soll nicht wieder vorkommen.«

Die Aufrichtigkeit seines Kompliments – ganz abgesehen vom rauchigen Timbre seiner Stimme – brachte sie in Verlegenheit … und machte sie schwindlig. Verwirrt wandte sie sich ab und eilte den Flur entlang. Der Herzog folgte schweigend.

Aus der Küche drang das Klappern von Geschirr und Töpfen. Dann ein spitzer Schrei. »Meine Eiercreme ist zusammengefallen!« rief Maggie in hellem Entsetzen. »Die kann ich Seiner Lordschaft unmöglich vorsetzen.«

Cordelia schenkte dem Lärm keine Beachtung, öffnete die Tür zum Salon und bat Lord Waverley einzutreten. Ehe sie die Tür hinter ihm schloß, war Prudence' abfällige Bemerkung noch zu hören. »Das kommt davon, weil ein gewisser Herr von und zu eine Stunde zu früh erscheint.«

Cordelia bemühte sich vergeblich, ein Schmunzeln zu verbergen. Als sie den Blick hob, lächelte auch der Herzog.

»Ich scheine Ihren Haushalt durch mein frühes Erscheinen in Aufruhr versetzt zu haben«, meinte er liebenswürdig.

»Keineswegs. Das Essen ist ohnehin beinahe fertig.«

Er beobachtete, wie sie fahrig ein Sofakissen aufschüttelte. »Wo ist Ihr Herr Vater?«

»Er zieht sich um. Er wird gleich herunterkommen.« Cordelia wünschte, er wäre hier, um ihr in der peinlichen Situation beizustehen.

»Gut. Dann bleiben uns ein paar Minuten, um unter vier Augen zu sprechen.«

Ihr Blick flog zu ihm auf. Er war also absichtlich frühzeitig gekommen. »Worüber denn?« Als wüßte sie es nicht.

»Über die Reise nach London natürlich.«

Sie senkte die Lider. »Jetzt, da Ihnen die Wahrheit bekannt ist, sehe ich keinen Grund, warum Vater Sie nach London begleiten soll.«

Der Herzog nahm auf dem Sofa Platz und legte den Arm auf die Rückenlehne. »Wieso nicht?«

»Ich sagte Ihnen doch«, antwortete sie und begann, die Notenblätter auf der Bank vor dem Cembalo zu ordnen. »Er hat die Choräle nicht geschrieben. Welchen Sinn könnte es haben, daß Ihr Herr Bruder ihn kennenlernt? Ganz zu schweigen von Mr. Händel? Vater würde sich zum Narren machen und Ihrem Bruder sämtliche Chancen bei Mr. Händel verderben.«

Da der Herzog sich zu keiner Entgegnung entschließen konnte, fuhr sie fort. »Und Sie wissen so gut wie ich, daß keiner der Herren Wert darauf legt, den wahren Komponisten der Choräle kennenzulernen.«

»Miß Shalstone, hören Sie auf, sich unnötig zu schaffen zu machen, und setzen Sie sich endlich.«

Bei seinem unwirschen Ton hob sie jäh den Kopf. In diesem schroffen Ton hatte er gestern ständig mit ihr gesprochen. Auch wenn er sich bemühte, freundlich zu erscheinen, seine blitzenden Augen verrieten seine Ungeduld.

Er nahm den Arm von der Lehne und tätschelte auf das Sofa neben sich. »Bitte setzen Sie sich«, wiederholte er weniger gereizt. »Ich möchte Ihnen einen Vorschlag machen.«

Cordelia seufzte. Sie wollte dem Spiel ein Ende bereiten, damit Seine Lordschaft seiner Wege ziehen würde und sie nicht länger belästigte. Sie setzte sich auf die Bank vor dem Cembalo in sittsamer Distanz von ihm. »Welchen Vorschlag?«

Der Herzog beugte sich vor und erzwang ihre Aufmerksamkeit mit seinem eindringlichen Blick. »Mein Bruder hat den Wunsch, Mr. Händel den Vikar vorzustellen, mehr noch, dieses Treffen ist für ihn lebenswichtig, da mein Bruder der Überzeugung ist, der Vikar habe die Musik geschrieben, von der die Rede ist.«

»Mein Vater ist völlig unmusikalisch und kann einen Notenschlüssel nicht von einem Hausschlüssel unterscheiden.«

Der Herzog nickte grimmig. »Dennoch ist Ihr Vater der Vikar, den Richard meint. Mr. Händel, der nicht weiß, wer der Komponist der von ihm bewunderten Musik ist, wird den Vikar als Urheber anerkennen, nicht aber die Tochter des Vikars. Also schlage ich vor, wir präsentieren ihm den Vikar. Wir bringen Ihrem Vater die Grundbegriffe der Kompositionslehre bei, lassen ihn ein paar festgelegte Phrasen über die Choräle auswendig lernen und geben ihn als Komponisten aus.«

Cordelia blieb vor Verblüffung wie festgenagelt auf ihrer Bank sitzen. Schlug der Herzog tatsächlich vor ... glaubte er wirklich ...? »Sie wissen nicht, wovon Sie reden«, flüsterte sie tonlos und vermochte sich ihren Vater in keiner wie immer gearteten Rolle als Schauspieler vorzustellen.

Lord Waverleys Gesicht leuchtete vor Begeisterung. »Ich weiß genau, wovon ich spreche. Wir müssen lediglich Ihren Vater dazu bewegen, die Scharade für kurze Zeit mitzumachen. Er muß nur vorgeben, der Komponist der Choräle zu sein, und sich in dieser Rolle meinem Bruder und Mr. Händel präsentieren. Damit ist Händel beruhigt, und Richards Verlag wird das Vertrauen wiedererlangen, das er so dringend benötigt.« Seine Stimme wurde weich. »Und damit kehrt Richards Lebenswillen vielleicht wieder zurück. Das scheint mir die beste Lösung für unser Problem.«

Cordelia sprang auf die Füße. »Nicht *unser* Problem, Lord Waverley.« Sie unterstrich ihre Worte mit einem anklagenden Finger, den sie auf seine Brust richtete. »*Ihr* Problem. Es ist ausschließlich *Ihr* Problem.«

Auch er hatte sich erhoben. Seine Augen funkelten hitzig. »Wenn der Verlag meines Bruders untergeht, ist das auch Ihr Problem, oder etwa nicht? Wer soll Ihre Kompositionen veröffentlichen, wenn er bankrott geht?« Seine Lippen wurden schmal. »Sagen Sie mir, Miß Shalstone, wieviel Geld bekommen Sie von meinem Bruder?«

»Nicht viel, das kann ich ihnen versichern«, antwortete sie erbost über seine Anmaßung. »Doch das steht nicht zur Debatte ...«

»Es geht Ihnen also um mehr als nur um Geld, hab' ich recht?« fuhr er unbeirrt fort und trat näher. »Die Musik ist Ihr Lebensinhalt. Selbst wenn sie anonym veröffentlicht wird, macht es Sie glücklich, daß Ihre Musik gehört wird, die *Sie* geschrieben haben, die Noten, die einzig und allein *Ihnen* gehören!«

Mußte er die Dinge so unverblümt beim Namen nennen? Es war, als lese er ihre Gedanken, als könne er in die Tiefen ihrer Seele blicken. Cordelia hob das Kinn und bemühte sich, ihrer Unruhe Einhalt zu gebieten. »Ich kann auch für unsere Kirchengemeinde Lieder schreiben«, widersprach sie trotzig. »Die Leute mögen meine Musik. Das genügt mir.«

Er lachte höhnisch. »Das genügt Ihnen? Es berührt Sie also gar nicht, daß der große Händel Ihr Werk bewundert, daß er mit anderen Musikern darüber spricht? Es kümmert Sie nicht, daß mein Bruder ständig von seiner wunderbaren Entdeckung spricht, daß ...«

»Hören Sie auf!« Sie hob hilflos die Hände, hätte ihn am liebsten aus dem Haus gewiesen, aus ihrem Leben verbannt, nur um ihren Frieden wiederzufinden. »Natürlich ist mir das nicht einerlei. Selbst wenn es mir nichts bedeutete, würde ich nicht wünschen, daß Ihr Bruder Schiffbruch erleidet. Ich bin nicht gefühllos, und mir ist auch klar, wie wichtig eine Aufgabe im Leben, wie wichtig Erfolg ist.« Sie hielt schwer atmend inne, kämpfte gegen das Zittern in ihrer Stimme an. »Aber ich kann Ihnen nicht helfen!«

»O doch, Sie können. Wenn Händel sich für die Glaubwürdigkeit meines Bruder verbürgt, ist Richard gerettet. Um das zu erreichen, brauche ich die Unterstützung Ihres Vaters, und um die Unterstützung Ihres Vaters zu erhalten, brauche ich Sie.«

Er nahm ihre zitternden Hände in die seinen. »Sie können Ihrem Vater das nötige Wissen beibringen, damit er als Komponist glaubwürdig wirkt.« Cordelia versuchte, ihm ihre Hände zu entwinden, doch er gab sie nicht frei. »Betrachten Sie ihn als Schüler, dem Sie Ihr Wissen vermitteln. Haben Sie Musikschüler?«

»Ja, aber ...«

»Ihr Vater wird zu Ihrem Schüler, den Sie unterrichten. Mehr verlange ich nicht von Ihnen.«

Sie versuchte weiterhin, ihm ihre Hände zu entwinden, bis er sie endlich losließ. »Mehr verlangen Sie nicht? Haben Sie eigentlich eine Ahnung davon, wie schwierig es ist, Musik zu komponieren? Sie tun, als sei es so etwas wie reiten lernen. Man braucht nur einen guten Reitlehrer, um sich einigermaßen aufrecht im Sattel halten zu können. Nein, Musik zu schreiben erfordert Intuition, Begabung, fundiertes Wissen und Gefühl. Das Handwerk könnte ich meinem Vater vielleicht beibringen, aber was ist mit den anderen Voraussetzungen? Er kann keinen Ton richtig halten, kann die einfachste Melodie nicht nachsingen. Und Sie verlangen, daß er als Komponist auftritt?« Sie sah ihn ungläubig an. »Sie sind entweder völlig verrückt, Euer Gnaden, oder ein absoluter Ignorant!«

Seine Augen glühten. »Ich bin absolut verzweifelt, Miß Shalstone. Richard ist mein einziger Bruder. Er ist noch jung, nur wenige Jahre älter als Sie. Er ist der einzige, der sich um den Familienbesitz kümmert, wenn ich im Ausland bin. Er ist der Vormund meiner Schwestern. Und nun verzehrt er sich vor Kummer ...« Die Stimme versagte ihm. Ein verräterischer Knoten schnürte Cordelia die Kehle zu.

Mußte er ihr das Gefühl geben, für sein Schicksal verantwortlich zu sein, wenn sie ihm die Bitte abschlug? »Sie tun so, als sei dies allein meine Entscheidung. Was ist mit meinem Vater? Was ist, wenn er sich weigert, bei diesem betrügerischen Spiel mitzumachen?«

Die Augen des Herzogs bohrten sich in ihre. »Er hat sich doch auch bereit erklärt, bei *Ihrem* Spiel mitzumachen. Er tanzt doch seit geraumer Zeit nach Ihrer Pfeife. Ich bin sicher, Sie können ihn überreden.«

Cordelia zuckte innerlich zusammen. Es lag nicht in ihrer Absicht, Vater nach ihrer Pfeife tanzen zu lassen. »Das ist eine völlig andere Sache, Euer Gnaden. Zu dieser Täuschung bin ich gezwungen, um zu verhindern, daß er seinen Posten verliert, weil er zu ... krank ist, um seinen Pflichten nachzukommen.«

»Zu krank?« versetzte der Herzog schneidend. »Oder zu betrunken?«

Sie schloß schmerzlich berührt die Augen und senkte den Kopf. Niemand sprach so unverblümt über Vaters Übel. Sie war beschämt und antwortete mit leiser Stimme. »Wie dem auch sei, er kann seine Pflichten nicht zufriedenstellend erfüllen. Das bedeutet, daß er auch unfähig ist, bei Ihrem Spiel mitzumachen und es durchzuhalten.«

Als sie den Blick wieder hob, las sie unverhohlenes Mitleid in den Augen des Herzogs. Er streckte die Hand nach ihr aus, doch sie wandte sich brüsk ab. Sein Mitleid war ihr unerträglicher als seine Verachtung.

Doch er ließ sich nicht beirren. Mit einem raschen Schritt trat er hinter sie und umfing ihre Schultern. »Es tut mir leid«, murmelte er, so nah, daß sie seinen Atem an ihrem Hals spürte. »Das war grausam von mir.«

»Bitte, lassen ... Sie ... mich zufrieden.«

»Sie zufrieden lassen?« Seine Stimme war sehr weich. »Aus welchem Grund? Ob Sie es wahrhaben wollen oder nicht, Miß Shalstone, ich bin Ihr Retter. Wenn jemand aus Ihrer Kirchengemeinde die Situation nicht länger mit ansehen will, braucht er sich nur an den Mann zu wenden, in dessen Diensten Ihr Vater steht, und der Vikar verliert seinen Posten.«

Ein Schauer durchfuhr sie. Darüber hatte sie sich häufig genug Sorgen gemacht. Obschon der alte Graf die Täuschung stillschweigend duldete, da es so schwierig war, einen neuen Pfarrer für Belham zu finden, würde er sich möglicherweise anders besinnen, wenn jemand sich über den Vikar beklagte. Und sollte der Graf die Situation dennoch weiterhin dulden, so gab es noch die hohen Kirchenvertreter in London, von denen es hieß, sie würden in letzter Zeit die Geistlichen im Land sorgfältiger überwachen als bisher. Belhams Abgeschiedenheit stellte keinen dauerhaften Schutz für ihren Vater dar.

»Im übrigen sollten Sie auch an Ihre persönliche Situation denken«, fuhr Lord Waverley fort. »Wie lange können Sie Ihre Rolle noch spielen und nebenbei den Haushalt führen und Ihren anderen Pflichten nachkommen ... sich Ihrer Musik widmen? Ich weiß, daß Sie Höheres anstreben und auch verdient haben, aber auf diese Weise erreichen Sie nichts.« Seine Stimme senkte sich zu einem beschwörenden Raunen, seine Finger festigten sich um ihre Schultern. »Solange Sie die Aufgaben des Vikars übernehmen, können Sie nicht heiraten und eine Familie gründen.«

Tränen brannten ihr in den Augen; sie blinzelte heftig. Wie grausam von ihm, ihre geheimen Ängste in Worte zu fassen. Zudem empfand sie die körperliche Nähe dieses Mannes und seine rauchige Stimme als quälend.

Natürlich sehnte sie sich nach einem Ehemann, einem eigenen Heim ... nach Kindern ... Doch das war ein Traum, der für sie nicht in Erfüllung gehen würde. Sie zwang sich, gleichmütig zu sprechen. »Ich will lediglich eine unabhängige Frau sein.«

»Schön und gut«, erwiderte der Herzog mit einem skeptischen Unterton. »Sie sind es aber nicht.«

»Richtig. Und Ihr Vorschlag vermag an meiner Situation auch nichts zu ändern, Euer Gnaden.« Ihre Stimme klang gepreßt. »Selbst wenn ich mich Ihrem Wunsch beugen und wir Erfolg mit der Täuschung hätten, wäre ich in wenigen Monaten wieder in dieser Situation.«

»Nein, das wären Sie nicht«, widersprach er mit gelassener Zuversicht. »Ich würde Sie selbstverständlich für Ihre Unterstützung entlohnen.«

Langsam drehte sie sich um und sah ihn argwöhnisch an. »Mich entlohnen?«

»Ja.« Er wirkte sehr ernsthaft. »Sobald Richards Verlag wieder floriert, sorge ich dafür, daß er Ihre Werke veröffentlicht, und zwar unter Ihrem Namen, nicht unter dem Ihres Vaters – so viele Musikstücke Sie wünschen und so lange Sie es wünschen.« Seine Rede wurde immer leidenschaftlicher. »Und ich werde meinen Einfluß geltend machen, um Ihre Musik bekannt zu machen. Zwar können weder Richard noch ich Ihnen Erfolg garantieren, aber ich kann Ihnen Türen öffnen und Chancen ermöglichen, wie sie nie zuvor einer Frau gegeben waren. Sie wollen eine unabhängige Frau sein? Schön. Auf diese Weise sind Sie nicht mehr auf Ihren Vater angewiesen, haben ein eigenes Einkommen und sind eine eigenständige Komponistin.«

Cordelia hatte Mühe, ihr pochendes Herz zu beruhigen. Eine eigenständige Komponistin? Mit der Garantie, daß ihre Werke veröffentlicht wurden? Sie könnte ein größeres Werk komponieren, nicht nur Choräle, auf die sie aus Zeitmangel beschränkt war. Sie könnte ein Oratorium schreiben, vielleicht sogar eine Oper.

»Falls Richards Musikverlag trotz aller Bemühungen nicht zu retten ist«, fuhr der Herzog fort, »erhalten Sie von mir eine bestimmte Geldsumme, die Ihnen ein unabhängiges Leben gestattet. Das ist das Geringste, was ich für Sie tun kann.«

Er bot ihr eine Entschädigung an, die ihre kühnsten Träume überstieg, und dennoch war das, was er von ihr forderte, nicht zu bewerkstelligen. Das mußte selbst ein Narr einsehen. Sie würde aus ihrem Vater nie und nimmer einen Musiker machen können. Lord Kent würde den faulen Trick durchschauen, gar nicht zu reden von Maestro Händel.

Ihr eigenes Einkommen. Die Worte des Herzogs hallten in ihr nach wie Sirenengesang.

»Ihr Vater müßte auch keine Not leiden, Miß Shalstone«, redete Lord Waverley eindringlich weiter. »Wenn Sie es wünschen, verwende ich mich beim Grafen für ihn. Oder ich selbst komme für seinen Lebensunterhalt auf. Und ich kann Ihnen dabei helfen, Ihren Vater von seinem ... Leiden zu kurieren.«

Cordella errötete beschämt, da er erneut auf den Zustand ihres Vaters zu sprechen kam. Nein, es gab kein Mittel, um ›ihn von seinem Leiden zu kurieren‹, dachte sie bitter. Das war das Problem.

Darin lag aber auch der Grund, warum sie das Angebot des Herzogs annehmen sollte. Die Lage wurde tatsächlich mit jedem Tag bedenklicher, und Lord Waverley bot ihr einen Ausweg aus ihrer hoffnungslosen Situation.

Was hatte sie zu verlieren? Wenn der Plan erfolglos blieb, wäre Lord Kent in keiner schlechteren Position als zuvor. Sie und ihr Vater würden so weiterleben wie bisher. Zugegeben, ein Scheitern des Planes wäre eine große Demütigung und würde vermutlich auch bedeuten, daß Lord Kent nie wieder ein Musikstück von ihr veröffentlichte. Aber sie könnte mit dem Einkommen rechnen, das der Herzog ihr versprochen hatte. Und falls sie entgegen aller Vorhersagen Erfolg hätte ...

»Ich muß erst mit Vater sprechen, bevor ich Ihnen eine Antwort geben kann«, murmelte sie.

Der Herzog spürte, daß ihre Abwehr im Schwinden begriffen war, und lächelte.

»*Falls* ich mich auf den Plan einlasse, brauche ich Zeit.«

»Die bekommen Sie. Allerdings nicht hier. Ich kann nicht länger warten. Die Straßen sind um diese Jahreszeit in schlechtem Zustand, und die Kutschenreise nach London dauert mindestens eine Woche. Diese Zeit können Sie nutzen. Wenn Sie mehr Zeit brauchen, können Sie in meinem Haus mit Ihrem Vater weiterarbeiten, bis er soweit ist.«

Die Vorstellung, welche Möglichkeiten sich ihrem Vater boten, im Haus des Herzogs heimlich zu trinken, jagte ihr Angst ein. »Wir haben uns noch nicht wirklich mit Vaters ... Leiden befaßt.« Sie schluckte schwer. »Wie Sie selbst sahen, hatte ich bisher nicht viel Erfolg mit meinen Bemühungen, ihn zu kurieren.«

Lord Waverleys Gesicht verhärtete sich. »Ich denke, daß sich auch hier ein Weg finden läßt.«

Cordelia lachte bitter. »Glauben Sie wirklich?«

»Während der Reise wird es uns nicht schwerfallen, ihm den Zugriff auf seine ›Medizin‹ zu verwehren, meinen Sie nicht?«

»Sie kennen Vater nicht ...«

»Ich bin guten Mutes und verspreche Ihnen, wir finden einen Weg.«

Seufzend begegnete sie seinem eindringlichen Blick. Sie mußte nicht bei Sinnen sein, sich auf dieses Spiel einzulassen. Andererseits sah sie sich gezwungen, nach dem Rettungsanker zu greifen, den er ihr zuwarf. Und der Dringlichkeit seiner Bitte konnte sie sich auch nicht verschließen. »Einverstanden.«

Jeder Muskel seines Gesichts schien sich zu entspannen. Mit einemmal wirkte er ganz jung. »Sie haben die richtige Wahl getroffen, Miß Shalstone.«

Die einzige Wahl, die mir bleibt, dachte sie düster.

Er schien noch etwas sagen zu wollen, als Maggie den Kopf zur Tür hereinsteckte. »Verzeihung, Miß, Ihr Vater fragt nach Ihnen. Soll er hereinkommen?«

Cordelia bedachte den Herzog mit einem flüchtigen Blick, während Maggie wartete.

Er lächelte aufmunternd. »Wenn Sie wünschen, gehe ich. Dann können Sie allein mit ihm sprechen.«

»Nein, nicht nötig. Er wird Ihnen vermutlich einige Fragen stellen wollen.« Sie wandte sich an Maggie. »Ist er … ehm, ist er …«

»Er ist wohlauf, Miß«, versicherte Maggie, die wußte, worauf ihre Herrin anspielte.

Cordelia atmete erleichtert auf. Er würde sie also wenigstens heute nicht in Verlegenheit bringen. »Danke, Maggie. Sag ihm, der Herzog möchte ihn sprechen.«

»Sehr wohl, Miß«, antwortete Maggie und verschwand.

Wieder allein mit dem Gast beschlich Cordelia Beklommenheit beim Gedanken an das bevorstehende Gespräch. Sie hob den Blick, suchte unbewußt Rückhalt.

Der Herzog lächelte. »Seien Sie unbesorgt, Miß Shalstone. Alles wird gut. Ich bin sicher, Sie machen Ihre Sache hervorragend, und Richard bekommt Händels Oratorium.« Ihr unglückliches Gesicht veranlaßte ihn zu einem scherzhaften Zusatz. »Solange Sie keine Predigten verfassen müssen … Sie schreiben wunderbare Musik, aber Predigten sind nicht Ihre Stärke.«

Beim Gedanken an die Versprecher ihres Vaters bei der Predigt huschte ein Lächeln über ihre Züge. »Sie haben eine wunderbare Gabe, das Herz einer Frau mit Komplimenten zu erwärmen«, versetzte sie schnippisch.

»Ich weiß, was mir gefällt«, lächelte der Herzog geheimnisvoll, und seine Augen verweilten auf ihrem Gesicht. »Ja, ich weiß, was mir gefällt.«

Etwas in seiner Stimme sagte ihr, daß er nicht von ihrer musikalischen Begabung sprach. Etwas in seinem rauchigen Flüstern veranlaßte sie zu der bangen Frage, wie die einwöchige Reise in der Kutsche mit Seiner Lordschaft verlaufen würde.

Diese Frage und die damit verbundene Besorgnis beschäftigte sie auch noch, als ihr Vater das Zimmer betrat.

Kapitel 4

Oswald Shalstone war kein Dummkopf. Mochte er auch gelegentlich zu tief ins Glas schauen, so war er noch lange nicht so blind, um nicht zu spüren, was um ihn herum geschah. Dieser hohe Herr mischte sich in Dinge ein, die ihn nichts angingen – und seine Augen wanderten unstet umher.

Und hefteten sich immer wieder auf seine Tochter.

Und Cordelia errötete jedesmal, wenn der Herzog sie ansah. Und das erweckte Oswalds Mißtrauen.

Dennoch gebot ihm die Pflicht, freundlich zu sein. Ein Priester mußte alle Seelen willkommen heißen. Auch die Seele eines Herzogs.

Oswald verneigte sich knapp. »Guten Tag, Euer Gnaden. Wir fühlen uns geehrt, Sie in unserem bescheidenen Heim begrüßen zu dürfen.«

Der Herzog nickt höflich. »Die Ehre ist ganz meinerseits.«

Der gestrige Besuch des Herzogs wurde mit keinem Wort erwähnt, an den Oswald sich nur verschwommen erinnerte. Eine unverzeihliche Unhöflichkeit Seiner Lordschaft, unangemeldet seine Aufwartung zu machen, wenn das Haus in Aufruhr war. Allein der Gedanke daran entfachte Oswalds Unmut.

Ach ja, in letzter Zeit weckte nur allzuviel seinen Unmut. Das lag nur an dem verfluchten Wein. Er mußte mehr auf seine Trinkgewohnheiten achten, ermahnte er sich und überhörte die dünne Stimme, die ihm vorhielt, dieses Versprechen unzählige Male gebrochen zu haben.

»Setzen Sie sich, Euer Gnaden.« Oswald wies mit einer ausladenden Armbewegung zum Sofa. Als der Herzog und seine Tochter darauf Platz nahmen, versuchte er, sich sein Mißfallen nicht anmerken zu lassen. Und es besänftigte ihn nur geringfügig, daß die beiden möglichst großen Abstand zueinander hielten.

Cordelia strich sich die Röcke glatt. »Vater, Seine Lordschaft kommt in einer bestimmten Angelegenheit zu uns. Sie betrifft die Musik, die ich nach London zur Veröffentlichung schicke. Sein Bruder ist mein Verleger.«

Oswald nahm in seinem Lieblingssessel Platz und musterte Cordelia sinnend, die immer noch an ihrem Kleid nestelte. Sie hatte nie besonderen Wert auf ihre äußere Erscheinung gelegt. Heute wirkte sie beunruhigt, und das erfüllte ihn mit Besorgnis.

»Ich erinnere mich, gestern abend war kurz die Rede von Lord Kent«, murmelte Oswald.

Als Lord Waverley und Cordelia Blicke tauschten, wurde er wachsam. Hielten die beiden ihn für einen Idioten? Zugegeben, er hatte gestern abend zu viel getrunken, aber er war noch längst nicht taub, und er wußte sehr wohl, wer der Bruder des Herzogs war.

Honorines Briefe, die Cordelia laut vorzulesen pflegte, berichteten immer wieder über den Herzog und seine Familie. Honorine war zwar eine unverbesserliche Klatschbase, doch ihre Londoner Quellen waren zuverlässig. Sie hatte über die ausgedehnten Aufenthalte des Herzogs in Indien geschrieben. Wieso war er eigentlich wieder in England?

»Um die Wahrheit zu sagen, Sir«, ergriff Lord Waverley das Wort, »ich bin hier, um Sie und Ihre Tochter um einen Gefallen zu bitten.«

Nichts vermochte Oswalds Mißtrauen gründlicher zu wecken als ein adeliger Herr, der um einen Gefallen bat. Ein Edelmann bat einen einfachen Pfarrer nicht um einen Gefallen, wenn es sich nicht um die Absolution einer Todsünde handelte. »Einen Gefallen, Euer Gnaden?«

Mit großer Geduld schilderte der Herzog die schwierige Lage, in der Lord Kent sich mit seinem Verlag befand, und erläuterte alsdann ausführlich einen Plan, mit dem Lord Kent und ein Komponist namens Georg Friedrich Händel getäuscht werden sollten.

Allem Anschein nach hatten Lord Waverley und Cordelia diesen widersinnigen Plan gemeinsam ausgeheckt. Dem Herzog schien es mit seiner Überredungskunst gelungen zu sein, seiner sonst so vernünftigen und intelligenten Tochter ein völlig absurdes Vorhaben einzureden.

»Lassen Sie mich kurz zusammenfassen, ob ich recht verstanden habe«, bemerkte Oswald nicht ohne Sarkasmus am Ende der herzoglichen Erläuterungen. »Ich soll mich anstelle meiner Tochter als Komponist von Kirchenmusik ausgeben, um damit nicht nur Ihren Bruder, sondern auch einen berühmten Musiker zu täuschen. Und das alles, um den Verlag Ihres Herrn Bruders zu retten.«

Zu Oswalds Erstaunen verlor der Herzog nicht die Beherrschung, nur in seinen Augen glomm ein teuflischer Funke. »Richtig, Sie haben den Plan erfaßt, Sir.«

Oswald ließ sich durch das Funkeln nicht einschüchtern. Er wandte sich an seine Tochter, die ein sorgenvolles Gesicht machte. »Und du, Mädchen? Billigst du diesen Unsinn etwa?«

Sie senkte die Lider. »Ich weiß keinen anderen Ausweg, um Lord Waverleys Dilemma zu lösen, Vater.«

»Ach ja? Wieso müssen wir das Dilemma Seiner Lordschaft lösen?«

Cordelia errötete. »Weil Lord Kent uns stets sehr entgegenkommend behandelte. Er hat meine Musik veröffentlicht ...«

Oswald schnaubte verächtlich. »Pah! Damit hat er lediglich Geschäftssinn bewiesen, weiter nichts. Mit deiner Musik hat er gutes Geld verdient.«

»Sie haben mich nicht richtig verstanden, Sir«, warf Lord Waverley ein. »Ich will keineswegs unterstellen, Ihre Tochter sei meinem Bruder zu Dank verpflichtet. Sie haben ganz recht, Richard hat aus ihrem Talent Nutzen gezogen.« Er legte eine Pause ein. »Ich bitte Sie um einen Gefallen, weil ich keinen anderen Ausweg weiß.«

»Keinen anderen Ausweg?« Oswald zupfte sich am Ohrläppchen. Diese adeligen Herren waren einer wie der andere, alle verwöhnt und zum Leben untauglich. »Wieso bringen Sie Ihren Bruder nicht zur Vernunft? Schließlich ist er seiner Familie gegenüber verpflichtet. Mit dem nötigen Fleiß und Gottvertrauen kommen die Dinge wieder ins Lot. Mir scheint, Lord Kent fehlt es an innerer Kraft und Durchhaltevermögen. Was der Mann braucht, ist Disziplin, jawohl, Disziplin!«

Cordelia warf ihrem Vater beschwörende Blicke zu, dann warf sie den Klopf in den Nacken, wie immer, wenn sie erzürnt war. Sie mußte an sich halten, um ihm nicht eine passende Entgegnung auf seine hochfahrende Rede zu geben. Aber ihm war wohl nicht bewußt, daß er im Glashaus saß und mit Steinen warf.

»Vater, Disziplin ist etwas, was man nicht erzwingen kann, zumal nicht von einem Mann, der sich in einer ausweglosen Situation befindet.« Ob er ihren sarkastischen Unterton wahrnahm? »Du solltest das besser wissen als jeder andere.«

Was sollte *das* nun wieder bedeuten? »Sprich nicht in diesem Ton mit mir, Mädchen ...«

»Bitte, Sir«, unterbrach ihn der Herzog mit einem beschwichtigenden Blick in Cordelias Richtung. »Ich will keine Unstimmigkeiten zwischen Ihnen und Ihrer Tochter heraufbeschwören, aber ich brauche Ihre Hilfe. Ich weiß, ich komme mit einem großen Anliegen zu Ihnen. Aber ich werde Sie für Ihre Bemühungen belohnen.«

Oswald schnaubte verächtlich. »So einfach ist das also, Euer Gnaden. Einem Geistlichen braucht man nur ein paar Silberlinge vor die Füße zu werfen, dann tut er gern, was man von ihm verlangt.«

Cordelia erhob sich, hochrot im Gesicht. »Vater, es gibt keinen Grund, unhöflich zu sein.«

Oswald nahm ihren Tadel widerspruchslos entgegen, hatte aber auch den unwiderstehlichen Wunsch, dem Herzog die Meinung zu sagen. Wieso eigentlich?

Weil der hohe Herr ihn gestern betrunken gesehen hatte. Weil er heute morgen seine stümperhafte Predigt gehört hatte. Weil er ständig seine Tochter angaffte. Und weil Oswald einen Schluck Wein brauchte wie der arme Sünder die Absolution.

Er schüttelte den Kopf. Nein, er brauchte keinen Wein. Nein. Er konnte sehr wohl ohne Wein auskommen.

»Ich war der Meinung, es sei dein Wunsch, einem Mann zu helfen, dessen Bruder sich in einer verzweifelten Lage befindet.« Cordelia ging erregt auf und ab und unterstrich ihre Worte wie üblich mit ausladenden Gesten. »Ich war der Meinung, du würdest ihm helfen, weil Nächstenliebe deine Christenpflicht ist, zumal als Geistlicher.«

Oswald versagte sich eine scharfe Zurechtweisung und zwang sich zu einem milden Ton. »Cordelia, Kind, es ist nicht so, daß ich Seiner Lordschaft meine Unterstützung verweigern wollte, aber du mußt doch einsehen, daß seine Bitte unmöglich zu erfüllen ist.«

Darauf wußte Cordelia keine Antwort, und Oswald bemerkte den Kampf, der in ihrem Innern tobte. Aha, sie war also gar nicht so überzeugt von dem Plan, wie es zunächst schien.

Sie straffte die Schultern und sah ihren Vater unverwandt an. »Der Plan mag schwierig sein, das gestehe ich gerne. Aber es ist auch nicht möglich, so weiterzuleben wie bisher.«

Ihre versteckte Anklage schmerzte ihn. Er hatte Cordelia in den Jahren seit Florindas Tod viel zugemutet, hatte aber nicht geahnt, wie tief ihre Unzufriedenheit wurzelte.

Nein, das stimmte nicht. Er hatte zugesehen, wie sie ihm allmählich entglitt, und er war unfähig ... und nicht willens, sie aufzuhalten.

Er ließ die Fingerknöchel knacken und bemühte sich, seine Kränkung zu verbergen. »Was soll sich denn an unserer Situation ändern, wenn wir« – er legte eine Pause ein und warf dem Herzog einen finsteren Blick zu, der den Kampf zwischen Vater und Tochter schweigend verfolgte – »diesem Herrn helfen?«

Cordelia, die seine Frage nicht gehört zu haben schien, war ans Cembalo getreten und ließ die Finger sinnend über die Tasten gleiten. Sie hob den Kopf und blickte zum Herzog hinüber, bevor sie ihren Vater ansah. »Seine Lordschaft hat versprochen, dafür zu sorgen, daß meine Musik veröffentlicht wird, und zwar so viel ich wünsche.«

Oswald schloß die Augen, um den Eifer, die Begeisterung, das Vertrauen in ihren Augen nicht sehen zu müssen. Er hatte begriffen. Wenn sie mit ihrer Musik Erfolg hätte, wäre sie nicht mehr abhängig von ihrem unzuverlässigen Vater.

Dann bemerkte er den Blick des Herzogs, der unverwandt auf ihm ruhte. Nie zuvor hatte Oswald einen Menschen gehaßt. Dieser anmaßende Aristokrat bot Cordelia die Chance, ihren Vater im Stich zu lassen, und erwartete auch noch von ihm, sich an dem schändlichen Plan zu beteiligen!

Cordelia war der völlige Gegensatz ihrer Mutter: blond und hellhäutig, während Florinda dunkel war. Sie war tatkräftig und energisch, während ihre Mutter zart und nachgiebig war. Dazu war sie ansehnlich, von hübschem Wuchs und immer noch unverheiratet ... Bald würde sie eine alte Jungfer sein. Selbst in seinen weinseligsten Momenten war Oswald bewußt, welche Opfer sie für ihn brachte. Sie hatte alle Bewerber abgelehnt; sie war es, die die Kirchengemeinde zusammenhielt. Manchmal schämte er sich, daß sie ihm so viele Pflichten abnahm. Doch dann redete er sich wieder ein, sie tue nicht mehr, als von einer Pfarrerstochter zu erwarten sei.

Und nun kam dieser herausgeputzte Herzog daher mit seinem Reichtum und seiner Macht und bot ihr an, was Oswald ihr nicht geben konnte – die Freiheit von ihrem Vater.

Er wollte wissen, was Cordelia wirklich über das Angebot des Herzogs dachte. Er wollte wissen, ob sie die Absicht hatte, ihren Vater zu verlassen.

Oswald sah Cordelia streng an. »Sag mir, Kind, was würdest du tun, wenn du die Freiheit hättest, deine Musik zu schreiben und zu veröffentlichen?«

Cordelia fingerte an einem Notenblatt auf dem Cembalo, ein verträumtes Lächeln flog über ihre Züge. »Ich würde uns ein kleines Haus in der Nähe von London mieten, ein ruhiges Plätzchen mit einem Garten, wo wir uns Hühner und eine Kuh halten könnten. Ich würde meine Musik schreiben, und du, Vater, könntest dich wieder dem Studium deiner Bücher widmen – wie früher, bevor ...«

Bevor meine Florinda starb, dachte er. Nein, Cordelia würde ihn nicht verlassen. »Und was ist mit der Pfarrei? Die Menschen brauchen uns. Was ist mit ihnen?«

Zwei Falten bildeten sich auf ihrer Stirn. »Wenn du es wünschst, könnten wir auch hierbleiben. Hauptsache, ich kann meine Musik schreiben.« Sie trat an ihn heran, kniete vor ihm nieder und nahm seine Hände. Ihre Stirnfalten glätteten sich, ihr Antlitz glühte hoffnungsvoll, wie er es lange nicht gesehen hatte. »Wichtig ist doch, daß wir uns keine Sorgen um unseren Lebensunterhalt machen müßten. Wir wären nicht länger auf den Herrn Grafen angewiesen, auch nicht darauf, ob die Kirchengemeinde mit dir als Pfarrer zufrieden ist.«

Er konnte sich dem Flehen in ihrer Stimme nicht entziehen. Er hatte kein Recht, ihr die Bitte abzuschlagen. Im übrigen handelte es sich schließlich nicht um den Heiratsantrag eines jungen Mannes, der sie ihm für immer wegnehmen wollte.

Eine Sache beunruhigte ihn freilich sehr. »Was Seine Lordschaft von uns verlangt, ist eine Sünde, Kind. Ein Betrug, auf dem kein Segen liegt.«

Ein Lächeln huschte über ihre Lippen. »Es ist kein schlimmerer Betrug als der, mit dem wir Lord Kent täuschen und behaupten, du habest meine Kompositionen geschrieben.«

Damit saß er fest. Ironischerweise war es seine Idee gewesen, die Musik unter seinem Namen einzureichen, um ihr eine Chance zu geben. Ein anderer Vater hätte ihr strikt verboten, die Kompositionen anzubieten. Seine Einwilligung war seine Form der Wiedergutmachung für alles, was er Cordelia aufbürdete. Er wollte ihr damit einen Gefallen tun, auch wenn die Musikstücke ›anonym‹ erschienen. Und nun fiel der Betrug auf ihn zurück.

»Vater, ich weiß nicht, ob diese Täuschung gelingt, aber ich fühle mich auch schuldig, Lord Kent in die Irre geführt zu haben«, flüsterte sie und drückte Oswalds Hände. »Damit könnten wir unsere Schuld abtragen. Wie könnten wir zusehen, daß Lord Kent seinen Verlag verliert und der Meinung ist, daß ich – beziehungsweise du – ihm in der Not jede Hilfe versagt hast?«

Er mußte nicht erst vorschlagen, Lord Kent die Wahrheit zu gestehen. Nein, er wußte genau, wie der Verleger reagieren würde, wenn er wüßte, daß er von einer jungen Frau an der Nase herumgeführt worden war. Und Oswald hatte gesehen, wie ungläubig und verächtlich Lord Waverley gestern abend reagiert hatte, als sie ihm die Wahrheit gestand. Oswald würde nicht zulassen, daß Cordelia eine ähnliche Verachtung von Lord Kent oder diesem Mr. Händel entgegengebracht wurde. Im übrigen hatte der Herzog betont, daß Lord Kent Nachteile entstehen würden, wenn sie sich als Komponistin zu erkennen gab.

Da hatte sie ihm eine schöne Geschichte eingebrockt. Oswald wandte sich hilfesuchend an den Herzog, obwohl er wußte, daß von ihm keine Unterstützung zu erwarten war. Seine Lordschaft lächelte milde, was Oswald an eine weitere Besorgnis erinnerte ...

Die begehrlichen Blicke des Herzogs. Oswald blickte in die unverschämt glutvollen Augen des Herzogs. »Werden wir mit Ihnen reisen, Euer Gnaden?«

Lord Waverley nickte. »Ich erwarte meine Kutsche heute abend oder spätestens morgen. Ich werde selbstverständlich für sämtliche Reisekosten aufkommen.«

Oswald versagte sich die Bemerkung, ob seine Tochter Anspruch auf eine eigene Kammer in den Gasthöfen haben würde. Statt dessen fragte er bescheiden: »Gestatten Sie uns, eine Bedienstete mitzunehmen?«

Cordelia machte ein erschrockenes Gesicht. »Eine Bedienstete? Wieso?«

»Als Anstandsdame für dich. Es schickt sich nicht für eine junge Dame, mit zwei Herren allein zu verreisen.«

Lord Waverley schmunzelte. »Glauben Sie wirklich, Ihre Tochter braucht eine Begleitperson, wenn sie mit ihrem Vater verreist?«

»Ich wünsche, daß Prudence uns begleitet«, entgegnete Oswald streng. »Wenn ich an diesem grotesken Plan teilhaben soll, verlange ich, daß uns eine Dienerin begleitet.«

Der Herzog zuckte mit den Achseln. »Wie Sie wünschen. Meinetwegen nehmen Sie eine Dienerin mit, solange wir dadurch nicht aufgehalten werden.«

Cordelia machte ein unglückliches Gesicht. »Müssen wir Prudence mitnehmen, Vater? Warum nicht Maggie?«

»Maggie muß sich um ihre betagten Eltern kümmern, Kind, hast du das vergessen?« Den wahren Grund für Prudence' Begleitung verschwieg er seiner Tochter wohlweislich.

»Aber Prudence ...«

»Entweder Prudence begleitet uns als Anstandsdame, oder ich verweigere meine Einwilligung.«

Cordelia nickte mit schmalen Lippen und stand auf.

Auch Lord Waverley erhob sich, den Blick auf Oswald gerichtet. »Kann ich also auf Ihre Hilfe rechnen? Und Sie spielen den Komponisten?« Er war um einen gleichmütigen Tonfall bemüht, doch sein gespannter Gesichtsausdruck strafte ihn Lügen.

Oswald spürte den eindringlich fragenden Blick seiner Tochter auf sich. Welche Wahl blieb ihm? Entweder er half dem Herzog und sicherte sich damit die Dankbarkeit seiner Tochter, oder er riskierte es, sie zu verlieren ... wenn nicht jetzt, so in naher Zukunft, wenn sie es leid wäre, ihren mürrischen alten Vater zu umsorgen, der ihr die Chance auf ein eigenständiges Leben verwehrt hatte. »In Gottes Namen. Ich helfe Ihnen, obwohl ich fürchte, daß Ihnen meine Hilfe nichts nützt. Wer sollte mir glauben, Komponist zu sein? Ich bin hoffnungslos unmusikalisch.«

»Aber du wirst dich bemühen, Vater, nicht wahr?« Cordelia legte ihm die Hand auf den Arm und sah ihn mit unschuldig flehendem Blick an. »Du bemühst dich, deine Rolle überzeugend zu spielen ... um Lord Kents willen.«

»Ich tue mein Bestes, um einen vorzeigbaren Komponisten abzugeben, Kind.« Oswald tätschelte ihre Hand und bedachte Lord Waverley mit einem bedeutungsvollen Blick, ehe er schroff hinzufügte: »Aber nicht, um Lord Kent einen Gefallen zu tun und auch nicht Lord Waverley. Ich tue es einzig und allein für dich.«

Kapitel 5

»Die hohlen Notenköpfe sind halbe Noten, keine Viertelnoten, das sage ich dir jetzt schon zum zehntenmal!«

Cordelias Tadel hallte laut in der prunkvoll ausgestatteten Kutsche. Lord Waverley zog die Brauen hoch, nur Prudence schnarchte unbeirrt weiter.

Cordelia schämte sich ihrer Gereiztheit, aber die Übellaunigkeit ihres Vaters erzürnte sie. Dabei mußte sie mit seiner schlechten Laune rechnen – schließlich hatte er nichts zu trinken bekommen, seit sie im Morgengrauen aufgebrochen waren.

Es war nicht nur sein Griesgram, der sie verärgerte. Gütiger Himmel, er hatte ein Gedächtnis wie ein Sieb. Keiner ihrer Schüler hatte ihr soviel Mühe bereitet. Sie blickte ihren Vater finster an, der neben Lord Waverley saß. Ihr Finger deutete wieder auf das Notenblatt. »Ich begreife nicht, wie du dir hundert Bibelverse merken kannst, Vater. Aber vier einfache Noten wollen partout nicht in deinen Kopf.«

»Weil es nicht nur vier einfache Noten sind«, brauste er auf und lehnte sich ächzend in die Samtpolster zurück. »Halbe Noten, Viertelnoten, Fermaten, Haltebogen, Taktstriche, Notenlinien, Kreuz und b! Fürwahr! Wie schafft ihr Musiker es, euch in dem Wust zurechtzufinden und eine Melodie darin zu erkennen? Griechisch zu lernen ist leichter als dieses komplizierte Zeug. Und Griechisch hat mir weiß Gott Kopfzerbrechen bereitet!«

Cordelia wandte sich seufzend an Lord Waverley, der belustigt schmunzelte. Wie konnte er auch noch über sie lachen? Schließlich hatte er sie in diese vertrackte Situation gebracht!

Die Kutsche fuhr durch ein tiefes Schlammloch, worauf die Insassen auf ihren Sitzen durchgerüttelt und beinahe gegen das Dach geworfen wurden. Cordelia griff haltsuchend nach dem Samtvorhang, das Notenblatt entglitt ihrer Hand und flog dem Herzog auf den Schoß, der rasch danach griff, ehe es zu Boden fiel.

Nachdem die Kutsche wieder einigermaßen ruhig dahinfuhr – soweit man das ständige Schlingern, Holpern und Rumpeln über die erbärmlich schlechte Straße ruhig nennen konnte –, betrachtete der Herzog das Notenblatt sinnend. »Vielleicht sollten Sie ein Musikstück wählen, das den mangelnden ... ehm ... Kenntnissen Ihres Vaters besser entspricht«, meinte er und bemühte sich, das Blatt ruhig zu halten, um die Noten lesen zu können.

Cordelia verdrehte die Augen. »Mit diesem Stück bringe ich meinen jüngsten Schülern die Grundbegriffe der Musik bei, Euer Gnaden. Es ist ein einfaches Kirchenlied.«

»Unleserliches Gekritzel!« knurrte der Vikar und ließ die Knöchel seiner rechten Hand knacken. »Wie soll ich das Zeug lesen, wenn alles wackelt auf dieser schlechten Straße. Mein Magen dreht sich um bei dem ewigen Schaukeln.« Er warf Cordelia einen flehenden Blick zu und setzte eine Leidensmiene auf, um ihr sein Unwohlsein zu verdeutlichen. »Ich könnte wesentlich besser studieren, wenn ich meine Medizin hätte, um meinen Magen zu beruhigen.«

Cordelia schüttelte den Kopf und warf dem Herzog einen Blick zu, mit dem sie ihm zu verstehen gab: *Ich hab's gewußt.*

»Es tut mir aufrichtig leid, daß wir Ihre Medizin vergessen haben, Reverend Shalstone«, meinte er entschuldigend. »Ich hatte ja keine Ahnung, was sich in Ihrer Reisetasche befindet, sonst hätte ich sie gewiß nicht auf der Treppe vergessen.«

Er log so unverschämt, daß Cordelia sich ein Lachen verkneifen mußte. Nur mühsam hatte sie ihn gestern davon überzeugen können, daß er mit einem Trinkverbot nur erreichen würde, daß ihr Vater seine Mithilfe im letzten Moment verweigern und einfach nicht in die Kutsche steigen würde. Die einzige Hoffnung war nun, alle geistigen Getränke unter allerlei Vorwänden und Ausreden von ihm fernzuhalten.

Aus diesem Grund hatten der Herzog und sie eine Geschichte über den Widerwillen Seiner Lordschaft gegen geistige Getränke erfunden, den er bereits beim Sonntagsmahl demonstrierte. Für die Dauer der Reise wollte der Lord einen Abstinenzler spielen, der nie einen Tropfen trank und seine Umgebung dazu zwang, es ihm gleichzutun. Prudence hatte gemurrt, als Cordelia ihr unter vier Augen von dem Verbot berichtete. Sie mißbilligte zwar die Trinkgewohnheiten des Vikars, gönnte sich jedoch selbst abends gern ein Gläschen Wein. Schließlich erklärte sie sich mürrisch bereit, das Gebot des Herzogs zu befolgen.

Der Vikar machte ein noch griesgrämigeres Gesicht. »Vielleicht können wir anhalten und Medizin kaufen …«

»Ich sagte Ihnen bereits, wir sind in Eile«, unterbrach der Herzog ihn scharf. »Alkohol schadet außerdem der Gesundheit, und ich wünsche, daß Sie sich in meiner Gegenwart geistiger Getränke enthalten.«

Cordelia warf ihrem Vater einen warnenden Blick zu. War er bereits so tief gesunken, daß er sich den Wünschen des Herzogs widersetzen würde?

Beim Anblick ihrer tadelnden Miene schob der Vikar trotzig das Kinn vor. »Na gut, wenn Sie unbedingt darauf bestehen.« Und noch brummiger setzte er hinzu: »Also laß uns weitermachen, Mädchen. Erklär mir die halben Noten noch einmal. Diesmal paß ich auf.«

Cordelia beugte sich über das Notenblatt und nahm

den Musikunterricht wieder auf. Dabei spürte sie den Blick des Herzogs auf sich, der sie den ganzen Vormittag schon störte. Während ihr Vater die Musiknoten studierte, beobachtete Lord Waverley sie.

Und er studierte sie eingehend. Es war ihr unbehaglich, seinen bohrenden Blick unverwandt auf sich zu wissen.

Wieso machte er nicht wie Prudence die Augen zu und schlief? Aus dem Fenster zu sehen langweilte ihn vermutlich. Es gab ja auch nichts zu sehen außer schneeverwehte Felder unter einem grau verhangenen Himmel. Konnte er denn nicht irgendwo anders hinsehen?

Cordelia begann die Geduld zu verlieren. Lange würde sie das dreiste Starren nicht ertragen. »Sie müssen sich schrecklich langweilen, Lord Waverley.« Sie dachte an sein Pferd, das hinten an der Kutsche angebunden war. »Vielleicht würden Sie lieber reiten, als sich hier bei uns zu Tode zu langweilen.«

Er schmunzelte. »Bin ich ein so lästiger Reisegefährte, Miß Shalstone, daß Sie mich in die Kälte hinausschikken?«

Sie errötete. »N... nein, ich wollte nicht ... das heißt ...«

»Cordelia wollte damit gewiß nur sagen«, kam der Vikar ihr zu Hilfe, »daß Sie vielleicht lieber in der frischen Luft in einem bequemen Sattel sitzen, als sich in dieser engen Kutsche durchrütteln zu lassen.« Der Vikar zwinkerte Cordelia zu, die sich auf die Lippen biß, um nicht zu schmunzeln.

Die Worte ihres Vaters hatten leider nicht den gewünschten Effekt. »Der lange Ritt nach Belham war anstrengend genug«, antwortete der Herzog ungerührt. »Die vielen Jahre in Indien haben mich des unwirtlichen englischen Klimas entwöhnt, und ich sitze lieber in einer warmen Kutsche.« Mit einer galanten Verneigung fügte er hinzu: »Zumal in so reizender Gesellschaft.«

Das belustigte Funkeln seiner Augen reizte Cordelia zu einer spitzen Bemerkung. »Gibt es in Indien nicht Gegenden, in denen es sehr kalt ist?«

Er lächelte und entblößte ebenmäßige weiße Zähne. »Sie scheinen über Indien Bescheid zu wissen.«

»Ich habe ein wenig über den Subkontinent gelesen.«

»Interessant. Ganz recht. Im Hochgebirge ist es im Winter sehr kalt. Ich habe in milderen Klimazonen gelebt.«

Der Vikar schnaubte verächtlich. »Milde Klimazonen, pah! Dort soll es so heiß sein, daß einem das Gehirn austrocknet und man auf allerlei verrückte Ideen verfällt.« Er hielt anklagend das Notenblatt hoch und warf Cordelia einen strafenden Blick zu.

Sie verschränkte krampfhaft die Hände im Schoß. Wie konnte Vater nur so unhöflich sein?

Der Herzog ließ sich freilich nicht aus der Fassung bringen. Er verlagerte das Gewicht, wobei sein Lederstiefel Cordelias Fuß streifte. »Verrückte Ideen? Auch nicht verrückter als der Plan, den Sie und Ihre Tochter ausgeheckt haben, um Ihre Kirchengemeinde zu täuschen.«

Der Reverend warf sich in Positur. »Euer Gnaden, ich muß schon bitten …«

»Es reicht, Vater«, fuhr Cordelia dazwischen. Wie in aller Welt sollte sie diese Reise durchstehen, wenn Vater und der Herzog sich ständig zankten? »Nun vergiß Seine Lordschaft für ein paar Minuten und konzentriere dich wieder auf unsere Arbeit. So kommen wir nämlich nicht voran.«

Sie warf dem Herzog einen flehenden Blick zu. Er zog eine Augenbraue hoch und nickte unmerklich, als akzeptiere er ihre Bitte und ihren versteckten Tadel.

Sie wandte sich wieder ihrem Schüler zu. »In dem Stück sind fünf halbe Noten. Zeig mir bitte, welche es sind.«

Brummend fügte der Vikar sich ihrer Bitte. Und bald versenkten die beiden sich in friedvolle Konzentration. Der Herzog hörte zwar nicht auf, sie anzustarren, doch Cordelia zwang sich, nicht darauf zu achten und ihren Vater in die Grundbegriffe des Notenlesens einzuführen.

So fuhr die Kutsche eine geraume Weile dahin, und der Vikar begann, sich einige musikalische Grundbegriffe anzueignen, als ein scharfer Ruck durch die Kutsche ging, der Wagen gefährlich zur Seite kippte und die Passagiere von ihren Sitzen geschleudert wurden. Unter dem lauten Gebrüll des Kutschers und dem angstvollen Wiehern der Pferde kam der Wagen endlich schwankend zum Stehen.

»Verdammter Mist«, fluchte der Herzog, rappelte sich hoch, stieß den Wagenschlag auf, der nun schräg himmelwärts wies und kletterte ins Freie. Prudence beschwerte sich zeternd über die unsanfte Störung, während der Vikar ächzend vom Fußboden der Kutsche hochkam.

Der Herzog streckte den Kopf zum Fenster herein. »Die Pferde scheuten vor einem Fuchs und haben die Kutsche in den Graben gesetzt. Die Tiere müssen abgeschirrt werden. Sie müssen alle aussteigen, damit wir die Kutsche aus dem Graben ziehen können. Wenn wir Glück haben, dauert es nicht lang.«

Er reichte Prudence die Hand und half ihr beim Aussteigen. Der Vikar half Cordelia hoch, die sich den Umhang um die Schultern legte und nach ihrem Muff griff. Der Herzog umfing ihre Mitte, schwang sie hoch, als sei sie leicht wie eine Feder, und setzte sie vorsichtig auf der Straße ab.

Sobald sie festen Boden unter den Füßen hatte, half er ihrem Vater aus dem Wagen. Dann zog er den Mantel aus und machte sich an den goldblitzenden Knöpfen seines Brokatrockes zu schaffen.

Mit einem Blick zum Kutscher, der damit beschäftigt war, die Pferde abzuschirren, zog der Vikar ebenfalls seinen Rock aus. »Ich helfe Ihnen, die Kutsche aus dem Graben zu ziehen.«

Cordelia überquerte die matschige Straße und sah den Männern zu. Interessiert verfolgte sie, wie der Herzog sich aus seinem Rock schälte, der seine breiten Schultern umspannte und seine schmale Mitte eng umschloß.

Im weißen, weiten Rüschenhemd sah er beinahe aus wie ein gewöhnlicher Sterblicher. Nun rollte er auch noch die Ärmel bis zu den Ellbogen auf und entblößte sehnige, kraftvolle Unterarme.

»Starren Sie ihn nicht so an«, zischte Prudence neben ihr. »Es schickt sich nicht für eine junge Dame, einen halbnackten Mann anzustarren.«

Cordelia hätte beinahe aufgelacht. Sie hatte die jungen Knechte auf dem Feld in Hemdsärmeln, ja sogar mit entblößtem Oberkörper gesehen. Für Prudence war es anscheinend nur unschicklich, wenn Cordelia einen adeligen Herrn in Hemdsärmeln sah.

Prudence die Unlogik ihrer Denkweise klarmachen zu wollen wäre reine Zeitverschwendung gewesen. Also wandte Cordelia gehorsam den Männern den Rükken zu. »Wenn wir schon gezwungen sind, hier Rast zu machen, verschwinde ich kurz im Wald, um … ehm … du weißt schon.«

Prudence nickte, und Cordelia stieg über Felsbrocken am Wegrand und strebte dem Waldrand zu. Die Magd blieb zurück und beobachtete nun ihrerseits die Männer. Cordelia hielt Ausschau nach einer offenen Stelle im dichten Unterholz, um sich die Röcke nicht zu zerreißen. Die scheinheilige Prudence stellte fortwährend Regeln für andere auf, die sie selbst nicht befolgte.

Aber ich muß sie ebensowenig befolgen, sagte Cordelia sich. *Einerlei, was Vater sagt und Prudence denkt. Sie soll-*

ten sich schämen! Ich habe mehr Verstand als die beiden zusammen. Sie rümpfte die Nase. Wenn es mir Spaß macht, einen Mann in Hemdsärmeln anzuschauen, dann tu' ich es auch.

Trotzig blieb sie stehen und drehte sich um. Ihr Mund wurde trocken beim Anblick des Herzogs, der sich mit ganzer Kraft gegen den lehmbespritzten Wagen stemmte, um ihn aus dem Graben zu schieben. Es schien ihm nichts auszumachen, seine Kleider zu beschmutzen.

Von weitem hörte sie seine gedämpften Kommandos: »Eins, zwei, drei und anheben!« Von ihrem Standpunkt hatte sie einen ungestörten Blick auf seine hohe, kraftvolle Gestalt. Besonders auf seine Hüftpartie und Schenkel, deren Muskeln sich unter den hautengen Reithosen bei jeder Anstrengung spannten.

Prudence warf ihr einen Blick über die Schulter zu. Cordelia fuhr herum, spürte die flammende Hitze in ihren Wangen, als sie sich weiter durchs Gestrüpp kämpfte. Gütiger Himmel, wie beschämend, das Hinterteil eines Mannes zu bewundern! schalt sie sich, während ihr Puls raste. Wie unschicklich, sich an seinem Anblick zu weiden wie eine Bauernmagd, die den Knechten das Essen aufs Feld brachte.

Ach, warum mußte er nur so jung sein? Und so ... so ansehnlich?

So sehr sie sich bemühte, das Bild der sehnigen, muskelgestählten Gestalt des Herzogs ließ sich nicht verdrängen. Und Cordelia schoß die sündige Frage durch den Kopf, wie er wohl völlig ohne Kleider aussehen mochte.

Wieder schalt sie sich ihrer sündigen Gedanken und eilte tiefer in den Wald. Sie mußte sich sputen. Bald würden die Männer die Kutsche wieder auf die Straße gehievt haben und sich möglicherweise auf die Suche nach ihr begeben.

Immer wieder verfingen sich ihre Röcke an dürren Zweigen, und sie mußte sich bücken, um den Stoff loszumachen. Als sie endlich eine passende Stelle hinter einem Baum gefunden hatte, legte sie Umhang und Muff über einen tiefhängenden Ast und hob die Röcke, um ihr Geschäft zu verrichten.

Klugerweise hatte sie keinen Reifrock für die lange Reise angezogen. Damit hätte sie kaum Platz in der Kutsche gefunden und wüßte jetzt nicht, wie sie es bewerkstelligen sollte, sich zu erleichtern.

Sie hatte sich eben wieder aufgerichtet und ihre Unterröcke glatt gestrichen, als ein Knacken im Unterholz sie herumfahren ließ. Wenige Meter entfernt stand Lord Waverley.

Hitze stieg ihr in die Wangen, während sie den Rock mit einer heftigen Handbewegung über das Unterkleid nach unten zerrte. Wie lange stand er schon da? Sie würde auf der Stelle tot umfallen, wenn er sie mit hochgeschobenen Röcken und entblößtem Hinterteil gesehen hätte.

Falls dem so war, gab er es weder mit Blicken noch mit Worten zu erkennen. »Sie sollten vorsichtiger sein und sich nicht von der Kutsche entfernen, Miß Shalstone.« Seine Stimme klang scharf, und das erzürnte Funkeln seiner Augen verwunderte sie.

»Wieso? Ich wollte nur kurz … allein sein.«

»Es ist gefährlich für eine junge Frau, allein im Wald herumzuspazieren. Das nächstemal nehmen Sie Prudence mit.«

Sein Befehlston irritierte sie, sie war nicht daran gewöhnt, herumkommandiert zu werden. Vater sprach nie in solchem Ton mit ihr. »Fürchten Sie, ich könnte von Wölfen angefallen werden?« fragte sie schnippisch und nahm Umhang und Muff vom Ast.

»Vielleicht von menschlichen Wölfen.« Auf ihren fragenden Blick setzte er hinzu: »Auf den Landstraßen treibt sich allerhand Gesindel herum. Ein Bandit wäre entzückt, eine süße Beere wie Sie zu pflücken.«

Es gefiel ihr ganz und gar nicht, als Beere bezeichnet zu werden. Pikiert raffte sie die Röcke und wollte an ihm vorbei. »Der Bandit hätte bei mir wenig Glück. Ich habe keinen Groschen bei mir.«

Er hielt sie am Ellbogen fest. »Er hätte es kaum auf Ihr Geld abgesehen, fürchte ich.«

Seine Worte jagten ihr einen Schauer über den Rükken. Sie wußte genau, was er damit andeuten wollte. Dennoch war seine Besorgnis übertrieben, dachte sie gereizt. Warum bewachte er sie wie ein Gefängniswärter? Sie durfte ihren Vater nicht alleine unterrichten, sie durfte sich nicht fünf Minuten zurückziehen, um sich zu erleichtern. Grundgütiger, gönnte er ihr keine Sekunde für sich allein?

Trotz stieg in ihr auf, sie hob den Blick und erschrak. Plötzlich sah er einem menschlichen Wolf verblüffend ähnlich; seine Augen glühten, jeder Muskel in seinem kantigen Gesicht war gespannt.

Was hatte Maggie gesagt? Er habe einen finsteren Blick? Damit hatte sie weiß Gott recht.

Seine Augen hefteten sich auf sie, als wolle er sich ihre Züge einprägen. Dann wanderte sein Blick zu ihren Lippen, als wolle er sie küssen. Ein schwindelerregender und beängstigender Gedanke.

Ihr Atem beschleunigte sich. Eine seltsame Verwirrung bemächtigte sich ihrer, sie senkte den Blick und bemühte sich um einen beiläufigen Tonfall. »Ich wußte euch doch alle in Rufweite, Euer Gnaden. Im übrigen bin ich keine dumme Gans. Ich tue schon nichts Unbedachtes, verlassen Sie sich darauf.«

»Sie kennen die Gefahren dieser Wälder nicht, Cordelia«, entgegnete er beinahe raunend. Es versetzte ihr einen Stich, daß er sie beim Vornamen nannte. »In diesen Wäldern geschehen schlimme Verbrechen.«

Seine Nähe war ihr plötzlich sehr unangenehm, und sie entzog ihm brüsk den Arm. »Kein Wunder, daß Ihre Schwestern lieber in der Obhut von Lord Kent bleiben. Sie ersticken einen ja mit Ihrer übertriebenen Fürsorge.«

Erschrocken über ihren unhöflichen Ausbruch, hielt sie sich die Hand vor den Mund. Als sie es wagte, die Augen in sein Gesicht zu heben, war der ernste, lauernde Blick gewichen und hatte einem verschmitzten Lächeln Platz gemacht.

Er nahm ihr den Umhang ab und legte ihn ihr um die Schultern. »Behandle ich Sie so brüderlich, Miß Shalstone?« Auch der zärtliche Ton war aus seiner Stimme gewichen, mit der er sie ›Cordelia‹ genannt hatte. Seine übliche Belustigung war wieder da.

Umständlich band sie die Schleife ihres Umhangs, versuchte nicht darauf zu achten, daß seine Hände eine Winzigkeit zu lang auf ihren Schultern ruhten, ehe er sie wegnahm. Energisch zog sie die Kapuze über den Kopf.

»Es fällt mir schwer, konzentriert zu arbeiten, wenn Sie mich ständig dabei beobachten«, murmelte sie. »Anscheinend trauen Sie mir nicht einmal zu, meinen Vater zu unterrichten ohne Ihre Aufsicht. Ich gestehe, daß mich das stört.«

Er seufzte. »Was soll ich denn sonst tun? Ist das der Grund, warum ich neben der Kutsche herreiten sollte?«

»Ja.« Sie steckte die Hände in den Muff. »Ich weiß, es ist kalt, aber … wenn Sie mich ein paar Stunden mit meinem Vater allein ließen, würden wir größere Fortschritte machen. Ihr beide zankt euch ständig, und das ist eine große Zeitverschwendung. Es wäre unseren Plänen dienlicher, wenn Sie mich hin und wieder allein ließen.« Sie hob herausfordernd das Kinn.

Ein dünnes Lächeln umspielte seine Lippen. »Ich hatte keine Ahnung, daß ich Ihnen so lästig bin. Ich sehe Ihnen nur zu, weil mich Ihre Arbeit interessiert.«

Ihr Unmut legte sich. »Schön und gut«, fuhr sie milder gestimmt fort. »Aber es ist doch langweilig für Sie in der Kutsche.« Als er nicht aufhörte, sie belustigt anzusehen, murmelte sie: »Und wenn Ihnen kalt wird, gibt der Kutscher Ihnen sicher etwas zum Aufwärmen. Alle Kutscher haben doch eine Flasche Gin …«

»Gütiger Himmel!« entfuhr es ihr, und der Herzog knirschte: »Verdammter Mist. Ich habe Hopkins nicht gewarnt …«

Wortlos nahm er sie bei der Hand, zog sie hinter sich her und stürmte durchs Unterholz. Wieder zerrten die Zweige an ihren Röcken, doch diesmal achtete sie nicht darauf.

Hand in Hand rannten die beiden aus dem Wald auf die Straße. Ein Blick genügte, um die Situation zu erfassen. Der Kutscher und der Vikar hatten es sich auf einem Felsbrocken bequem gemacht. Zu Cordelias Entsetzen hob Hopkins eine Flasche, nahm einen kräftigen Schluck und reichte sie grinsend ihrem Vater.

»Ich reiß ihm den Kopf ab!« knurrte der Herzog, ließ ihre Hand los und stürmte weiter. »Ihr Vater bringt mich noch um den Verstand, bevor diese Reise zu Ende ist!«

Mich auch, dachte sie verzweifelt und mußte hilflos zusehen, wie ihr unverbesserlicher Vater die Flasche ansetzte und einen tiefen Schluck Schnaps in seine Kehle schüttete.

Er hatte nicht einmal soviel Anstand, ein schuldbewußtes Gesicht zu machen, als er den Herzog bemerkte. »Ho, Euer Gnaden«, rief er fröhlich und schwenkte die Flasche. »Da verzehre ich mich den ganzen Tag nach einem guten Tropfen, um meinen verdorbenen Magen zu kurieren, und der brave Hopkins hat genau das Richtige in der Tasche.«

»Nun ja, Hopkins kennt meine Abneigung gegen harte Getränke«, erwiderte der Herzog streng, spielte die

Rolle des überzeugten Abstinenzlers perfekt und entriß dem Vikar die Schnapsflasche.

»Euer Gnaden?« stammelte Hopkins und sah entgeistert zu, wie sein Herr die Flasche ausgoß.

Der Vikar blickte mit sehnsüchtigem Blick in das Loch, das der Gin im Schnee hinterließ, während der Herzog seinem Kutscher heimlich zuzwinkerte, der die vertrauliche Geste offenbar verstand, da seine Miene sich wieder aufhellte.

»Kommen Sie, Reverend.« Lord Waverley half dem Vikar auf die Beine. »Höchste Zeit weiterzufahren. Ich habe mich nun doch entschlossen zu reiten. Sie und Miß Shalstone können ein paar Stunden in Ruhe arbeiten.«

Cordelias Vater ließ sich aufhelfen und wischte sich entschlossen mit dem Handrücken über den Mund. »Na, dann wollen wir mal ran an den Speck!«

Als der Herzog Cordelia beim Einsteigen in die Kutsche helfen wollte, schob der Vikar ihn beiseite und reichte ihr den Arm. Mit einem Schulterzucken klappte der Herzog den Wagenschlag zu und begab sich zum Kutschbock.

Während ihr Vater sich bequem zurücklehnte und Cordelia neben ihm Platz nahm, sah sie, wie der Herzog leise mit Hopkins sprach und ihm eine Goldmünze in die Hand drückte. Der Kutscher nickte und wies grinsend mit einer Kopfbewegung hinter sich.

Zufrieden lehnte auch Cordelia sich zurück, nur um Prudence' boshaftem Blick zu begegnen, die ihr nun gegenüber saß. Ihr säuerlicher Gesichtsausdruck hätte frische Milch zum Gerinnen gebracht.

»Sie waren mit Seiner Lordschaft ja ziemlich lang im Wald verschwunden«, stellte die Alte mit spitzen Lippen fest und musterte ihren Schützling, als suche sie nach Anzeichen sündigen Tuns.

Der Vikar riß den Kopf herum.

»Ja, ja«, fuhr Prudence eifrig an Cordelias Vater gewandt fort. »Ihre Tochter verschwand plötzlich im Wald – weiß der Himmel wieso –, und kurze Zeit später folgte ihr der Herzog. Die beiden waren eine ganze Weile verschwunden, ganz allein im tiefen Wald.«

»Das reicht, Prudence«, wies Cordelia sie entrüstet zurecht. »Du weißt genau, warum ich in den Wald gegangen bin.«

»Aha? Was hattest du denn im Wald zu suchen?« wollte ihr Vater wissen.

Cordelia schlug seufzend die Augen zum Himmel. »Warum verschwindet eine Frau auf Reisen wohl für ein paar Minuten im Wald?« Sie sah ihren Vater stirnrunzelnd an. »Denk doch nach, Vater. Warum geht ein Mensch in den Wald, wenn kein Nachtgeschirr zur Hand ist?«

Der Reverend errötete unter ihrem prüfenden Blick und stammelte: »Ach ja … ehm … natürlich.«

Ehe Prudence weitere ungeheuerliche Anschuldigungen vorbringen konnte, erklärte Cordelia: »Auf dem Rückweg begegnete mir Seine Lordschaft und hielt mir einen Vortrag, wie gefährlich es sei, allein durch den Wald zu spazieren.« Sie bedachte Prudence mit einem vielsagenden Blick. »Er schlug vor, *dich* das nächstemal mitzunehmen, Prudence.«

»Ja, ja, ganz recht.« Der Unmut des Vikars richtete sich nun gegen Cordelias Anklägerin. »Wieso hast du Cordelia eigentlich nicht begleitet, wie? Eine schöne Aufpasserin bist du mir. Läßt das Mädchen allein im Wald herumirren.«

Cordelia erschrak über den Groll, der in Prudence' Augen aufglühte. Zugegeben, sie war eine kratzbürstige, zänkische Person, doch der finstere Blick, den sie dem Vikar zuwarf, war mehr als das. Bitterkeit, ja Haß spiegelte sich in diesem Blick und jagte Cordelia einen kalten Schauer über den Rücken.

»Schon gut. Das nächstemal begleite ich sie«, bemerkte Prudence und nahm ihre übliche kerzengerade Haltung ein. »Ganz sicher begleite ich sie das nächstemal.«

Wunderbar, dachte Cordelia, während die Kutsche die holprige Straße entlang rumpelte. *Jetzt habe ich also zwei ›Beschützer‹, die mir an den Fersen kleben.* Sie bückte sich nach der Mappe mit den Notenblättern. Diese Reise würde sich länger hinziehen, als ihr lieb war.

Der Herzog war mit ähnlichen Gedanken beschäftigt, als er hinter der Kutsche herritt und bereute, den Gin des Kutschers ausgegossen zu haben. Hopkins wollte bei der nächsten Rast eine neue Flasche besorgen, doch Sebastian hätte ihn jetzt dringend gebraucht. Der eisige Wind fuhr ihm bis in die Knochen.

Für den nordenglischen Winter war er nicht passend angezogen. Aus Indien hatte er nur leichte Kleidung mitgebracht, da er nicht ahnen konnte, unmittelbar nach seiner Ankunft in den Norden reisen zu müssen. Es blieb keine Zeit, Winterkleidung anfertigen zu lassen, und seine alten Kleider paßten ihm nicht mehr, da er durch die leichte indische Kost, die frische Früchte, Gemüse und Reis bevorzugte, Gewicht verloren hatte.

Dicke Scheiben von halb durchgebratenem Rindfleisch zu jeder Malzeit hatte er auch nicht vermißt. Allerdings machte ihn der Umstand, daß er kein Gramm Fett auf den Rippen hatte, jetzt noch empfindlicher gegen die Kälte. Fröstelnd zog er den Dreispitz tiefer über die Ohren und bedauerte beinahe, keine Perücke zu tragen.

Sebastian verzog den Mund. Nein, lieber fror er sich die Ohren ab, als sich den Kopf zu rasieren, um ein kratziges, verfilztes Haarteil überzustülpen. Wenn alles wie geplant verlief, würde er ohnehin bald wieder nach Indien zurückkehren.

Er seufzte. Indien. Das wunderschöne Land fehlte ihm, auch wenn er oft einsam war in der Fremde. Er würde nicht mehr viele Jahre dort verbringen. Der Kundenstamm seines Handelsunternehmens vergrößerte sich von Tag zu Tag. Und mit jedem unterschriebenen Vertrag vermehrte sich sein Vermögen.

Dennoch war ihm nicht ganz wohl bei dem Gedanken, daß die Geschäfte nun ohne seine Führung laufen mußten. Er war, abgesehen von seinem Wunsch, Richard wieder auf die Beine zu helfen, aus einem zweiten Grund nach England gekommen. Er hatte die Absicht, Judith zu heiraten, deren Vater auf eine baldige Vermählung drängte. Als ihn die Kunde von Richards Notlage erreichte, hatte Sebastian den Zeitpunkt für richtig erachtet, die beiden Vorhaben zu verbinden. Wenn er schon nach England reiste, würde er auch heiraten. Es war Zeit, einen Erben in die Welt zu setzen, und er stand Sir Quimley im Wort.

Plötzlich aber scheute er vor dem Gedanken an die arrangierte Eheschließung zurück. Bislang hatte er in der Vermählung mit Judith eine seiner Pflichten gesehen, die ihm zum Wohle der Familie auferlegt waren. Und Judith, die zunächst nicht sonderlich begeistert schien, nach Indien zu gehen, hatte die Notwendigkeit eingesehen, einige Jahre in dem fremden Land zu leben. Doch ihr Zögern war nicht der Grund, warum er vor dem Gedanken zurückschreckte.

Nein, der Grund war Cordelia Shalstone. Ein Schauer durchfuhr ihn, allerdings nicht wegen der Kälte. Im Gegenteil, eine Hitzewelle durchströmte ihn beim Gedanken an die Begegnung mit ihr im Wald. Sie hatte ihre Röcke so rasch nach unten gezogen, daß ihm leider nur ein flüchtiger Blick auf die wohlgeformten hellen Schenkel und die schmalen Fesseln gegönnt war.

Und als sie ihn im Halbdunkel des Waldes mit großen Augen und herausforderndem Blick angesehen hatte, die Lippen halb geöffnet, als sehnte sie sich nach seinem Kuß, hätte er sich beinahe vergessen.

Verflucht, die Kleine weckte hitzige Gefühle in ihm, als sei er ein liebeskranker Jüngling. Er mußte verrückt sein, sich zu ihr hingezogen zu fühlen.

Und es war nicht nur eine körperliche Anziehung. Ihre herausfordernde Art … ihr kühler Kopf in allen Situationen hatten es ihm angetan. Eine so freimütige junge Frau war ihm noch nie begegnet. Eine Frau, die nicht kokettierte, sich nicht zierte, nicht das scheue Reh spielte. Im Gegensatz zu Judith, die es allen Menschen recht machen wollte, hatte Cordelia einen durchaus eigenen Kopf und redete keinem nach dem Mund.

Er versuchte das Verlangen zu verdrängen, das sich in ihm regte. Die Jahre in Indien, in denen er mit Sinnesfreuden überhäuft worden war, hatten ihn anscheinend vergessen lassen, wie er sich im prüden England zu benehmen hatte. In Indien stand ihm jederzeit eine Geliebte zur Verfügung, wenn ihn nach sinnlichen Genüssen gelüstete, in dem Land voller Farbenpracht, das an tropischen Früchten schier überquoll. Hier im grauen englischen Winter hungerte seine Seele nach Licht und Schönheit.

Da tauchte diese Miß Shalstone auf, und sein Körper reagierte erwartungsgemäß. Mehr war es nicht. Er lechzte nach Sinnesfreuden wie ein durstiger Mann nach einem Schluck Wasser. Das war nur verständlich.

Und warum löste Judith keine solchen Gefühle in ihm aus?

Sebastian furchte die Stirn. Sein Verlangen nach Cordelia war vermutlich nur das letzte Aufbäumen des Junggesellen, bevor er vor den Altar geschleppt wurde. Wäre er mit Cordelia verlobt, würde Judith vermutlich die gleiche Wirkung auf ihn haben.

Der Gedanke war allerdings so absurd, daß er beinahe laut aufgelacht hätte.

Im Grunde genommen war es unwichtig, warum Cordelia so großen Reiz auf ihn ausübte. Wichtig war nur, daß er Distanz zu ihr wahrte. Sie war keine Frau für ein flüchtiges Abenteuer. Sie war wie erlesener Wein, der langsam und genüßlich getrunken werden wollte. Sebastian hatte indes kein Recht, sie zu genießen, mochte er sie noch so sehr begehren. Er mußte an seine Verlobung mit Judith denken.

Ja, er mußte die reizende Miß Shalstone aus seinen Gedanken verbannen. Er nahm sich vor, sie wie eine seiner Schwestern zu behandeln – mit Nachsicht und Freundlichkeit und einem Schuß Humor. Er wollte sich verantwortungsbewußt benehmen, an seine Verlobte denken und Cordelia nur so viel Aufmerksamkeit entgegenbringen, wie für den Erfolg seiner Mission nötig war.

Doch es war zuweilen sehr schwer, verantwortungsbewußt zu sein. Ja, zuweilen war das sehr schwer.

Kapitel 6

Es war längst dunkel geworden, die Reisenden dösten in der schaukelnden Kutsche, nur das leise Schnarchen des Vikars war zu hören. Cordelia, die eine Weile den Sternenhimmel betrachtet hatte, wandte sich ihren schweigenden Reisegefährten zu. Im fahlen Schein der Lampe sah sie, daß der Kopf ihres Vaters an die Schulter des Herzogs gesunken war, und unterdrückte ein Schmunzeln, als Seine Lordschaft ihr ein gequältes Lächeln zuwarf. Erst hatte sie ihn gezwungen, in der Kälte zu reiten, und nun wurde er vom Vikar als Kopfkissen mißbraucht. Zweifellos bedauerte er längst seinen Entschluß, die Shalstones für seine Pläne gewonnen zu haben.

»Bald erreichen wir eine Herberge, die ich kenne«, sagte er nun leise. Der Reverend wurde unruhig, legte einen Arm an den Brustkorb seines Nachbarn, schmiegte sich an ihn und lächelte im Schlaf.

»Keine schlechte Idee«, schmunzelte Cordelia. »Noch ein Weilchen länger, und Vater benutzt Sie als Matratze.«

»Das befürchte ich auch. Da haben Sie es besser getroffen«, versetzte er mit einem Blick zu Prudence neben Cordelia. Auch sie war eingeschlafen, schaffte es jedoch, selbst im Schlaf ihre kerzengerade Haltung beizubehalten, als habe sie einen Stock verschluckt.

»Meine Mutter pflegte immer zu sagen«, meinte Cordelia sinnend, »Vater schlage im Schlaf um sich wie ein Ertrinkender.«

»Zweifellos zieht er einem auch ständig die Bettdekke weg«, seufzte der Herzog.

Cordelia lächelte müde. Eigenartig, mit einem Herzog

über die Schlafgewohnheiten ihres Vaters zu plaudern. Freilich entsprach Lord Waverley kaum dem üblichen Bild eines Hocharistokraten. Er legte zwar ein gewisses Maß an Zurückhaltung an den Tag, was angeboren und gewiß auch anerzogen war, vermittelte Cordelia aber auch das Gefühl, ihm ebenbürtig zu sein. Dabei war ihm der Standesunterschied ebenso bewußt wie ihr.

Nicht daß sie viel miteinander geredet hätten auf der langen Reise. Er war fast den ganzen Nachmittag neben der Kutsche hergeritten, und als er wieder einstieg, hatte sie geschwiegen. Sie war erschöpft und heiser vom vielen Reden, da sie den ganzen Tag damit beschäftigt war, ihrem Vater die Grundbegriffe der Kompositionslehre beizubringen und ihm zwischendurch Tonfolgen und Kadenzen vorsang. Als er schließlich eingeschlafen war, war sie froh, ihren eigenen Gedanken nachgehen zu können.

Dennoch war ihr die Gegenwart des Herzogs ständig bewußt. Immer wieder spürte sie seine bernsteinfarbenen Augen auf sich ruhen. Und wenn sie ihn gelegentlich mit einem flüchtigen Blick streifte, fiel ihr sein nachdenklicher Gesichtsausdruck auf.

Vergeblich hatte sie versucht, ihn aus ihren Gedanken zu verbannen.

Nun schob er den Arm ihres Vaters sanft von sich. »Wie lange ist Ihre Mutter schon tot?«

»Drei Jahre. Sie hat sich bei einem Kranken angesteckt und starb kurz danach am Fieber.«

»Das tut mir sehr leid.« Das Bedauern in seiner Stimme klang echt.

Cordelia sah das Bild ihrer lächelnden Mutter vor sich. »Sie ist im Himmel. Das ist ein tröstlicher Gedanke.« Sie lächelte. »Zweifellos liegt sie dem lieben Gott ständig als Bittstellerin für mich in den Ohren. Und natürlich auch für Vater. Sie sagte immer, sie werde ein gutes Wort für uns einlegen.«

»Ihre Eltern scheinen eine harmonische Ehe geführt zu haben.«

Das klang beinahe wehmütig. »Harmonisch? Seltsame Formulierung.« Ein Erinnerungsbild tauchte auf, wie ihr Vater ihrer Mutter einen Schal um die Schultern legte, ohne darum gebeten worden zu sein, und Mutter ihm ein dankbares Lächeln schenkte. »Meine Eltern führten mehr als nur eine harmonische Ehe. Die beiden liebten einander.«

»Liebe?« Lord Waverley machte ein erstauntes Gesicht. »Ich wußte nicht, daß Liebe in der Ehe fortdauert.«

»In Ihren Kreisen sind Vernunftehen üblich, doch einfachen Menschen geht es um Wichtigeres, als Besitz und Macht durch Heirat zu vergrößern.«

Er studierte sie eine Weile schweigend mit dunklen fragenden Augen. »Hat die ... ehm ... Neigung Ihres Vaters zum Trinken das Eheglück nicht beeinträchtigt?«

Cordelia warf einen ängstlichen Blick zu ihrem Vater hinüber, der tief und fest schlief und nichts hörte. »Damals hat Vater nicht getrunken. Meine Mutter brachte nur selten Wein auf den Tisch. Sie bevorzugte belebende Getränke wie Tee und Limonade.« Sie seufzte. »Nach Mutters Tod grämte er sich so sehr, daß er krank wurde. Die Arzneien, die ihm der Apotheker in Belham verschrieb, waren Tränke und Mixturen, die vorwiegend aus Brandy bestanden, und davon trank er reichlich.« Ein Knoten schnürte ihr die Kehle zu. »Sein Zustand besserte sich dadurch nicht. Er grämte sich und trank; trank und grämte sich. Und nun scheint er nichts anderes mehr zu kennen.«

»Aha. Deshalb fragt er ständig nach seiner Medizin.«

Ein bitteres Lächeln war ihre Antwort.

»Ihr Vater trauert also so sehr um Ihre Mutter, daß er zum Trinker wurde.« Er legte eine Pause ein. »Und was ist mit Ihrer Trauer?«

»Was meinen Sie damit?«

»Ist Ihrem Vater nie in den Sinn gekommen, daß auch Sie trauern? Daß Sie seine Hilfe brauchen, um Ihre Trauer zu überwinden?«

Cordelia verschränkte die Arme. »Er bemüht sich, ein guter Vater zu sein, auch wenn es den Anschein haben mag, er sei ...«

»Selbstsüchtig?« beendete der Herzog den Satz für sie.

Nun gewann seine Arroganz wieder die Oberhand, dachte Cordelia erbost. Wie konnte er sich anmaßen, einen Mann, den er kaum kannte, zu verurteilen? »Vater ist nicht selbstsüchtig. Er hat mir gestattet, meine Musik zur Veröffentlichung anzubieten.«

Der Herzog schnaubte verächtlich. »Das geschah gewiß nicht ohne Eigennutz. Im Gegenteil. Damit erhielt er den Freibrief, seine Pflichten noch mehr zu vernachlässigen. Sie sorgen ja für ein zusätzliches Einkommen.«

Cordelia kniff die Augen zusammen. Bislang war der Herzog ihr nicht unsympathisch gewesen. Wie dumm von ihr! In seinen Adern schien Eiswasser zu fließen. »Das war nicht der Grund.«

Er sah sie unverwandt an. »Ach nein?«

»Nein«, brauste sie auf. »Er wollte mir die Chance geben, mein Talent unter Beweis zu stellen.«

»Aus diesem Grund bestand er wohl auch darauf, daß Sie die Kompositionen unter seinem Namen einreichen und nicht unter Ihrem eigenen«, versetzte er sarkastisch.

Cordelia schüttelte energisch den Kopf. Die Worte stachen wie Pfeilspitzen in ihre wunde Seele. »Sie irren«, widersprach sie gekränkt. »Vater ist stolz auf mich und mein musikalisches Talent. Damit wollte er mich nur schützen.«

Der Herzog öffnete den Mund zu einer Entgegnung, zog es dann aber vor zu schweigen. Cordelia wartete vergeblich auf die nächste Pfeilspitze. Statt dessen entspannten sich seine Gesichtszüge. »Das hoffe ich. Für Sie hoffe ich es.«

Schweigen trat ein. Die Enge in der Kutsche und die prüfenden Blicke des Herzogs waren Cordelia zunehmend unbehaglich. Wieso stocherte er immer wieder in ihren geheimen Ängsten herum?

Der Herzog stellte ihren Vater geradezu als Monster hin. Vater war kein Monster. Er litt nur unsagbar unter dem Verlust seiner geliebten Frau. Und er hatte seine Tochter gern. Er richtete nie ein unfreundliches Wort an Cordelia, war nie ungehalten mit ihr. In letzter Zeit redete er freilich nicht viel mit ihr.

Als die Kutsche endlich an der erleuchteten Herberge vorfuhr, war Cordelia körperlich und seelisch erschöpft und hatte den sehnlichen Wunsch, ihren Mitreisenden zu entfliehen, allen voran dem Herzog. Doch ihr leerer Magen plagte sie stärker als der Wunsch nach dem Alleinsein.

Prudence und den Vikar zu wecken war etwas mühsam, doch sobald sie das erleuchtete Gasthaus sahen, waren beide hellwach und konnten nicht schnell genug aus der Kutsche kommen. Lord Waverley half Cordelia beim Aussteigen, und sie blickte erleichtert die rote Backsteinfassade des stattlichen Hauses hinauf.

Stallburschen eilten herbei und kümmerten sich um die Pferde. Der Wirt begrüßte die Gäste persönlich in freudiger Erwartung, wohlhabende Gäste zu bewirten, die in der eleganten Karosse mit dem herzoglichen Wappen vorgefahren waren. Das Lächeln des Gastwirts wurde noch breiter, als der Herzog sich und seine Reisegefährten vorstellte.

Lord Waverley bestellte ein Zimmer für sich und den Vikar, da er sich vorgenommen hatte, den Vikar auch nachts im Auge zu behalten. Prudence und Cordelia teilten sich ebenfalls ein Zimmer. Cordelia stöhnte innerlich bei dem Gedanken, mit Prudence zusammen nächtigen zu müssen, und hätte liebend gerne ein Zimmer für sich allein gehabt.

Die Herberge war erstaunlich luxuriös eingerichtet. Prudence blieb der Mund offenstehen beim Anblick der hell erleuchteten geräumigen Diele, von der hohe Türen in die Nebenräume und eine breite, mit Teppich ausgelegte Treppe nach oben führten. Cordelia hatte kaum einen Blick für die gediegene Einrichtung übrig. Ihr stand der Sinn nur nach einer warmen Mahlzeit und einem weichen Bett.

»Ich nehme an, Sie wünschen zu speisen, Euer Gnaden. Bitte hier entlang.« Mrs. Blifil, die beleibte Frau des Gastwirts, war herbeigeeilt und führte die Gäste den Flur entlang in ein Speisezimmer und plapperte munter drauflos. »Wir haben zarten Rinderbraten anzubieten, Gänsebraten und butterweiches Lammfleisch. Dazu kredenzt mein Mann erlesenen Wein, den er für besondere Gäste …«

»Keinen Wein«, unterbrach Lord Waverley sie schroff.

Mr. Blifil wischte sich die Hände an der Schürze ab. »Aber unsere Weine sind von höchster Qualität, Euer Gnaden.«

Der Vikar räusperte sich. »Seine Lordschaft wird doch nichts dagegen haben, wenn wir ein Gläschen Wein zum Essen zu uns nehmen. Nach der langen Reise ist meine Kehle völlig ausgetrocknet.«

Lord Waverley beobachtete den Vikar mit strengem Blick. »Mir geht es nicht anders, aber wir werden uns mit Tee begnügen.«

»Nicht einmal ein Krug Bier?«

Der Herzog schüttelte den Kopf und wandte sich an Mrs. Blifil. »Wir lehnen geistige Getränke ab. Trotzdem vielen Dank.«

Mrs. Blifil musterte Lord Waverley argwöhnisch. Ein

Herzog, der geistige Getränke ablehnte, war ihr wohl noch nicht begegnet. Sie versank in einem tiefen Knicks.

»Wie Sie wünschen, Euer Gnaden.«

Der Herzog nickte huldvoll, bestellte ein üppiges Nachtmahl und räumte damit Mrs. Blifils Argwohn aus der Welt. Mit einem strahlenden Lächeln und nach einem erneuten tiefen Knicks enteilte sie in die Küche.

Der Vikar ließ sich mit einem mutlosen Seufzer in den nächsten Stuhl fallen und brummte vor sich hin. »Keine geistigen Getränke, sagt er. Wir lehnen geistige Getränke ab, sagt er. Der Mann ist verrückt. Völlig verrückt.«

Während der Herzog und Cordelia Blicke tauschten, trat Prudence ans Feuer, das im Kamin prasselte. »Wir hätten viel früher Rast machen müssen. Ich weiß, Seine Lordschaft ist in Eile, aber mußten wir unbedingt nach Einbruch der Dunkelheit weiterfahren? Ein Wunder, daß wir nicht von Wegelagerern überfallen wurden …«

Prudence setzte ihre anklagende Litanei fort, ohne daß ihr jemand zuhörte. Cordelia legte ihren Umhang ab und nahm auf einem Sofa Platz, möglichst weit von ihrem Vater und Prudence entfernt. Sie schloß die Augen und rieb sich die Stirn. Ihr Kopf schmerzte von dem stundenlangen Lesen der Notenblätter im schwachen Licht in der Kutsche. Noten tanzten ihr im Kopf herum. Sie hätte viel darum gegeben, ihren Vater nicht in einer schaukelnden Kutsche unterrichten zu müssen.

Sie spürte, wie sich jemand neben sie setzte, und schlug die Augen auf. Der Herzog sah sie besorgt an.

»Fühlen Sie sich nicht wohl?«

Seufzend schloß sie die Augen wieder. »Nach einer Mahlzeit und einer ausgiebigen Nachtruhe bin ich wieder in Ordnung. Machen Sie sich um mich keine Sorgen.«

»Wer denn, wenn nicht ich?«

Die lange, beschwerliche Reise, ihr leerer Magen und

das vorangegangene Gespräch mit dem Herzog trugen Schuld daran, daß ihr seine Worte die Tränen in die Augen trieben. Wie peinlich, daß er es immer wieder schaffte, Salz in ihre Wunden zu streuen.

Sie straffte die Schultern, warf einen Blick zu ihrem Vater hinüber, der weiterhin vor sich hin brummte. »Es ist nicht, wie Sie denken«, sagte sie mit gedämpfter Stimme. »Mein Vater kümmert sich liebevoll um mich. Er ist verantwortungsvoller, als es den Anschein haben mag. Im Augenblick ist er nur müde und erschöpft, wie wir alle.«

»Ach wirklich? Wollen wir sein Verantwortungsgefühl auf die Probe stellen?« Ohne ihre Antwort abzuwarten, wandte der Herzog sich mit lauter Stimme an ihren Vater.

»Reverend Shalstone, ich glaube, Ihre Tochter fühlt sich nicht wohl. Was können wir tun, um ihr zu helfen?«

»Mir fehlt nichts«, protestierte Cordelia. »Ich bin nur erschöpft von der langen Reise.« Was für ein teuflisches Spiel trieb der Herzog nun wieder? Seine lauernde Miene gefiel ihr nicht.

»Fühlst du dich nicht wohl, Kind?« fragte der Vikar besorgt. Seine Augen blitzten hoffnungsvoll auf und straften die Besorgnis in seiner Stimme Lügen. »Sehen Sie, Lord Waverley, wir müssen einen Schluck Wein zum Essen trinken. Cordelia braucht dringend einen Schluck, um ihren Magen zu beruhigen. Das ewige Schaukeln in der Kutsche hat ihr Übelkeit verursacht.«

Cordelia wurde das Herz schwer. Lord Waverley hatte eine unverblümte Art, Beweise zu erbringen, dachte sie bitter. Ohne den Herzog anzusehen, richtete sie das Wort an ihren Vater. »Nein, Vater. Wenn ich Wein trinke, verschlimmert sich meine Übelkeit nur. Ich ziehe ein Glas Wasser vor.«

Der Vikar beugte sich vor. »Wasser? Wie gräßlich! Schon in der Bibel heißt es: ›Trinke nicht länger Wasser, sondern gebrauche ein wenig Wein, um deines Magens und deiner häufigen Erkrankungen willen.‹ So steht es geschrieben im Ersten Brief an Timotheus 5:23. Und es ist ein weiser Rat.«

Prudence hatte aufgehört zu lamentieren und wandte sich erwartungsvoll Cordelia zu, die auch den Blick des Herzogs auf sich spürte, der sich wohl diebisch freute, daß er recht behielt. Männer! Sich im Recht zu wissen schien ihnen unendliche Genugtuung zu bereiten. Merkte er denn gar nicht, daß sie jedesmal vor Scham in den Boden versank, wenn er ihren Vater bloßstellte?

Sie war es leid, ihren Vater und seine schlechten Gewohnheiten ständig in Schutz zu nehmen, straffte die Schultern und sprach im Brustton der Überzeugung einer kämpferischen Abstinenzlerin. »In der Bibel steht aber auch geschrieben: ›Berauscht euch nicht mit Wein, worin Ausschweifung ist, sondern werdet fortwährend mit Geist erfüllt.‹ Epheser, 5:18. Und dieser Rat ist erheblich weiser.«

Der Vikar nahm ihre Herausforderung an und entgegnete schlagfertig: »Ein Sprichwort aber sagt: ›Gib demjenigen Schnaps, der bereit ist, zugrunde zu gehen und Wein demjenigen, dem das Herz schwer ist.‹ Daran will ich mich halten.«

Oh, dieser Mann schaffte es, selbst in einem Engel Mordgelüste zu wecken! Cordelia sprang auf und stemmte die Hände in die Hüften. »Falls du es vergessen hast, Vater: Wir sprachen von mir und meinen Bedürfnissen und nicht davon, was *du* brauchst.« Wut kochte in ihr und ließ sie jede Rücksicht auf die Gefühle ihres Vaters vergessen. »Im übrigen sagt ein anderes Sprichwort: ›Wein beißt wie eine Schlange‹, und ein drittes: ›Wein ist ein Spötter und ein falscher Freund.‹«

Sie fühlte Spott und Hohn, ihren Vater je in Schutz genommen zu haben, je geglaubt zu haben, sein Denken kreise um etwas anderes als um das Trinken. Die

Wahrheit zu erkennen war sehr bitter für sie. Und die Tatsache, daß der Herzog ihr die Augen für die grausame Wahrheit geöffnet hatte, machte alles nur schlimmer.

»Ein Spötter und ein falscher Freund, wie?« Der Vikar schien völlig unbeeindruckt von ihrem Zorn. »Nur für den, der zu viel trinkt. Das gilt für alle Sprüche, die du dir ausgesucht hast. Sie gelten nur für unmäßige Trinker.«

Auf Cordelias fassungslosen Blick verschränkte er trotzig die Arme vor der Brust und setzte hinzu: »Ich halte mich an das Bibelwort, das da lautet: ›Wein ist ein Lebenselixier, wenn in Maßen getrunken: Was ist das Leben eines Mannes ohne Wein? Denn der Herr läßt die Rebstöcke wachsen, um die Menschen glücklich zu machen.‹ Das ist ein wahrhaft weiser Bibelspruch.«

»Den hast du selbst erfunden, du Schwindler!« fuhr sie ihn schneidend an.

»Du bist diejenige, die schwindelt. Du zitierst nur Verse über Trunkenbolde. Ich aber bin kein Trunkenbold.«

Es grenzte beinahe an ein Wunder, daß kein Blitz vom Himmel fuhr und ihn für diese dreiste Lüge strafte. Doch Vaters trauriges, wehmütiges Lächeln hatte ihn seit jeher vor Bestrafung beschützt, offenbar auch vor dem Himmlischen Strafgericht, dachte Cordelia resigniert.

Plötzlich hatte sie den dringenden Wunsch, ihm endlich die Augen zu öffnen, damit er sich so sehe, wie alle anderen ihn sahen. Sie wollte ihm vor Augen führen, was er sich mit jedem Rausch antat. »Ich habe noch eine Bibelstelle für dich, Vater. Gleichfalls aus dem Ersten Brief an Timotheus, aus dem du so munter zitierst. Vielleicht erinnerst du dich: ›Der Bischof muß daher untadelig sein, *mäßig* in seinen Gewohnheiten‹« … sie legte eine Pause ein, um die nächsten Worte besonders hervorzuheben … »›*nüchtern*, ordentlich, gastfreundlich …‹«

Als der Vikar errötete, wußte sie, daß er sich an die nächste Zeile erinnerte, und sie sprach sehr langsam und leise. »›… kein lärmender Trinker‹. Du magst zwar kein Bischof sein, Vater, aber du bist Vikar, und gelegentlich gebärdest du dich wie ein lärmender Trinker. Du zitierst Bibelsprüche, um dein Laster zu verschleiern, ich aber bin dazu nicht länger bereit.«

»Bravo«, hörte sie die Stimme des Herzogs hinter sich, ohne darauf zu achten, ebensowenig achtete sie auf Prudence' schockierten Ausruf. Ihrem Vater fiel vor Verblüffung die Kinnlade herunter, dann setzte er seine Leidensmiene auf, bei der sich ihr Herz jedesmal vor Mitleid verkrampfte.

Heute aber war sie nicht dazu bereit. Sie seufzte. »Ich scheine mir wirklich den Magen verdorben zu haben. Mir ist übel, und der Appetit ist mir auch vergangen. Ich ziehe mich zurück. Gute Nacht allerseits.« Sie streifte den Herzog mit einem flüchtigen Blick, griff nach ihrem Umhang und floh aus dem Zimmer, in der Hoffnung, niemand habe ihr Zittern bemerkt, das ihren ganzen Körper durchflog.

Leider war ihr kein würdiger Abgang beschieden. Als sie den Flur entlangeilte, hörte sie, wie die Tür hinter ihr geöffnet wurde. In der Annahme, ihr Vater wolle sie zurückhalten oder, schlimmer noch, Prudence haste zeternd hinter ihr her, huschte sie geschwind in die nächste Tür.

Sie befand sich in einem weiteren Eßzimmer, das zum Glück leer war, obwohl ein Feuer im Kamin brannte. Die wohlige Wärme vermochte freilich nicht die Kälte zu vertreiben, die sich um ihr Herz krallte. Sie zog den Umhang enger um die Schultern, trat an den Kamin und wärmte ihre eisigen Hände. Sie hörte Schritte auf dem Flur und hoffte, sie würden vorbeigehen.

Ihr Wunsch wurde nicht erfüllt. Sie hörte, wie die Tür geöffnet wurde, jemand eintrat und sie schloß.

»Cordelia.«

Nur ein Mensch sprach mit dieser rauchigen, beschwörenden Stimme, und er war der letzte Mensch, den sie jetzt zu sehen wünschte. Sie hielt ihm den Rükken zugewandt. »Gehen Sie, Euer Gnaden. Bitte.«

»Ist Ihnen eigentlich schon aufgefallen, daß Sie immer, wenn Sie erzürnt sind, diesen formellen Ton anschlagen?«

»Ich bin nicht erzürnt, Euer Gnaden.« Sie seufzte. »Gut, ich bin erzürnt. Jedenfalls will ich nicht darüber sprechen. Und ich will allein sein.«

»Sie müssen etwas essen.« In seiner Stimme lag Besorgnis. »Wenn Sie mit leerem Magen zu Bett gehen, fühlen Sie sich morgen noch schlechter.«

Wieso begriff er nicht, daß sie nach dieser heftigen Szene keinen Bissen hinunterbringen würde? »Seien Sie unbesorgt. Auch wenn ich mich morgen nicht wohl fühle, werde ich weiterhin Ihre lächerliche Posse mitmachen. Also, lassen Sie mich zufrieden.«

»Anscheinend sind Sie wütend auf mich.«

Ihr hohles Lachen klang selbst für sie befremdlich. Das Auftauchen des Herzogs in ihrem Leben hatte eine Flut von Bitterkeit in ihr ausgelöst. War diese Bitterkeit immer schon in ihr? Hatte sie nur die Augen davor verschlossen und so getan, als sei sie mit ihrem Leben zufrieden?

Diese Gedanken beunruhigten sie mehr, als sie sich einzugestehen wagte. Sie fuhr zu Lord Waverley herum. »Wütend? Wieso sollte ich wütend sein? Weil Sie Spielchen mit Menschen treiben und sich nicht darum kümmern, welche Folgen Sie damit heraufbeschwören?«

»Für mich war das kein Spiel.«

»Versuchen Sie bloß nicht, mir einzureden, es hätte Sie nicht amüsiert, die schlechten Gewohnheiten meines Vaters zu entlarven. Sie finden das alles wohl sehr lustig, wie? Der rotnasige Vikar und seine absonderliche Tochter. Es scheint Ihnen einen Heidenspaß zu bereiten, uns aufzuziehen und zu beobachten, wie wir wie mechanisches Spielzeug aufeinander losgehen!«

Der Widerschein der Flammen beleuchtete eine Gesichtshälfte des Herzogs. Auf seiner Stirn hatten sich zwei senkrechte Falten gebildet. »Der Kampf hat längst begonnen, ehe ich aufgetaucht bin. Ich scheine die Konflikte nur ans Tageslicht gebracht zu haben. Finden Sie es denn nicht an der Zeit, offen über die Trunksucht Ihres Vaters zu sprechen?«

Sie lachte verkrampft. »Glauben Sie wirklich, das hätte ich nicht längst getan? Gütiger Himmel, glauben Sie, ich hätte in den vergangenen drei Jahren die Augen davor verschlossen? Ich weiß, daß mein Vater ein Trinker ist, und mißbillige sein Trinken. Unzählige Flaschen Wein habe ich weggegossen … ihm Vorhaltungen gemacht … einmal habe ich ihn sogar in sein Zimmer eingesperrt, bis er wieder nüchtern war, in der Hoffnung, er würde zur Vernunft kommen und einsehen, was er sich antut.

Nichts hat genutzt. Er findet immer jemand, der ihn mit Wein versorgt, wenn er vor Trauer um den Tod meiner Mutter in Selbstmitleid zerfließt.«

»Und dennoch finden Sie Rechtfertigungen für ihn. Sie behaupten, er sorge sich um Ihr Wohlergehen. Dabei sieht jeder, der Augen im Kopf hat, daß ihm Ihr Schicksal gleichgültig ist. Mir ging es lediglich darum, daß Sie das einsehen und endlich aufhören, sich von ihm ausnutzen zu lassen.«

»Sie haben Ihre Meinung mit Nachdruck vertreten und mich eines Besseren belehrt«, entgegnete sie kalt. »Ich weiß selbst, daß meinem Vater das Trinken mehr am Herzen liegt als alles andere.« Sie senkte die Lider, ihre Stimme wurde leise. »Danke, daß Sie mir die Augen geöffnet haben. Nun, da Sie mir gründlich die Illusionen geraubt haben, würde ich mich gerne zurückziehen, Euer Gnaden.«

Damit wollte sie an ihm vorbeigehen.

Der Herzog verstellte ihr den Weg. »Nun sind Sie wieder so förmlich. Ich lasse Sie nicht eher gehen, bis Sie mich angehört haben.«

»Für eine Entschuldigung ist es wohl zu spät.«

»Ich habe nicht die Absicht, mich zu entschuldigen.«

Sie zog eine Augenbraue hoch.

Der flackernde Feuerschein in seinem Gesicht verlieh ihm das Aussehen eines unheimlichen Rächers, doch seine Stimme war ruhig, als er weitersprach. »Ich wollte lediglich demonstrieren, was jedem klar sein müßte. Obwohl ich es bedauere, Ihre Gefühle dabei verletzt zu haben. Dennoch sollten Sie den Überbringer schlechter Nachrichten nicht töten, nur weil Ihnen die Nachricht nicht gefällt.«

»Wieso war diese Demonstration so wahnsinnig wichtig? Was versprechen Sie sich davon?«

»Etwas mehr Unterstützung Ihrerseits, um Ihren Vater nüchtern zu halten. Sie sind viel zu nachsichtig mit ihm.«

Seine Unverschämtheit lähmte sie sekundenlang. Seine goldbraunen Augen fixierten sie herausfordernd, ohne die Spur von Bedauern. Cordelias Magen krampfte sich zusammen. Wie konnte er es wagen!

»Vaters Schwäche ist also meine Schuld. Wollen Sie das etwa behaupten?« entrüstete sie sich.

Er zuckte mit den Schultern. »Seine Schwäche ist natürlich nicht Ihre Schuld. Aber Sie schaffen die Bedingungen, die es ihm erlauben, sich ständig zu betrinken. Sie schützen ihn davor, die Konsequenzen seines Handelns zu tragen.«

Seine ungerechte Anschuldigung fraß wie Säure an ihren Eingeweiden. »Wenn ich ihn die Konsequenzen seines Handelns tragen ließe, wären wir beide obdachlos. Ich nehme allerdings nicht an, daß Ihnen je dieser Gedanke gekommen wäre. Menschen Ihres Standes kümmern sich nicht um Alltäglichkeiten, wie ein Dach über dem Kopf zu haben und Essen auf den Tisch zu bringen«, entgegnete sie schneidend.

Blanker Zorn blitzte in seinen Augen. »Ich habe meinen Teil getan, um den Schaden, den mein eigener verantwortungsloser Vater angerichtet hatte, wieder auszubügeln, Miß Shalstone. Halten Sie mir keinen Vortrag darüber, was es bedeutet, seinen Lebensunterhalt zu verdienen.«

»Miß Shalstone, wie?« Sie stemmte die Hände in die Hüften und ahmte ihn nach. »Ist Ihnen eigentlich aufgefallen, wie förmlich Sie werden, wenn Sie verärgert sind? Könnte es sein, daß Euer Hochwohlgeboren ebenso empfindlich reagieren, wenn Sie ungerechterweise angegriffen werden? Oder sind Sie der einzige, der das Recht hat, andere auf ihre Unzulänglichkeiten hinzuweisen?«

»Es reicht, Cordelia.« Ein Muskelstrang vibrierte in seiner Wange. »Wir sind beide müde und überreizt. Dieser Streit führt zu nichts.«

Cordelia bemühte sich, ihrem inneren Aufruhr Einhalt zu gebieten; ihr Atem ging beschleunigt, ihr Puls raste. Ehe dieser anmaßende Herzog in ihr beschauliches Leben geplatzt war, hatte sie nie die Beherrschung verloren. Er hatte ein besonderes Talent, ihren Zorn zum Kochen zu bringen, während er selbst allem Anschein nach nie die Beherrschung verlor.

Sie durfte sich von ihm nicht in eine zeternde Furie verwandeln lassen. Mit ihm zu streiten führte zu nichts. Wer konnte schon gegen einen Mann ankommen, der glaubte, alles zu wissen?

Die einzige Lösung war der Rückzug. »Wie Sie sagen, wir sind beide müde.« Sie konnte sich jedoch eine letzte spitze Bemerkung nicht versagen. »Ich bin Ihrer müde, und mein Vater geht mir auf die Nerven. Da Sie ja offenbar besser mit ihm umzugehen wissen als ich, warum nehmen Sie sich seiner nicht an? Kümmern Sie sich um ihn. Meinen Segen haben Sie. Ich gehe zu Bett.«

Wieder wollte sie aus dem Zimmer. Wieder hinderte er sie daran, diesmal hielt er sie an der Schulter fest.

»Diese Aufgabe übernehme ich gerne. Aber bitte gehen Sie nicht im Zorn.« Cordelia sah ihn argwöhnisch an, und er fügte hinzu: »Die Reise wird schrecklich, wenn wir beide uns nicht vertragen.«

Diesen versöhnlichen Ton schlug er vermutlich nur an, weil er keine Lust hatte, sich mit Prudence und mit ihrem Vater ohne ihre Mithilfe auseinanderzusetzen.

Cordelia schüttelte hilflos den Kopf. »Ich fürchte, Sie und ich werden uns nie vertragen.«

»Sagen Sie das nicht.« Seine leise, melodische Stimme veränderte plötzlich alles. Seine Finger strichen ihren Arm entlang und ergriffen ihre Hand.

»Es geschieht oft«, fuhr er raunend fort, »daß ich alles andere für Sie empfinde, nur keinen Zorn, Cordelia. Öfter, als Sie sich vorstellen können.«

Mit einemmal war ihr, als befinde sie sich in einem gefährlichen Sumpf voll verborgener Tücken. Gütiger Himmel, wollte er ihr etwa schmeicheln? Einige Männer hatten bereits versucht, ihr zu schmeicheln, doch das hier war etwas völlig anderes. Wie sollte sie damit umgehen ...? Und jetzt strich er auch noch den Daumen sanft über ihre Handfläche.

Sie hielt den Blick abgewendet. »Euer Gnaden, ich ...«

»Bitte. Hören Sie auf mit diesem ›Euer Gnaden‹ und ›Lord Waverley‹. Nennen Sie mich Sebastian. Ich mag es nicht, daß Sie in mir einen blasierten Adeligen sehen, der ständig Kritik übt.«

Seine Worte verstärkten nur ihren Argwohn. Gleichzeitig rieselte ihr ein wohliger Schauer über den Rükken.

»Ich wünschte, Sie würden mich als Freund sehen«, fügte er hinzu. »Mir liegt Ihr Wohlergehen nämlich sehr am Herzen.«

Versuchte er nur, sie einzulullen, oder wollte er wirklich Frieden mit ihr schließen? Sie wehrte sich gegen die Vorstellung, daß dieser gutaussehende Herzog ihr Zuneigung entgegenbrachte ... zitterten ihr doch schon die Knie, wenn er nur ihre Hand berührte. »Es tut mir leid, aber Sie und ich haben zu wenig gemeinsam, um eine Freundschaft darauf zu gründen.«

»Sind Sie wirklich dieser Ansicht?«

Sein zärtlicher Ton ließ sie den Kopf heben. Ein geheimnisvolles Lächeln umspielte seine Lippen, und seine Augen hatten das spöttische Funkeln verloren. Statt dessen leuchtete ein warmes Feuer darin, das auf Cordelia übersprang.

Seine Finger spielten mit den ihren und verschränkten sich miteinander. Nun legte er die andere Hand um ihre Mitte und zog sie an sich, bis sie ihm sehr nahe gegenüber stand, viel zu nahe.

Mit großen Augen sah sie, wie er ihr das Gesicht zuneigte. »Ich glaube, Sie und ich haben sehr viel gemeinsam, um eine Freundschaft aufzubauen. Sein Atem hauchte an ihre Wange. »Mehr als zwei Menschen haben dürften.«

Sie murmelte einen Protest. Er näherte sich ihr nur noch mehr, seinen Blick gebannt auf ihre leicht geöffneten Lippen geheftet. Er zögerte, dann schloß sein Mund sich über dem ihren.

Sie hätte sich ihm entziehen können – seine Hände umschlangen nur leicht ihre Taille. Sie hätte einen Schritt zurücktreten können, und er hätte von ihr gelassen. Doch sie stand reglos wie eine Statue. Ihre Lider schlossen sich langsam, ihre Lippen zitterten unter dem leichten Druck seines Mundes.

Eine deutlichere Antwort brauchte er nicht. Behutsam und fordernd zugleich strichen seine Lippen über die ihren, und seine Zunge fuhr dann über ihre Zähne.

Ihr erschreckter Laut gab ihm Gelegenheit, seine Zunge in ihre Mundhöhle zu tauchen. Etwas so Faszinierendes hatte noch kein Mann mit ihr gemacht. Cordelia stand wie angewurzelt, der Schock war von ihrer Neugier besiegt.

Seine Zunge begann einen rhythmischen Tanz, stieß vor, zog sich zurück und erkundete hingebungsvoll ihre Mundhöhle. Und jede Gegenwehr erschlaffte in ihr. Sie schmolz in der Feuersglut, die sie mit jeder seiner Liebkosungen heißer durchströmte. Ihre Arme hoben sich wie von alleine und schlangen sich um seinen Hals, ihr Körper schmiegte sich eng an ihn. Sein gutturales Stöhnen weckte ein ungeahntes Sehnen in ihr. Er schob die Hüften vor und preßte sich an sie, Schenkel an Schenkel, Leib an Leib.

Gütiger Himmel, dachte sie benommen, als sein Mund sie fordernder küßte und seine Zunge sich spielerisch um die ihre schlang. In ihrem Kopf drehte sich alles, ihr Herz schlug zum Zerspringen. Es war der aufregendste Kuß, den sie je erlebt hatte.

»Verdammt!« Er löste seinen Mund von dem ihren und murmelte beinahe schroff: »Kein Wunder, daß Ihr Vater eine Anstandsperson für Sie mitnahm.«

Seine Worte erschreckten sie, eine heiße Welle der Scham durchflog sie. Er schien sie für eine lüsterne Dirne zu halten! Zu spät bereute sie ihre voreilige Kapitulation. Mit gesenktem Kopf versuchte sie sich ihm zu entziehen. »Bitte, Euer Gnaden ...«, flüsterte sie.

Doch er festigte nur seine Umarmung und küßte ihren Hals. »Nicht ›Euer Gnaden‹. Sebastian. Ich möchte meinen Namen aus deinem Mund hören, süße Cordelia.«

»Wir dürfen nicht ... ich ...« Sie konnte keinen klaren Gedanken fassen, während seine Hände ihre Hüften streichelten, seine Zähne an ihrem Ohrläppchen nagten. »Bitte … nicht …«

»Sebastian«, raunte er heiser an ihrem Ohr. »Sag, bitte hör nicht auf, Sebastian. Halt mich fester, Sebastian. Ich will mehr, Sebastian.«

»Nichts von alldem werde ich sagen …«, entrüstete sie sich, ehe er sie mit einem langen, hungrigen Kuß am Sprechen hinderte.

Sie versuchte, den Kopf zur Seite zu drehen, doch er nahm ihr Gesicht zwischen beide Hände und hielt es fest, um sich ungestört an ihrem Mund ergötzen zu können. Seine Finger glitten unter ihre Haube und wühlten sich in ihren Haarknoten. Die Haube rutschte ihr vom Kopf, die Nadeln lösten sich, und ihr schimmerndes honigfarbenes Haar wallte ihr schwer über die Schultern. Cordelia ließ ihn gewähren, sein Mund war so warm, so weich und zugleich so fordernd, daß sie alles um sich herum vergaß, berauscht von seinen Zärtlichkeiten.

Plötzlich drang Lärm vom Flur her an ihr Ohr, Lärm, der wie die Stimme ihres Vaters klang. Es dauerte einen Moment, bis die Geräusche Cordelias sinnlichen Nebel durchdrangen, doch dann wurden die Stimme lauter, und sie erstarrte.

Sie stieß die Handflächen gegen die Brust des Herzogs und entwand ihm ihren Mund. »Bitte, Euer Gnaden, lassen Sie mich los!«

»Sebastian«, murmelte er und hielt sie weiterhin fest. Seine goldfarbenen Augen bohrten sich in die ihren. »Ich will hören, wie du meinen Namen sagst.«

»Lassen Sie mich los … Sebastian.« Sie tat ihm den Gefallen aus Furcht, er würde sie nicht freigeben. Und als sie seinen Namen aussprach – atemloser als beabsichtigt –, umfaßten seine Arme sie noch inniger. Cordelia hörte die Stimme ihres Vaters, der nach Mrs. Blifil rief und fragte, ob sie seine Tochter gesehen habe.

»Bitte lassen Sie mich auf mein Zimmer gehen«,

drängte Cordelia, halb wahnsinnig vor Angst, ihr Vater könne sie in dieser verfänglichen Situation ertappen.

Der Herzog schüttelte den Kopf, als wolle er die Wirkung eines berauschenden Trankes loswerden, wirkte einen Augenblick wie benommen. Dann sah er sie finster an.

»Verdammt noch mal«, murmelte er und ließ plötzlich von ihr ab. Er strich sich fahrig durchs Haar, und seine Züge verhärteten sich. »Verdammt! Das hätte nicht passieren dürfen.«

Sein plötzlicher Stimmungswechsel von Zärtlichkeit zu schroffer Distanziertheit traf sie wie ein Schlag. »Nein, das hätte nicht passieren dürfen.«

Er schloß die Augen und fuhr fort: »Ich habe eine Verlobte.«

Dieser Satz traf sie so unvorbereitet, daß sie den Sinn zunächst nicht begriff. Und dann legte sich ein Bleigewicht auf ihre Brust, und sie rang nach Luft. Sie hatte von vornherein gewußt, daß aus seinen Aufmerksamkeiten nichts Dauerhaftes entstehen konnte, da er und sie unterschiedlichen Gesellschaftsklassen angehörten. Dennoch verblüffte sie sein Geständnis.

Es kostete sie große Anstrengung, doch irgendwie schaffte sie einen leichten Tonfall und ein offenes Lächeln. »Wenn das so ist, hätten Sie mich nicht küssen sollen.«

Er blitzte sie an. »Natürlich nicht. Ich habe einfach …«

»Schon gut. Ich verstehe«, fiel sie ihm ins Wort, wollte keine umständliche Erklärung hören, warum er sie geküßt hatte. Sie mußte sich schleunigst bemühen, die verräterischen Gefühle, die er in ihr geweckt hatte, wieder abzustreifen.

Seine Lippen wurden schmal. »Schlimm genug, daß Sie Ihren Vater ständig in Schutz nehmen, Cordelia. Für mich sollten Sie keine Rechtfertigung finden.« Er straffte die Schultern und entsprach wieder ganz dem Bild des vornehmen Aristokraten. »Ich hatte kein Recht, Sie zu küssen, und ich verspreche Ihnen, ich werde Ihnen nicht wieder zu nahe treten.«

Seine Worte hinterließen eine dumpfe Leere in ihr. Draußen dröhnte die Stimme ihres Vaters durch den Flur und rief ihren Namen. »Ich muß gehen, Sebastian … ich meine … Euer Gnaden.«

Mit einem schwachen Lächeln nickte er. »Ich wünsche nach wie vor, daß wir Freunde sind. Ich hoffe, dieser … ehm … Vorfall steht dem nicht im Wege.«

Cordelia schluckte. Dieser ›Vorfall‹ hatte ihre Welt ins Wanken gebracht, doch das durfte er um keinen Preis erfahren. Mit einem gleichmütigen Schulterzucken gab sie sich den Anschein, daran gewöhnt zu sein, von Männern leidenschaftlich geküßt zu werden. »Welcher Vorfall? Das ist vergessen. Machen Sie sich deshalb um Himmels willen keine Gedanken. Wenn Sie mich nun bitte entschuldigen wollen …«

Hastig raffte sie die Röcke und floh aus dem Zimmer, so schnell ihre zitternden Knie es erlaubten.

Nachdem die Tür hinter ihr ins Schloß gefallen war, hatte sie Mühe, ihre Tränen zurückzuhalten. Hatte sie sich etwa in den Herzog verliebt? Wie konnte sie nur so töricht sein! Nein, sie würde nicht in Tränen ausbrechen, nur weil ein Mann sie geküßt hatte.

Niemals würde sie das zulassen. Sie hatte ihm gesagt, der Vorfall sei vergessen, und er mußte vergessen sein.

Während sie auf der Suche nach Mrs. Blifil durch enge Seitenflure irrte, um ihrem Vater nicht zu begegnen, fragte sie sich schweren Herzens, wie sie diesen Kuß jemals vergessen sollte.

Und Cordelia fürchtete, dieser Versuch wäre ebenso fruchtlos wie ihre Bemühungen, ihrem Vater das Trinken abzugewöhnen.

Kapitel 7

Sebastian stand noch lange in der kleinen Gaststube, nachdem Cordelia gegangen war. Ihr Bild aber blieb ihm vor Augen, wie sie sprachlos vor ihm stand mit wallendem Haar wie gesponnene Seide, ihr roter Rosenmund geschwollen von seinen Küssen. Trotz ihrer achtlos hingeworfenen Bemerkung war ihm der Schmerz nicht entgangen, der in ihren Augen aufflackerte, als er ihr sagte, er sei verlobt.

Sebastian machte sich Gewissensbisse. Er hatte kein Recht, sie zu küssen wie ein Verdurstender. Hatte er den Verstand verloren? Cordelia war keine Frau, die einem Kuß keine Bedeutung beimaß; sie würde sich den Vorfall mehr zu Herzen nehmen, als sie sich nach außen hin eingestand.

Er stöhnte. Ihr sinnlicher Körper, ihr sanftes Lächeln weckten alle Raubtierinstinkte in ihm, und zugleich verspürte er den absonderlichen Wunsch, sie zu beschützen.

Sie hatte ein liebenswertes Wesen, wollte jeden bemuttern, auch solche, die es nicht verdienten. Sie war begabt, geistreich ... Ein Lächeln huschte über Sebastians Lippen beim Gedanken an die Szene, in der sie ihrem Vater mit den richtigen Bibelsprüchen alle Argumente aus der Hand genommen hatte. Dann schwand sein Lächeln. Er hatte sie verletzt, als er ihren Vater kritisiert und herabgesetzt hatte.

Nein, er bedauerte nicht, ihren Vater bloßgestellt zu haben. Sie mußte endlich begreifen, wie ungerecht der Vikar sie behandelte, wie sehr er sie ausnutzte.

Auch nicht mehr, als du es eben getan hast, meldete sein Gewissen sich anklagend, und Sebastian verzog schmerzlich das Gesicht. Nun gut, er hatte sich vergessen, als sie ihm ihre Lippen wie süße Trauben darbot. Er wollte nur davon kosten. Statt dessen hatte er ihren Mund beinahe verschlungen. Und dieser Vorgeschmack auf größere Wonnen hatte ihn nur hungriger gemacht.

Wenn sie die Stimme ihres Vaters im Flur nicht gehört hätte, hätte er sie aufs Sofa geworfen und sie genommen. Als sie ihren Leib an seinen preßte, als sie seinen Namen leise und scheu hauchte, hatte er den Verstand verloren. Er war zum Tier geworden, das nur ein Ziel hatte – seine Beute zu verschlingen.

Dieser Gedanke holte ihn aus seinen Grübeleien. Er fuhr zur Tür herum und stolperte beinahe über die Haube, die auf dem Fußboden lag. Rasch bückte er sich danach und hob sie auf. Niemand durfte sie hier finden. Wer weiß, welche Vermutungen man darüber anstellen würde.

Sebastian zerknüllte die Batisthaube in der Hand. Er begehrte Cordelia Shalstone. Er begehrte sie rasend. Aber er durfte sie nicht haben, er war Judith versprochen.

Sein Gesicht verdüsterte sich. Die liebreizende Judith. Als Sebastians Vater vor dem finanziellen Ruin stand, hatte Sebastian sich an Judiths Vater, Sir Quimley, um Hilfe gewandt. Der Baron hatte sich bereit erklärt, die riesigen Schulden zu erlassen, die Sebastians Vater bei ihm hatte, unter der Bedingung, daß Sebastian die Verwaltung des Familienvermögens übernahm und Judith heiratete. Diese Bedingung war das Hauptanliegen des Barons gewesen. Damals hatte Sebastian sich erleichtert einverstanden erklärt.

Nun mußte er sein Versprechen einlösen. Mittlerweile war es nicht mehr eine Frage des Geldes. Sebastian war in der Lage, die Schulden bei Sir Quimley zu begleichen. Doch er konnte und durfte niemals vergessen, wie großmütig der Baron ihm geholfen hatte, als alles verloren schien. Dem Einfluß des Barons und Sebastians Durchsetzungskraft, mit der er seinem Vater sämtliche Vollmachten entzog, war es zu verdanken, daß er mit den letzten Barmitteln der Familie Anteile an der East India Company kaufen konnte, womit er mittlerweile ein beachtenswertes Vermögen angehäuft hatte.

Ohne Baron Quimleys Rettung wären Sebastians Schwestern gezwungen gewesen, irgendwelche Taugenichtse zu heiraten, die es auf einen Titel abgesehen hatten; Richard hätte seinen Verlag verloren, und Sebastian hätte sich eine reiche Erbin suchen müssen, um die finanziellen Verluste wettzumachen.

Seine Zustimmung, Judith zu heiraten, schien ihm damals das geringste aller möglichen Übel. Er war froh, sich dem Baron für seine Unterstützung erkenntlich zeigen zu können. Damals hatte Sebastian keinen größeren Wunsch gehabt, als eine liebenswerte Ehefrau zum Altar zu führen, nachdem seine finanzielle Situation und die seiner Geschwister gesichert war.

Und dennoch hatte er es nicht eilig gehabt, sein Versprechen einzulösen. Er mußte wohl geahnt haben, daß Judith nicht die ideale Wahl für ihn war. Seine indischen Freunde hätten gesagt, er habe gespürt, daß eines Tages eine andere Frau in sein Leben treten würde, daß ihm ein anderes Karma bestimmt war.

Seine Miene verdüsterte sich noch mehr. Seine Freunde irrten. Der Zufall, nicht ein vorbestimmtes Karma hatte ihn zu Cordelia geführt. Und er mußte sich von ihr fernhalten, denn wenn er in ihrer Nähe war, würde er dem Wunsch nicht widerstehen können, sie zu küssen … und mehr.

Aufgebracht stürmte er aus dem Zimmer, um geradewegs in den Vikar zu laufen.

»Da sind Sie ja, Euer Gnaden! Haben Sie Cordelia gesehen? Niemand weiß, wo sie steckt. Aber das Mädchen sagte doch, sie wolle Mrs. Blifil aufsuchen, damit sie ihr das Zimmer zeigt.«

»Cordelia wird ihr Zimmer wohl selbst gefunden haben«, entgegnete Sebastian schroff.

Der Vikar musterte ihn argwöhnisch, als suche er nach verdächtigen Anzeichen. Und fand prompt, was er suchte. »Ist das nicht die Haube meiner Tochter, die Sie in der Hand zerknüllen?«

Sebastian unterdrückte ein Stöhnen. Die Haube hatte er völlig vergessen.

»Euer Gnaden hat sich meiner Tochter hoffentlich nicht in unlauterer Absicht genähert, wie?« fragte der Vikar mit mißtrauisch funkelnden Augen.

Der Reverend traf mit seinen Worten den Nagel auf den Kopf und zwang den Herzog in die Offensive. »Nun, Reverend Shalstone«, entgegnete er hochmütig. »Ich bin verlobt und habe es nicht nötig, Ihrer Tochter den Hof zu machen.«

Vielleicht war es gar nicht von Übel, wenn genügend Menschen von seiner Verlobten wußten. Das würde ihn nicht auf dumme Gedanken kommen lassen, wenn er das nächstemal mit der entzückenden Miß Shalstone alleine war.

Den Vikar konnte das Argument freilich nicht überzeugen. »Eine Verlobte hält einen Mann Ihrer Gesellschaftsschicht nicht davon ab, mit einem jungen Mädchen herumzutändeln. Ein adeliger Herr kann sehr wohl unehrenhafte Absichten mit einer Frau haben, die er nicht heiraten will, und meine Tochter ist an so etwas nicht gewöhnt. Ich lasse nicht zu, daß Sie mein unschuldiges Mädchen behandeln, als sei sie ein leichtfertiges Ding.«

Sebastian blickte den Vikar von oben herab an, dessen polternde Worte ihn um so mehr erbosten, als sie ein Körnchen Wahrheit enthielten. »Ich bin kein Mann, der sich an ehrbaren jungen Mädchen vergreift.«

»Aber Sie halten ihre Haube in der Hand …«

Sebastian schlüpfte in die Rolle des blasierten Herzogs und reichte dem Vikar das verräterische Gebilde aus Batist mit steifer Förmlichkeit. »Ich fand sie auf dem Fußboden in der Gaststube und hielt es für angebracht, sie an mich zu nehmen, ehe jemand sich zu haltlosen Unterstellungen hinreißen läßt, wie Sie es tun. Vermutlich hat sie die Haube verloren auf der Suche nach ihrem Zimmer.« Seine Worte entsprachen im Grunde genommen der Wahrheit, auch wenn sie einen wichtigen Punkt verschwiegen.

Er holte tief Atem und fuhr fort, ehe der Vikar zu einer Entgegnung ansetzen konnte. »Im übrigen halte ich Ihre Tochter für etwas zu unbekümmert. Heute nachmittag ging sie allein in den Wald, und heute abend irrt sie in einem fremden Haus herum. Wenn ihr Kopf mit der Musik besetzt ist, so scheint sie ihre Umgebung ganz zu vergessen. Ich möchte nicht, daß wir später dadurch in Schwierigkeiten geraten.«

Genau wie beabsichtigt, brauste der Vikar auf und vergaß seine ursprüngliche Sorge. »Unbekümmert, sagen Sie? Sie irren, Euer Gnaden. Sie ist ein braves Mädchen, praktisch veranlagt und vernünftig und sehr wohl in der Lage, auf sich selbst aufzupassen.«

Sebastian bezwang den Wunsch, den Vikar darauf hinzuweisen, daß er vor wenigen Augenblicken das genaue Gegenteil von Cordelia behauptet hatte. »Praktisch ja, aber ziemlich unerfahren, wie Sie selbst sagen. Sie braucht eine führende Hand.«

»Die hat sie!« polterte der Vikar entrüstet mit hochrotem Gesicht. »Ich kümmere mich um meine Tochter!«

»Tatsächlich?« *Wenn du dich um deine Tochter kümmern würdest, wäre sie mir nicht vor wenigen Minuten in die Arme gesunken.* »Haben Sie sich darum gekümmert, daß sie etwas ißt? Haben Sie sich davon überzeugt, daß sie gut untergebracht ist?« *Hörst du mit deiner verdammten Trinkerei auf?*

Um diesen letzten, nicht laut ausgesprochenen Punkt wollte Sebastian sich kümmern. Der Vikar murmelte etwas davon, wie er ihr helfen solle, wenn er das ›verflixte Ding‹ nicht finden könne.

»Schon gut«, lenkte Sebastian ein und nahm den Vikar beim Arm. »Wir kümmern uns um das Wohl Ihrer Tochter, dann essen wir gemeinsam zu Abend.« Ein Abendessen ohne Wein, schwor er sich.

Der Vikar nickte und bedachte den Herzog mit einem listigen Seitenblick. »Einverstanden. Wenn Sie sich bald zurückziehen wollen, Euer Gnaden, tun Sie sich keinen Zwang an. Ich pflege recht spät zu Bett zu gehen und verspreche, Sie nicht zu wecken, wenn ich ins Zimmer komme.«

Sebastian verkniff sich ein Schmunzeln. Der Vikar wollte ihn möglichst schnell loswerden, damit er sich mit Wein versorgen konnte. »Tja, auch ich ziehe mich ziemlich spät zurück und freue mich, wenn Sie mir Gesellschaft leisten. Auch bei mir kann es ziemlich spät werden. In Gasthausbetten schlafe ich ohnehin nicht gut.«

Die Miene des Vikars verfinsterte sich, und der Herzog lächelte zufrieden. Mit ein wenig Mühe konnte es ihm gelingen, dem alten Herrn das Trinken abzugewöhnen. Sich seiner anzunehmen würde ihn möglicherweise auch davon abhalten, ständig an seine reizende Tochter zu denken.

Möglicherweise.

Stunden nach dem Vorfall mit dem Herzog, lange nachdem Mrs. Blifil ihr ein Tablett mit Essen aufs Zimmer gebracht hatte, lag Cordelia wach in der Dunkelheit. Als Prudence das Zimmer mit einer brennenden Kerze betrat, stellte sie sich schlafend. Sie hatte keine Lust, sich einen langen Vortrag anzuhören, wie ungehörig sie sich benommen habe, einfach zu verschwinden. Cordelia sehnte sich nach einem tiefen, traumlosen Schlaf, um die Ereignisse des vergangenen Tages zu vergessen.

Die alte Magd lief ruhelos im Zimmer hin und her, und Cordelia hoffte, daß sie bald die Kerze löschte. Doch Prudence fing an, in ihrer Tasche zu kramen, nahm die Kerze wieder hoch und verließ die Kammer.

Cordelia richtete sich auf und blickte nachdenklich auf die verschlossene Tür. Wohin wollte Prudence zu dieser späten Stunde? Vielleicht hatte sie nur ihre Handarbeit geholt, um beim Schein des Kaminfeuers noch ein wenig zu sticken.

Achselzuckend legte Cordelia sich wieder hin. Es wäre besser, wenn Prudence ebenfalls zu Bett gehen und schlafen würde, dann wäre sie tagsüber nicht so müde und weniger gereizt. Nun ja, manche Leute liebten die Nachtstunden und verschliefen den halben Tag.

Cordelia schüttelte ihr Kissen auf und versuchte, eine bequemere Lage auf der harten Matratze zu finden. Hoffentlich gibt es kein Ungeziefer, dachte sie. Leider waren auch die besten Herbergen mit Wanzen und Flöhen verseucht.

Sie lag reglos und stellte sich bangen Herzens vor, daß allerlei Tierchen zwischen den Laken herumkrochen und sich an ihr zu schaffen machten. Doch dann stieg ihr der Geruch nach Kampfer in die Nase. Die umsichtige Mrs. Blifil schien zu wissen, wie sie ihre Betten von lästigem Getier freihielt.

Cordelia versuchte, ihre Angst vor Flöhen zu vergessen, und kroch tiefer unter die Decke. Dennoch warf sie sich schlaflos von einer Seite zur anderen und rief sich die Noten eines einfachen Kirchenliedes ins Gedächtnis, ein probates Mittel, das ihr sonst zuverlässig gegen Schlaflosigkeit half. Doch diesmal wollte auch das nicht wirken. Sie konnte nicht einschlafen.

Und es war nicht die Angst vor lästigem Ungeziefer, auch nicht die Nachtkälte oder die harte Matratze, die sie wach hielten.

Es war der Herzog. »Sebastian«, murmelte sie halblaut vor sich hin, und ihr Herz begann zu flattern.

Nichts hatte sie auf die beängstigende Wirkung von Sebastians Kuß vorbereitet. Ein paar junge Burschen aus Belham hatten ihr gelegentlich einen ungeschickten Kuß aufgedrückt, einen unschuldigen Schmatz, Küsse, die nichts in ihr geweckt hatten außer Ungeduld und körperliches Unbehagen.

Die Küsse des Herzogs waren alles andere als keusch oder ungeschickt. Die köstliche Erinnerung jagte eine Hitzewelle in ihren Leib. Was für ein wunderbarer Kuß! Wenn sie geahnt hätte, welche süßen Empfindungen der Kuß eines echten Mannes in ihr auslösen würde, hätte sie sich darum bemüht, daß mehr Männer ihr den Hof machten, nur um dieses wundersame Gefühl zu kosten.

Cordelia! Du solltest dich schämen! schalt sie sich. Was war nur in letzter Zeit über sie gekommen? Seit der Ankunft des Herzogs erging sie sich in lüsternen Gedanken. Lag es an ihrem Alter? Hatten alle unverheirateten Frauen sündige Gedanken, wenn sie älter wurden?

Oder lag es nur am Herzog, daß sie sich benahm wie eine schamlose Dirne? Sie dachte an den ersten erschrekkenden Moment, als er seine Zunge in ihre Mundhöhle stieß, zurückzog und wieder eintauchte; und sie hatte sich dabei wie ein Schankmädchen an ihn geschmiegt. Aber wie konnte sie ahnen, daß sein seltsames Tun ihr Inneres so sehr erhitzen würde?

Sie verabscheute sich dafür, hätte aber alles darum gegeben, um dieses Gefühl noch einmal zu erleben. Sie seufzte. Das durfte nicht wieder geschehen. Der niederträchtige Kerl hatte eine Verlobte und deutlich zu verstehen gegeben, daß er ihr die Treue halten würde.

Natürlich würde er ihr treu sein, schalt Cordelia sich

entrüstet. Im übrigen war seine Verlobte nicht das einzige Hindernis. Ein tiefer Abgrund trennte sie und ihn. Ein Herzog des Königreiches ließ sich nicht auf ein Liebesabenteuer mit einer Pastorentochter ein.

Möglicherweise auf eine verbotene Liaison, verbesserte sie sich. Doch einer derartig sündigen Verbindung würde sie nie zustimmen. Im übrigen war der Herzog zu ehrenhaft, um ihr ein sündiges Angebot zu machen.

Was ist eigentlich eine verbotene Liaison? fragte sie sich und stöhnte. Gütiger Himmel, der Mann hatte ihr Flausen in den Kopf gesetzt, an die sie nie zuvor gedacht hatte.

Verbotene Liaison, wahrhaftig! Sie war eine ehrbare Pastorentochter! Sie hätte niemals zulassen dürfen, daß er sie küßte.

Sie mußte sich diesen Mann schleunigst aus dem Kopf schlagen. Ungeduldig drehte sie sich zur anderen Seite, kniff die Augen zusammen und nahm sich fest vor, nicht mehr an ihn zu denken.

Dann hörte sie, wie die Tür erneut geöffnet wurde. Cordelia blinzelte aus halb geschlossenen Lidern und sah Prudence ins Zimmer huschen. Sie hörte, wie die Alte halblaut vor sich hin schimpfte, während sie den Riegel vorschob. Cordelia horchte angestrengt, um ihr Gebrumm zu verstehen, konnte aber nur ein paar Wortfetzen heraushören. »Zum Teufel mit dem Herzog«, »niederträchtig« und »ein langer, kalter Tag in der Hölle, ehe ...«

Prudence hörte nicht auf, halblaut vor sich hin zu schimpfen, und Cordelia furchte die Stirn. Worüber war sie so erzürnt?

Abrupt wandte Prudence sich um und starrte Cordelia an, die rasch die Augen schloß, doch den haßerfüllten Blick der Alten noch bemerkte.

Voll Unbehagen spürte Cordelia die böse funkelnden Augen der Frau auf sich und hatte Mühe, gleichmäßig zu atmen. Nie zuvor hatte sie eine solche Abneigung gespürt ... Was hatte sie verbrochen, um sich Prudence' Haß zuzuziehen?

Cordelia wagte nicht, die Augen zu öffnen oder einen Mucks zu tun. Eine Ewigkeit schien sie so zu liegen, ehe sie es vor Neugier nicht mehr aushielt und die Augen einen winzigen Spalt öffnete und sah, wie Prudence unter die Decke kroch.

Cordelia lag weiterhin reglos und wartete auf das gleichmäßige Schnarchen der alten Frau. Plötzlich murmelte sie im Halbschlaf: »Eingebildetes Gänschen.« Damit drehte sie sich zur anderen Seite, möglichst weit weg von ihrer Bettgefährtin.

Natürlich wußte Cordelia, wer mit dem eingebildeten Gänschen gemeint war. Wieso war sie nur so feindselig? Jede freundliche Geste ihrerseits hatte die Frau bislang abgelehnt. Und auf der Reise war Prudence noch bissiger gegen Cordelia als sonst. Wenn sie nur wüßte, warum die Alte sie haßte.

Cordelia seufzte leise. Prudence war alt und die Reise für sie ebenso beschwerlich wie für die anderen. Nach ausgiebiger Nachtruhe würde ihre Laune sich morgen wieder gebessert haben.

Aber es dauerte noch lange, bis Cordelia endlich Schlaf fand.

Kapitel 8

Ein scheues Klopfen, gefolgt von einem leisen: »Der Morgen graut, Euer Gnaden«, riß Sebastian jäh aus dem Schlaf.

»Danke. Ich bin wach«, brummte er in Richtung Tür. Mrs. Blifils Schritte entfernten sich. Er schwang die Beine über das wackelige Bettgestell und barg den Kopf in den Händen.

Er hatte keine angenehme Nacht hinter sich. Unruhig hatte er sich von einer Seite zur anderen gewälzt und versucht, Cordelia zu vergessen. Und sein Bettnachbar hatte es ihm nicht leichter gemacht. Sebastian hatte sich in seiner Vermutung über die Schlafgewohnheiten des Vikars nicht geirrt. Reverend Shalstone hatte ihm nicht nur ständig die Decke weggezogen, er hatte mehr als die Hälfte des Bettes für sich beansprucht und zu allem Überfluß noch ständig gehustet und geächzt, ehe er endlich eingeschlafen war, um zu schnarchen, daß der Putz von den Wänden zu fallen drohte. Die gräßlichen Schlafgeräusche, die der Mann von sich gab, hatten Sebastian bis in die frühen Morgenstunden wach gehalten.

Nun dröhnte ihm der Schädel, seine Augen brannten, und seine Glieder schmerzten, als seien ihm die Gelenke eingerostet. Er rieb sich die stoppelbärtigen Wangen und hoffte, Mrs. Blifil würde ihm bald heißes Wasser bringen. Nachdem er sich gewaschen und rasiert hatte, würde er sich gewiß besser fühlen.

Er wünschte, seinen Kammerdiener mitgenommen zu haben. In Indien verreiste er zwar häufig ohne Diener, doch in Indien legte niemand großen Wert darauf, daß ein Aristokrat stets auf sein Äußeres zu achten hatte, wie dies in England der Fall war. Wenn er unrasiert zum Frühstück erschien, würde er den Anwesenden einen Schock versetzen.

Mit Ausnahme des Vikars vermutlich, dachte er und warf dem Mann einen finsteren Blick zu, der ihn die ganze Nacht gequält hatte. Ihn schien kaum etwas anderes zu interessieren als sein Trinken und sein Schlaf. Nun schlief er wie ein Kind, Mrs. Blifils Klopfen hatte er gar nicht gehört. Sein Schnarchen war in ein gleichmäßiges Brummen übergegangen, was kein Zeichen von Unbehagen zu sein schien, wie Sebastian seinem seligen Lächeln entnahm.

Sebastian stöhnte. Schade, daß er es dem Vikar nicht heimzahlen konnte. Und plötzlich hellte sein Gesicht sich auf. Er zog sich die Leinenhose höher, umrundete das Bett und trat an den Schlafenden. Mit vorgebeugtem Oberkörper wölbte er die Hände vor den Mund, um ihn mit einem lauten ›Guten Morgen‹ zu wecken. Doch ehe er dazu ansetzen konnte, stieg ihm ein vertrauter, säuerlicher Geruch in die Nase, der nur eins bedeuten konnte.

Brandy.

Sebastian ging neben dem Vikar in die Hocke und schnüffelte. Der Mann stank eindeutig nach Brandy. Fassungslos wanderte sein Blick über den Schlafenden. Und dann entdeckte er die Flasche in der Armbeuge des Trunkenbolds.

Mit einem Wutschrei riß er die Flasche an sich und schleuderte sie durchs Zimmer. Der Reverend drehte sich ächzend und prustend zur anderen Seite und hielt sich das Kopfkissen an die Ohren.

Sebastian schloß zornentbrannt die Augen. Wie war der Kerl nur an eine Flasche Brandy geraten?

Sebastian ließ den gestrigen Abend an sich vorüberziehen. Ein zum Sterben langweiliger Abend. Er hatte versucht, den Vikar in ein Gespräch zu verwickeln, doch der sprach nur vom Trinken. Sie waren gleichzeitig zu Bett gegangen. Sebastian hatte die Tür von innen versperrt, den Schlüssel abgezogen, ihn unter sein Kopfkissen gelegt und eine haarsträubende Geschichte von Dieben erfunden, die es fertigbrachten, einen Schlüssel aus einer von innen versperrten Tür zu stehlen. Der Vikar hatte selbst diese Erklärung mit stoischem Gleichmut hingenommen.

Sebastian eilte auf seine Seite des Bettes und hob das Kissen. Der Schlüssel lag an seinem Platz. Wie war der alte Narr nur an den Brandy geraten?

Schlimmer noch, wie sollte Sebastian ihn wachkriegen? Der hinterhältige Nichtsnutz schlief seinen Rausch aus. Kein Wunder, daß er im Schlaf gehustet und geprustet hatte, um anschließend mit seinem Schnarchen Tote zu wecken. Kein Wunder, daß er Sebastian die Dekke weggezogen hatte. Er hatte heimlich im Bett gesüffelt, tief unter der Decke vergraben, damit sein Bettgenosse den Brandy nicht roch und ihm auf die Schliche käme.

Zum Teufel mit dem alten Trunkenbold! Sebastian ging fluchend im Zimmer auf und ab.

Es würde mindestens eine Stunde dauern, ehe er einigermaßen wach war, und weitere Stunden, bis man ihn in die Kutsche verfrachten konnte. Man würde kostbare Zeit verlieren. Dazu kam, daß Cordelia den Vikar in seinem Zustand nicht unterrichten konnte; er würde genug damit zu tun haben, seinen Rausch auf der Fahrt auszuschlafen.

Beim Gedanken an Cordelia blieb Sebastian jäh stehen. Sie würde ihn umbringen. Er hatte versprochen, sich um ihren Vater zu kümmern. Aber sollte er ahnen, daß der Taugenichts über Zauberkräfte verfügte?

Wütend trat er wieder ans Bett und rüttelte ihn unsanft. »Aufstehen!« brüllte er ihm ins Ohr.

Der Kerl ächzte nur und murmelte: »Schsch, Florinda. Später.«

In seiner Verzweiflung warf Sebastian ihn kurzerhand aus dem Bett auf den Fußboden, aber der Vikar rollte sich ein und schlief brummend weiter.

Sebastian versuchte, ihn zum Sitzen aufzurichten, doch er fiel immer wieder wie ein nasser Sack in sich zusammen. Am liebsten hätte er dem alten Wrack einen Fußtritt versetzt.

Er seufzte hilflos.

Cordelia, die Erfahrung mit ihrem Vater am Morgen nach einer durchzechten Nacht hatte, mußte helfen.

Sebastian zögerte, sein Stolz war erheblich angekratzt, sich eingestehen zu müssen, unfähig zu sein, den Vikar nüchtern zu halten. Am Abend hatte er Cordelia noch selbstgerecht Vorhaltungen gemacht, sie würde ihren Vater zu nachsichtig behandeln. Nun, er hatte den Vikar nicht nachsichtig behandelt und damit gar nichts erreicht.

Er trat ans Fenster und verzog das Gesicht. Es schneite. Er durfte den Aufbruch nicht noch länger hinauszögern. Wenn der Schnee zu hoch lag, wäre eine Weiterfahrt unmöglich. Es blieb ihm keine andere Wahl. Er mußte seinen Stolz überwinden und Cordelia holen.

Hastig kleidete er sich an und verfluchte sein Schicksal, das ihm Reverend Shalstone aufgehalst hatte. Wieso mußte sein Bruder sich ausgerechnet einen Vikar mit einem unseligen Hang zum Trinken aussuchen, der noch nicht einmal etwas von Musik verstand? Wieso konnte der ›anonyme Komponist‹ nicht irgendein verschrobener, weltfremder Musiklehrer oder ein schüchterner Musikstudent sein? Mit jedem anderen wäre er fertig geworden.

Aber mit einem versoffenen Vikar wußte er nicht umzugehen, ebensowenig wie mit seiner Tochter.

Mit seiner schönen, faszinierenden und unendlich sinnlichen Tochter.

»Verdammt noch mal!« knurrte er und fuhr in die Ärmel seines Gehrocks.

Er mußte seine Fuhre so schnell wie möglich nach London bringen, denn je länger er sich in der Nähe von Cordelia Shalstone aufhielt, desto heftiger begehrte er sie.

Wütend auf sich und seinen Mangel an Selbstdisziplin, wenn es um die Pfarrerstochter ging, eilte er den Flur entlang zu Cordelias Zimmer.

Er klopfte ungeduldig. Die Tür wurde einen Spalt geöffnet, und Prudence' mürrisches Gesicht erschien.

»Ja, Euer Gnaden?«

»Ich muß mit Cor… mit Miß Shalstone sprechen. Ist sie schon auf?«

»Es schickt sich nicht …«

»Was ist los?« hörte er Cordelias Stimme.

Prudence schloß die Tür, und er hörte gedämpfte Stimmen. Dann wurde ihm wieder geöffnet, diesmal ließ Prudence ihn eintreten, allerdings reichlich widerwillig.

Cordelia saß angezogen vor einem Frisiertisch aus hellem, unbehandeltem Fichtenholz; ein Bild sittsamer Wohlanständigkeit. Nur das honigfarbene Haar floß ihr offen bis weit über den Rücken, das sie mit langen Strichen bürstete.

Während er zusah, wand sie die schimmernde Haarfülle geschickt zu einem Knoten, steckte ihn im Nacken fest und zupfte ein paar Stirnlocken zurecht. »Was gibt es, Euer Gnaden?« fragte sie und blickte ihn durch den Spiegel an. Als ihre Blicke einander trafen, errötete sie, und Sebastian dachte an die gestrigen Küsse.

Er bezwang seinen Wunsch, hinter sie zu treten und die seidigen Löckchen zu berühren. Im Bemühen um Selbstkontrolle klangen seine Worte schroffer als beabsichtigt. »Ich brauche Hilfe mit Ihrem verfluchten Vater.«

Sie straffte den Rücken, legte den Kamm beiseite und drehte sich nach ihm um. In ihren Augen blitzte ein belustigter Funke. »Mein ›verfluchter‹ Vater?«

»Ich krieg' ihn nicht wach ...«, begann er.

Mit schreckensweitem Blick sprang sie auf die Füße. »O nein! Ist er krank? Als er gestern abend sagte, er fühle sich nicht wohl, war er vielleicht schon ...«

»Er ist nicht krank«, beruhigte Sebastian sie. Seine Lippen wurden schmal. »Er ist ...«, er seufzte. »Er ist betrunken.«

Eine Mischung aus Fassungslosigkeit und Bitterkeit flog über ihr Gesicht. Sie stemmte die Hände in die Hüften. »Was soll das heißen?«

Sie machte ihm die Sache nicht gerade leicht. »Das heißt, daß er berauscht ist, besoffen ... wie immer Sie es nennen wollen. Er ist voll bis obenhin. Das heißt, jetzt schläft er seinen Rausch aus.«

»Ich dachte, Sie wollten ...« Sie führte den Satz nicht zu Ende, doch der unterstellte Vorwurf war deutlich zu hören.

»Ich war den ganzen Abend mit ihm zusammen. Er hat keinen Tropfen bekommen. Aber irgendwie kam er an eine Flasche Brandy, während er in *meinem* Zimmer schlief, die Tür von innen versperrt war und der Schlüssel unter meinem Kopfkissen lag!«

Prudence' erschrockener Aufschrei ließ ihn zu ihr herumfahren. Unter seinem bohrenden Blick senkte sie die Augen. Wieso reagierte *sie* überrascht? Die Alte mußte die Gewohnheiten ihres Herrn doch zur Genüge kennen.

»Deshalb«, fuhr er scharf fort, »brauche ich Ihre Hilfe.«

Cordelia erbleichte und sah argwöhnisch zu Prudence hinüber. »Natürlich. Wenn Vater getrunken hat, schläft er wie ein Toter.«

»Das habe ich bemerkt.« Als sie ihm den Rücken zukehrte und in ihrer Reisetasche kramte, protestierte er unwirsch: »Wir haben keine Zeit zu verlieren, Cordelia. Es schneit, und ich möchte in einer Stunde aufbrechen.«

»Lassen Sie Ihren Zorn nicht an mir aus, Euer Gnaden.« Ihre Hände schlossen sich um ein Arzneifläschchen. »Ich habe nichts damit zu tun.«

Mühsam bezähmte er seine Gereiztheit, während sie das Fläschchen in die Rocktasche steckte, nach dem Schultertuch griff, das am Fußende des Bettes lag, und es umlegte.

»Ich muß mich bei Ihnen entschuldigen«, knirschte er. »Als ich mich bereit erklärte, mich um Ihren Vater zu kümmern, ahnte ich nicht, daß ihm die Schnapsflaschen im Schlaf in den Schoß fallen.«

Ihr Blick enthielt so viel wehmütige Trauer, daß sein Zorn schnell abflaute. Sie brachte ein schwaches Lächeln zustande. »Ich weiß. Glauben Sie mir, ich weiß ein Lied davon zu singen.«

Dann eilte sie aus dem Zimmer. Die Dienerin, die seelenruhig damit beschäftigt war, ihre Sachen zu packen, schien der Zustand des Vikars völlig kaltzulassen. Sebastian folgte Cordelia.

Als er sein Zimmer betrat, stand Cordelia mit einem schräg geneigten Wasserkrug in den Händen über ihrem Vater. Sebastian eilte erschrocken auf sie zu. »Was, zum Teufel, tun Sie da ...«

»Das ist die einzige Methode, wie ich Vater in einem solchen Zustand wach bekomme. Normalerweise lasse ich ihn ausschlafen, aber wenn es etwas Wichtiges zu erledigen gibt, greife ich zu drastischen Methoden.«

»Drastisch!« Sebastian mußte daran denken, wie ihm nach einer durchzechten Nacht zumute war. »Das ist die reinste Folter! Das Wasser ist eiskalt!«

Cordelia goß ungerührt einen dünnen Strahl auf den kahl rasierten Schädel ihres Vaters. Der Vikar schoß wie von der Tarantel gestochen hoch, prustend und spukkend mit weitaufgerissenen Augen. Mit Armen und Händen ruderte er in der Luft herum, um das Böse abzuwehren, das seinen Schlaf so unsanft störte.

»Der Teufel soll dich holen!« stammelte er und glotzte

seine Tochter benommen an, während er sich mit dem Ärmel übers Gesicht wischte. Dann suchte sein Blick Sebastian. »Lassen Sie zu, daß sie mich umbringt? Kann ein Mann nicht einmal in Ruhe ausschlafen?«

Plötzlich empfand Sebastian helle Schadenfreude über die mißliche Lage des Vikars. »Sie kennen Ihre Tochter besser als ich. Wenn sie sich etwas in den Kopf setzt ...«

»Komm, Vater«, fiel Cordelia Sebastian gereizt ins Wort. »Steh auf! Es schneit, und wir müssen aufbrechen.«

Reverend Shalstone rieb sich ächzend den Kopf. Mit Sicherheit hat er rasende Kopfschmerzen, dachte Sebastian schadenfroh und sah zu, wie Cordelia versuchte, ihrem Vater die Arzneiflasche an den Mund zu setzen

»Was ist das?« fragte er mißtrauisch.

»Ein Teufelszeug«, polterte der Vikar angeekelt. »Damit quält sie mich noch zu Tode.« Die lange Rede schien zu viel für seinen armen Kopf zu sein; er schloß stöhnend die Augen.

Cordelia achtete nicht auf seine Proteste. »Trink, Vater. Trink es aus! Sonst bitte ich Seine Lordschaft, dich festzuhalten, und schütte dir den Inhalt die Kehle hinunter.«

Ein kalter Schauer jagte Sebastian über den Rücken. Der Gedanke, den Vikar festzuhalten, damit seine Tochter ihm mit Gewalt die übelriechende Arznei einflößen konnte, behagte ihm keineswegs.

»Sehen Sie?« ächzte der Vikar und rümpfte die Nase. »Sie ist eine Hexe. Ja, eine Hexe.«

Cordelias Miene wurde weicher. »Du weißt, daß es deinen Magen beruhigt.« Sie zwang ihn, die Flasche in die Hand zu nehmen. »Nun trink endlich!« befahl sie unwirsch.

Gehorsam setzte er die Flasche an und trank. Dann wurde er bleich, Schweißperlen traten ihm auf die Stirn.

Er sprang auf die Füße – erstaunlich behende für sein Alter – und rannte zum Nachtgeschirr, um seinen Magen zu entleeren.

Zu Sebastians Verwunderung lächelte Cordelia bei den abstoßenden Geräuschen. »Ausgezeichnet.«

Als der Vikar zurück zum Bett wankte, reichte sie ihm die Flasche erneut. Diesmal trank er sie schweigend aus, rülpste geräuschvoll, und allmählich kehrte wieder Farbe in sein Gesicht zurück.

Sobald sie sah, daß es ihm ein wenig besser ging, verkorkte sie die Flasche und machte sich im Zimmer zu schaffen, sammelte Kleidungsstücke ihres Vaters ein und steckte sie in seine Reisetasche. »Kannst du etwas essen?« fragte sie gleichmütig.

Kein Mann, der mit einer vollen Flasche Brandy im Bauch aufwachte, konnte etwas essen, dachte Sebastian.

Doch der Vikar nickte. »Vielleicht eine Scheibe Toast.«

Sebastian wunderte sich über Cordelias geheimnisvolle Arznei. Wie oft hatten Vater und Tochter diese Prozedur schon hinter sich? Wie oft hatte Cordelia ihren Vater nach einer durchzechten Nacht kuriert?

Einerseits bewunderte er sie dafür, andererseits fragte er sich, wie lange der Vikar seine Tochter weiterhin ausnutzen würde, wann sie sich weigern würde, ihm nach einem Rausch wieder auf die Beine zu helfen.

Sebastian hatte ihr vorgeworfen, nichts gegen die Trinkgewohnheiten ihres Vaters zu unternehmen, hatte ihn aber auch nicht vom Trinken abhalten können. Allmählich begriff er, warum sie seine Rede so anmaßend fand.

»Ich wäre dankbar, wenn Euer Gnaden nach einem Hausdiener schickte, der meinem Vater beim Ankleiden hilft.« Ihre sachliche Stimme drang in seine düsteren Grübeleien. »Normalerweise wartet Vater, bis er sich selber anziehen kann, aber heute ...«

»Schon gut, Cordelia. Ich helfe ihm.«

Sie lächelte müde. Sebastian machte sich Vorwürfe, Schuld an ihrer Trauer und Enttäuschung zu haben.

Cordelia drehte sich an der Tür noch einmal um und verschränkte die Hände. »Wenn es Ihnen nichts ausmacht, würde ich ... ich muß etwas mit Ihnen besprechen. Unter vier Augen.«

Der Vikar hob ruckartig den Kopf, doch Cordelia fuhr trotzig fort. »Wenn Sie mir bitte in den Flur folgen, Euer Gnaden ...«

»Selbstverständlich«, antwortete Sebastian und eilte ihr nach. Er spürte den wütenden Blick des Vikars im Rücken, als er die Tür schloß. »Ich dachte, Sie wollten mich Sebastian nennen.«

Sie mied seinen Blick. »Das ... das habe ich vergessen.«

Er wünschte, er könnte vergessen. Er hätte nicht davon reden sollen, dachte er, als sie errötete.

»Wegen gestern abend ...«, begann sie, und er zuckte innerlich zusammen. »Sie sagten doch, Vater sei den ganzen Abend bei Ihnen gewesen.«

Sebastian nickte erleichtert, sich nicht für sein gestriges Tun rechtfertigen zu müssen.

Cordelia holte tief Atem und wies mit der Hand den Flur entlang. »Prudence war ebenfalls den ganzen Abend bei Ihnen, nicht wahr?«

Sebastian nickte wieder und furchte die Stirn, ahnte nicht, worauf sie hinauswollte. »Ja. Sie ging nur kurz auf ihr Zimmer, um ihre Handarbeit zu holen. Dann setzte sie sich wieder zu uns und stickte, bis Ihr Vater und ich zu Bett gingen.«

»Erinnern Sie sich, ob sie sich meinem Vater irgendwie genähert hat?«

Sebastian schmunzelte. »Ich glaube nicht, daß Sie sich um Ihren Vater und Prudence Gedanken machen müssen. Die Frau hat Haare auf den Zähnen.«

Cordelia schüttelte unwirsch den Kopf. »So meine ich das nicht. Ich meine, hat sie ihm vielleicht ihre Handarbeit gezeigt oder ihm etwas ins Ohr geflüstert?«

Er dachte nach. »Aber ja. Einmal reichte sie ihm ihren Stickrahmen und fragte ihn, ob er die Farben nicht zu grell finde. Ich wunderte mich, daß sie einen Mann um seine Meinung fragte – noch dazu den Vikar, aber ...« Dann stockte er, als er den Zusammenhang zu ahnen begann. »Glauben Sie etwa, Prudence hat ihm den Brandy zugesteckt?«

Cordelia machte eine hilflose Handbewegung. »Ich weiß nicht. Ich wundere mich seit langem, wie er heimlich Wein ins Haus schmuggeln kann. Gestern abend huschte Prudence in unsere Kammer, holte etwas aus ihrer Tasche und ging wieder. Auch ich dachte, es sei nur ihr Stickrahmen, aber ...«

»Aber was?«

Errötend senkte sie den Kopf. » Als sie heute morgen unten war, um warmes Wasser zu holen, habe ich ihre Tasche durchsucht.« Sie sah ihm ins Gesicht. »Ich fand eine Flasche Brandy unter ihren Sachen.«

»Die sie zweifellos Ihrem Vater heute abend zustekken will«, ergänzte er grimmig.

»Darauf wollte ich es nicht ankommen lassen.«

Er sah sie fragend an.

»Ich habe den Brandy weggegossen und durch Wasser ersetzt«, gestand sie mit einem scheuen Lächeln.

»Das löst das Problem nur vorübergehend.«

»Ich weiß«, antwortete sie traurig. »Ich muß Prudence darauf ansprechen. Aber bevor ich sie zur Rede stelle, muß ich sicher sein, daß sie es getan hat. Sie könnte den Brandy ja für ihren eigenen Bedarf mitgebracht haben.«

Sebastian versuchte sich die frömmelnde Prudence als heimliche Trinkerin vorzustellen. »Das glauben Sie doch nicht wirklich, oder?«

Cordelia zuckte mit den Schultern. »Heute abend werde ich mir Gewißheit verschaffen, falls sie ihm die Flasche zusteckt. Ich muß sie auf frischer Tat ertappen, sonst redet sie sich heraus. Wollen Sie mir helfen?«

Ein schelmisches Lächeln flog über seine Züge. Er konnte sich also doch noch an dem Vikar rächen. »Mit dem größten Vergnügen.«

Es war bitter kalt, als die Kutsche eine knappe Stunde später das Gasthaus verließ. Der Vikar war besonders übellaunig, beschwerte sich über jedes laute Geräusch und drohte, die Notenblätter aus dem Fenster zu werfen, wenn man ihn nicht in Ruhe ließe. Irgendwie gelang es Cordelia, ihn zu beruhigen. Später konnte sie ihn sogar ein Stündchen unterrichten, bevor er in einen unruhigen Schlummer sank. Vorhaltungen bewirkten nichts, das wußte Cordelia seit langem. Er war eigensinnig und stur. Er tat nur das, was ihm behagte, mochte sie ihn auch noch so ernsthaft ins Gebet nehmen.

Diesmal aber war er zu weit gegangen. Wie konnte er es wagen, sich im Beisein des Herzogs heimlich zu betrinken? Welche Schande!

Andererseits geschah es dem aufgeblasenen Kerl ganz recht, miterlebt zu haben, wie Vater sich direkt vor seiner Nase betrank, dachte Cordelia mit einem Anflug von Schadenfreude, da sie sich immer noch über die hochfahrenden Bemerkungen Seiner Lordschaft ärgerte.

Sie warf ihm einen Seitenblick zu, doch er starrte angespannt aus dem Fenster auf die öde Winterlandschaft. Während er sie geküßt hatte, waren seine Züge weich und zärtlich gewesen, schoß es ihr durch den Kopf.

Eine Hitzewelle durchströmte sie. Sie biß die Zähne aufeinander. Sie durfte keine träumerischen Gedanken an ihn zulassen. Statt dessen rief sie sich seine kränkenden Worte ins Gedächtnis zurück. *Sie verhätscheln ihn zu sehr. Sie schaffen die Bedingungen, die es ihm erlauben, weiterzutrinken. Sie lassen ihn die Konsequenzen seines Handelns nicht spüren.*

Ihr Vater schnarchte, und wieder wallte Zorn in ihr hoch. Wie konnte der Herzog es wagen, sie für die Entgleisungen ihres Vaters verantwortlich zu machen? Er kannte sie erst seit wenigen Tagen und maßte sich an, sie zu kritisieren. Es war absolut empörend!

Dann dachte sie erneut über Sebastians Worte nach. Was meinte er eigentlich damit, sie schaffe die Bedingungen, die es ihrem Vater erlaubten, weiterzutrinken? Sie gab ihm keinen Wein. Im Gegenteil, sie hatte immer dafür gesorgt, daß weder Wein noch Schnaps im Hause waren. Zu den Mahlzeiten kam nie Wein auf den Tisch. Auch früher, als Mutter noch lebte, gab es nur sehr selten Wein zu den Mahlzeiten. Bier ja, aber selbst das gab es nicht jeden Tag, wie in anderen Häusern üblich.

Zum erstenmal überlegte Cordelia, ob die Vorliebe ihrer Mutter für ›anregende Getränke‹ wie Tee und Limonade darauf zurückzuführen war, daß ihr der Hang des Vikars zum Trinken schon damals bekannt war. Der Gedanke erschreckte sie. Bislang war Cordelia der Meinung gewesen, er habe erst nach dem Tod seiner Frau zu trinken begonnen.

Ihr Vater murmelte im Schlaf und kuschelte sich an die Samtpolster der Kutsche. Sebastian sah ihn finster an. Dann blickte er zu Cordelia hinüber, und als ihre Blicke sich kreuzten, spielte ein zögerndes Lächeln um seine Lippen, und Cordelia bereute ihre anschuldigenden Gedanken. Der Herzog hatte sie nicht absichtlich kränken wollen. Im allgemeinen behandelte er sie höflich und rücksichtsvoll, abgesehen von dem Moment, als er sie leidenschaftlich geküßt hatte.

Doch hinterher hatte er sich für sein Verhalten entschuldigt.

Der Mann war ihr ein Rätsel. Erst machte er sich Sorgen um ihr Wohlergehen, und zwei Minuten später behauptete er, das Trinkproblem ihres Vaters sei ihre Schuld. Sie verhätschle ihren Vater, sie vertusche sein Handeln.

Was sollte sie denn tun? Sollte sie tatenlos zusehen, bis Vater seinen Posten verlor, wenn er sich jeden Tag bis zur Bewußtlosigkeit betrank? Es blieb ihr keine andere Wahl – sie mußte dafür sorgen, daß er nüchtern blieb, und wenn ihr das nicht gelang, mußte sie sich schützend vor ihn stellen und seine Pflichten übernehmen.

Aber sie würde herausfinden, was Prudence damit zu tun hatte, die noch griesgrämiger und gereizter wirkte als sonst. Ständig warf sie Cordelia giftige Blicke zu, furchte die Stirn, nestelte an ihren Röcken und strich die Falten des schwarzen Wollstoffs glatt.

Wenigstens hatte es aufgehört zu schneien. Sebastian hatte gesagt, ab York würden die Straßen besser werden. Und bis York würden sie es heute hoffentlich schaffen.

In York lebte Honorine. Cordelia hatte die Freundin ihrer Mutter seit dem Begräbnis nicht mehr gesehen. Sie überlegte, ob sie den Herzog auf Honorine ansprechen sollte. Es wäre wunderbar, sie besuchen zu dürfen. Aber vielleicht war sie gar nicht in der Stadt. Es wäre unhöflich, ihr ohne Voranmeldung eine Aufwartung zu machen.

Andererseits würde Honorine vor Enttäuschung sterben, wenn ihr die Gelegenheit entginge, den Herzog von Waverley kennenzulernen.

»Wenn Sie mir die Frage gestatten … worüber lächeln Sie?«

Cordelia erschrak über die Bemerkung des Herzogs. »Ach nichts.« Dann besann sie sich. »Da Sie davon sprachen, in York Station zu machen, dachte ich an eine Freundin, die dort wohnt.«

»Honorine«, murmelte ihr Vater neben ihr.

Cordelia wandte sich ihm zu. »Ich denke, du schläfst.«

Er hielt die Augen geschlossen, das Gesicht an die Polster gelehnt, aber er lächelte.

Sie schlug spielerisch mit dem Retikül nach ihm. »Du Heuchler! Du versuchst dich nur vor dem Unterricht zu drücken!«

Er machte ein Auge auf. »Ich hab' fest geschlafen und bin nur hochgeschreckt, als du den alten Drachen Honorine erwähntest. Selbst im Schlaf erzittert mein Herz beim Klang ihres Namens.«

Cordelia rollte die Augen zum Himmel. »Alter Drachen! Wie kannst du so etwas sagen, Vater! Sie ist gar nicht so schlimm, wie du tust. Sie vertritt nur energisch ihren Standpunkt.«

Auf sein spöttisches Lachen schlug sie erneut den gestickten Beutel nach ihm.

Der Vikar nahm ihr das Retikül aus der Hand und steckte es hinter seinen Rücken. Mit funkelnden Augen musterte er Cordelia. »Ich weiß, was du vorhast, Mädchen. Du überlegst, ob wir Honorine einen Besuch abstatten sollten. Schlag dir das bloß aus dem Kopf. Das letzte, wonach mir der Sinn steht, sind Honorines ›energische‹ Standpunkte.«

»Sie ist meine Freundin.«

»Ja, ja.« Er drohte ihr mit dem Zeigefinger, wenn auch halb im Scherz. »Deine Freundin hat den Eigensinn eines Maultiers, die Anmaßung eines Richters und die Stimme einer Furie. Wenn sie einem Mann ihre Meinung nicht aufzwingen kann, versucht sie es mit Beleidigungen. Und wenn das nichts nützt, zetert sie so lange, bis man ihrer Meinung ist.« Der Vikar seufzte tief. »Irgendwann gewinnt Honorine immer die Oberhand. Ich habe keine Lust, mich mit ihr zu streiten. Ich habe andere Sorgen im Kopf.«

»Vater! So ist sie gar nicht! Sie ist großzügig und fürsorglich ...«

»Und ein unverbesserlicher Tyrann«, führte der Vikar den Satz seiner Tochter zu Ende.

»Du bist ungerecht. Honorine hat mich all die Jahre wie eine Schwester behandelt. Denke nur an die vielen Spenden für unsere Kirche.« Ihre Stimme wurde leiser. »Und sie zögerte nicht, an Mutters Krankenbett zu eilen. Wenn Honorine nicht gewesen wäre ...«

»Ja«, fiel er ihr sanfter ins Wort. »Ja. Honorine ist eine treue Seele.«

»Sie machen mich neugierig, eine so interessante Frau kennenzulernen«, meldete Sebastian sich zu Wort. Und zu Cordelias großer Freude fügte er hinzu: »Ich denke, wir könnten die Zeit für einen kurzen Besuch erübrigen.«

Cordelia achtete nicht auf das Stöhnen ihres Vaters und beeilte sich zu versichern: »Wir müssen nicht länger als ein oder zwei Stunden bleiben. Ich weiß, daß Sie möglichst schnell bei Ihrem Bruder sein wollen, aber ich wäre Ihnen dankbar, wenn wir wenigstens kurz bei ihr vorbeischauen könnten.«

»Wie könnte ich Ihnen eine so leidenschaftlich vorgetragene Bitte abschlagen.« Sein Lächeln schloß ihren Vater mit ein. Doch das warme Leuchten in seinen Augen war nur für Cordelia bestimmt, und das wußte sie.

»Vielen Dank, Sebastian.«

Sie bereute ihre voreilige Bemerkung. Prudence strafte sie mit einem verächtlichen Blick, und das Gesicht ihres Vaters verfinsterte sich.

»Sebastian?« grollte er.

Lord Waverley zuckte mit den Schultern. »Ich machte Ihrer Tochter den Vorschlag, auf umständliche Förmlichkeiten während unserer langen und beengten Reise zu verzichten.«

Cordelia warf ihrem Vater einen warnenden Blick zu,

der das Kinn trotzig vorgeschoben hatte. Im gestelzten Ton entgegnete er: »Aber Euer Gnaden, solche Vertraulichkeiten sind unschicklich, da wir Sie doch kaum kennen.« Er starrte ihn finster an. »Wenn wir etwas mehr über Ihren Hintergrund wüßten, würde es mir vielleicht leichter fallen, auf umständliche Förmlichkeiten zu verzichten. Erzählen Sie uns doch ein wenig von sich. Von Ihren Eltern ... Ihrem Leben in Indien ...« Er legte eine Pause ein, warf Cordelia einen Seitenblick zu und fügte betont hinzu: »Von Ihrer Verlobten.«

Cordelia errötete. Wußte Vater von dem Kuß? Gütiger Himmel, hoffentlich nicht.

»Es ist ungehörig, so persönliche Fragen zu stellen, Vater«, murmelte Cordelia verlegen und knuffte den Vikar unsanft in die Seite, der nicht auf ihre Zurechtweisung achtete.

»Seine Lordschaft entführt uns mir nichts, dir nichts nach London. Deshalb sehe ich nicht ein, warum er uns nicht ein wenig Entgegenkommen zeigen sollte.«

»Ganz recht«, pflichtete Sebastian ihm leutselig bei, verschränkte die Arme vor der Brust und lehnte sich in die Samtpolster zurück. »Ich erzähle gerne etwas aus meinem Leben, wenn Sie das ebenfalls tun. Ich bin sehr daran interessiert, etwas über Ihre Tätigkeit als Pastor in den letzten drei Jahren zu hören.«

Der Vikar kratzte sich am Ohr, und sein Gesicht lief rot an.

Gleich gibt es wieder Streit, dachte Cordelia bang. *Warum müssen die beiden Streithähne immer wieder aufeinander einhacken? So kann es doch nicht weitergehen.*

Der Vikar beugte sich vor, um Sebastian eine passende Antwort zu geben. Cordelia bohrte verzweifelt ihren Schuhabsatz in den Stiefel ihres Vaters. »Die Arbeit meines Vaters ist ja wohl nicht halb so interessant wie die Reisen Seiner Lordschaft durch Indien«, sagte sie mit vernehmlicher Stimme, um den Wehlaut ihres Vaters zu übertönen. »Es muß ein faszinierendes Land sein. Erzählen Sie uns davon.«

Die Augen des Herzogs waren auf das Gesicht des Vikars gerichtet. »Ich denke, Ihr Vater ist mehr daran interessiert, persönliche Dinge aus meinem Leben zu erfahren, und weniger an meinen Reisen durch Indien.«

Nun galt ihre Mißbilligung dem Herzog. Sie fixierte ihn so lange, bis er ihrem Blick begegnete.

Und dann lächelte sie kühl. »Wessen Neugier wollen Sie nun stillen? Die einer jungen Dame? Oder die eines unhöflichen alten Mannes?«

»Cordelia!« polterte der Vikar. »Also, ich muß schon bitten, Mädchen ...«

»Nun, Euer Gnaden?« Sie fixierte den Herzog herausfordernd. »Wenn Sie meiner Bitte nicht nachkommen und statt dessen die Neugier meines Vaters stillen, fühle ich mich ziemlich gekränkt.« Und sie wiederholte mit einem warnenden Blick zu ihrem Vater: »*Ziemlich* gekränkt.«

Der Vikar knurrte etwas in sich hinein, gab sich aber zufrieden.

Als Cordelia wieder zu Sebastian blickte, zog er eine Braue hoch und versetzte leicht belustigt: »Wenn Sie mich so freundlich bitten, Miß Shalstone, kann ich kaum widerstehen.« Er lehnte sich entspannt zurück. »Was hätten Sie gern über Indien gehört?«

Cordelia atmete erleichtert auf. Sie hatte befürchtet, die beiden Männer würden wieder aneinander geraten, nur weil sie den Herzog beim Vornamen genannt hatte. Sie nahm sich vor, in Zukunft achtsamer zu sein.

Sie suchte nach einer passenden Frage und sagte dann schließlich: »In erster Linie würde mich interessieren, warum Sie überhaupt nach Indien gingen. Es liegt ja nicht gerade um die nächste Ecke.«

Sebastian schmunzelte. »Wahrlich nicht. Indien ist ein ungewöhnliches und faszinierendes Land.«

»Sie meinen barbarisch und heidnisch«, mischte Prudence sich ein, die den ganzen Vormittag kein einziges Wort von sich gegeben hatte. »Es soll ein sehr sündiges Land sein.«

»Nun, die Definition von Sünde hängt mit dem jeweiligen Blickwinkel zusammen«, entgegnete Sebastian trocken. »Die Hindus halten uns Europäer für Barbaren, weil wir Rindfleisch essen. Und die Moslems prangern die sündige Freizügigkeit unserer Frauen an.«

»Die Moslems haben recht«, murmelte der Vikar, während Prudence verächtlich schnaubte und wieder in mürrisches Schweigen verfiel.

Cordelia, die wußte, worauf ihr Vater anspielte, entgegnete kühl: »Ich bitte dich, Vater, seit wann liebäugelst du mit dem islamischen Glauben? Verlangst du, daß wir uns verschleiern?«

»Aha! Ich sehe, Sie wissen über moslemische Sitten und Gebräuche Bescheid«, warf Sebastian ein.

»O ja. Vater ließ mir eine fundierte Schulbildung zukommen. Er ist ein gebildeter Mann und hat mich seit meiner frühen Kindheit dazu angehalten, viel zu lesen und zu lernen. Ich erhielt Unterricht in Mathematik, Geographie, Geschichte ... und einer Reihe anderer Fächer.«

»Und das habe ich nun davon – eine aufsässige Tochter«, brummte der Vikar, allerdings mit verhaltenem Stolz in der Stimme.

Sebastian bedachte den Vikar mit einem respektvollen Seitenblick und wandte sich wieder an Cordelia. »Höchst ungewöhnlich, einem weiblichen Wesen eine fundierte Bildung zu ermöglichen.«

Sie lächelte und tätschelte die Hand ihres Vaters. »Ganz recht. Mein Vater denkt eben anders als die übrige Männerwelt.«

»Mir ist das ein Rätsel«, seufzte der Vikar. »Wenn man Frauen keine Bildung ermöglicht, die ihren Geist schult, wie können Männer von ihnen erwarten, intelligent zu handeln?«

»Weil die meisten Männer nicht an intelligenten Frauen interessiert sind.« Sebastians forschender Blick ruhte wieder auf dem Vikar. »Ich glaube, darin liegt das ganze Problem. Männer behandeln Frauen als geistig minderbemittelt, und Frauen wollen ihnen gefällig sein und handeln danach.«

»Ja, genau so ist es«, pflichtete der Vikar ihm bei. »Und das ist völlig falsch. Jesus lobte Martha, die sich ihm zu Füßen setzte und etwas über die Wahrheit wissen wollte. Maria aber schalt sie, weil sie ihr nicht in der Küche half. Eine Frau sollte zumindest die Chance bekommen, ihren Geist mit Wissen zu füttern. Wenn sie es vorzieht, sich nicht damit zu belasten, so ist das ihre eigene Entscheidung.«

Am liebsten wäre Cordelia ihrem Vater um den Hals gefallen. Er konnte ein richtiger Schatz sein, wenn er sich nicht dem Trunk ergab.

»Wie denken Sie darüber, Euer Gnaden?« Sie begegnete herausfordernd dem Blick des Herzogs. »Haben Sie dafür gesorgt, daß Ihre drei Schwestern eine fundierte Schulbildung erhalten, während Sie in Indien waren? Oder wurden sie in den üblichen weiblichen Fertigkeiten unterrichtet – Handarbeit und Aquarellmalerei?«

Er lächelte. »Seien Sie unbesorgt. Meine Schwestern bekamen Hauslehrer, sobald sie alt genug waren, meinen Namen zu krähen. Alle drei sind in Geschichte, Mathematik und Latein ebenso bewandert wie ich. Vielleicht noch besser. Ich denke, es wird Ihnen ein Vergnügen sein, sie kennenzulernen und mit ihnen zu diskutieren. Ihr vier werdet euch prächtig verstehen.«

Bei seinem warmen Blick durchrieselte sie ein Schauer bis in die Zehenspitzen. Dieser Blick war beinahe so verheerend wie seine Küsse, in ihm lagen Verheißungen, die er nicht einlösen konnte. Als er sie geküßt hatte, hatte sie einen Augenblick geglaubt, sein Kuß bedeute etwas, doch sobald er seine Verlobte erwähnte …

Als lese der Vikar ihre Gedanken, fragte er säuerlich: »Und Ihre Verlobte? Wird Cordelia sich auch mit ihr gut verstehen?«

Cordelia unterdrückte ein Stöhnen. Gütiger Himmel, konnte sie sich nicht ein einziges Mal mit dem Herzog unterhalten, ohne daß ihr Vater sticheln mußte?

Sebastians Lächeln schwand. »Daran zweifle ich nicht. Judith hat ein ausgesprochen liebenswürdiges Wesen. Zugegeben, sie ist nicht sehr belesen, aber die Musik von Miß Shalstone wird ihr sehr gefallen.«

Cordelias Magen krampfte sich zusammen. Sie bezweifelte, daß sie dieser Judith Sympathien entgegenbringen würde, was immer die Frau von ihrer Musik halten würde.

Als wolle er jede weitere unangenehme Diskussion verhindern, zog Sebastian die Taschenuhr. »Bald zwei Uhr. Wir sollten Rast machen.« Er blickte aus dem Fenster. »Wir nähern uns Ripon, dort können wir zu Mittag speisen.«

»Ja, ein warmes Essen wäre eine gute Idee«, stimmte der Vikar ihm zu.

Die beiden Männer unterhielten sich eine Weile darüber, welches Gasthaus in Ripon zu empfehlen sei, doch Cordelia hörte nicht mehr zu. Das vorangegangene Gespräch hatte sie traurig gemacht.

Der Herzog hatte sie nur einmal unbedacht geküßt, schalt sie sich, und sie führte sich auf wie eine eifersüchtige Ehefrau. Jedesmal, wenn er seine Verlobte erwähnte, durchbohrte sie eine Pfeilspitze. Aber was sollte sie nur tun? Trotz seiner Arroganz und seiner anmaßenden Einmischung in Dinge, die ihn nichts angingen, war er der faszinierendste Mann, der ihr je begegnet war. Ihres Wissens teilte kein anderer Mann die unüblichen Ansichten ihres Vaters über eine gründliche Schulbildung für Frauen.

Es würde ihr wesentlich leichter fallen, ihn aus ihren Gedanken zu verbannen, wenn er ein gichtiger, adeliger Herr mit einer Schnupftabaksdose und verkalkten Ansichten wäre.

Ach, wenn es nur so wäre, seufzte sie niedergeschlagen.

Kapitel 9

Cordelia hatte geplant, Prudence am Abend zur Rede zu stellen, doch als ihr Vater sich nach dem Mittagessen erhob und Prudence es ihm kurz darauf gleichtat, wußte sie, daß der Zeitpunkt gekommen war.

Sie warf Sebastian einen flüchtigen Blick zu, der Prudence stirnrunzelnd nachsah.

»Ich folge den beiden«, murmelte Cordelia.

»Denken Sie, Prudence gibt ihm jetzt schon Schnaps?«

»Ich weiß es nicht. Aber in einer Minute weiß ich mehr.«

»Ich komme mit ...«

»Nein.« Sie erhob sich. »Nein. Die beiden werden Verdacht schöpfen, wenn wir uns beide auf die Suche nach ihnen begeben.«

Er nickte. Cordelia verließ den Raum. Draußen auf dem langen Flur zögerte sie.

Einen kurzen Augenblick zweifelte sie an der Richtigkeit ihres Tuns. Gütiger Himmel, sie verwandelte sich in ein mißtrauisches Frauenzimmer, das herumspionierte und überall Verschwörung witterte. Vermutlich wollten beide sich nur erleichtern, was völlig verständlich war nach der langen ...

Ein lauter Aufschrei vom anderen Ende des Flurs belehrte sie eines Besseren. Es war die Stimme ihres Vaters.

Cordelia rannte den Korridor entlang und spähte um die Ecke, um gerade noch zu sehen, wie ihr Vater auf den Boden spuckte. Prudence stand mit versteinertem Gesicht neben ihm.

Die Augen des Vikars sprühten wütende Blicke.

»Wasser, verdammt noch mal!« schrie er die Magd

an, als Cordelia sich näherte. »Wasser! Bist du von allen guten Geistern verlassen?«

Kalte Wut kroch in Cordelia hoch. Mit geballten Fäusten trat sie vor, sich mühsam beherrschend, um nicht auf ihren Vater loszugehen.

»Nein, Vater«, rief sie schneidend, ehe Prudence etwas sagen konnte. Dem Vikar stieg das Blut in den Kopf, entgeistert starrte er ihr entgegen und hielt Prudence die Flasche hin, die sich weigerte, sie ihm abzunehmen.

Bis Cordelia sie ihm aus der Hand riß. »Ich habe das Wasser eingefüllt, als ich die Flasche Brandy in Prudence' Tasche fand. Du solltest dich schämen! Kannst du nicht einen Tag ohne Schnaps auskommen?«

»Aber Cordelia ...«, fing er stotternd an.

»Hör auf!« Mit halbem Ohr hörte sie, wie eine Tür geöffnet und wieder zugemacht wurde, ohne weiter darauf zu achten. Ihre Stimme senkte sich zu einem gefährlichen Raunen. »Keine Ausflüchte! Und versuch mir nicht einzureden, du wolltest nur einen Schluck zum Aufwärmen. Das sagst du jedesmal, bevor du dich sinnlos betrinkst.«

Sie wandte sich an Prudence und maß sie mit zornig verengten Augen. »Wie kannst du das tun! Du weißt genau, wie gefährlich Schnaps für ihn ist und er seine Gesundheit damit ruiniert. Und trotzdem steckst du ihm hinter meinem Rücken Flaschen zu ...«

»Ich halte zu Ihrem Vater«, fauchte Prudence feindselig, nachdem sie sich von ihrem Schreck über Cordelias unvermutetes Auftauchen erholt hatte.

»Wie bitte?! Ich bin es, die dich bezahlt, während er sich dem Trunk ergibt!«

»Sie hätten mich längst rausgeworfen, wenn er nicht wäre!«

Prudence spie die Worte so feindselig aus, daß Cordelia vor Schreck einen Schritt zurückwich.

»Was soll das heißen? Wir beide sind zwar nie besonders gut miteinander ausgekommen, aber ich habe nie gedroht, dich zu entlassen.«

»Von Ihrem Vater höre ich aber etwas ganz anderes.« Prudence wies mit einem gichtigen Finger auf den Vikar. »Er hat gesagt, nach dem Tod Ihrer Mutter wollten Sie mich entlassen. Aber er hat Sie überredet, mich zu behalten. Er sagt immer, Sie behalten mich nur, weil er darauf besteht, daß ich bleibe.«

Cordelia blieb der Mund offenstehen. Fassungslos sah sie ihren Vater an, der mit gesenktem Kopf dumpf vor sich hinstarrte, was nur eine Bestätigung von Prudence' Worten sein konnte.

Und Cordelia hatte immer gehofft, er würde seine Trunksucht eines Tages überwinden und wieder so sein wie früher. Verzweiflung breitete sich in ihr aus.

Es fiel ihr sehr schwer, ihre Stimme in der Gewalt zu halten. »Vater, ist das wahr?« flüsterte sie. »Hast du Prudence erzählt, ich wolle sie entlassen?«

Er starrte auf seine Hände und ließ die Knöchel knakken. »Du hast immer gesagt, du magst sie nicht.«

Sein ausweichendes Gestammel tötete den letzten Funken Hoffnung, der sich an ihrem Herzen festkrallte. »Hast du Prudence gesagt, ich wolle sie entlassen?« wiederholte sie streng.

Er zupfte sich heftig am Ohrläppchen. »Vielleicht habe ich nach dem Tod deiner Mutter Andeutungen gemacht ...«

»Nach dem Tod ihrer Mutter?« zeterte Prudence los. »Erst vor drei Tagen sagten Sie mir, wenn ich mich weigere mitzukommen, würden Sie zulassen, daß Ihre Tochter mich entläßt. Vor drei Tagen!«

Der Vikar zuckte hilflos mit den Schultern, und Prudence wandte sich erbost an Cordelia. »Ich schwöre es, Miß. Ihr Vater hat behauptet, Sie wollen mich nicht länger im Haus haben. Ich hätte niemals Ihre Verbote mißachtet, wenn ich nicht ... ich habe ihm geglaubt, als er sagte ...«

»Wie lange versorgst du meinen Vater schon mit dem Zeug?« fragte Cordelia kalt. Der Herzog stand hinter ihr und hörte jedes Wort der schmachvollen Geschichte, aber es kümmerte sie nicht mehr. Sie wollte und mußte die Wahrheit erfahren.

Prudence streifte den Vikar mit einem flüchtigen Blick, ehe sie Cordelia antwortete. »Seit Sie ihm die Arzneien des Apothekers nicht mehr geben. Er wollte mir die Kellerschlüssel abnehmen. Aber die hab' ich ihm nicht gegeben, sonst hätten Sie Maggie oder mich verdächtigt zu stehlen, wenn er heimlich Wein aus dem Keller holt. Damals sagte er, wenn er nicht wäre ...«

»Mein Vater hat gelogen, Prudence.« Die Worte kamen Cordelia nur schwer über die Lippen. »Ich weiß, daß du zu alt bist, um woanders in Stellung zu gehen. Ich hätte dich unter keinen Umständen entlassen, das habe ich meinem Vater auch stets gesagt.«

Das faltige Gesicht der Magd fiel noch mehr in sich zusammen, ihre bleichen Lippen bebten, sie schien nach Worten zu suchen. »Ach, Miß, ich ... ich dachte ... Es tut mir leid ... es tut mir furchtbar leid.«

Cordelia fühlte sich innerlich zerrissen und wund. Beide hatten sie betrogen, hatten heimlich hinter ihrem Rücken gemauschelt, hatten schlecht über sie geredet. Plötzlich war ihr der Anblick ihres Vaters unerträglich. Ihr verlogener, ränkeschmiedender Vater. Sie starrte die Wand an, Tränen trübten ihr den Blick.

»Jetzt werden Sie mich sicher fortjagen«, sagte Prudence dumpf.

Die Worte sickerten nur langsam in Cordelias Bewußtsein. Sie war unfähig zu antworten. Wie oft hatte sie Wein weggegossen, wie oft hatte sie sich bei Maggie und Prudence über die Haltlosigkeit ihres Vaters beklagt? Wie oft hatte sie vor Verzweiflung geweint, weil sie ihm nicht helfen konnte? Und während der ganzen Zeit …

Ein Schluchzen entrang sich ihrer Kehle. Sie ertrug es nicht länger. Sie mußte fort!

»Miß, was soll nun aus mir werden?« fragte Prudence kläglich. »Bitte, ich muß es doch wissen.«

Cordelia zwang sich zur Ruhe. Sie mußte die Situation erst bereinigen, dann konnte sie überlegen, was weiter zu tun sei.

Sie mied es, Prudence anzusehen, und murmelte: »Ich werde dich nicht für den Betrug meines Vaters zur Rechenschaft ziehen.«

»Aber Kind, es war nicht so …«, begann ihr Vater zu seiner Verteidigung.

Cordelia redete weiter, als habe sie ihn nicht gehört. »Aber du mußt verstehen, daß ich mit dir die Reise nicht fortsetzen möchte. Du fährst nach Belham zurück und gehst deiner Arbeit nach. Wir … wir werden deine Situation nach meiner Rückkehr besprechen.«

»Vielen Dank, Miß«, sagte Prudence hastig und drückte ihrer Herrin die Hand. Cordelia war immer noch nicht fähig, ihr ins Gesicht zu sehen.

»Sie sind sehr großzügig, danke«, murmelte sie und ließ ihre Hand los. »Ich nehme die nächste Postkutsche nach Belham.«

»Das wird sie nicht!« protestierte der Vikar. »Cordelia, es gibt keinen Grund, sie zurückzuschicken, wenn sie verspricht, dein Verbot zu befolgen …«

Cordelias feindseliger Blick ließ ihn mitten im Satz stocken. Selbst wenn Prudence von nun an ihre Gebote befolgen würde, konnte Cordelia die Gegenwart der Frau nicht mehr ertragen. »Prudence fährt nach Belham zurück«, widersprach sie streng.

»Aber du brauchst eine Anstandsperson!« entrüstete sich ihr Vater. Seine Stimme wurde drohend. »Wenn sie nach Belham zurückreist, begleite ich sie. Dann ist es aus und vorbei mit diesem Plan, den du und dieser ... dieser Lord ausgeheckt habt.« Das Wort ›Lord‹ spuckte er mit Todesverachtung aus.

»Nur zu, Vater! Kehre nach Belham zurück!« entgegnete Cordelia kalt. »Aber ich werde dich nicht begleiten.«

Verdutzt trat der Vikar einen Schritt zurück.

Cordelia nahm all ihren Mut zusammen. »Ich reise nach London. Mit dir oder ohne dich. Ich werde mich mit Lord Kent ... und Mr. Händel treffen. Mit dir oder ohne dich werde ich dem Bruder Seiner Lordschaft helfen. Es wird schwieriger werden ohne dich, aber das ist mir einerlei.«

»In ein paar Stunden fährt eine Postkutsche nach Belham«, meldete Sebastian sich zu Wort.

Der Vikar schnaubte verächtlich. »Das könnte Ihnen so passen, Euer Gnaden! Ihnen wäre es nur recht, wenn ich verschwinde. Dann könnten Sie meine unschuldige Tochter nach Herzenslust verführen!«

»Vater!« entrüstete Cordelia sich.

Er ließ sich nicht beirren, seine Augen blitzten zornig im hochroten Gesicht. »Haben Sie das alles sorgfältig geplant, Lord Waverley? Haben Sie beobachtet, wie Prudence mir die Flasche heimlich zusteckte und hinterher Cordelia davon erzählt, um sie gegen mich aufzubringen?«

Als Cordelia ihrem Vater erzürnt entgegnen wollte, legte der Herzog ihr beschwichtigend die Hand auf den Arm. »Wie können Sie nur so reden! Liegt Ihnen gar nichts an Ihrer Tochter?« Seine Stimme bebte vor Zorn. »In den letzten drei Jahren haben Sie zugelassen, daß sie sich vor der Nachbarschaft erniedrigt, Sie haben Cordelia bei den Dienstboten schlechtgemacht, und nun glauben Sie wohl, Sie könnten den Spieß umdrehen und Ihre Schandtaten unter den Teppich kehren, indem Sie mich beschuldigen und Cordelia beleidigen? Was sind Sie nur für ein erbärmlicher Vater!«

Dem Vikar klappte die Kinnlade herunter. Er blinzelte, dann schüttelte er verdattert den Kopf. »So war es nicht.«

»Wie war es dann?« platzte Cordelia heraus. »Was habe ich dir getan, daß du mich vor den Dienstboten verleumdest?«

Die Blicke des Vikars flogen unstet umher wie die eines in die Enge getriebenen Tieres. »Du hast mir meine Freiheit genommen, das ist der Grund. Es ist mein gutes Recht zu trinken, was und wann und wieviel ich will. Du aber hast mich zu Heimlichkeiten gezwungen. Du hast den Keller abgesperrt, den Wein rationiert ...« Er sackte in sich zusammen, sein Gesicht wirkte mit einemmal sehr alt und grau. »Wundert es dich, daß ich die Wahrheit verdrehte und mir Hintertürchen suchte, um das zu bekommen, was ich will, was mir zusteht? Ich wollte nur ein bißchen Wein. Ist das ein Verbrechen?«

Bis heute war es ihm stets gelungen, Cordelias Mitleid zu erregen. Diesmal nicht. Sie dachte an seine nächtlichen Räusche und daran, wie sie ihn am nächsten Tag ausnüchtern mußte. Sie dachte an die vielen Stunden, die sie über den Haushaltsbüchern gebrütet und überlegt hatte, wie sie den Lebensunterhalt für ihren Vater und sich verdienen konnte, wenn er seinen Posten verlor.

Kälte krallte sich um ihr Herz. Ihr Vater war nicht der Mann, für den sie ihn gehalten hatte. Er war ein selbstsüchtiger, haltloser Trunkenbold, dessen Sucht seine Wahrnehmung so sehr trübte, daß er seine Tochter verleumdete und in ihr seine Gefängniswärterin sah. Und Cordelia fühlte sich als seine Gefangene.

Schluß damit, dachte sie. Endgültig Schluß damit!

»Ich sehe ein, daß ich einen schweren Fehler begangen habe, Vater«, murmelte sie tonlos. Sie spürte Prudence' fragenden Blick auf sich und wußte, daß auch der Herzog sich über ihre Worte wunderte. »Es war falsch, dich vom Trinken abzuhalten. Willst du eine Flasche Wein trinken?« Ihre Stimme wurde schneidend. »Bitte schön. Trink, soviel du willst. Trink dich zu Tode.«

Sie schleuderte die Flasche auf den Fußboden, ihre Stimme wurde schrill, und sie steigerte sich in immer größere Erregung. »Schütte dich voll mit Wein und Brandy. Bade darin. Viel Vergnügen dabei. Mach, was du willst!« Sie raffte die Röcke.

»Aber ich schreibe nicht eine einzige Predigt mehr für dich, während du deinen Rausch ausschläfst. Ich wische dein Erbrochenes nicht mehr auf, und ich erfinde nie wieder Entschuldigungen für dich vor der Kirchengemeinde in Belham.« Sie funkelte ihn zornig an. »Lade sie doch alle in die Pfarrei zu einem nicht enden wollenden Saufgelage ein.« Sie machte auf dem Absatz kehrt. »Ich werde jedenfalls nicht dabei sein.«

Damit entfernte sie sich im Eilschritt.

»Wo willst du hin, Mädchen?« rief der Vikar ihr nach.

Wortlos strebte sie der nächsten Tür zu.

»Warte doch!« rief er angstvoll.

Nun meldete der Herzog sich zu Wort. »Ich glaube nicht, daß Cordelia Sie im Augenblick zu sehen wünscht, Sir. Vielleicht sollten Sie Prudence die Zeit verkürzen, bis ihre Kutsche nach Belham abfährt. Ich kümmere mich um Ihre Tochter.«

»Komm sofort zurück, Mädchen!« hörte Cordelia ihren Vater rufen, als sie die Tür aufriß und hinter sich zuwarf. Ohne auf die Gäste in der Schankstube zu achten, trat sie an den Tisch, an dem sie gegessen hatten, griff nach ihrem Umhang, warf ihn sich um die Schultern und eilte zur Tür, die ins Freie führte.

Kurz darauf stapfte sie in der klirrenden Winterkälte die Straße der kleinen Stadt entlang.

»Närrin! Dummkopf!« murmelte sie halblaut vor sich

hin. Wie konnte sie so lange mit Blindheit geschlagen sein? Sie hatte alles daran gesetzt, um ihren Vater vor dem Armenhaus zu bewahren, und hatte nichts als Undank geerntet. Wie furchtbar hatte sie sich in ihm geirrt. Sie hatte geglaubt, er leide unter seiner Trauer und sei deshalb unfähig, Verantwortung für sich selbst zu tragen. Doch das war gar nicht der Grund für sein übermäßiges Trinken.

Sie zog den Umhang enger um sich, nestelte an den Bändern und stapfte wütend durch den Schnee. Nein, statt dessen nahm er ihr übel, daß sie sich in sein Leben einmischte, und sah gar nicht, welche Opfer sie für ihn brachte. Und sie hatte es nicht einmal bemerkt! Was für ein Dummkopf mußte sie sein!

So versunken in ihren Groll und ihr Unglück war sie, daß sie die Schritte hinter sich nicht hörte und den Herzog erst bemerkte, als er an ihrer Seite war. Er machte keinen Versuch, sie aufzuhalten, ging nur schweigend neben ihr her, die Hände tief in den Taschen seines Mantels vergraben, den Blick geradeaus gerichtet.

Ihre Schritte knirschten im frisch gefallenen Schnee, keiner von ihnen achtete auf die Passanten, die durch die Straßen hasteten. Es schien den Herzog nicht zu stören, daß sie kein Wort redete. Und sie war zu wütend, um etwas zu sagen.

Der eisige Wind fuhr ihr bis in die Knochen und kühlte allmählich ihren Zorn. Bald verlangsamte sie ihre Schritte. Die beiden stummen Wanderer erreichten den Stadtrand, nur noch vereinzelt säumten kleine Häuser die Straße. An einer Gabelung wählte Cordelia einen einsamen Weg, der sich durch verschneite Felder schlängelte und schließlich am Ufer eines zugefrorenen Baches endete.

Unter den kahlen Ästen einer alten Eiche blieb Cordelia atemlos stehen und verschränkte die Arme, um ihre Hände zu wärmen. Die friedliche Winterlandschaft übte eine beruhigende Wirkung auf sie aus. »Sie hatten recht«, murmelte sie schließlich, ohne den Blick zu heben.

»Womit?«

Seine tiefe Stimme spendete ihr seltsamerweise Trost. »Mit dem, was Sie über meinen Vater sagten. Und über mich. Über alles.« Sie zog die kalte Luft tief in ihre Lungen. »Jeden Morgen habe ich ihm seine Arznei eingeflößt und ihm geholfen, die Nachwirkungen seines Rausches zu erleichtern ... Ich habe seine Predigten verfaßt und Krankenbesuche für ihn gemacht. Ständig habe ich seine Pflichtversäumnisse entschuldigt, ihn überall in Schutz genommen und mir eingeredet, eines Tages würde er sich besinnen und mit dem Trinken aufhören. Doch dieser Tag wird wohl nie kommen.«

Erst jetzt drehte sie ihm ihr Gesicht zu in Erwartung, zumindest einen Anflug selbstgefälliger Häme im Mienenspiel des Herzogs zu entdecken. Doch sein Gesicht war ernst, nachdenklich und beinahe traurig.

»Nein, dieser Tag wird wohl nicht kommen. Je mehr Sie seinen Launen nachgeben, desto mehr wird er von Ihnen verlangen. Es wäre besser, sich von ihm zu lösen, ehe er auch Ihr Leben zerstört. Wenn er sich unbedingt ruinieren will, so mag er es tun.«

Sie hatte nicht gewollt, daß der Herzog ihre Befürchtungen so unverblümt aufdecken würde. Die ausgesprochene Wahrheit schmerzte sie noch mehr als die verschwiegene.

Es dauerte eine Weile, bis sie wieder sprechen konnte. »Ich habe ihn zu dem gemacht, was er ist, weil ich seine Trunksucht vertuscht und gedeckt habe, nicht wahr?«

»Nein!« Sebastians Augen funkelten entrüstet. Er schüttelte heftig den Kopf. »Wie können Sie so etwas sagen? Ihr Vater hat sich aus eigenem Willen der Trunksucht ergeben. Sie haben versucht, ihn mit Ihren Mitteln davon abzubringen. Ein anderer hätte es vermutlich mit anderen Mitteln auf anderen Wegen versucht. Doch niemand kann ihm helfen, wenn er nicht selbst zur Einsicht gelangt, sich von seiner Sucht zu befreien.«

»Sie sagten, ich hätte ihn die Konsequenzen spüren lassen müssen.«

»Vergessen Sie, was ich gesagt habe.« Seine Gesichtszüge wurden weich. Er strich ihr eine vorwitzige Locke aus der Stirn. »Ich habe nicht bedacht, welche Zuneigung Sie für ihn empfinden. Ich hielt ihn für einen selbstsüchtigen Mann, der nichts anderes im Kopf hat, als sich zu betrinken. Und ich konnte mir nicht erklären, warum Sie ihn verteidigen.« Er seufzte. »Aber heute in der Kutsche habe ich einen flüchtigen Blick auf den Mann erhalten, der Sie erzogen hat, und mir wurde klar, daß auch ich alles daran gesetzt hätte, einen Vater wie ihn vor Schaden zu bewahren. Ein Kind ist überfordert, Stärke zu beweisen, wenn es damit dem geliebten Elternteil weh tun muß.«

Ihre Unterlippe begann zu zittern. »Ich … ich weiß nicht mehr, was ich tun soll. Ihm das Trinken zu verbieten bewirkt nichts.« Tränen stiegen ihr in die Augen. »Trotzdem kann ich nicht ertragen, zusehen zu müssen, wie er sich zu Tode trinkt.«

»Vielleicht bleibt Ihnen keine andere Wahl«, sagte der Herzog und blickte über die zugefrorene Eisfläche des Baches. »Manchmal muß man den Dingen tatenlos zusehen, um sich selbst davor zu schützen, von einem Menschen verletzt zu werden … selbst wenn man diesen Menschen liebt.«

Die Wehmut und Bitterkeit in seiner Stimme ließ sie aufhorchen. »Sie reden wie ein Mann, der selbst tatenlos zusehen mußte«, murmelte sie und fragte sich, ob Richards Situation ihn so traurig machte.

Sein Blick kehrte zu ihr und in die Gegenwart zurück. Er zögerte, als wäge er seine Worte ab. Und als er sprach, klang seine Stimme schroff. »Mit Sicherheit haben Sie die Gerüchte über meinen Vater gehört, der unsere Familie beinahe in den Ruin getrieben hat.«

Sie zog es vor zu schweigen, da sie sich nicht eingestehen wollte, von Honorine allerlei Klatsch über die herzogliche Familie gehört zu haben.

Sein Blick richtete sich wieder in die Ferne. »Es entspricht alles der Wahrheit. Nichts vermochte meinen Vater zur Vernunft zu bringen, nicht die Liebe meiner Mutter, nicht ihr früher Tod, nicht die Bitten seiner Kinder. Schließlich ging ich nach Indien, weil ich nicht länger zusehen konnte, wie er sich sein eigenes Grab schaufelte.«

Cordelia griff nach seiner Hand, er nahm sie und hielt sie fest.

Ein Windstoß fuhr ihm ins Haar, und plötzlich wirkte er beinahe jungenhaft. »Ich hätte mir nicht anmaßen dürfen, Ihnen Vorschriften zu machen, wie Sie mit Ihrem Vater umzugehen haben.« Er sah ihr wieder in die Augen. Ein Lächeln umspielte seine Lippen. »Vielleicht hoffte ich, bei Ihrem Vater mehr Erfolg zu haben als bei meinem eigenen.«

»Ich wünschte, Sie hätten Erfolg.«

Er nahm ihre andere Hand und rieb ihre kalten Finger.

»Ich glaube, bei Ihrem Vater ist noch nicht alle Hoffnung vergeblich. Er liebt Sie. Irgendwo tief in seiner Seele steckt noch ein Funke Verantwortungsgefühl. Ein schwacher Funke, der darauf wartet, wieder entfacht zu werden. Vielleicht sind Sie nicht die Richtige, dies zu tun, da er in Ihnen seine strafende Nemesis sieht.«

»Wer könnte es sonst sein?«

»Wer weiß? Vielleicht braucht er keinen anderen Menschen. Wenn Sie sich weigern, in Zukunft die Verantwortung für ihn zu tragen, findet er vielleicht die Kraft in sich selbst. Das Leben steckt voller Überraschungen.«

Sie schluckte. »Nach dem, was ich heute erfahren mußte, wäre jede Veränderung eine Überraschung für mich. Jahrelang war ich der Überzeugung, er brauche nur Zeit, um den Tod meiner Mutter zu überwinden ... Aber heute habe ich alle Hoffnung verloren, daß er je wieder zu dem Mann wird, der er einmal war.«

Die Tränen, die sie so mühsam zurückgehalten hatte, quollen über und liefen ihr die Wangen hinunter. Hastig wandte sie das Gesicht zur Seite, um ihn nicht sehen zu lassen, daß sie die Beherrschung verlor.

»Gut so, Cordelia«, murmelte er, und ehe sie protestieren konnte, zog er sie in seine Arme.

Das genügte, um die Dämme ihrer aufgestauten Qual brechen zu lassen. Hilflos preßte sie ihr Gesicht an seinen offenen Mantel, und ihre Tränen benetzten seinen bestickten Brokatrock. Ihre Schultern zuckten in haltlosem Schluchzen, dem sie nicht länger Einhalt gebieten konnte. Der Herzog achtete nicht darauf, daß sie seine kostbare Kleidung ruinierte und sich an ihn klammerte wie ein verängstigtes Kätzchen. Seine Arme umfingen sie warm und beschützend, seine Hand strich ihr über den Rücken, während er ihr tröstende Worte ins Haar raunte

»Es ist alles ... so ... so ... sinnlos«, stieß sie endlich schluchzend hervor und versuchte den Aufruhr ihrer Gefühle zu bändigen, indem sie die kalte Winterluft wie eine Ertrinkende einatmete. »Ich kann ihn nicht wieder zu dem machen, der er einmal war. Aber ich kann auch nicht mehr mit ihm leben, so wie er ist.«

»Dann müssen Sie ohne ihn leben«, flüsterte er an ihrem Scheitel.

Sie lachte trocken zwischen ihrem Schluchzen. »Ohne ihn leben! Wie stellen Sie sich das vor?« Schniefend wischte sie sich die Tränen ab, schluckte und zwang sich, wieder normal zu reden. »Als könnte ich meinen Vater im Stich lassen und mein Glück in London suchen.«

Als der Herzog schwieg, hob sie ihm ihr Gesicht entgegen. Der sonst so selbstbewußte Mann wirkte ratlos und verwirrt.

»Ich weiß, daß Sie das nicht meinten«, beeilte sie sich zu ergänzen. »Ich weiß selbst, daß eine anständige Frau sich nicht mutterseelenallein nach London begibt, um sich dort als Komponistin niederzulassen.« Sie bemühte sich um einen heiteren Ton, was ihr nicht recht gelingen wollte. »Ich meine, wenn das so leicht wäre, würde London bald überschwemmt sein von wagemutigen Frauen, die Männerberufe ergreifen – Rechtsanwältinnen, Ärztinnen, Politikerinnen. Das würde unsere ganze Gesellschaftsordnung durcheinanderbringen.«

»Zweifellos«, antwortete er trocken. Sein versteinertes Gesicht verriet ihr nicht, wie er über ihre Worte dachte.

Sie holte stockend Atem. »Nein, ich kann nur als Komponistin Erfolg haben, wenn wir Ihren Bruder täuschen. Und dafür brauchen Sie … wir … meinen Vater. Schon deshalb kann ich nicht ohne ihn leben, hab' ich recht?«

Vergeblich wartete sie auf eine Antwort. Sie sah ihm forschend in die Augen, sehnte sich nach dem Unmöglichen – sehnte sich danach, er möge ihre Worte widerlegen; er möge sagen, er habe seine Meinung geändert; das Spiel sei aus. Sie wünschte, er würde sagen, er sei bereit, sie Lord Kent als die wahre Komponistin zu präsentieren, oder noch verlockender, er würde ihr anbieten, sie alleine nach London zu begleiten.

Er würde nichts dergleichen tun. Ihr Verstand wußte es, doch ihr Herz wollte es nicht wahrhaben.

Dummes, törichtes Herz, dachte sie. *Warum tust du mir das an?*

Sein Mund wurde schmal. »Sie haben recht. Sie können nicht ohne ihn leben.« Er wirkte plötzlich verlegen. »Ich habe gedankenlos gesprochen.«

Eine schwere Last legte sich auf ihr Herz. »Das ist gar nicht Ihre Art, Euer Gnaden.« Sie versuchte sich aus seiner Umarmung zu entwinden.

Seine Finger glitten unter ihren wallenden Umhang und wühlten sich in die Falten ihrer Ärmel und zogen sie näher. »Wenn ich Sie von Ihrem Vater befreien könnte, würde ich es tun, das wissen Sie.« Seine goldbraunen Augen wanderten über ihr Gesicht.

Sie drückte die flachen Hände gegen seine Brust. »Das würden Sie tun?«

»Aber natürlich.« Er schien erstaunt, daß sie daran zweifelte.

»Warum?« platzte sie heraus und konnte das Wort nicht zurücknehmen.

Er sah sie sinnend an, sein Atem bildete Wölkchen vor seinem Mund. »Warum?«

»Ja. Warum sollten Sie den Wunsch haben, mich von meinem Vater zu befreien?«

Sein Kehlkopf hüpfte über der seidenen Halsbinde auf und ab. »Vielleicht weil er mich zu sehr daran erinnert, wie mein Vater meine Schwestern gequält hat. Ich kann es kaum ertragen.«

Es war nicht genau die Antwort, die sie sich ersehnt hatte, aber sie klang überzeugend. Sie senkte den Blick auf ihre Finger, die fahrig an der Brokatstickerei seines Gehrocks nestelten. »Ich verstehe. Ich erinnere Sie an Ihre Schwestern.« Dabei dachte sie an die beschützende Art, mit der er sie behandelte. »Es ist mir aufgefallen, daß Sie mich gelegentlich behandeln wie eine Schwester.«

Bei seinem trockenen Lachen hob sie den Kopf. Sein eindringlicher Blick ließ ihr den Atem stocken. »Wie eine Schwester«, wiederholte er spöttisch. Er hob die Hand und strich über die Stelle an ihrem Hals, wo ihr Puls pochte. »Eine Schwester, die mir sehr nahe steht.«

Ruckartig zog er seine Hand zurück und schloß die Augen, als wolle er ihr Bild verdrängen.

Cordelia aber wollte sich nicht verdrängen lassen. Nach dem schändlichen Betrug ihres Vaters suchte sie menschlichen Rückhalt und Trost. Und sie tat etwas, was sie noch nie getan hatte.

Sie küßte ihn.

Es war nur ein zarter Hauch, ihre Lippen streiften flüchtig über seine, und das genügte. Er hob die Augenlider, und bevor sie Luft holen konnte, nahm sein Mund sie in Besitz, seine Finger gruben sich in ihre Arme und zogen sie an sich.

In seinem Kuß war nichts Sanftes, nichts Spielerisches, kein Necken, kein Zaudern. Er war hungrig, gierig und fordernd. Sie erinnerte sich an die Süße seines ersten Kusses und öffnete die Lippen. Mit einem leisen Stöhnen folgte er ihrer Einladung und stieß seine Zunge in ihre Mundhöhle, während Cordelia die Arme um seinen Hals schlang.

Seine Hände umfingen ihre Taille und preßten ihren Leib an seine Lenden. Wie ein Verdurstender trank er von ihren Lippen. Er stöhnte wieder. Vielleicht stöhnte auch sie. Sie hätte es nicht sagen können, da sein lüsterner Überfall ihr beinahe die Sinne raubte.

Der eisige Wind war stärker geworden, heulte in den kahlen Ästen über ihren Köpfen, ohne die Glut ihrer Küsse zu kühlen. Cordelia spürte nichts von der Winterkälte, die Leidenschaft loderte in hellen Flammen in ihr hoch.

Irgendwann gab sein Mund sie frei. Seine Lippen zogen eine heiße Spur über ihre Wange zu ihrem Ohr. »Du hättest mich dich wie eine Schwester behandeln lassen sollen«, flüsterte er erregt, nagte an ihren Ohrläppchen und löste kribbelnde Schauer in ihr aus. »Dann wärst du vor mir sicher gewesen.«

»Ich habe lange genug ein Leben in Sicherheit verbracht«, keuchte sie, während er zarte Küsse an ihren Hals und ihre Kehle hauchte, das Spitzentuch an ihrem

Ausschnitt beiseite schob, um ihr Schlüsselbein zu küssen. »Und was hat es mir gebracht?« wisperte sie.

Wortlos zog er das Tuch aus ihrem Mieder und ließ es in den Schnee fallen. Als seine Zunge sich in die Furche zwischen ihren Brüsten senkte, grub sie ihre Finger in sein dichtes, seidiges Haar.

»Wie süß du bist«, murmelte er und barg sein Gesicht an ihrem Busen, küßte den prallen Ansatz, der sich aus dem Mieder wölbte. »So unendlich süß. Dein Vater müßte dich unter Verschluß halten.«

Cordelia versteifte sich, zog seinen Kopf hoch und erschrak über seinen wilden Blick. Sein unbändiges, sündiges Verlangen machte ihr angst.

»Das ... das haben Sie schon einmal gesagt«, hauchte sie. »Halten Sie mich für ein lüsternes Weib, das man von Männern fernhalten muß?«

Seine Mundwinkel zogen sich hoch. »Keineswegs. Nein, du bist wild und natürlich, und du bist unwiderstehlich.« Er legte seine Hand an ihre Wange und strich mit dem Daumen ihre Unterlippe entlang. Sie fuhr mit der Zunge der kribbelnden Spur nach. Sebastian atmete stockend und umfing ihren Mund erneut in einem harten, groben Kuß, der ihre Lippen anschwellen ließ.

»Männer sind gefährlich, Cordelia. Ich dürfte dir nicht einmal die Hand küssen, doch ich verzehre mich danach ... und nach viel mehr.«

Seine Hand schob sich in ihren Ausschnitt und liebkoste ihre wohlgerundete Schulter. Cordelia stand stocksteif, unfähig, einen Gedanken zu fassen.

»Ja, sehr viel mehr.« Seine Augen verdunkelten sich, als er ihr das Kleid von der Schulter streifte.

Cordelia wußte nicht, warum sie wie eine einfältige Gans vor ihm stand und ihn gewähren ließ. Vielleicht, weil seine Zärtlichkeiten ihren Herzschlag zum Rasen brachten und es ihr in den Fingerspitzen kribbelte, ihn gleichfalls zu streicheln und zu liebkosen. Vielleicht aber auch, weil ihr sein hungriger Blick unheimlich war.

Vielleicht hatte sie einfach den Verstand verloren.

Was immer der Grund sein mochte, sie wimmerte leise, als seine behenden Finger sich unter den Träger ihres Hemdes schoben, bis sie ihre weiche Brust gefunden hatten.

Cordelia bekam große Augen, als er ihr das Mieder nach unten schob, die Brust hob und seinen Daumen um ihre Knospe kreisen ließ, bis sie sich zu einer harten Perle aufrichtete. Fasziniert und entsetzt zugleich öffnete sie den Mund, um zu protestieren, doch schon versiegelte ihr sein Mund die Lippen. Während er ihre Brust mit einer Hand liebkoste, zog er sie mit der anderen enger an sich.

Die Zeit schien stehenzubleiben, als die beiden einander kosteten, die sinnlichen Wonnen genossen, von deren Süße Cordelia bisher nichts geahnt hatte. Er knetete ihre Brust, bis sie sich prall und warm wie ein reifer Pfirsich anfühlte, um sie anschließend mit federleichten, neckenden Berührungen zu liebkosen.

Dann senkte sich sein Mund über sie und saugte an ihrer Brustspitze. Cordelia hätte sich nie träumen lassen, daß ein Mann so etwas mit ihr machen könnte. Sie bog sich nach hinten. Hitzewellen durchströmten sie und zugleich Schauer des Entsetzens bei der Berührung seiner rauhen Wange und seiner heißen, nassen Zunge, die über ihre empfindsame Haut flatterte.

Das ist eine Todsünde, dachte sie angstvoll, wühlte ihre Finger in sein Haar, in der Absicht, seinen Kopf hochzuziehen, und löste dabei versehentlich das Band aus seinem Haar, das nun weich um ihre Hände floß.

Als er noch inniger an ihrer Brust saugte, hauchte sie seinen Namen und preßte sein Gesicht an sich und lechzte danach, er möge auch ihre andere Brust liebkosen. Ihr Schamgefühl schreckte vor dem Gedanken zurück, doch mit einemmal hatte Cordelia keine Lust mehr, auf ihr Schamgefühl zu hören. Schamgefühl war gewiß von alten Männern erschaffen worden, um Frauen daran zu hindern, sich an diesen unbeschreiblich süßen Wonnen zu ergötzen – Männer wie ihr Vater.

Rebellischer Trotz stieg in ihr hoch und ließ sie jede Hemmung vergessen. Ihre Finger krallten sich in Sebastians Mähne und drückten sein Gesicht noch enger an ihre Rundungen. Das Blut rauschte ihr in den Adern wie ein einlullendes Summen, und ihr Puls schlug den wilden rhythmischen Takt dazu.

Sein Mund löste sich von ihrer Brustspitze. »Das ist heller Wahnsinn«, murmelte er, um seine Liebkosung sogleich wieder fortzusetzen. Diesmal zog die heiße Spur seiner Küsse wieder nach oben zu ihrer Kehle hinauf.

»Und ich sagte, Männer seien gefährlich«, raunte er an ihren halb geöffneten Lippen.

Sie glaubte, Bedauern in seinen Augen zu lesen, und wollte sich keinen weiteren Tadel anhören. Um ihn zum Schweigen zu bringen, küßte sie ihn.

In seinen goldfarbenen Augen loderte zügelloses Verlangen. »Nicht halb so gefährlich wie eine süße Unschuld.«

Und dann wußte sie, daß sie zu weit gegangen war. Sebastian zog sie grob an sich. Sein Gesicht war angespannt, sein Blick wild entschlossen; er schob sein Knie zwischen ihre Schenkel. Dabei erstickte er ihren Protest mit seinem Mund, der sich an ihren Lippen festsaugte, hart und entschlossen, seine Lust an ihr zu stillen.

Benommen öffnete sie die Schenkel, als er sie gegen den Baumstamm stieß und ihr die Röcke hochriß.

In diesem Augenblick schüttete der Baum eine Ladung Schnee auf die Köpfe des erhitzten Paares.

Sie fuhren in einer Wolke aufstiebender Flocken auseinander. Schmelzender Schnee blendete beide. Cordelia wischte sich japsend Augen und Gesicht. Erst dann bemerkte sie die Kälte an ihrer nackten Brust und daß der Schnee ihr auch ins offene Mieder gefallen war.

Das brachte sie wieder zu Verstand. Röte überzog ihre Wangen, als ihr klar wurde, wie anstößig sie sich benommen hatte. Hastig kehrte sie Sebastian den Rükken zu und beeilte sich, den Schnee mit der hohlen Hand aus ihrem Kleid zu schöpfen. Sie wußte nicht, wie sie Sebastian je wieder ins Gesicht blicken sollte, der sich fluchend den Schnee von den Schultern klopfte.

Zähneklappernd zog sie das nasse Kleid hoch, bedeckte Brust und Schultern, dann riß sie sich die Röcke nach unten, um ihre Beine zu bedecken. Ihr Blick irrte suchend umher, bis sie das Spitzentuch im Schnee entdeckte, sich danach bückte und es mit bebenden Fingern feststeckte, als könne sie damit die Sündhaftigkeit ihres Tuns vergessen machen.

Sebastian hatte aufgehört zu fluchen. Sie spürte, wie er hinter sie trat. Als er ihre Schultern berührte, zuckte sie zusammen. Wortlos schob er ihr den Umhang hoch, bedeckte ihre Schultern, um sie vor der Kälte zu schützen. Dann drehte er sie zu sich um.

In seinen Wimpern und seinem kastanienbraunen Haar hingen vereinzelte Schneeflocken. Der flammende Blick seiner Augen drohte den Schnee im weiten Umkreis zu versengen, so glühend erschien er ihr.

»Was soeben geschehen ist, war meine Schuld. Machen Sie sich deshalb keine Vorwürfe«, stieß er kehlig hervor. Er legte eine Pause ein, als ringe er um Fassung, ehe er herrisch fortfuhr: »Aber ich warne Sie, Cordelia. Ich bin ein Mann, kein Heiliger, und Sie wecken niederste Instinkte in mir. Wenn ich Ihnen je wieder allein begegnen sollte, kann ich für nichts garantieren.«

Sein Blick senkte sich auf ihre Lippen. Dann zwang er sich, ihr wieder in die Augen zu sehen. »Wenn Ihnen daran gelegen ist, Ihre Unschuld zu bewahren, halten Sie sich von mir fern!«

Seine Worte stachen wie Pfeilspitzen. Es sei nicht ihre Schuld, behauptete er, doch seine Haltung, seine Worte, sein Tonfall waren eine einzige Anklage. Er befahl ihr, sich von ihm fernzuhalten, als habe sie ihn allein durch ihre Gegenwart verführt. Zugegeben, sie *hatte* sich schamlos benommen, ihm Freiheiten gestattet, sich von ihm beinahe entkleiden lassen. Wenn sie nur damenhafter wäre …

Aber mußte er ihr so grausam zu verstehen geben, wie sündig sie sich benommen hatte?

Ihr Gemütsaufruhr und ihr verletzter Stolz machten ihr eine sachliche Antwort unmöglich. »Seien Sie unbesorgt, Euer Gnaden«, entgegnete sie spitz. »Es ist nicht meine Art, Männer gegen ihren Willen zu verführen. In Zukunft werde ich Sie mit der Gegenwart der leichtfertigen Dirne, die ich bin, verschonen.«

»Verdammt noch mal, so habe ich es nicht gemeint…«, entrüstete er sich, doch sie hatte bereits auf dem Absatz kehrtgemacht und stapfte den Weg zurück, den sie gekommen waren.

»Cordelia!« rief er hinter ihr her.

»Lassen Sie mich zufrieden!« stieß sie mit erstickter Stimme hervor und raffte die Röcke.

Gottlob rannte er nicht hinter ihr her, als sie den Weg zur Stadt im Laufschritt zurücklegte.

Kapitel 10

Mit düsterer Miene schaute Oswald aus dem Fenster des Gasthofs und sah, wie seine Tochter die Straße entlang hastete. Der Herzog folgte in einigem Abstand. Und bei seinem Anblick ballte Oswald die Faust.

Wäre dieser aufgeblasene, eitle Lord nicht aufgetaucht, wäre er mit seiner Tochter gemütlich in Belham geblieben. Der gräßliche Kerl hatte sie einfach überfallen und zu dieser Reise gezwungen. Und er hatte Cordelia gegen ihren Vater eingenommen. Anders konnte Oswald sich die Veränderung seiner Tochter nicht erklären.

Nie zuvor hatte Cordelia ihn so grausam behandelt wie in den letzten zwei Tagen. Sie hatte ihn sogar mit Bibelsprüchen gemaßregelt! Welche Anmaßung! Dabei könnte das Mädchen weder lesen noch schreiben, wenn er es ihr nicht beigebracht hätte.

Und dann die Szene heute mittag. Über seinen Kopf hinweg hatte sie Prudence nach Hause geschickt. Und dann war sie mit dem unverschämten Lord aus dem Haus gestürmt.

Mit dem unverschämten Wüstling von einem Lord, fügte Oswald in Gedanken hinzu, als ihm auffiel, wie der Herzog das Mädchen von hinten betrachtete. Mit wachsendem Alarm bemerkte Oswald Cordelias gerötetes Gesicht, den Schnee in ihrem zerzausten Haar. Dabei hatte es längst aufgehört zu schneien. Hatte sie sich etwa im Schnee gewälzt? Was hatte sie überhaupt die ganze Zeit mit dem Herzog gemacht?

Oswald wischte die angelaufene Fensterscheibe sauber, um besser sehen zu können und versteifte sich, als er sah, wie der Herzog sie einholte, sie beim Arm packte und ein paar Worte mit ihr wechselte, ehe sie sich losriß und ihren Weg fortsetzte.

Die finstere Miene des Herzogs konnte Oswald nicht beruhigen, noch dazu, da dem Kerl das Haar wirr ins Gesicht hing, wie er jetzt erst feststellte. Oswald hätte schwören können, daß sein Haar im Nacken gebunden war, als die beiden aus dem Gasthaus stürmten. In hellem Entsetzen suchte sein Blick die Kleidung der beiden nach Anzeichen von Unordnung ab und glaubte, sie gefunden zu haben.

Er knurrte böse. Gnade ihm Gott, wenn dieser schmeichlerische Edelmann sich an seiner Tochter vergriffen haben sollte ... das würde er büßen. Dafür wollte Oswald Sorge tragen, auch wenn es bedeutete, sich mit einem hochwohlgeborenen Herrn anzulegen.

Cordelia durchquerte den Hof, und Oswald furchte die Stirn, als er ihr zornentbranntes Gesicht sah. Gütiger Himmel, sie schien vor Wut zu schäumen.

Gegen den Herzog. Natürlich gegen den Herzog. Sie hatte mit dem Kerl gestritten, und der Schurke hatte sie beleidigt. So mußte es sein. Aus welchem anderen Grund wäre sie sonst derart in Rage geraten?

Oder etwa wegen seiner unbedachten Worte von vorhin? Ob sie ihm deswegen noch böse war?

Oswalds Gesicht verfinsterte sich noch mehr. Diesmal war er wirklich zu weit gegangen und hatte alles ruiniert. Er wollte die schrecklichen Dinge gar nicht sagen, daß sie den Weinkeller absperrte und daß sie ihn zum Gefangenen in seinem eigenen Haus machte. Aber sie hatte ihn dazu getrieben mit dem Theater, das sie wegen der Brandyflasche aufgeführt hatte.

Du meine Güte, glaubte sie tatsächlich, er wüßte nicht, daß er in letzter Zeit zu viel trank? Aber deshalb war er noch lange kein Säufer ... Könnte er so mitreißende Predigten halten, wenn er betrunken schwankend auf der Kanzel stünde? Nein!

Gut, er hatte ihr ein bißchen zuviel zugemutet in letzter Zeit, aber er wollte sich bessern … das hatte er sich fest vorgenommen. Er hätte sich längst gebessert, wenn dieser aufdringliche Lord Waverley nicht plötzlich aufgetaucht wäre und all seine Vorsätze zunichte gemacht hätte.

Cordelia verschwand im Gasthaus, und Oswald trat vom Fenster zurück. Was sollte er nun tun? Wenn sie es ernst damit meinte, alleine nach London weiterzureisen …

Barmherziger Himmel! Nein, das würde sie nicht tun. Cordelia war ein braves, gehorsames Mädchen. Sie würde ihren Ruf nicht ruinieren und mit einem Herzog nach London durchbrennen.

Er ließ seine Knöchel knacken. Selbst wenn sie mit dem Gedanken spielte, so etwas Verrücktes zu tun, würde Oswald es nicht zulassen. Er würde sie daran hindern, würde sie im Zimmer einsperren, bevor sie sich diesem Schurken an den Hals warf. Das Dumme an der Sache war nur, daß sie ihren eigenen Kopf hatte. Wie konnte er sie vor den Krallen des Herzogs bewahren?

Die Tür wurde aufgerissen. Oswald fuhr herum und stand Cordelia gegenüber, die ihn wie ein Racheengel von Kopf bis Fuß musterte. Hinter ihr tauchte der unvermeidliche Lord Waverley auf.

»Hast du Prudence nach Hause geschickt, Vater?« fragte sie barsch. »Der Wirt sagte mir, die Postkutsche sei vor wenigen Minuten abgefahren.«

Was war nur aus seiner herzensguten Cordelia geworden? Sie hatte sich in eine rebellische, rachsüchtige Furie verwandelt, die er kaum wiedererkannte. Am liebsten hätte er ihr den Hintern versohlt. Ja, vielleicht hätte er sie öfter mit dem Rohrstock züchtigen sollen, als sie noch klein war.

Andererseits war sie stets ein folgsames, gutartiges Kind gewesen. Was war nur geschehen?

»Ja.« Er räusperte sich. »Ich hätte Prudence nicht zurückhalten können. Sie war fest entschlossen, nach Hause zu fahren, so sehr fürchtet sie deinen Zorn.«

»Kluge Frau«, murmelte Lord Waverley.

Cordelia warf dem Herzog einen warnenden Blick zu. »Dies ist eine Angelegenheit zwischen meinem Vater und mir, Euer Gnaden. Bitte lassen Sie uns allein!«

»Nein!« widersprach Oswald schroff. »Ich will, daß der feine Herr sich anhört, was ich zu sagen habe.«

Bedächtig drehte Cordelia sich nach ihm um. Sie schob das Kinn ein wenig vor, wie sie es schon als Kind getan hatte, wenn ihr Vater ihr eine Strafpredigt hielt. Schon damals konnte sie Kritik nur schlecht ertragen.

Der Vikar hatte das unangenehme Gefühl, diesmal ihre Gefühle mehr als nur ein wenig verletzt zu haben.

»Was hast du zu sagen, Vater?« fragte sie hochfahrend.

Ihr barscher Ton ließ ihn innerlich zusammenzucken. »Hast du noch immer die Absicht, nach London weiterzureisen?«

Sie ließ ihn lange auf eine Antwort warten. Lord Waverleys Stirn runzelte sich, er schien etwas sagen zu wollen, hielt es dann jedoch für ratsam zu schweigen.

»Ja«, sagte sie schließlich zur offensichtlichen Erleichterung des Herzogs und zu Oswalds Enttäuschung. »Wie gesagt, ich reise ungern ohne dich, aber ich reise auch alleine, wenn es sein muß.«

»Ohne Aufsichtsperson?« brauste der Vikar auf. »Willst du ungeniert mit dem Herzog reisen, ohne auf deinen guten Ruf zu achten?«

»Nein, das wird sie nicht«, warf der Herzog ein.

Cordelia ballte die Fäuste.

Lord Waverley trat neben sie, richtete aber das Wort an Oswald. »Ich entlasse Ihre Tochter aus ihrem Versprechen, da ihr Ruf auf dem Spiel steht. Wenn Sie sich weigern, Sir, wird auch Ihre Tochter mich nicht begleiten.«

Cordelia würdigte den Herzog keines Blickes. »Ich reise nach London, Vater. Mit dir oder ohne dich, mit oder ohne die gütige Erlaubnis Seiner Lordschaft. Ich habe genügend Geld bei mir, um die Kutsche zu bezahlen.«

»Nur über meine Leiche!« donnerte der Herzog.

»Sie bringen mich nicht von meinem Entschluß ab«, fuhr sie Lord Waverley wütend an. »Ihr Bruder wird meine Hilfe annehmen, und ich schulde ihm meine Unterstützung, nachdem ich ihn getäuscht habe.«

Oswald schluckte die Frage hinunter, die ihm auf der Zunge brannte, was sie denn glaubte, ihrem Vater zu schulden. In ihrer jetzigen Gemütsverfassung könnte sie sich dazu hinreissen lassen, ihm ins Gesicht zu schleudern, sie schulde ihm gar nichts.

»Ich möchte nicht dafür verantwortlich sein, Ihre Zukunft zu ruinieren«, knirschte Lord Waverley zwischen den Zähnen und sah aus, als sei er nahe daran, Cordelia an die Kehle zu gehen.

»Seien Sie unbesorgt, ich ziehe Sie nicht zur Verantwortung.« Damit wandte sie sich wieder an ihren Vater. »Und dich ebensowenig. Ich bin alt genug, um zu tun, was ich für richtig halte.«

Oswald wurde klar, daß sie sich nicht von ihrem Plan abbringen lassen würde. Es lag an ihm, sie zu beschwichtigen, da sie auch auf die Einwände des Herzogs nicht hören wollte.

»Ja, du bist alt genug«, lenkte er seufzend ein. »Gut, ich gehe, wohin du gehst, Mädchen. Also reden wir nicht mehr davon, daß du mutterseelenallein nach London reisen willst. Er legte eine Pause ein und gab sich den Anschein, die Situation zu überdenken. »Da Prudence nun nicht mehr bei uns ist, erhebt sich erneut die Frage nach einer Anstandsdame. Es schickt sich nicht, wenn du mit zwei Männern reist.«

Cordelia machte eine wegwerfende Geste. »Das ist

doch lächerlich, Vater. Du genügst als Aufsichtsperson vollständig.« Als er Protest einlegen wollte, hob sie abwehrend die Hand. »Da du aber so versessen auf eine weibliche Begleitperson bist, nehme ich mir die Freiheit, meine Wahl selbst zu treffen. Honorine Beardsley.«

Oswald klappte der Unterkiefer herunter. Wie konnte sie ausgerechnet auf Honorine verfallen! Er hatte im stillen gehofft, die Frage nach einer Anstandsdame würde die Abreise ein paar Tage verzögern, Zeit genug, um Cordelia ihren unsinnigen Plan doch noch auszureden. Er hätte wissen müssen, daß seine Tochter ihn überlisten würde, wenn es darum ging, ihren Willen durchzusetzen. Mit den verflixten Chorälen hatte sie ihm ähnlich übel mitgespielt.

Ausgerechnet Honorine, Gott bewahre!

Der Vikar stöhnte gequält auf, doch Cordelia fuhr ungerührt fort: »Es ist nur eine halbe Tagesreise bis York, also können wir sie getrost fragen. Falls sie nicht andere Pläne hat, wird sie uns den Gefallen liebend gerne tun, denke ich.«

Daran zweifelte der Vikar keine Sekunde. Honorine genoß es, ihm das Leben schwerzumachen. Das Frauenzimmer hatte nicht nur eine spitze Zunge, die sie nicht im Zaum halten konnte, sie war zu allem Überfluß auch noch ansehnlich und reizvoll. Solange Florinda lebte, war es ihm gelungen, Honorine möglichst aus dem Weg zu gehen. Doch nun, da Florinda ihn verlassen hatte ...

Der Vikar fragte sich bekümmert, ob Cordelia eine Ahnung hatte, was zwischen ihm und Honorine vorgefallen war, ehe er Florinda geheiratet hatte. Er mußte ihr dieses Vorhaben um jeden Preis ausreden.

»Wir können Honorine unmöglich zumuten, uns wochenlang ihre Zeit zu opfern, Kind«, protestierte er. »Das wäre ausgesprochen unhöflich.«

Cordelia wischte seine Bedenken kurzerhand beiseite. »In ihrem letzten Brief schrieb sie, sie langweile sich. Ich bin sicher, eine Reise nach London wird sie begeistern. Im übrigen ist sie die einzige außer uns dreien, die über meine Kompositionen und die Täuschung unterrichtet ist. Sie ist genau die Richtige, um in unsere Pläne eingeweiht zu werden und uns in unserer mißlichen Lage beizustehen.«

»Dann sollten wir schleunigst nach York aufbrechen und die Gute um ihre Unterstützung bitten«, meldete der Herzog sich zu Wort.

Oswald warf ihm einen wütenden Blick zu und erntete ein feixendes Lächeln. Zum Teufel mit dem Kerl! Jeder Narr konnte sehen, welch diebisches Vergnügen es ihm bereitete, Oswald zu quälen. Eines Tages würde er es dem aufgeblasenen Lord heimzahlen, für das Unglück, welches er mit seinem Auftauchen über ihn und seine Tochter gebracht hatte.

Oswald wußte freilich auch, daß er Cordelia den Plan nicht ausreden konnte. Auch seine Forderung nach einer Anstandsdame konnte er nicht rückgängig machen. Möglicherweise war Cordelia nicht dahinter gekommen, daß er Prudence nur als Reisebegleiterin mitgenommen hatte, damit sie ihn unterwegs heimlich mit Schnaps versorgte. Es war ratsam, dieses Thema nicht wieder aufzugreifen und damit in ein Hornissennest zu stochern.

Und wenn er sich wieder weigerte, nach London weiterzureisen, würde das halsstarrige Mädchen ohne ihn reisen. Er saß in der Falle.

»Wie du meinst, Cordelia ...«, seufzte der Vikar resigniert.

»Mrs. Beardsley scheint mir die ideale Reisebegleiterin zu sein«, mischte Lord Waverley sich wieder ein.

Ohnmächtig mußte Oswald sich geschlagen geben und sich in sein Schicksal fügen. Eine schöne Bescherung! Honorine als Reisebegleiterin, dachte er grollend.

»Noch eine Sache, Vater«, fing Cordelia erneut an und holte den Vikar aus düsteren Gedanken.

Er hob den Kopf. Sie sah ihn wieder mit diesem traurigen Blick an wie vorhin, als sie ihm auf die Schliche gekommen war. Ein Knoten schnürte ihm die Kehle zu.

»Ja?«

»Du hattest recht. Ich hätte nicht versuchen dürfen, dir das Trinken zu verbieten.«

Er blinzelte argwöhnisch, und Cordelia fuhr leise fort: »Ich habe es nur getan, weil ich dich liebe und nicht mitansehen konnte, wie du dich zu Tode trinkst. Dennoch war es falsch, dein Leben ändern zu wollen, wenn du selbst nicht den Wunsch hast, etwas daran zu ändern.«

»Das will ich nicht behaupten ...«, hob er zu seiner Rechtfertigung an, doch Cordelia redete unbeirrt weiter.

»Wie dem auch sei ... Ich brauche deine Hilfe.« Sie schluckte. »Wenn unser Plan gelingen soll, mußt du nüchtern sein. Du kannst nicht Musik studieren, wenn du betrunken bist oder deinen Rausch ausschläfst.«

Oswald warf sich entrüstet in die Brust. Gütiger Himmel, das Mädchen redete, als sei er ein unverbesserlicher Säufer!

Ihr Ton wurde weicher. »Ich bitte dich, vom Trinken abzusehen, bis unser Auftrag in London erfüllt ist. Ich habe dich oft darum gebeten und von dir zu hören bekommen, das sei nicht nötig. Du würdest uns allen die Arbeit erleichtern, wenn du einen klaren Kopf behältst.« Sie sah ihm ins Gesicht, ihre Unterlippe bebte leicht, ihre Augen wurden feucht. »Es liegt mir sehr daran.«

Ihre leise, eindringliche Stimme traf ihn mitten ins Herz. Sie redete, als hinge ihr Leben davon ab. Zum Teufel, wenn ihr so viel daran lag, würde er ein paar Tage eben nichts trinken.

»Natürlich verzichte ich auf meinen Wein, wenn es dein Wunsch ist«, antwortete er besänftigend. »Es ist ja nicht so, daß ich unbedingt trinken muß.« Und im Brustton der Überzeugung fuhr er fort: »Wie gesagt, bisher gab es keinen Grund, mich einzuschränken. Aber in diesem Fall hast du vermutlich recht.« Er zuckte mit den Schultern. »Ich kann ohne Wein auskommen, wenn es nötig ist.«

»Ich glaube, es ist nötig, Vater«, sagte sie mit kleiner Stimme und kämpfte mit den Tränen.

Ein Stich durchbohrte ihn. Das arme Mädchen litt, und es war seine Schuld. Er konnte ihren traurigen Blick nicht länger ertragen und zog sie in die Arme, wie er es so oft getan hatte, bevor ihre Mutter gestorben war. In letzter Zeit hatte er sie freilich selten in die Arme genommen. Nun, das mußte sich ändern, wenn er das Mädchen davor bewahren wollte, etwas Närrisches zu tun.

Cordelia ließ seine Umarmung steif über sich ergehen.

»Schon gut, Cordelia, Kind«, murmelte er und tätschelte ihr den Rücken. »Ich erfülle dir jeden Wunsch, wenn ich dich damit beruhigen kann.«

Ein unterdrücktes Schluchzen entrang sich ihrer Brust. Dann barg sie ihr Gesicht an seinem Hals, schlang die Arme um ihn und drückte ihn an sich. »Ach, Vater«, flüsterte sie, und ihr Schmerz brach ihm fast das Herz. »Wie konntest du Prudence nur so schrecklich belügen? Wie konntest du nur?«

Das Wasser in seinen Augen trübte ihm die Sicht. Er blinzelte heftig. »Jeder Mensch macht Fehler.« Er wußte nicht, was er sonst sagen sollte. Sein Verhalten war unverzeihlich gewesen. Er drückte einen Kuß auf ihren Scheitel. »So etwas Niederträchtiges tue ich nie wieder, das verspreche ich dir. Es wird alles gut. Du wirst sehen.«

Doch als er den Blick hob und Lord Waverleys funkelnden Augen begegnete, stiegen Zweifel in Oswald hoch.

Und er fürchtete, nichts würde je wieder gut werden.

Kapitel 11

Diesmal genoß Sebastian den eisigen Wind geradezu, der ihm ins Gesicht peitschte. Er wünschte nur, im gestreckten Galopp dahinjagen zu können, um nicht denken zu müssen. Aber er war gezwungen, neben der Kutsche herzureiten, in der die Frau saß, die ihm Kopfzerbrechen bereitete, und ihr Vater, der ihm nicht weniger Sorgen machte.

In der Kutsche mit den beiden zu sitzen wäre zwar bequemer gewesen, doch nach seiner letzten intimen Begegnung mit Cordelia war dies nicht möglich.

Die süße Cordelia, deren Küsse eher einer Kurtisane zuzutrauen waren als einer sittsamen Pfarrerstochter. Seine Lenden spannten sich. Er schwoll schmerzhaft gegen das harte Sattelleder und fluchte leise in sich hinein.

Hätte er vor Antritt der Reise nach Nordengland geahnt, daß er dieser Frau begegnen würde, hätte er Reißaus genommen und seinen Bruder einem ungewissen Schicksal überlassen. Cordelia hatte die Gabe, ihn in Versuchung zu führen, all seine Versprechungen zu vergessen … und das nicht nur, um sie vor ihrem niederträchtigen Vater zu beschützen.

Er schnaubte verächtlich. Reverend Shalstone machte seiner Umgebung das Leben wahrlich schwer. Vielleicht wäre es ratsamer, Cordelia als die wahre Komponistin vorzustellen und ihren trunksüchtigen Vater nach Hause zu schicken.

Welch jämmerliches Theater hatte der Mann vorhin seiner Tochter im Gasthaus vorgespielt. Seine leichtfertigen Zusagen und Schwüre hatten Sebastian zutiefst erbost. Erst brach der Kerl seiner Tochter beinahe das

Herz, und dann glaubte er, mit einer Umarmung und ein paar leeren Versprechungen alles wiedergutzumachen.

Der Vikar würde sein Wort nicht halten, davon war Sebastian überzeugt. Es gab Männer, die beim Anblick einer weinenden Frau das Blaue vom Himmel herunter logen. Und in einsamen Nachtstunden, wenn die Versuchung die fiebernden Sinne betörte, vergaßen diese Männer alles und gaben sich wieder ihren Lastern hin. Sebastians Vater war so ein Mann gewesen, und der Vikar würde sich gleichfalls als Schwächling erweisen, trotz all seiner guten Vorsätze.

Zu allem Überfluß hatte es wieder zu schneien begonnen; in dichten, großen Flocken fiel der Schnee vom bleigrauen Himmel. Wurde er nur vom Pech verfolgt, oder war es die Vergeltung Gottes, weil er sich nach einer Frau verzehrte, obwohl er einer anderen versprochen war?

Sebastian wischte sich die Schneeflocken vom Gesicht und dachte an die kalte Schneedusche unter der Eiche, die ihn wieder zur Besinnung gebracht hatte. Wie weit wäre er gegangen, wenn der Baum nicht seine Schneeladung auf das küssende Paar heruntergekippt hätte? Er hätte sie dort unter der Eiche geliebt, mitten am Tage, mitten auf dem verschneiten Feld, und jeder, der vorbeigekommen wäre, hätte es sehen können.

Sebastian drückte dem Hengst die Sporen in die Flanken und preschte der Kutsche voran, um den wirren Aufruhr seiner Gefühle durch einen schnellen Ritt zu beruhigen. Doch der Wind, der ihm eisig durch die Kleider fuhr, die Schneeflocken, die ihm wie Nadeln ins Gesicht stachen, erlösten ihn nicht von seinen quälenden Selbstvorwürfen.

Wenn Cordelia nur nicht so hinreißend, so ... bezaubernd wäre. Bezaubernd war die richtige Bezeichnung. Auch wenn sie sich seufzend an ihn schmiegte, war sie voll Unschuld und Naivität, und ihr großäugiges Staunen über die Wonnen des Fleisches hatte ihn um den Verstand gebracht. Sie war keine Frau, die sich kokett zierte, um einen Mann zu verlocken.

Sebastian zog den Dreispitz tiefer ins Gesicht. Wieso verwandelte er sich jedesmal, wenn er mit ihr allein war, in ein lüsternes Ungeheuer? Wo war seine Selbstbeherrschung? Zum Teufel! Dabei tänzelte Cordelia nicht im gewagten Dekolleté hüfteschwingend vor ihm her.

Sie war einfach ... sie selbst. Und das genügte, um ihn Judith vergessen zu lassen. Er maßte sich an, dem Vikar vorzuwerfen, Versprechungen zu machen, die er nicht halten würde. Und wie stand es mit seinen eigenen Versprechungen?

Während der nächsten Stunden konnte er seine Gedanken nicht von Cordelia losreißen und haßte sich dafür.

Als die Silhouette von York auftauchte, fragte er sich, wie er ihre Gegenwart weiterhin ertragen sollte, ohne eine Dummheit zu begehen. Er mußte den Rest der Reise im Sattel verbringen und Kälte und Schnee trotzen. Ja, er zog es vor, im Sattel zu erfrieren, als in der Kutsche neben ihr zu sitzen und im Feuer seiner ungestillten Leidenschaft zu verbrennen, und das auch noch unter den argwöhnischen Blicken ihres Vaters.

Am Stadtrand von York hielt die Kutsche kurz an, und Cordelia gab Hopkins Anweisungen, wohin er fahren mußte. Dann hielt sie wieder vor einem ansehnlichen Stadthaus im klassisch-römischen Stil, das eine strenge Würde ausstrahlte.

Das Haus war hell erleuchtet, die Hausherrin schien anwesend zu sein, wie Sebastian erleichtert feststellte, der darauf zählte, Mrs. Beardsley als Reisebegleiterin zu gewinnen. Die prüden Ansichten des Vikars von Sitte und Anstand fand er zwar lächerlich, war aber um eine Vergrößerung der Reisegesellschaft froh, da ihn dieser

Umstand von Cordelia fernzuhalten versprach. In diesem Punkt waren der Reverend und Sebastian sich erstaunlich einig, wenn auch aus völlig andersgearteten Beweggründen.

Der Vikar bediente den Türklopfer, ein livrierter Diener öffnete und bestätigte, daß die Dame des Hauses anwesend sei. Die Reisenden wurden in eine Empfangshalle mit hoher Kuppel geführt, deren Wände mit Trompe-l'œil-Malereien geschmückt waren. In hohen Glasvitrinen standen mehr kostbare Porzellanfiguren, Nippes und anderer Zierat, als Sebastian in seinem gesamten Londoner Haus gestattet hätte. Der Diener nahm den Besuchern die Mäntel ab und bat sie zu warten, während er seine Herrin unterrichtete, die offenbar Gäste mit einem Musikabend unterhielt. Aus einem Salon klang Lautenmusik, begleitet von Cembalo und Baßviole.

Obwohl Cordelia einmal eine Andeutung über Mrs. Beardsleys Wohlhabenheit gemacht hatte, hatte Sebastian nicht soviel Pracht erwartet. Er hatte sich eher vorgestellt, die Witwe lebe beschaulich in einem gemütlichen Cottage am Rande der Stadt, dem Pfarrhaus in Belham nicht unähnlich, und freue sich in ihrer Einsamkeit über jeden Besuch. Nun staunte er über den Reichtum von Mrs. Beardsley, und es war ihm peinlich, ohne Voranmeldung in ihre Abendgesellschaft zu platzen.

Er warf Cordelia einen Blick zu, die auf das Erscheinen der Hausherrin wartete. Ihre Finger nestelten fahrig an der Borte ihres Kleides. Er wunderte sich nicht, daß sie seinem Blick auswich, und war erleichtert, daß sie ihm nicht den Rücken zuwandte, als er neben sie trat.

»Sind Sie sicher, daß Mrs. Beardsley nicht entsetzt ist über unseren Überfall?« flüsterte er.

»Ich bin mir in nichts sicher ...«, weiter kam sie nicht, denn durch die Flügeltür rauschte eine hochgewachsene Dame und strahlte übers ganze Gesicht.

»Cordelia! Welche Überraschung! Wie ich mich freue, dich zu sehen!« Sie breitete die Arme aus. »Es ist eine Ewigkeit her, daß du an einem meiner Musikabende teilgenommen hast. Es ist ja auch eine sehr weite Reise.«

Cordelia warf sich lachend in die Arme der stattlichen Person, die niemand anders sein konnte als Mrs. Beardsley, der Drachen von York. Während die beiden Frauen sich freudestrahlend begrüßten, hatte Sebastian Muße, die Witwe in mittleren Jahren eingehend zu mustern.

Und er staunte über ihre Erscheinung ebenso wie über ihr Haus. Die Beschreibung des Vikars hatte ihn eine korpulente Matrone mit strenger Miene und messerscharfer Zunge erwarten lassen. Diese üppige, lebensfrohe, hübsche Frau mit gepuderter Lockenperücke, im kostbar bestickten Seidenkleid, hatte nichts an sich, was der Vorstellung eines ›alten Drachens‹ entsprach.

Sebastian warf dem Vikar einen prüfenden Blick zu, der sich mit übellauniger Miene im Hintergrund hielt. Als die beiden Frauen nicht aufhören wollten, sich lachend und weinend in den Armen zu liegen, knurrte der Vikar: »Honorine, du alte Närrin, wir haben die weite Reise nicht gemacht, um ewig herumzustehen und zuzusehen, wie ihr beide euch gegenseitig abschmatzt.«

Mrs. Beardsley löste sich von Cordelia und musterte den Vikar von Kopf bis Fuß, ihre Augen waren immer noch feucht. »Der alte Narr bist doch du«, antwortete sie lächelnd. Etwas in der Art, wie sie den Vikar mit wehmütigem Blick musterte, machte Sebastian stutzig. Mit leichter Ironie setzte sie hinzu: »Vom Abschmatzen hast du ja nie viel gehalten.«

»Ganz recht«, entgegnete er brummig.

Sie musterte ihn immer noch prüfend. »Dabei würde dir jemand zum Abschmatzen guttun. Bald bist du ein vertrockneter, alter Knochen. Im übrigen ist es eine Schande, wenn Cordelia ihre Jugend mit einem Griesgram wie du es bist vergeudet.«

Der Vikar bekam rote Ohren. »Wenigstens verschont das Mädchen mich mit guten Ratschlägen im Gegensatz zu anderen Leuten.«

Mrs. Beardsley rümpfte die Nase. »Ah! Wir alle wissen, was gut für dich wäre. Nur du scheinst es immer noch nicht zu begreifen.«

»Schluß damit, ihr beiden!« mischte Cordelia sich lachend ein und hakte sich bei Mrs. Beardsley ein, um sie von dem knurrigen Vikar abzulenken. »Ich möchte dir jemand vorstellen, Honorine.« Cordelia lächelte die Freundin und dann Sebastian verschmitzt an.

Als Mrs. Beardsley Sebastian mit flinken Augen musterte, schoß ihm der Gedanke durch den Kopf, daß die Dame eine wesentlich wirkungsvollere Beschützerin für Cordelias Unschuld wäre als der Vikar. Und das war gut so, überlegte er. Dennoch behagte ihm die Idee nicht sonderlich, daß Mrs. Beardsley Cordelias künftige Anstandsdame sein sollte.

»Darf ich dir unseren Reisegefährten vorstellen ... Sebastian Kent, Herzog von Waverley.« Cordelias Augen blitzten belustigt auf. »Lord Waverley, dies ist meine liebste Freundin, die schon die beste Freundin meiner Mutter war ... Mrs. Honorine Beardsley.«

Sebastian, der sich keinen Reim auf Cordelias Belustigung machen konnte, verneigte sich höflich und hob die Hand der verdutzten Mrs. Beardsley zum Kuß.

»Es ist mir eine Ehre«, murmelte er und fragte sich, was, zum Teufel, eigentlich los war.

Die Dame des Hauses blickte entgeistert auf ihre Hand, dann gab sie sich innerlich einen Ruck. »Die Ehre ist ganz meinerseits, Euer Gnaden. Ich bin völlig überrascht. Ich habe Sie nicht in England vermutet.«

Er sah sie fragend an und ließ ihre Hand los.

Der Vikar setzte mit leisem Spott in der Stimme zu einer Erklärung an. »Honorine gilt als die zuverlässigste Klatschbase in Nordengland. Sie wundert sich, daß Sie nicht in Indien weilen.« Er wandte sich an Mrs. Beardsley, deren Wangen sich rosig überzogen hatten. »Hast du davon nichts in deinem letzten Brief erwähnt? Ich erinnere mich nicht mehr genau.«

»Vater, benimm dich!« schalt Cordelia, schmunzelte dabei aber belustigt. »Du verrätst Honorines streng gehütete Geheimnisse.«

Sebastian lächelte der peinlich berührten Mrs. Beardsley aufmunternd zu und fragte sich gleichzeitig, welche Gerüchte der Witwe über ihn und seine Familie zu Ohren gekommen waren. »Ich fühle mich geschmeichelt, daß Sie mich in Ihren Briefen erwähnen, Madame, und hoffe, Sie wußten nur Gutes über mich zu berichten.«

Mrs. Beardsley schoß dem Vikar einen vernichtenden Blick zu, ehe sie sich mit einem verkrampften Lächeln an Sebastian wandte. »Seien Sie versichert, Lord Waverley, was immer Oswald mir mit seinen garstigen Worten unterstellen mag, so habe ich nie Nachteiliges über Sie oder Ihre Familie berichtet.«

»Selbstverständlich nicht«, mischte Cordelia sich ein. »Honorine erwähnte Sie auch nur deshalb, Euer Gnaden, weil ich mit Ihrem Bruder korrespondiere. Was Vater sagt, klingt abscheulich, dabei ist alles völlig harmlos.«

Mrs. Beardsley zog die Nase kraus. »Oswald war immer schon ein Grobian mit schlechten Manieren. Eigentlich ein Wunder, daß er eine so entzückende Tochter großgezogen hat.«

»Reverend Shalstone wollte Sie mit Sicherheit nicht kränken«, beschwichtigte Sebastian sie und verkniff sich ein Lächeln über die verwunderten Gesichter des Vikars und seiner Tochter.

In den letzten Tagen hatte Sebastian sich oft genug mit dem Vikar angelegt, und es wurde Zeit, ihn etwas freundlicher zu behandeln, sonst kam der Alte noch auf die Idee, seine Unterstützung endgültig zurückzuziehen und beleidigt nach Hause zu fahren. Im übrigen hatte der Bedauernswerte im Augenblick drei Stimmen gegen sich, und Sebastians Gerechtigkeitssinn gebot ihm, dem Brummbären beizustehen, den zudem seine erzwungene Abstinenz gereizt und übellaunig machte.

»Wie dem auch sei, ich nehme es dem Griesgram nicht krumm«, meinte Mrs. Beardsley mit einer graziösen Geste ihrer elegant behandschuhten Finger. Sie hatte ihre Fassung wiedererlangt und schlüpfte in die Rolle der Gastgeberin. »Ich bin entzückt, Sie bei mir zu Gast zu haben. Selbst Oswalds verdrießliche Laune kann mir die Freude daran nicht verderben.«

Sie tätschelte Cordelias Hand. »Aber ich vernachlässige meine Pflichten als Gastgeberin. Bitte kommt in den Salon zu einer kleinen Erfrischung. Die lange Reise war gewiß ermüdend.«

»Und deine Gäste?« fragte Cordelia.

»Ach, die unterhalten sich auch ohne mich«. Mrs. Beardsley bat die Besucher in einen Nebenraum. »Nur ein paar Musikliebhaber, die sich jede Woche bei mir treffen, um die neuesten Sonaten zu hören.« Sie lächelte stolz. »Ich engagiere die besten Musiker. Wenn ich zu einer musikalischen Soiree lade, läßt sich das niemand entgehen.«

»Verzeih, daß wir dich so plötzlich überfallen«, entschuldigte Cordelia sich, während sie einen Salon betraten, der noch prachtvoller ausgestattet war als die Empfangshalle. »Wir konnten ja nicht ahnen, daß du heute abend Gäste hast.«

Mrs. Beardsley schüttelte den Kopf. »Sei unbesorgt, meine Liebe, ihr stört nicht im geringsten.«

Mrs. Beardsley klingelte nach einem Diener und wies

ihn an, Erfrischungsgetränke und einen leichten Imbiß zu bringen. Sebastian und Cordelia zuckten zusammen, als ihre Gastgeberin Punsch und Kaffee bestellte, schwiegen jedoch geflissentlich. Sebastian warf dem Vikar allerdings einen prüfenden Blick zu, der eine harmlose Miene aufgesetzt hatte.

Nachdem für das leibliche Wohl gesorgt war, bat Mrs. Beardsley die Gäste, Platz zu nehmen, und setzte sich neben Cordelia auf ein Damastsofa. »Nun mußt du mir aber endlich erzählen, was dich und deinen Vater nach York führt.« Sie nickte dem Herzog zu. »Noch dazu in so hoher Begleitung.«

Cordelia verzog das Gesicht. »So sehr wir unseren hochwohlgeborenen Reisebegleiter schätzen, er hat uns ziemliche Nöte bereitet. Ich weiß gar nicht, wie ich dir erklären soll, in welche mißlichen Umstände Seine Lordschaft mich gebracht hat. Ich fürchte, du wirst entsetzt und sogar böse mit mir sein.«

Die Witwe bedachte Sebastian, der sich innerlich wand, mit einem alarmierten Blick. Cordelia hatte offenbar keine Ahnung, daß ihre spitzen Bemerkungen, die ihn kränken sollten, ihr völlig falsch ausgelegt werden konnten. Er beeilte sich, den Sachverhalt aufzuklären. »Cordelia will damit sagen, daß sie sich in Schwierigkeiten gebracht hat, da sie Musikstücke geschrieben und unter falschem Namen veröffentlicht hat.«

Mrs. Beardsley zog eine Braue hoch, und Cordelia versteifte sich. »Seine Lordschaft hat eine seltsame Art, die Zusammenhänge in einem schlechten Licht erscheinen zu lassen.«

Sie warf ihm ein gekünsteltes Lächeln zu, und Sebastian fragte sich, ob sie auf seine Bemerkungen über die Trinkgewohnheiten ihres Vaters abzielte oder auf seine Worte während der unseligen Begegnung unter der Eiche.

»Nicht immer«, schoß er zurück und kniff die Augen

ein wenig zusammen, als er Cordelias Blick begegnete. »Aber ich fürchte, zuweilen treffe ich eine etwas unglückliche Wortwahl, wenn ich … abgelenkt bin. Cordelia scheint mir gegenüber sehr empfindlich zu sein.«

Mrs. Beardsleys flinke Augen flogen neugierig von ihr zu ihm, bis Cordelia den Blick senkte und die Schultern straffte. »Wie dem auch sei, Seine Lordschaft suchte uns vor wenigen Tagen in Belham auf und unterbreitete uns einen interessanten Vorschlag.«

»Einen völlig wahnsinnigen Vorschlag«, knurrte der Vikar.

»O bitte, sprich weiter«, drängte Mrs. Beardsley erwartungsfroh. »Das klingt ja schrecklich aufregend.«

Cordelia fuhr sich mit der Zunge über die Lippen und gab einen ausführlichen Bericht über Sebastians Plan.

Als sie damit geendet hatte, blitzten Mrs. Beardsleys Augen belustigt. »Aber Cordelia, ich fasse es nicht, wie du dich auf diesen verwegenen Vorschlag einlassen konntest. Oswald ist so unmusikalisch wie das Sofa, auf dem ich sitze! Wie in aller Welt willst du in einer Woche einen Musiker aus ihm machen?«

»Genau das habe ich versucht, ihr klarzumachen«, mischte der Vikar sich ein. »Aber sie und Seine Lordschaft haben sich diese närrische Idee in den Kopf gesetzt und …«

»Warum stellst *du* dich nicht Mr. Händel vor, Cordelia?« fuhr Mrs. Beardsley fort, ohne auf die Zwischenbemerkung des Vikars zu achten. »Du hast die Musik geschrieben, und du solltest sie präsentieren. Es ist ja nichts dagegen einzuwenden, wenn Oswald dich begleitet. Aber ihm eine so verantwortungsvolle Aufgabe zu übertragen …« Sie schniefte. »Nun, das halte ich für ausgesprochen ungeschickt.«

Cordelia verschränkte die Arme, lehnte sich zurück und funkelte Sebastian herausfordernd an. »Du mußt wissen, Honorine, Seine Lordschaft ist der Überzeugung, ein weiblicher Komponist würde seinem Bruder eher schaden als nutzen. Wie könnte ein berühmter Musiker wie Händel das musikalische Schaffen einer Frau ernst nehmen?«

»Soweit ich mich erinnere«, entgegnete Sebastian, »waren Sie mit mir einer Meinung, als ich den Vorschlag machte.«

Cordelia hob das Kinn und blitzte ihn herausfordernd an. »Nur weil Sie mir einredeten, ich könne meinem Vater die Grundbegriffe der Kompositionslehre beibringen, was ich nach zwei Tagen Unterricht ernsthaft bezweifle.«

»Wir sollten dabei die Kleinigkeit Ihrer ursprünglichen Täuschung nicht vergessen«, fuhr Sebastian gnadenlos fort. »Sie haben sich als Ihr Vater ausgegeben. Wenn Sie sich erinnern wollen, liegen die Wurzeln der Schwierigkeiten meines Bruders in seinem unverdienten Ruf, gestohlenes Notenmaterial zu veröffentlichen. Glauben Sie denn, Mr. Händel würde sich für Richard verbürgen, wenn er wüßte, er habe erneut etwas Unehrenhaftes getan?«

Cordelia zog die Nase kraus. »Glauben Sie, Mr. Händel und Ihr Bruder reagieren nicht weitaus erzürnter, wenn ihnen ein Schwindler vorgeführt wird, noch dazu ein erbärmlich schlechter Schwindler? Im übrigen wurden meine Musikstücke anonym veröffentlicht. Händel weiß gar nichts von der Existenz meines Vaters.«

»Richtig. Aber mein Bruder weiß davon. Er würde Sie Maestro Händel niemals vorstellen, wenn er wüßte, daß der Komponist eine Frau ist.«

»Ihr Bruder scheint ein Frauenhasser zu sein«, bemerkte Mrs. Beardsley mit einem schalkhaften Lächeln.

Sebastian lächelte gequält. »Nicht direkt. Aber er hat eine vorgefaßte Meinung, was weibliche Musiker betrifft, fürchte ich. In der Vergangenheit mußte er einige ... ehm ... unangenehme Erfahrungen machen, die ihn in dieser Meinung bestärkten. Er wird Miß Shalstone eher verdächtigen, die Choräle von einem Mann gestohlen, als sie selbst komponiert zu haben.« Er furchte die Stirn. »Und mit gestohlenen Werken, die ihm untergeschoben wurden, hatte er genügend Pech, um erneut ein Risiko einzugehen.«

In Cordelias Gesicht las er deutliche Enttäuschung und fragte sich, wie lange sie schon mit dem Gedanken spielte, seinem Bruder die Wahrheit zu gestehen.

»Es ist sogar zu befürchten«, fuhr der Herzog fort, fest entschlossen, sie endgültig von diesem Vorhaben abzubringen, »daß mein Bruder sich in Zukunft weigert, Miß Shalstones Musik zu veröffentlichen, wenn wir sie als Komponistin präsentieren. Schließlich hat sie ihm falsche Tatsachen vorgespiegelt, und unehrenhafte Komponisten haben ihn in die mißliche Lage gebracht, in der er sich nun befindet.«

»Ach, Kind«, seufzte Mrs. Beardsley und tätschelte Cordelias Hand. »Das wollen wir auf keinen Fall, wie? Aber ich gestehe, es ist bedauerlich, daß Ihr Bruder ein so großer Wahrheitsfanatiker ist. Wer kann sich das heutzutage noch leisten? Eine ziemlich lästige Charaktereigenschaft, finden Sie nicht?«

Der Vikar schnaubte hörbar, doch Sebastian nahm ihr die Worte nicht übel. »Zuweilen ja. Offenbar bin ich nicht wie mein Bruder, sonst hätte ich dieses umständliche Täuschungsmanöver kaum vorgeschlagen.«

Sebastians Blick streifte Cordelia, die stumm und mutlos ins Kaminfeuer starrte. Wenn er geahnt hätte, was sie sich heimlich erhoffte, hätte er ihre Idee im Keim erstickt. Ginge es nach ihm, würde er ihr Talent von jedem Kirchturm verkünden, aber es ging nun einmal nicht nach ihm.

Der Diener brachte ein Silbertablett mit Obsttörtchen, eine Kanne Kaffee und einen Krug mit heißem Gewürzpunsch. Zu Sebastians Erleichterung entschied der Vikar sich für Kaffee.

»Jedenfalls freue ich mich über Euren Besuch«, lenkte Mrs. Beardsley ein. »Was für eine interessante Geschichte.«

»Tja, Honorine«, meldete der Vikar sich nun zu Wort. »Es ist nicht nur ein Besuch.«

»Nein?« fragte Mrs. Beardsley verwirrt.

»Nein.« Cordelia löste sich aus ihren Grübeleien. »Wie du dir denken kannst, ist Vater dem Plan gegenüber sehr skeptisch eingestellt. Und er hat Einwände dagegen, daß ich ohne weibliche Begleitung reise.«

Mrs. Beardsleys Gesicht hellte sich auf. »Sag bloß, du willst mich als Reisebegleiterin!«

»Nun, wir haben volles Verständnis, wenn du unsere Bitte ablehnst«, warf der Vikar ein, »da du eine Reihe anderer Verpflichtungen hast ...«

»Aber wo denkst du hin? Ich lasse mir dieses Abenteuer nicht um alles in der Welt entgehen!« fiel Mrs. Beardsley ihm eifrig ins Wort. »Was für eine wunderbare Gelegenheit!« Sie klatschte begeistert in die Hände.

Die Miene des Vikars verfinsterte sich wieder, er lehnte sich brummend zurück. Cordelia stimmte in die Begeisterung der Freundin ein. »Du begleitest uns also zu Lord Waverley nach London?«

»Mit dem größten Vergnügen. Gütiger Himmel, wie könnte ich mir die Gelegenheit entgehen lassen, Schloß Waverley zu besuchen? Meine Freundinnen werden vor Neid erblassen. Stell dir vor, welche Sensation meine Abendgesellschaften nach meiner Rückkehr sein werden ...« Erschrocken hielt sie sich die Hand vor den Mund. »Barmherziger! Ich habe meine Gäste völlig vergessen. Es ist verdächtig still geworden!«

Sebastian war der Meinung, die Musik habe schon vor einer geraumen Weile aufgehört.

Lachend sprang Mrs. Beardsley auf. »Ich habe mich

so glänzend unterhalten, daß ich meine übrigen Gäste völlig vernachlässigt habe! Je nun, sie werden mir vergeben, wenn ich ihnen die aufregenden Neuigkeiten erzähle.«

Auf dem Weg zur Tür murmelte sie halblaut vor sich hin. »Was packe ich nur ein? Auf alle Fälle das Safrangelbe … die Modefarbe der Saison. Und natürlich meinen neuen Manteau …«

An der Tür blieb sie stehen. »Ich war seit einer Ewigkeit nicht in London zur Wintersaison. Ich hoffe, wir besuchen gelegentlich ein Konzert …« Sie lachte glockenhell. »Ach, was rede ich nur, während ihr drei erschöpft dasitzt. Ruht euch ein wenig aus und laßt euch mit dem Essen Zeit. Ich verabschiede meine Gäste und bin bald wieder zurück.«

Mit einem glücklichen Seufzer warf sie ihren künftigen Reisegefährten ein strahlendes Lächeln zu und rauschte aus dem Salon.

»Sie hat sich kein bißchen geändert«, brummte Reverend Shalstone, sobald die Tür hinter Mrs. Beardsley ins Schloß gefallen war. »Sie ist nach wie vor ein plapperndes Ungeheuer in Röcken. Denkt an meine Worte … Sie wird uns auf der ganzen Fahrt nach London nicht in Frieden lassen. Sie mischt sich in unsere Privatangelegenheiten ein. Ihr zwei könnt stolz auf euch sein. Ihr habt uns dieses Plappermaul aufgehalst und werdet es noch bereuen.«

»Wenn ich es nicht besser wüßte, Reverend«, entgegnete Sebastian trocken und nippte an seinem Glas Punsch, »könnte ich den Eindruck haben, Mrs. Beardsley gefällt Ihnen.«

Cordelia verbarg ein Lächeln hinter der Hand, während der Vikar empört nach Luft schnappte. Zufrieden stellte Sebastian das Glas ab. Er hatte sich zwar vorgenommen, sich um ein besseres Verhältnis mit dem Vikar zu bemühen, konnte sich aber die spitze Bemerkung nicht versagen. Es war zu schön, den Vikar zu necken.

Ein Spiel, das seine Gedanken wenigstens teilweise von der hübschen Pfarrerstochter ablenkte. Und das war ein großer Segen.

Am nächsten Morgen saß Cordelia am Frühstückstisch bei einer Tasse Kräutertee, den die Köchin aufgebrüht hatte, sobald sie Cordelia durch das Haus geistern hörte.

Es war Cordelias zweiter Besuch bei Honorine. Sie hatte einen Sommer als Gast der Beardsleys in York verbracht. Dieser Besuch lag Jahre zurück, und sie freute sich, daß die Bediensteten sie in freundlicher Erinnerung behalten hatten.

Seufzend blickte sie von ihrem Platz zum Fenster hinüber. Es hatte die ganze Nacht geschneit, und York lag unter einer tiefen Schneedecke. Heute würden sie keinesfalls reisen können, vermutlich auch in den nächsten Tagen nicht.

Darüber würde Sebastian sich mächtig ärgern, dachte sie mit bitterer Genugtuung. Wie gut, daß es etwas gab, dem Seine Lordschaft nicht seinen Willen aufzwingen konnte.

»Hoffentlich ist dieser Blick nicht für mich bestimmt«, ließ eine belustigte Stimme sich neben ihr vernehmen, und Honorine zog sich einen Stuhl heran und setzte sich.

Cordelia zwang sich zu einem Lächeln. »Sei unbesorgt. Diesen Blick spare ich mir für aufgeblasene, selbstherrliche Männer auf.«

Honorine kniff die Augen zusammen. »Wenn ich die spitzen Bemerkungen zwischen dir und Lord Waverley gestern nicht gehört hätte, würde ich denken, du sprichst von Oswald. Die Art des Herzogs, mit dieser vertrackten Situation umzugehen, scheint dir nicht zu gefallen.«

»Du hast es genau erfaßt.«

»Und warum hast du dich bereit erklärt, mit ihm nach London zu reisen? Darüber habe ich mich gestern abend schon gewundert.«

Cordelia blickte nachdenklich in ihre Teetasse. Wieviel sollte sie Honorine über ihr Leben im Pfarrhaus anvertrauen? Nicht viel, entschied sie. Nicht jetzt, da Honorine und ihr Vater bereits die Degen gezückt hatten. »Seine Lordschaft hat mir ein Angebot gemacht, das mir Unabhängigkeit verspricht. Er will sich dafür verwenden, daß meine Musik weiterhin veröffentlicht wird ... und ich ein entsprechendes Honorar dafür erhalte.«

»Verstehe.« Honorines Finger trommelten leise auf die Tischplatte. »Aber ich frage mich, wieso du Unabhängigkeit anstrebst? Was hältst du von Heirat? Von Kindern?«

Cordelia versagte sich eine spitze Bemerkung, die ihr auf der Zunge lag. »Diesen Wunsch habe ich nicht aufgegeben. Aber ich bin sehr wählerisch und habe bisher keinen passenden Mann gefunden. Im übrigen bin ich bald eine alte Jungfer ...«

»Unsinn. Der Herzog macht dir schöne Augen, also kann es noch nicht so schlimm um dich stehen.«

Cordelia erschrak. Ahnte Honorine etwas von ihren intimen Begegnungen mit dem Herzog? »Wie kommst du nur auf so etwas? Seine Lordschaft macht mir keine schönen Augen. Er ist verlobt.«

»Ach?« Honorine zuckte mit den Schultern und tätschelte Cordelias Hand. »Das ist zwar ein Hindernis, aber kein unüberwindliches. Der Mann läßt dich keine Sekunde aus den Augen.«

Ein beseligendes Gefühl durchrieselte Cordelia, das sie aber unwirsch verdrängte. Sebastian ließ sie nur nicht aus den Augen, weil sie sich von ihm hatte küssen lassen, weil sie unter seinen Händen beinahe geschmolzen wäre. Er begehrte sie, das war ihr klar, doch das bedeutete gar nichts. Welcher Mann würde eine Frau nicht begehren, die Sitte und Anstand schamlos vergaß, wenn sie mit ihm allein war?

Es gab gewiß eine Menge leichtfertiger Frauen, die sich dem schönen Herzog an den Hals warfen. Sein gestriger Zorn hatte ihr bewiesen, daß er auch sie für eine leichtfertige Person hielt und ihr Verhalten mißbilligte. Und das konnte sie ihm nicht einmal verdenken.

Daran wollte Cordelia nicht mehr erinnert werden und wechselte das Thema. »Ich bin sehr froh, daß du uns begleitest. Ich werde zwar viel Zeit damit verbringen, Vater Musikunterricht zu geben, aber wir finden gewiß auch Zeit für ein Plauderstündchen. Du wirst sehen, wir werden viel Spaß haben.«

»Mich mußt du nicht überzeugen.« Honorine strich sich mit zwei Fingern ein vorwitziges Löckchen aus der Stirn, das sich aus ihrer kunstvoll aufgetürmten Frisur gelöst hatte. »Dein Vater scheint allerdings von der Idee nicht sonderlich begeistert zu sein.«

»Du irrst. Er freut sich«, log Cordelia und drückte Honorines Hand. »Du kennst ihn doch. Er ist eben ein alter Brummbär.«

Honorines blaue Augen versenkten sich in Cordelias. »Nein, ich kenne ihn nicht mehr.« Sie seufzte. »Früher kannte ich ihn gut. Das ist der Grund, warum ich mit dir sprechen möchte. Hat dein Vater dir je erzählt, daß wir einander nahestanden, bevor er deine Mutter kennenlernte?«

Cordelias Neugier war geweckt. »Nein. Das hat er nie erwähnt. Auch Mutter nicht.«

Honorine blickte auf ihre verschränkten Hände und lächelte wehmütig. »Es stimmt. Er hat mir sogar einen Heiratsantrag gemacht.«

Mutter hatte stets von Honorine als Freundin der Familie gesprochen, doch Cordelia war der Meinung, sie sei die beste Freundin ihrer Mutter gewesen, ohne sie in Zusammenhang mit ihrem Vater zu bringen.

Honorine erhob sich und trat ans Fenster. »Ich finde, du sollst es wissen, ehe ich euch nach London begleite. Oswald und ich neigen dazu, uns zu zanken, und ich möchte dich warnen. Als deine Mutter noch lebte, glättete sie die Wogen zwischen uns. Ich glaube nicht, daß sie wirklich wußte, warum wir uns ständig zankten, aber sie verhinderte, daß wir uns gegenseitig an die Kehle gingen.«

Cordelia hatte Mühe zu sprechen. »Wieso habt ihr ständig gestritten? Weil er dir einen Antrag machte, dann aber meine Mutter heiratete?«

»Nicht direkt.« Honorine seufzte wieder. »Ich habe ihm einen Korb gegeben. Ich war nur die Tochter eines Schneiders, hatte aber hochfahrende Träume, die große Dame in einem Herrenhaus zu spielen. Mr. Beardsley war zwar kein Lord, wohl aber ein reicher Kaufmann in einer weitaus höheren gesellschaftlichen Position als ich. Er machte mir damals ebenfalls den Hof und konnte mir wesentlich mehr bieten als dein Vater.«

Sie wandte sich zu Cordelia um. Ihr Lächeln wirkte ein wenig unnatürlich. »Ich hatte alles, was ich mir erträumte ... einen reichen Ehemann ... Ansehen in den Kreisen des Landadels ...« Sie machte eine ausladende Armbewegung durch den mit vergoldetem Stuck verzierten Frühstücksraum. »Ein schönes Haus.« Ihr Lächeln schwächte sich ein wenig ab. »Bedauerlicherweise keine Kinder. Aber man kann nicht alles haben.«

Ihre Stimme wurde sachlich. »Es war die richtige Entscheidung, den Antrag deines Vaters abzulehnen. Wir wären nie gut miteinander ausgekommen. Doch er war sehr wütend auf mich, da ich ... ich soweit gegangen war, ihm meine Liebe zu gestehen.« Sie holte stockend Atem. »Nun, das ist lange, lange her. Deine Mutter lernte ich kurz darauf in der Schneiderei meines Vaters kennen. Wir haben uns angefreundet, und ich stellte sie

Oswald vor. Ich denke, das war meine Art, mein Gewissen zu erleichtern.«

Sie blickte Cordelia wieder in die Augen. »Den Rest der Geschichte kennst du. Die beiden verliebten sich ineinander. Aber Oswald und ich haben uns seither nicht mehr verstanden. Sein Stolz war wohl zu sehr verletzt.«

»Das kann ich mir denken«, antwortete Cordelia trokken. Ihr Vater und Honorine. Welch verblüffende Enthüllung. Cordelia suchte in Kindheitserinnerungen nach Anzeichen, die ihr etwas über die Jugendliebe zwischen ihrem Vater und Honorine hätten sagen können, fand jedoch keinen Hinweis.

Honorines späte Beichte beunruhigte sie nicht im geringsten. Die Tatsache, daß ihr Vater vor seiner Ehe in eine andere Frau verliebt war, hatte keinen nachteiligen Einfluß auf die Liebe ihrer Eltern gehabt. Vielleicht war dies der Grund, warum Cordelia Honorine so sehr ins Herz geschlossen hatte, die ihr nahestand wie eine leibliche Tante. Es erschien ihr beinahe selbstverständlich, daß Honorine einst ihren Vater geliebt hatte.

Nun wurde ihr manches klar. Deshalb Vaters Einwände gegen Honorines Begleitung, deshalb seine giftigen Bemerkungen.

Sie erinnerte sich an Sebastians Bemerkung am Abend vorher, die ihren Vater so erzürnt hatte. Ein Schmunzeln breitete sich auf ihrem Gesicht aus. Mittlerweile war Honorine zur Witwe geworden und ihr Vater ein Witwer …

»Ich ahne, was du denkst, und rate dir, es schleunigst zu vergessen«, warnte Honorine und trat an den Tisch. »Dein Vater hat keinerlei Interesse mehr an mir. Also komm bitte nicht auf den Gedanken, dich auf dieser Reise als Kupplerin aufzuspielen. Ich habe dir die Geschichte nur erzählt, damit du begreifst, warum wir so schlecht aufeinander zu sprechen sind.«

Cordelia verstand. Ja, sie verstand sehr gut. Und es war ihr aufgefallen, daß Honorine mit keinem Wort erwähnt hatte, daß sie kein Interesse mehr an ihrem Vater hatte. Cordelia setzte eine Unschuldsmiene auf. »So etwas Absurdes würde mir nie in den Sinn kommen.«

Honorine beäugte sie argwöhnisch. »Schwindle mich nicht an! Du willst alle Menschen glücklich sehen. Aber schlag dir die Idee aus dem Kopf, deinen Vater und mich wieder zusammenzubringen. Das, was wir füreinander empfunden haben, ist längst vergangen und vergessen.«

»Ich bin vollkommen deiner Meinung«, entgegnete Cordelia im Brustton der Überzeugung.

Honorine wollte zu einer weiteren Bemerkung ansetzen, als die Tür aufging und der Herzog eintrat. Ausgeschlafen, frisch rasiert und bester Dinge.

Honorines Gesicht hellte sich auf. »Guten Morgen, Euer Gnaden. Ich hoffe, Sie haben gut geschlafen.«

»Ausgezeichnet«, versicherte er munter. »Nachdem ich die Nacht davor mit dem Vikar in einem Bett verbrachte, erschien mir diese Nacht als Luxus ohnegleichen.« Er zwinkerte Cordelia zu, die sich stumm abwandte und aus dem Fenster blickte.

Der Herzog räusperte sich und fuhr höflich fort: »Sie haben ein wunderschönes Zuhause, Mrs. Beardsley.«

Honorine lächelte geschmeichelt. »Hoffentlich ändern Sie Ihre Meinung nicht, wenn Sie ein paar Tage hier festsitzen.«

»Festsitzen?«

Honorine wies zum Fenster. »Anscheinend haben Sie noch nicht aus dem Fenster geblickt. Ich fürchte, die Reise nach London muß ein paar Tage aufgeschoben werden. Es sei denn, Sie treiben einen Schlitten und Pferde mit sehr breiten Hufen auf, die nicht knietief im Schnee versinken.«

Der Herzog trat ans Fenster und blickte stirnrunzelnd auf die verschneite Stadt. »Tja. Sieht so aus, als müßten wir ein Weilchen abwarten. Ich hoffe nur, wir bereiten Ihnen nicht allzu viele Unannehmlichkeiten.«

»Keineswegs.« Honorine zwinkerte Cordelia zu. »Nichts macht mich glücklicher, als Gäste im Haus zu haben. Apropos, es ist höchste Zeit, mich um das Frühstück zu kümmern.«

»Ich helfe dir«, bot Cordelia sich eilfertig an und erhob sich.

»Nicht nötig.« Honorine streifte den Herzog mit einem flüchtigen Seitenblick und lächelte Cordelia aufmunternd zu. »Ich will nur der Köchin Bescheid sagen. Bleib getrost sitzen und trinke deinen Tee.« Ehe Cordelia widersprechen konnte, war Honorine enteilt.

Cordelia fühlte sich im Stich gelassen. Dieses Gefühl verstärkte sich, als der Herzog sich vom Fenster abwandte. Er schwieg, betrachtete sie nur mit diesem hungrigen Blick, der sie jedesmal lähmte wie ein Kaninchen beim Anblick einer Schlange.

Eingedenk seiner gestrigen Worte hob sie rebellisch das Kinn und blickte ihn herausfordernd an. »Ich bin allein, Euer Gnaden. Sie gehen besser, ehe ich Sie mit meiner lüsternen Art in Versuchung führe.«

Ein Muskelstrang bebte in seiner glatt rasierten Wange. »Der einzige Mensch, der Sie als lüstern bezeichnet, Cordelia, sind Sie selbst.«

»Wenn Sie nicht gehen, dann tu' ich es eben.« Damit stand sie auf.

»Herrgott noch mal, wieso beharren Sie darauf, mich ständig falsch zu verstehen?« Er legte die flachen Hände auf die Tischplatte und beugte sich vor. »Ich sagte Ihnen gestern bereits, es ist mein Mangel an Selbstbeherrschung, der mir zu schaffen macht, nicht der Ihre.«

Ihre Hand schloß sich um die geschwungene Stuhllehne. »Aber Sie waren gestern sehr wütend gegen mich.«

»Nicht gegen Sie. Gegen mich selbst.«

»Sie sagten, man müßte mich einsperren. Sie sagten, ich wecke niedere Instinke in Ihnen, als sei alles meine Schuld.« Sie schluckte und fuhr gefaßter fort: »Und ich weiß, es war mein Fehler ... Ich hätte Ihnen eine Ohrfeige geben müssen ... Sie wegstoßen ... und ...«

Der Herzog fluchte leise. »Sehen Sie mich an, Cordelia.«

Trotzig hob sie das Kinn und sah ihm ins Gesicht, kämpfte tapfer um die letzten Reste ihres Stolzes, in der festen Absicht, sich von diesem ungehörigen Gespräch nicht in Verlegenheit bringen zu lassen.

Seine Augen blitzten. »Ihr einziger Fehler ist, daß Sie jung und unerfahren sind. Und gutmütig. Ich glaube nicht, daß Sie es übers Herz bringen würden, jemand ins Gesicht zu schlagen. Sie würden nicht einmal einen Wolf erschießen können, der Sie angreift. Sie würden allen Leuten erklären, er greife nur an, weil er hungrig ist.«

Seine Züge wurden weicher. »Ich aber bin nicht mehr so jung. Und ich bin gewiß nicht unerfahren. Aber ich werde mich hüten, mich an einer entzückenden jungen Frau zu vergreifen, der ich nicht mehr zu bieten habe als ein paar Stunden verbotener Leidenschaft. Meine Selbstbeherrschung scheint sich bedauerlicherweise in Luft aufzulösen, wenn ich allein mit Ihnen bin.«

»Das ist doch der Beweis dafür, daß es meine Schuld ist, da ich offenbar die Person bin, die Sie Ihre Selbstbeherrschung vergessen läßt.« Sie drehte sich um und wollte fliehen.

Sebastian folgte ihr. »Nein«, donnerte er. »Ist es etwa die Schuld des Reisenden, wenn er von einem Straßenräuber überfallen wird? Steckt man den Reisenden ins Gefängnis oder den Straßenräuber?«

Seine Worte verwirrten sie. Man hatte ihr beigebracht, eine Frau habe die Pflicht, einen Mann daran zu hindern, sich Freiheiten herauszunehmen. Nur ein leichtfertiges Mädchen ließ mehr zu als einen scheuen Kuß auf die Stirn.

»Aber ... aber eine Dame empfindet nicht ... solche ... solches ...«

»Verlangen? Doch, Engel, auch Damen haben diese Empfindungen, selbst wenn sie es leugnen. Verlangen ist etwas ganz Natürliches bei Männern und Frauen gleichermaßen. Das ist genau der Grund, warum Richard meine Schwestern so streng behütet. Ich weiß genau, wozu meine sittsamen Schwestern fähig wären, wenn ein gutaussehender Mann ihnen zu nahe kommt. Und ich garantiere Ihnen, ich sehe in meinen Schwestern keine leichtfertigen und lüsternen Geschöpfe.«

Als sie mit großen Augen zu ihm aufblickte, fuhr er mit leiser, rauchiger Stimme fort: »Wenn ein Mann eine meiner Schwestern so berührt hätte, wie ich Sie gestern berührt habe, würde ich ihn kurzerhand erschießen. Aber ich würde meine Schwester niemals leichtfertig nennen. Allerdings hätte ich sie gewarnt, vorsichtig zu sein und sich zu hüten, mit diesem Mann allein zu sein.« Sein Blick wurde eindringlich. »So wie ich Sie vor mir gewarnt habe.«

»Und wenn ich keine Lust habe, vorsichtig zu sein?« hauchte sie und schlug sich die Hand vor den Mund, entsetzt über ihre unbedachten Worte, die ihm ihre Gefühle verrieten.

Seine Augen verdunkelten sich. Sein Blick wanderte über ihre Gestalt und zurück zu ihrem Gesicht. »Wenn Sie nicht vorsichtig sind«, antwortete er in seinem melodischen Bariton, »verwandele ich mich von einem zivilisierten Mann in ein haltloses Ungeheuer.« Er holte tief Atem. »Und dann ist es nicht mehr wichtig, wessen Schuld es ist, Engel. Ich würde Sie mit großem Genuß verschlingen. Also hören Sie auf meinen Rat. Seien Sie nie, niemals so töricht, Ihre Vorsicht zu vergessen.«

Ehe sie auf seine beängstigenden Worte eine Entgegnung fand, hatte er sich abgewandt und war aus dem Zimmer gestürmt.

Kapitel 12

Am vierten Tag ihres Aufenthalts in York bat Cordelia Honorine und Lord Waverley ins Musikzimmer, wo der Vikar bereits in seiner besten Lockenperücke und seinem feinsten Gehrock auf einem Sessel neben dem Cembalo saß. Er fühlte sich sichtlich unbehaglich in dem prunkvollen Salon mit dem verschnörkelten Mobiliar und den vergoldeten Stuckverzierungen, bemühte sich jedoch um eine würdevolle Haltung, was Cordelia mit Stolz erfüllte.

Honorine und der Herzog machten erstaunte Gesichter, während Cordelia sie aufforderte, Platz zu nehmen.

»Was hast du vor?« fragte Honorine, die mit raschelnden Seidenröcken den Salon durchmaß. »Ich sehe dir an, daß du vor Neugier beinahe platzt, weil du uns ein Geheimnis anvertrauen willst. Und Oswald sieht munterer aus als in den letzten Tagen.«

Cordelia schmunzelte. »Ganz recht. Es ist ein Geheimnis. Nun setz dich schon.«

Schulterzuckend nahm Honorine in dem ihr zugewiesenen zierlichen Fauteuil Platz, während Sebastian sich auf das Sofa setzte.

Cordelia warf ihrem Vater ein aufmunterndes Lächeln zu, der tatsächlich wohler aussah. Nach vier Tagen ohne Wein und Schnaps hatte er eine gesündere Gesichtsfarbe bekommen, und die tiefen Falten um seine Mundwinkel hatten sich ein wenig geglättet.

Er war zwar noch knurriger als sonst, doch das war zu erwarten gewesen. Im übrigen war er darauf bedacht, seine schlechte Laune nicht an seiner Tochter auszulassen. Statt dessen mußte Honorine als Zielscheibe herhalten, die seine Angriffe erstaunlich gelassen über sich ergehen ließ und über seine Brummigkeit nur lachte.

Cordelia konnte ihren Vater ungestört unterrichten, da Honorine und der Herzog das Musikzimmer tagsüber nicht betraten.

Die Abendstunden verbrachte man gemeinsam im Kaminzimmer mit Gesellschaftsspielen. Honorine schlug Cordelia haushoch im Whist, während der Herzog und der Vikar sich als ebenbürtige Schachgegner erwiesen. Es wurde Waffenstillstand stillschweigend geschlossen, und man mied heikle Themen, an denen die Gemüter sich erhitzen konnten. Es war, als würden die vier durch den unablässigen Schneefall in einen Kokon der Harmonie und des Friedens eingesponnen.

Am Abend zuvor hatte allerdings Tauwetter eingesetzt, der Schnee schmolz, und der geruhsame Aufenthalt bei Honorine neigte sich dem Ende zu, und Cordelia fand es an der Zeit, Vaters Wissen auf die Probe zu stellen.

»Nun, fang schon an, Kind!« brummte der Vikar, doch seine Augen funkelten heiter.

Sebastian und Honorine machten erwartungsvolle Gesichter.

Cordelia holte tief Atem und strich den Rock glatt. »Also schön.« Sie hielt eine Einführungsrede, in der sie den Tonfall ihres Vaters nachahmte, wenn er seine Predigten von der Kanzel hielt. »Stellt euch vor, wir befinden uns in einer eleganten Londoner Abendgesellschaft. Ihr beide seid begeisterte Kunstliebhaber mit besonders ausgeprägtem Interesse für Musik. Vor kurzem ist ein begnadeter Komponist angereist, der am heutigen Abend gemeinsam mit seiner ihm treu ergebenen Tochter, die das Cembalo meisterhaft zu spielen versteht, Ehrengast im Hause ist.«

Honorine kicherte, Cordelia hob die Hand zum Zeichen, daß sie mit ihrem Vortrag noch nicht zu Ende sei.

»Honorine spielt die Gastgeberin, eine vornehme Gräfin, die darauf brennt, dem Komponisten einige knifflige Fragen über seine Musik zu stellen.«

»Wieso darf ich keine Herzogin sein?« fragte Honorine schalkhaft.

Der Vikar schnaubte verächtlich, doch Cordelia nickte. »Selbstverständlich. Wir haben einen echten Herzog, also brauchen wir eine Herzogin dazu.« Und zu Sebastian gewandt: »Seine Lordschaft spielt den Hausherrn.«

»Und Kunstkenner«, erinnerte er sie.

»Den begeisterten Kunstkenner und Musikliebhaber«, korrigierte sie ihn lächelnd.

Honorine meldete sich wieder zu Wort: »Aber keiner dieser aufgeputzten, prahlerischen Dandys, die man häufig bei solchen Abendgesellschaften antrifft.«

Cordelia schlug in gespieltem Entsetzen die Hand an den Busen. »Wo denkst du hin. Nein, Seine Lordschaft kann sich getrost in seiner ihm eigenen Arroganz geben.«

Sebastian legte den Arm über die Sofalehne und hob eine Braue. »Vielen Dank auch.«

Cordelia machte einen tiefen Knicks, dann wies sie auf ihren Vater. »Der begnadete Komponist ist Vikar in einer kleinen Stadt in Nordengland, wo er – hochverehrt von seinem Kirchensprengel – in beschaulicher Zurückgezogenheit lebt. Er ist ein bescheidener, wortkarger Mann, der nicht gern über sein musikalisches Schaffen spricht, da seine Musik beredt genug ist …«

»Wunderbar«, lächelte der Herzog.

Cordelia warf ihm einen tadelnden Blick zu. »Er wurde gebeten, seinen Zuhörern eine Kostprobe seiner Kunst zu geben. Widerstrebend ist er bereit, ein Präludium zu Gehör zu bringen …«

Sebastian stutzte. »Der Vikar und ein Präludium?«

Ein schelmisches Lächeln flog über Cordelias Züge,

während sie in majestätischer Haltung ans Cembalo trat. »Seine Tochter wird gebeten, das Stück zum Vortrag zu bringen, da die Finger des von Gicht geplagten Komponisten nicht mehr so behende in die Tasten greifen.«

»Gütiger Himmel, Oswald«, entfuhr es Honorine, »seit wann leidest du an Gicht?«

»Seit du Herzogin bist«, brummte er und ließ seine Knöchel krachen.

Unter dem Gelächter der Zuschauer nahm Cordelia am Cembalo Platz, versenkte sich in Konzentration – mit geneigtem Kopf, die Hände auf den Tasten ruhend. Dann schlug sie den ersten Akkord ihres Lieblingspräludiums an, das sie in euphorischer Stimmung geschrieben hatte, als sie von Lord Kent die Zusage zur Veröffentlichung ihrer Choräle erhalten hatte. Sie vergaß ihre Umgebung und spielte in versunkener Hingabe.

Nach der furiosen Einleitung entfaltete eine Fuge ihre zarten Harmonien, deren anmutig tänzerische Tonfolgen im Rhythmus eines Menuetts Cordelias Herz erfreuten. Sie liebte die mathematische Exaktheit und den logischen Aufbau der Fuge. Und heute flogen ihre Finger besonders schwerelos über die Tasten.

Als sie die Coda erreichte, schien die Spielerin mit dem Instrument zu einem harmonischen Ganzen verwoben zu sein. Am liebsten hätte sie immer so weitergespielt.

Die letzten Töne verklangen, und tiefes Schweigen senkte sich in den Raum. Cordelia drehte sich über die Schulter ihrem Publikum zu. Sebastian saß vorgebeugt und lauschte gebannt. Honorine lächelte selig. Und der Vikar platzte beinahe vor Vaterstolz.

Cordelia war versucht zu fragen, wie es ihnen gefallen habe, doch dann erinnerte sie sich wieder an den Zweck dieser Übung.

Mit einiger Mühe schlüpfte sie in die Rolle, die sie zu

spielen hatte. »Dies ist Vaters leidenschaftlichste und überschwenglichste Komposition, denke ich. Bist du nicht auch meiner Meinung, Vater?«

Der Vikar zuckte bei seinem Stichwort zusammen und ging in Hab-acht-Stellung wie ein Soldat auf dem Kasernenhof. »Sehr richtig.« Er machte eine Pause. »Das lag in meiner Absicht. Deshalb habe ich auf volle Kadenzen verzichtet, die den Melodienfluß gestört hätten.«

Er klang zwar ein wenig wie ein Schuljunge, der auswendig gelernte Bibelsprüche aufsagte, doch Cordelia hoffte, die Zuhörer würden das seiner Nervosität zuschreiben, da der zurückgezogene, wortkarge Künstler nicht gewohnt war, über sein Schaffen zu sprechen.

Honorine blickte zu Cordelia, dann zu ihrem Vater, ein schelmisches Funkeln trat in ihre Augen. »Reverend Shalstone, können Sie uns verraten, was Sie dazu bewogen hat, das Thema der Fuge in dieser Weise anzulegen? Ich werde dabei an trällernde Flöten erinnert. Ich erinnere mich nicht, je eine so filigrane Komposition gehört zu haben.«

Cordelia wandte sich zum Cembalo um und spielte das Thema der Fuge langsam, wobei sie in Gedanken acht Noten abzählte. »Sprechen Sie von dieser Passage?« fragte sie.

»Ja, genau die meine ich«, antwortete Honorine.

Cordelia nickte ihrem Vater unmerklich zu.

Er zog die Schultern hoch. »Flöten, wie? Nun, Sie kommen der Sache ziemlich nahe, obgleich es in meiner Absicht lag, die Fuge wie eine Lautenvariation klingen zu lassen. Daher die gebrochenen Akkorde in den ersten fünf Takten, besonders den ausgehaltenen A-moll-Akkord.«

Honorine blieb der Mund offenstehen vor Staunen, und Cordelia strahlte. Sie warf ihrem Vater einen anerkennenden Blick zu, der ihr zuzwinkerte.

Nur Sebastian wirkte argwöhnisch. »Und was ist mit dieser … dieser stürmischen Passage, in der die Noten mutwillig durcheinander zu purzeln scheinen. Ist es nicht schwer, diese schnellen Läufe korrekt zu spielen?«

Honorine schmunzelte, und Cordelia spielte die Noten, auf die er sich ihrer Meinung nach bezog, und zählte dabei bis zehn. »Meinen Sie diese?«

Der Vikar rutschte unruhig auf seinem Stuhl hin und her. »Ich nehme an, Sie sprechen von der Stretta, dieser sehr bewegten Passage, mit der ich das Hauptthema einleite.« Er schenkte Sebastian ein nachsichtiges Lächeln. »Nun ja, es ist nicht leicht, diese Sechzehntelnoten exakt und virtuos zu spielen, doch für einen begabten Musiker ist das nach ausreichender Übung nicht schwer.«

Honorine fiel nun endgültig aus ihrer Rolle, sprang auf, trat an den Vikar heran und untersuchte seine Handflächen. »Kein Zettelchen, nichts …«, rief sie verblüfft und wandte sich mit großen Augen an Cordelia. »Ich bin fassungslos. Noch vor ein paar Tagen konnte dein Vater eine Stretta nicht von einer Coda unterscheiden!«

»Das kann er immer noch nicht«, lachte Cordelia. »Paß auf!«

Sie schlug sechs Noten an und nickte ihrem Vater zu.

»Diese Coda mit ihren schlichten Harmonien und der Wiederholung des Hauptthemas gehört zu meinen Lieblingsstellen«, referierte der Vikar.

Honorine murmelte leise vor sich hin und schüttelte den Kopf. Sebastian verengte die Augen. »Habt ihr eine Art Geheimcode vereinbart?«

»Sie kommen der Sache näher«, sagte Cordelia geheimnisvoll.

»Aber wie willst du wissen, über welche Passage jemand Fragen stellt?« wandte Honorine ein, trat ans Cembalo und prüfte die Tasten aufmerksam, als könne sie dort eine Antwort finden.

Cordelia und ihr Vater tauschten zufriedene Blicke.

»Das ist zweitrangig«, erklärte Cordelia. »Mir wurde klar, daß Vater niemals ein echtes Verständnis für Musik aufbringen wird. Es liegt ihm einfach nicht im Blut. Aber er hat ein phänomenales Lerngedächtnis – Bibelverse, Gedichte, ganze Passagen der klassischen Literatur hat er im Kopf. Und zählen kann er auch.«

Nun übernahm der Vikar die weitere Erklärung. »Ich habe einfach die von Cordelia aufgeschriebenen Sätze auswendig gelernt. Wenn jemand eine Frage stellt, spielt sie eine bestimmte Anzahl Noten. Sechs Töne heißt, die Frage betrifft die Coda. Zehn Töne beziehen sich auf die Stretta.«

»Aber diese Antworten passen nur auf dieses eine Stück«, wandte Sebastian ein. »Was ist, wenn Ihre Zuhörer das Präludium nicht hören wollen?«

»Vater und ich haben drei Stücke für Ihren Bruder und Mr. Händel durchgearbeitet.« Cordelia lächelte zufrieden in die Runde. »Ich denke nicht, daß Lord Kent oder Maestro Händel von Vater verlangen werden, über weitere Stücke zu referieren. Das Präludium ist unser Überraschungsstück, wir haben aber auch zwei Choräle im Repertoire.«

Der Vikar hob den Kopf mit einem überlegenen Ausdruck. »Sechs Töne im ersten Choral heißt, meine Antwort muß sich auf den Wechsel der Tonart in Takt vier beziehen.« Er war sehr stolz auf den Umfang seines ergaunerten Wissens.

Sebastian lehnte sich mit gefurchter Stirn zurück. Honorines Gesicht war vor Aufregung rosig angehaucht. Sie setzte sich neben Cordelia auf die Bank vor dem Cembalo und tätschelte ihr die Hand. »Das ist wunderbar, Liebes, einfach fabelhaft! Ich bin tief beeindruckt.«

»Und wo bleibe ich?« protestierte der Vikar. »Ich hab' damit nämlich auch etwas zu tun. Ohne mich könnt ihr die Sache vergessen.«

»Ich weiß nicht, ob wir die Sache nicht wirklich lieber gleich vergessen sollten«, warf Sebastian ein. »Reverend Shalstone könnte eine falsche Stelle auswendig hersagen ...«

»Pah!« unterbrach der Vikar ihn entrüstet. »Ich habe ein Gedächtnis wie ein Elefant. Ich kann seitenweise Psalmen und die gesamte Apostelgeschichte auswendig zitieren.«

Sebastian fixierte ihn eindringlich. »Was passiert, wenn Ihnen Fragen gestellt werden, auf die Sie nicht vorbereitet sind? Was dann?«

Cordelia erhob sich und wanderte im Salon auf und ab. »Ich denke, wir haben die vorbereiteten fünfzehn Grundantworten so generell gehalten, daß sie aussagekräftig genug sind. Falls wir aber in Schwierigkeiten geraten, melde ich mich zu Wort. Es darf nur nicht allzu oft geschehen, damit die Leute nicht denken, ich nehme meinem Vater das Wort aus dem Mund.«

Sebastian schüttelte immer noch zweifelnd den Kopf. »Ich weiß nicht recht. Was ist im allgemeinen Gespräch? Was ist, wenn man ihm Fragen stellt und Sie nicht am Cembalo sitzen? Euer Plan konnte in diesem kleinen Kreis gelingen, aber ...«

»Aber was, Euer Gnaden? Entweder Vater wird über Nacht zum Musikgenie, was nicht der Fall sein wird, wie wir alle wissen, oder ich sage Lord Kent die Wahrheit, was Ihrer Meinung nach nicht möglich sein darf. Haben Sie uns eine dritte Möglichkeit zu bieten?«

Seufzend begegnete Sebastian ihrem herausfordernden Blick.

»Nein.« Er verschränkte die Arme, seine Stirn umwölkte sich sorgenvoll. »Ich fürchte, mir war nicht klar, wie wenig Ihr Vater von Musik weiß. Ich hatte gehofft, Sie könnten ihm tatsächlich Verständnis für die Musik näherbringen.«

Cordelias Stimme wurde weich. »Dann müßte ich

über Zauberkräfte verfügen, Sebastian. Nicht jedem Menschen ist das Komponieren in die Wiege gelegt.«

Ein schuldbewußtes Lächeln überflog sein Gesicht. »Ja, ich habe die Komplikation der Situation unterschätzt.« Und dann sah er ihr in die Augen. »Und Ihr großes Talent.«

Honorine erhob sich. »Ich bin zuversichtlich, daß es zu schaffen ist.« Sie zupfte den Spitzenbesatz eines Ärmels zurecht. »Ich bin sogar so sehr vom Gelingen dieses genialen Planes überzeugt, daß ich die beiden Kandidaten einer zweiten Prüfung unterziehen möchte, die uns endgültige Gewißheit geben soll.«

Alle blickten gespannt zu ihr auf.

Honorine genoß die Aufmerksamkeit ihrer Gäste und spannte sie noch ein wenig länger auf die Folter. Sie schlenderte anmutig durch den Salon, rückte die eine oder andere Porzellanfigur zurecht und strich über den Damastbezug eines Fauteuils. »Da es zu schneien aufgehört hat, können wir spätestens übermorgen aufbrechen.«

Sie ließ den Blick über die Anwesenden schweifen. »Deshalb möchte ich für morgen abend ein paar Freunde zu einem Souper laden.«

»Ein Souper?« fragte der Vikar.

Honorine nickte lächelnd. »Ja, ein Souper im engsten Kreis. Ich werde Squire Hartford, unseren Gutsherrn, und seine Gemahlin bitten ... den Herrn Pfarrer natürlich ... und unseren Chordirigenten.« Ihr Lächeln vertiefte sich. »Vielleicht lade ich auch ein paar Musiker unseres Orchesters ein. Vor diesem Publikum werdet ihr euer Können auf die Probe stellen. Wenn du diese Herrschaften von deinem ›Talent‹ überzeugst, Oswald, kannst du ganz London davon überzeugen.«

Sebastian sah Cordelia forschend an, suchte nach Anzeichen von Unsicherheit in ihren Zügen. Sie straffte die Schultern und lachte. »Das klingt wunderbar.«

Sie hoffte, zuversichtlicher zu klingen, als ihr zumute war. Wie Sebastian schon sagte, es war ein Leichtes, die Scharade im Kreise von Freunden zu spielen. Vor einem fremden Publikum selbstbewußt aufzutreten würde vermutlich weniger mühelos sein. Honorine hatte ganz recht. Sie mußten eine Prüfung mit höherem Schwierigkeitsgrad absolvieren, um nicht zu riskieren, vor Lord Kent und Händel zu guter Letzt doch noch alles zu verderben.

»Fühlst du dich dieser Aufgabe gewachsen?« fragte Honorine den Vikar.

Er zuckte gleichmütig mit den Schultern. »Und ob! Wir können ja morgen noch ein wenig üben. Wenn Cordelia meint, wir schaffen es ... an mir soll's nicht liegen. Ich bin bereit.«

Seine prahlerische Rede vermochte Cordelia nicht recht zu überzeugen. Aber die Würfel waren gefallen.

»Ausgezeichnet!« rief Honorine. »Ich bin überzeugt, es wird ein denkwürdiger Abend.«

Ein denkwürdiger Abend, wiederholte Cordelia im stillen bang, während Honorine bereits laut über den Speiseplan ihres ›intimen Soupers‹ nachdachte.

Cordelia konnte nur hoffen, der denkwürdige Abend werde in angenehmer Erinnerung bleiben, nicht aber einer sein, über den man noch nach Jahren lachte. Bei all ihrer anfänglichen Begeisterung hatten die Fragen des Herzogs Zweifel in ihr geweckt.

Kapitel 13

Cordelia stand bleich vor dem hohen Spiegel in ihrem Zimmer, während Honorine den Spitzenbesatz am Ausschnitt der Robe zurechtzupfte, die sie von ihrer Nichte für Cordelia geborgt hatte. Cordelia schien allerdings keinen Blick für das kostbare Gewand aus gelbem Seidendamast mit Streublümchendekor zu haben.

»Daß du nur nicht in letzter Sekunde die Nerven verlierst«, meinte Honorine mit leichtem Vorwurf in der Stimme. »Das paßt nicht zu dir.«

Cordelia warf Honorine einen verzweifelten Blick durch den Spiegel zu. »Offen gestanden, ich vergehe vor Angst. Vermutlich gibt es eine Katastrophe.«

»Ach, Unsinn.« Honorine drehte sie energisch zu sich um und musterte die Freundin kritisch, angefangen von der kunstvoll aufgetürmten Frisur über das knappe Mieder, die schmale Taille bis zum ausladenden Seidenrock, der vorne verkürzt und gerafft war, um das gesteppte Unterkleid zum Vorschein zu bringen, bis hinunter zu den elfenbeinweißen Seidenpantöffelchen. Honorine hob den schweren Seidenrock, um ihn eleganter über den Reifrock zu drapieren. Dann nickte sie zufrieden.

»Im übrigen«, setzte sie listig hinzu, »wer wird beim Anblick eines so schönen jungen Geschöpfs ernsthaft über trockene Musiktheorie nachdenken? Ich garantiere dir, unserem Chordirigenten wird keine schwierige Frage einfallen.«

Ein schwaches Lächeln flog über Cordelias rosiges Gesicht. »Bitte, Honorine, du mußt mir nicht schmeicheln. Du sagst doch immer, der Weg zur Hölle ist nicht mit guten Vorsätzen gepflastert, sondern mit falschen

Schmeicheleien. Und nun ertappe ich dich dabei, wie du den Weg für mich pflasterst.«

Honorine sah Cordelia verständnislos an. Die Freundin schien tatsächlich von dem, was sie sagte, überzeugt zu sein. »Das sind keine falschen Schmeicheleien, Liebes. Du siehst wunderschön aus in diesem Kleid.«

Cordelia lachte. »Wenigstens paßt es, das ist die Hauptsache.« Sie betrachtete sich nun indes aufmerksamer im Spiegel.

»Es paßt nicht nur«, widersprach Honorine mit Nachdruck und plusterte die Ärmel auf. »An dir sieht die Robe wahrlich prachtvoll aus, wesentlich reizvoller als an meiner etwas zu dünn geratenen Nichte.«

Honorines Blick heftete sich auf das dreieckig gefaltete Tuch aus Seidengaze mit Spitzenbesatz, das ihr Dekolleté sittsam bedeckte. »Wenn wir unsere Gäste ablenken wollen, sollten wir deine hübsche Figur etwas zur Geltung bringen.« Damit löste sie das Schultertuch, nahm Cordelia das zarte Seidengebilde ab und ließ es auf das Bett flattern.

»Honorine!« entfuhr es Cordelia, die ihre Hände schützend an ihren prallen Busenansatz legte.

»In London trägt keine Dame mehr ein Schultertuch zur Abendrobe«, erklärte Honorine und zog eine Korkenzieherlocke tiefer auf Cordelias cremefarbene, glatte Schulter herab. »Es kann nicht schaden, wenn wir unser hochverehrtes Publikum heute ein wenig verwirren.«

Cordelia nahm das Tuch mit einem dramatischen Seufzer wieder hoch. »Das ist noch lange kein Grund für mich, zum Souper zu erscheinen wie eine leichtfertige Dirne.«

Honorine kicherte. »Ich trage auch kein Schultertuch. Sehe ich aus wie eine Dirne?«

Cordelia verzog schmerzlich das Gesicht. »So habe ich es nicht gemeint ... Im übrigen bist du Witwe und darfst dich ...«

»… aufreizender kleiden?« fragte Honorine mit hochgezogener Braue.

»Freizügiger. Die Tochter eines Vikars sollte sich jedenfalls sittsam verhüllen.« Sie wollte sich das Schultertuch wieder umlegen.

»Unsinn!« Honorine nahm ihr das Tuch aus der Hand. »Du bist jung und sehr hübsch gewachsen. Zeig doch, was du hast.«

Honorine hielt das Tuch an ihre Brust gedrückt und dachte an ihre Jungmädchenzeit. Damals als einfaches Schneiderstöchterlein hatte sie nur zu gern auf sittsame Busenverhüllungen verzichtet. Das brachte ihr zwar Kritik und Empörung von sittenstrengen Matronen ein, was sie jedoch nie bekümmert hatte.

Nun, die Vergnügungen des Lebens, die gesellschaftlichen Höhepunkte, die durchtanzten Nächte und einsamen Morgenstunden danach, hatten längst ihren prikkelnden Reiz verloren. Mit dem Älterwerden fragte Honorine sich immer häufiger, ob es nicht reizvoller wäre, ein beschauliches Leben an der Seite eines geliebten Mannes zu führen.

Doch solche Überlegungen endeten stets bei Oswald und wurden hastig von ihr verdrängt.

Cordelia, der die versonnene Miene der Freundin nicht entging, nahm das Tuch wieder an sich und ließ es unschlüssig durch die Finger gleiten. »Vater trifft der Schlag, wenn ich ohne Schultertuch erscheine.«

»Aber Seine Lordschaft wird es mit Wohlgefallen bemerken.«

Zu Honorines Verblüffung erreichte sie mit ihren Worten genau das Gegenteil von dem, was sie beabsichtigt hatte.

Zornfunkelnd warf Cordelia sich das Tuch um den Hals und steckte es in den Ausschnitt. »Das kann ich mir denken. Und er wird mich für eine kokette, liederliche Person halten.«

»Wenn du unbedingt willst, leg es um«, meinte Honorine achselzuckend. Und nach einer Pause setzte sie sinnend hinzu: »Obwohl ich schwören könnte, die hübsche Gattin des Gutsbesitzers und ihre Töchter tragen keine Tücher. Und die Verlobte des Chordirigenten verzichtet seit geraumer Zeit darauf.« Sie begann, die Enden des Tuches zur Schlaufe zu binden. »Seine Lordschaft wird natürlich zu wohlerzogen sein, um die … ehm … üppigen Formen der Damen zu bemerken.«

Cordelias Augen verengten sich, und sie nahm Honorine die spitzenbesetzten Enden aus der Hand. »Zu wohlerzogen, sagst du?« Sie blickte auf ihr Dekolleté. Und mit einem leisen Fluch, der einer sittsamen Pfarrerstochter nicht anstand, riß sie sich das verflixte Ding vom Hals und warf es auf die Frisierkommode.

»Ach, Liebste«, meinte Honorine zärtlich und reichte der Freundin einen spitzenbesetzten Fächer. »Wenn du noch ein paar Wochen in York bleiben würdest, würden dir alle Herren von York aus der Hand fressen.«

Cordelia verdrehte die Augen und klappte den Fächer auf. »Nur gut, daß ich nicht so lange bleibe. Eine gräßliche Vorstellung, Männer, die mir aus der Hand fressen, und außerdem nicht gerade appetitlich.«

Honorine wies mit einer graziösen Handbewegung zur Tür. Sie kannte zumindest einen Mann, von dem Cordelia sich liebend gern aus der Hand fressen ließe – der hochwohlgeborene Lord Waverley persönlich. Honorine hatte schließlich vier Tage zugesehen, wie Cordelia Seiner Lordschaft heimliche Blicke zuwarf, wenn sie sich unbeobachtet fühlte; wie sie errötete, wenn er mit seiner tiefen, rauchigen Stimme zu ihr sprach.

Um den Herzog war es nicht besser bestellt, dachte Honorine. Er verfolgte Cordelia mit hungrigen Blicken. Er wanderte wie ein gefangenes Tier im Käfig die Flure auf und ab, wenn Cordelia und Oswald sich ins Musikzimmer zurückzogen, um ungestört zu arbeiten.

Und an den Abenden vor dem Kamin unterhielten die beiden sich über triviale Dinge mit einem Eifer, den nur Verliebte an den Tag legten. Mochte auch Oswald bislang nicht aufgefallen sein, was sich zwischen den beiden abspielte, Honorine war überzeugt, daß Cordelia und Lord Waverley bis über beide Ohren ineinander verliebt waren, auch wenn die beiden es sich selbst nicht eingestanden.

Im übrigen waren sie ein ideales Paar, ungeachtet des Standesunterschiedes. Zugegeben, da gab es dieses kleine Hindernis mit seiner Verlobten, doch Honorine machte sich ihretwegen keine großen Sorgen. Schon deshalb freute sie sich, die drei nach London zu begleiten. Vielleicht würde sich die Gelegenheit ergeben …

»Bist du sicher, daß ich nicht schamlos aussehe?« flüsterte Cordelia gehetzt und blieb an der Treppe stehen.

»Du siehst hinreißend aus, Liebes. Sei unbesorgt. Es liegen noch viele Jahre vor dir, in denen du dich hochgeschlossen und sittsam kleiden wirst.« Honorine zog eine Augenbraue hoch. »Zweifellos wird dein zukünftiger Ehemann dafür Sorge tragen.«

Honorine wußte, daß sie bereits einige Freier abgewiesen hatte, und fand es tadelnswert und abwegig, daß ein junges Mädchen ihr Leben und ihre Zukunft einem Vater opferte, der sich voller Selbstmitleid in seiner Trauer suhlte.

Honorines Lippen wurden schmal. Ein Vater, der sich auch dem Trunk hingab, wie sie einigen Andeutungen Cordelias entnommen hatte. Ihr waren auch die bangen Blicke nicht entgangen, die Lord Waverley und Cordelia tauschten, wenn Oswald bei Tisch Wein ablehnte und ostentativ zum Wasserkrug griff. Honorine erinnerte sich auch gelegentlicher, dunkler Andeutungen Florindas, wonach geistige Getränke ›eine nachteilige Wirkung auf Oswald‹ hatten. Wieviel hatten Oswalds Trinkgewohnheiten wohl mit Cordelias Verzicht auf Ehemann und Kinder zu tun?

Honorine würde der Frage nachgehen, denn sie war einer der Gründe, warum sie das Trio nach London begleiten wollte.

Resolut drückte sie nun Cordelias Hand und zog sie weiter. »Komm, Liebes, sei kein Feigling. Du wirst sehen, es wird alles gut, wenn wir freilich noch länger herumtrödeln, halten unsere Gäste uns für verschollen.« Damit schritt sie die Treppe hinab, und Cordelia folgte ihr zögernd.

Auf halbem Wege bemerkten sie Lord Waverley und Oswald, die in der Halle angeregt miteinander plauderten. Mit einem flüchtigen Seitenblick sah Honorine, wie Cordelias Gesicht aufleuchtete beim Anblick Seiner Lordschaft im prachtvollen Frack mit goldbestickter Brokatweste. Honorine beglückwünschte sich zu ihrer weisen Voraussicht, sich erkundigt zu haben, was der Herzog heute abend tragen würde, um das passende Kleid für Cordelia auszuwählen. Die beiden waren ein wunderschönes Paar in ihren goldschimmernden festlichen Gewändern.

Honorine wandte sich nun Oswalds Erscheinung zu und war überrascht, ihn halbwegs anständig gekleidet zu sehen, da der eigensinnige Brummbär ihre Hilfe verweigert hatte, ein passendes Habit für ihn auszuwählen. Er trug einen schlichten schwarzen Samtrock mit goldbestickter Weste zu passenden Kniehosen. Das weiße Rüschenhemd und das geknotete seidene Halstuch gaben ihm ein würdevolles Aussehen. Zweifellos hatte der Herzog ihm mit Rat und Tat zur Seite gestanden, da der Vikar in Modefragen nicht bewandert war.

Als die Damen den unteren Treppenabsatz erreichten, hob Oswald den Kopf. Doch statt beim Anblick seiner Tochter entrüstet loszupoltern, was Honorine insgeheim befürchtet hatte, starrte er Honorine mit offenem Mund an.

Zu ihrem Leidwesen spürte sie, wie ihr die Hitze in die Wangen stieg. Hastig klappte sie den Fächer auf und ließ ihn vor ihrem Gesicht flattern. Es war wahrlich unnötig, daß Oswald sie erröten sah wie einen Backfisch vor dem ersten Ball. Dennoch fühlte sie sich geschmeichelt. Er schien nur Augen für sie zu haben, als Cordelia die Treppe herabschritt.

Dann musterte sie den Herzog und verbarg ein Lächeln hinter dem Fächer. Der glühende Blick Seiner Lordschaft saugte sich förmlich an Cordelias Erscheinung fest.

Honorine hatte noch nie eine so unverhohlene Leidenschaft im Gesicht eines Mannes gesehen. Sie fragte sich, ob Cordelia eigentlich zu schätzen wußte, welch seltenes Glück ihr zuteil wurde, von einem Mann mit so tiefer Bewunderung angesehen zu werden, noch dazu von einem so blendend aussehenden Mann.

Honorines Blick führte wieder zu Oswald, der schließlich seine Tochter wahrgenommen hatte. Er warf sich in die Brust, holte tief Luft, um etwas zu sagen, doch Honorine nutzte geistesgegenwärtig die Situation, um zu stolpern und dem verdutzten Vikar in die Arme zu sinken.

»Vorsicht, Vorsicht!« rief Oswald erschrocken und hielt sie fest.

Honorine dankte ihm scheu und bemerkte aus den Augenwinkeln, wie Lord Waverley Cordelias Hand an die Lippen führte und einen Kuß darauf drückte, der die Grenzen der Schicklichkeit zu sprengen drohte.

Oswalds Miene wurde wieder streng. »Was hast du mit Cordelia gemacht?!« zischte er an Honorines Ohr. »Nicht, daß sie nicht wunderschön aussieht. Aber es ist unschicklich, so zu erscheinen. Sie sprengt ja beinahe ihr Mieder. Für so etwas ist sie viel zu jung.«

Lord Waverley bot der lächelnden Cordelia den Arm.

»Sei nicht lächerlich, Oswald. Sie ist eine erwachsene Frau. Und es ist höchste Zeit, daß sie einen Ehemann findet.«

Oswald beäugte sie mißtrauisch. »Was hast du vor, Honorine? Du versuchst doch hoffentlich nicht, meine Tochter unter die Haube zu bringen, wie?«

Honorine lächelte verschmitzt. »Ich denke nicht, daß ich mich dabei sonderlich anstrengen muß.« Sie nickte zum Herzog und Cordelia hinüber, die durch die hohen Flügeltüren den Salon betraten und aussahen, als seien sie bereits ein Paar.

Oswald versteifte sich. »Nein«, knurrte er wütend, nahm unsanft Honorines Arm und zog sie mit sich. »Willst du etwa Seine Lordschaft mit meiner Cordelia verkuppeln?«

»Warum nicht?«

»Warum nicht? Er ist ein Herzog, und außerdem ist er verlobt. Darum nicht!«

»Pah! Er begehrt Cordelia, *nicht* seine Verlobte. Das sieht selbst ein Narr.«

Oswalds Gesicht verfinsterte sich noch mehr. »Ja, ja. Er begehrt Cordelia, aber das heißt noch lange nicht, daß er sie heiraten würde. Wenn du einen Funken Zuneigung für meine Tochter übrig hast, setzt du ihr keine Flausen in den Kopf. Der Herzog ist imstande, ihr die Unschuld zu rauben, dann läßt er sie sitzen und bricht ihr das Herz. Einer wie er heiratet nicht unter seinem Stand. Einer wie er hat keine Bedenken, ein unschuldiges junges Ding wie meine Cordelia zu entjungfern, heiratet aber nur seinesgleichen.«

»Nicht alle sind so«, entgegnete Honorine leicht gereizt. Oswald übertrieb seine Fürsorge.

»Ach ja, ich vergaß.« Oswalds Stimme war nun schneidend geworden. »Der wohlhabende Mr. Beardsley hatte keine Bedenken, eine einfache Schneiderstochter zur Frau zu nehmen.«

Honorine verharrte. Zum erstenmal, seit sie vor vielen Jahren seinen Heiratsantrag abgelehnt hatte und er aus dem Haus ihres Vaters gestürmt war, spielte Oswald auf ihre Beziehung an. Ihr Magen krampfte sich unter seinem kalt blitzenden Blick zusammen.

Sie senkte die Lider. »Ich nehme an, er ... er glaubte, ich sei es wert.« Ihre Stimme zitterte, ihr Herz hämmerte wild, und sie haßte sich dafür.

Sie spürte Oswalds unverwandten Blick immer noch auf sich, als sie ihren Arm löste.

»Du warst es zweifellos auch«, murmelte er. »Es fragt sich nur, war er es dir wert?«

Eine berechtigte Frage. Und Oswald war der einzige Mensch, der das Recht hatte, eine ehrliche Antwort zu bekommen. Doch das brachte sie nicht über sich. Damit würde ein Damm aufgestauter Empfindungen aufbrechen, Gefühle, die sie dem Freund um jeden Preis verbergen mußte. Nein, sie war nicht bereit, ihm diese Frage zu beantworten.

Stumm entfernte sie sich.

Doch sie fürchtete, daß er ihr keine Ruhe lassen würde, bis er die Antwort erfuhr. Und wenn sie nicht sehr wachsam war, würde sie ihm die Antwort eines Tages versehentlich geben.

Cordelia starrte stumm auf den Teller mit einer Scheibe Hasenbraten in Kapernsauce. Sie konnte von dieser Speise ebenso wenig essen wie von den vorangegangenen neunzehn. Sie hätte wissen müssen, daß Honorines Vorstellung von einem intimen Souper im engsten Kreis bedeutete, zweiundzwanzig Freunde zu einem Festmahl zu laden, das aus zwei Menüfolgen mit jeweils zwanzig verschiedenen Speisen bestand – das Dessert nicht mitgerechnet. Allein während der ersten Folge wurden Kalbskopf, gedünsteter Karpfen, Taubenpastete und als Prunkstück gebratener Schwan in Sauce aus

Johannisbeergelée aufgetischt, dazu köstliche Beilagen. Cordelia schauderte bei dem Gedanken, wie üppig das Dessert ausfallen mochte.

All die erlesenen Köstlichkeiten wurden von einem prachtvollen Tafelaufsatz in den Schatten gestellt. Ein Miniaturgarten aus getriebenem Silber, teilweise vergoldet und mit Elfenbeinschnitzereien verziert. In der Mitte des Meisterstücks der Silberschmiedekunst erhob sich ein runder Säulentempel, um den sich fein ausgearbeitete silberne und goldene Kletterrosen rankten. Unter Bäumen lagerten Prozellanfigürchen zum romantischen Schäferstündchen ...

Cordelia seufzte. Wenn das ein Essen im kleinen Kreis sein sollte, was verstand Honorine unter einem großen Festmahl? Zu jeder anderen Gelegenheit hätte sie sich an der Prachtentfaltung erfreuen können, da Honorine sich gewiß zu Ehren des Herzogs besondere Mühe gegeben hatte, aber nicht heute abend ...

Cordelia fürchtete, das Mahl nicht durchstehen zu können. Ihre Hände waren klamm und zittrig, ihr Magen hatte sich zu einem Knoten verkrampft, ihre Knie waren wie Pudding.

Bisher war alles gutgegangen. Vater hatte von Anfang an die Rolle des bescheidenen Vikars perfekt gespielt und somit lästige Fragen abgewehrt. Er hatte erklärt, als Mann der Kirche stünde es ihm nicht an, mit weltlichen Talenten zu prahlen.

Er schreibe Musik, die während der Heiligen Messe zu Ehren Gottes ertönen solle; nur ungern weiche er von dieser Regel ab. Honorine zuliebe gestatte er seiner Tochter, einige Stücke zu Gehör zu bringen, und das auch nur, weil Honorine ihn und seine Begleitung während des Schneesturms so gastfreundlich in ihrem Haus aufgenommen und sich bereit erklärt habe, ihn und seine Tochter nach London zu begleiten. Seine Geschichte wurde wohlwollend aufgenommen, selbst Sebastian zollte der überzeugend vorgetragenen Rede des Vikars Anerkennung.

Sebastian. Cordelia warf einen heimlichen Blick in seine Richtung, ihre Finger nestelten nervös an der Serviette auf ihrem Schoß. Er sah blendend aus, sein Haar schimmerte wie poliertes Mahagoni im goldenen Schein Hunderter Kerzen in den kristallenen Kronleuchtern. Er schien sich ausgesprochen wohl zu fühlen. Für ihn war gebratener Schwan und ein Miniaturpark aus Gold und Silber als Tafelaufsatz nichts Ungewöhnliches. Wenn er lächelte, entspannten seine kantig geschnittenen Züge sich und erhellten sein schönes Antlitz wie der Sonnenschein eine Landschaft nach einem Gewitter. Während der vorangegangenen vier Tage war sein Lächeln nur ihr und Honorine vorbehalten gewesen.

Heute abend kamen fremde Damen in den Genuß dieses Lächelns. Er saß zwischen Honorine und einer Tochter von Squire Hartford – einem entzückenden blonden Geschöpf mit rosigen Apfelbäckchen von kaum siebzehn Jahren, das gern kicherte und ihrem Tischherrn schmachtende Blicke zuwarf. Sebastian schenkte dem blutjungen Ding nicht mehr Beachtung, als es die Höflichkeit gebot. Doch jedesmal, wenn die Kleine ihn verträumt ansah, ihren Fächer kokett vor ihrem Gesicht flattern ließ, stachen tausend spitze Nadeln in Cordelias Herz.

In einem Punkt hatte Honorine recht, dachte Cordelia säuerlich. Der Ausschnitt des jungen Mädchens war nicht sonderlich gewagt und dennoch tief genug, um eine Ahnung auf ihr junges, festes Fleisch zu geben. Und der Blick des Betrachters wurde nicht durch ein Schultertuch behindert. Um so schlimmer!

Nun sei nicht albern, schalt Cordelia sich. *Wenn du schon eifersüchtig bist, dann solltest du auf Sebastians Verlobte eifersüchtig sein.*

Seine Verlobte Judith bereitete ihr nicht halb so viel Kummer, da sie gesichtslos war und Sebastian selten ihren Namen erwähnte. Die junge, bildhübsche Tochter des Squires war ein ganz anderer Fall …

Die Absurdität ihrer Empfindungen kam ihr mit plötzlicher Klarheit zu Bewußtsein, und sie hätte beinahe laut aufgelacht. Gütiger Himmel! Sebastian war ein Herzog. Er würde nicht der Tochter eines Gutsbesitzers nachstellen.

Genauso wenig wie einer Pfarrerstochter, schalt sie sich bitter.

Sebastian suchte ihren Blick, und ein träges Lächeln breitete sich auf seinen Zügen aus. Sie erwiderte sein Lächeln, und er nickte ihr unmerklich zu. Einen Augenblick war ihr, als teile sie ein Geheimnis mit ihm, von dem niemand in der Tafelrunde etwas ahnte.

Ihr Tischherr zur Rechten, ein junger, grobknochiger Cembalist, neigte sich ihr zu und flüsterte ihr ins Ohr, er sehe ihrem Vortrag auf dem Cembalo mit großer Freude entgegen.

Sie antwortete zerstreut, sie hoffe, seine Erwartungen nicht zu enttäuschen. Doch ihre Aufmerksamkeit galt Sebastian, dessen Augen sich verdunkelten. Sein Lächeln schwand, seine Züge verhärteten sich.

Plötzlich stand ihr die Szene auf dem verschneiten Feld unter der alten Eiche wieder vor Augen. Dabei hatte das nämliche wilde Verlangen aus seinen Augen geleuchtet, der gleiche Hunger. Sein Blick glitt wie eine lüsterne Liebkosung zu ihrem Mund, wanderte weiter ihren Hals hinunter zum wogenden Ansatz ihres Busens, und dann erfaßte er wieder ihr Gesicht.

War ihm bewußt, daß sein Finger den Rand seines Kristallglases entlangfuhr, während er sie mit Blicken verschlang? War ihm bewußt, daß er den Mund leicht geöffnet hatte? Ihre Lippen bebten bei jedem seiner Atemzüge, als spürten sie ihren Hauch.

Cordelias Magen schmerzte, was nicht an ihrem eng geschnürten Mieder lag. Je länger Sebastian sie anstarrte, desto mehr vertiefte sich die Röte, die ihr in die Wangen stieg. Sie glaubte, wie Honorines geräucherter Lachs auszusehen, der soeben aufgetragen wurde.

Sie hatte den ganzen Abend kaum ein Wort mit ihm gewechselt. Nur während er sie in den Salon führte, hatte er gesagt, ihre Schönheit stelle alles in den Schatten. Cordelia vermutete darin ein höfliches Kompliment, das ein Herzog glaubte einer Dame schuldig zu sein, und dachte sich nichts weiter bei seiner Schmeichelei.

Nun aber war sie nicht mehr so sicher. Als der junge Cembalist erneut ihre Aufmerksamkeit beanspruchte, warf Sebastian ihm so vernichtende Blicke zu, daß Cordelia ein Schmunzeln unterdrückte. Wie gut, daß sie nicht die einzige an dieser Tafel war, die unter Eifersuchtsattacken litt.

»Seit wann schreiben Sie Musik?« fragte der Chordirigent ihren Vater und brach den Bann zwischen Cordelia und Sebastian.

Der Vikar lächelte freundlich. »Nun, das liegt Jahre zurück ... als ich meine Frau kennenlernte. Bis dahin war ich zu sehr von meinen Büchern und anderen Interessen gefangengenommen, um mich mit Musik zu beschäftigen.«

Zu Cordelias Erstaunen schaute er Honorine an, ehe er fortfuhr. »Florinda hatte eine glockenreine Stimme und spielte das Cembalo wie ein Engel. Sie hatte mein Interesse für Musik geweckt. Sie brachte mir mein musikalisches Wissen bei. Sie liebte mich und war glücklich an meiner Seite, und es machte ihr nichts aus, daß ich ihr unterlegen war ... was das musikalische Talent betraf, meine ich.«

Honorine legte die Gabel beiseite und erbleichte. »Ja, junge Menschen sind ungestüm und nehmen das Leben von der leichten Seite. Eine reifere Frau hätte es sich vielleicht zweimal überlegt, einen Mann zu unterrichten, dem das Verständnis für die Musik fehlt.«

Sebastian warf Cordelia einen fragenden Blick zu, die verständnislos die Schultern hochzog. Honorine und ihr Vater hatten dem Gespräch eine Wendung gegeben, der niemand zu folgen vermochte. Der Chordirigent und der Squire blickten beide verwirrt in die Runde.

Cordelia blinzelte Honorine warnend an. »Es war sehr klug von meiner Mutter, meinem Vater Musikunterricht zu geben, auch wenn er anfänglich keine Kenntnisse hatte. Dadurch ist aus ihm das geworden, was er heute ist.«

Honorine war im Begriff, zu einer Entgegnung anzusetzen, als das Dessert aufgetragen wurde. Unter dem Applaus der Gäste trugen zwei livrierte Diener einen riesigen Kuchen in Form eines Schiffes herein, das mit Creme und kandierten Früchten gefüllt war.

Gottlob ging das Festmahl ohne weitere spitze Bemerkungen von Honorine oder dem Vikar zu Ende. Dennoch vermochte Cordelia sich nicht zu entspannen.

Als Honorine die Tafel aufhob und verkündete, es sei Zeit für eine musikalische Darbietung, erhob auch Cordelia sich. Dabei zitterten ihre Hände so sehr, daß sie den Fächer kaum halten konnte. Sie bemühte sich um eine höfliche Konversation mit dem Cembalisten, lächelte tapfer in die Runde, doch ihre Zweifel über das Gelingen der bevorstehenden Prüfung nahmen beängstigende Formen an.

Was geschah, wenn Vater sich verzählte? Was, wenn er einen seiner auswendig gelernten Sätze vergaß?

Sie strebte den hohen Flügeltüren zu, als eine Hand sie am Ellbogen berührte. Cordelia drehte den Kopf und blickte in Sebastians Augen.

»Man spielt eine Rolle überzeugender, wenn man ein zuversichtliches Gesicht dabei macht, Engel«, murmelte er mit rauchig tiefer Stimme. »Das sollten Sie aus eigener Erfahrung wissen.«

Zweifellos spielte er auf die Rolle an, die sie in Belham spielen mußte. Doch das war etwas völlig anderes. In Belham galt es lediglich, eine höfliche Fassade zu wahren, die jeder bereitwillig akzeptierte. Doch hier wurde glatter Betrug von ihr verlangt.

Cordelia verbarg ihr Gesicht hinter dem Fächer und flüsterte gehetzt: »Unser Plan wird nicht gelingen. Ich war eine Närrin, mich darauf einzulassen.«

»Sie schaffen es.«

Seine zuversichtliche Stimme konnte ihr die Skepsis nicht nehmen. »Gestern klangen Sie nicht so überzeugt.«

»Gestern zweifelte ich an den Fähigkeiten Ihres Vaters. An Ihnen habe ich nie gezweifelt. Und wenn Ihr Vater es schafft, fünf Tage nüchtern zu bleiben, gelingt ihm auch diese Posse.«

Sein Gesicht verfinsterte sich, während er zur Tür hinüber nickte, wo ihr Tischherr auf sie wartete. »Wenn ich mir Ihre neue Eroberung ansehe, ist es Ihnen bereits gelungen, einige von Honorines Gästen zu bezaubern, zumindest die männlichen.« Sein Blick senkte sich auf ihre Lippen. »Es ist nicht komplizierter als ein Kartenkunststück. Es wird gelingen.«

Sie ließ ihren Fächer schneller flirren. »Was ist mit Ihnen, Euer Gnaden?« hörte sie sich kokett sagen, was gar nicht zu ihr paßte. »Ist es mir gelungen, Sie zu bezaubern?«

Honorines absurde Bemerkungen über ihre Schönheit waren ihr offenbar zu Kopf gestiegen. Sie konnte es kaum fassen, daß sie diese unerhörten Worte aussprach, und machte sich auf seine spöttische Entgegnung gefaßt, mit der er sie zurechtweisen würde.

Sebastian aber sah sie unverwandt an. »Bezaubern ist eine zu dürftige Bezeichnung für das, was Sie mit mir gemacht haben, Cordelia.« Damit riß er seinen Blick von ihr los, schien sich bewußt zu werden, wie verräterisch seine Worte klangen. »Wie dem auch sei, es spielt wohl kaum eine Rolle. In London wartet Judith auf mich.«

Seine Worte trafen Cordelia wie ein Schlag ins Gesicht. Was immer er für sie oder für seine Verlobte empfand, seine Zukunft war ebenso gewiß, wie die ihre ungewiß war.

Benommen ging sie zur Tür, die Besorgnis um das Gelingen des Betruges wich für kurze Momente einer tiefen Niedergeschlagenheit. Ihre wachsende Zuneigung für Sebastian war ohne Hoffnung, und es wurde Zeit, daß sie das endlich begriff.

Doch im Innern wußte Cordelia, daß sie bereits zu weit gegangen war, um ihre Empfindungen vergessen zu können. Für ihn war die Angelegenheit wesentlich einfacher, doch das änderte nichts an ihrem inneren Aufruhr.

Als die Gäste im Musiksalon Platz genommen hatten, setzte sie sich ans Cembalo mit dem festen Vorsatz, alles zu tun, um das Ende ihrer Beziehung mit Sebastian möglichst rasch herbeizuführen. So konnte es nicht weitergehen – es zerriß ihr das Herz.

Nachdem Honorine sie mit einigen einleitenden Worten vorgestellt hatte, begann sie mit Inbrunst zu spielen. All ihre wilden Empfindungen, ihre zerstörten Hoffnungen, ihre unerfüllbaren Träume flossen in die Musik. Sie spielte wie eine Besessene. Ihre wunde Seele weinte in den dramatisch schwermütigen Moll-Akkorden und ergoß ihre Qualen in die Schönheit der Melodienfolge.

Bald vergaß Cordelia Sebastian und ging ganz in ihrer Musik auf, ließ sich von den Tönen in berauschende, überirdische Gefilde tragen, verschmolz völlig mit ihrer Komposition, die zu einem mächtigen Furioso anschwoll, bis die Coda alle Töne sammelte und in den Harmonien des Finales poetisch verhauchen ließ.

Nachdem die letzten Töne des Stückes verklungen waren, hob sie die Hände von den Tasten. Die atemlose Stille im Raum verriet ihr, daß ihr aufgewühltes Spiel das Publikum in Bann gezogen hatte. Ihr ohnmächtiger

Zorn, ihre Verzweiflung, ihre Seelenqualen, die sie in der Musik zum Ausdruck gebracht hatte, schienen sich den Zuhörern mitgeteilt zu haben.

Aufatmend drehte sie sich um und zeigte dem Publikum das entspannte Lächeln einer virtuosen Cembalistin, die eine Kostprobe ihres Könnens gegeben hatte – nicht aber ihre Seelenqualen in ihrer Musik hinausgeschrien hatte.

Der begeisterte Applaus half ihr, innerlich Ruhe zu finden. Der heutige Abend war eine Posse in mehrfacher Hinsicht. Cordelias Blicke wanderten unsicher über die Köpfe der Gäste, denen sie und ihr Vater nun die einstudierte Scharade vorzuspielen hatten.

»Hab' ich es nicht gesagt?« rief Honorine begeistert. »Ist sie nicht wunderbar?«

Sie, dachte Cordelia erschrocken, doch bevor sie die Möglichkeit hatte, Honorines Lapsus wiedergutzumachen, korrigierte der Chordirigent die Gastgeberin bereits.

»Nun, Miß Shalstones Spiel ist zwar exzellent«, lobte er, »doch das liegt in erster Linie an dem meisterhaften Musikstück. Wunderschöne Harmonien und diese ausgeklügelten Kontrapunkte!« Er wandte sich an den Vikar. »Ich wünschte nur, uns stünde ein Chor zur Verfügung, um einen Ihrer Choräle zu Gehör zu bringen, Reverend Shalstone. Wenn Ihre Choräle von ebenso hochrangiger Qualität sind wie dieses Präludium, dann sind sie wahre Meisterwerke.«

Nichts hatte Cordelia auf den Schock vorbereitet, der sie traf, als ihr Vater öffentlich für *ihre* Musik gelobt wurde. Nicht Lord Kents anerkennende Briefe und auch nicht die Bewunderung der Bewohner von Belham. Lord Kents Briefe waren zwar an ihren Vater gerichtet, doch sie ersetzte beim Lesen seinen Namen durch ihren. Und in Belham wußten alle, daß sie die Musik schrieb, und bewunderten sie dafür.

Auf diese Elogen war sie nicht gefaßt.

Sie ließ den Blick durch den Salon schweifen, begegnete dem des Herzogs und las sichtliches Unbehagen darin. Er schwieg natürlich. Sie hatte nicht wirklich erwartet, daß er plötzlich seine Pläne über den Haufen werfen und sie als Komponistin proklamieren würde.

Als er nun den Blick gelassen von ihr wandte, zerriß es ihr beinahe das Herz.

Ihr Vater, der sich nun beim Chorleiter bedankte, schien ihre Qualen zu spüren. »Sie schmeicheln mir zu sehr. Das Stück würde nicht halb so gut klingen, wenn Cordelia es nicht so meisterhaft spielen würde.«

»Ja, ja.« Der Chordirigent bedachte sie mit einem flüchtigen Lächeln. »Brillantes Spiel, zugegeben.« Er beugte sich vor und fixierte den Vikar neugierig. »Sagen Sie, Reverend Shalstone, für wie viele Stimmen haben Sie das Stück geschrieben? Ich glaubte, fünf zu zählen. Möglicherweise waren es weniger. Und wie viele Fugen weist es insgesamt auf?«

Cordelia blieb stumm. Diese Fragen hatte sie erwartet, und Vater hatte eine Antwort parat.

»Sie haben richtig gezählt. Das Stück weist fünf Stimmen für die dreifache Fuge auf.« Ihr Vater erging sich in generellen Erläuterungen über den Schwierigkeitsgrad der Komposition.

Ich hätte es nicht besser machen können, dachte Cordelia stolz.

Der Orchestermusiker verließ seinen Platz und kam ans Cembalo. »Ich war sehr beeindruckt, Miß Shalstone, besonders von der Präzision Ihrer rechten Hand bei der Stretta.« Er beugte sich vor, um einige Töne anzuschlagen.

Genau das hat uns gefehlt, dachte sie gereizt. *Ein Orchestermusiker mit einem ausgezeichneten Musikgehör, der ganze Tonfolgen im Gedächtnis behält.*

Hastig erklärte sie: »Ja, diese Stretta ist schwierig zu

spielen, doch der Kontrast zur verhaltenen linken Hand läßt sie furioser erscheinen, als sie wirklich ist.« Sie verlagerte ihr Gewicht auf der Bank, um es ihm schwieriger zu machen, über sie hinweg an die Tasten des Instruments zu gelangen. Dann bemerkte sie seinen lüsternen Blick, und ihr wurde klar, daß er nicht an das Cembalo getreten war, um zu spielen, sondern um einen tieferen Einblick in ihren gewagten Ausschnitt zu erlangen.

Sie mußte sich beherrschen, um nicht aufzuspringen und das Instrument zu verlassen. Damit hätte sie die Vorstellung gleich zu Beginn verdorben.

Sie wandte ihre Aufmerksamkeit wieder dem Chordirigenten zu, der etwas gesagt hatte, wovon sie den Anfang verpaßt hatte. Ihr Vater lächelte ihr zu, bemerkte ihr Dilemma und sagte: »Die Coda, Kind. Vielleicht spielst du uns die Coda noch einmal.«

Cordelia stöhnte innerlich. Gütiger Himmel, wie lautete nur die Frage über die Coda? Sie wußte nicht, wie viele Noten sie spielen sollte.

Plötzlich ertönte Sebastians Stimme aus dem Hintergrund. »Ja, spielen Sie die Stelle noch einmal. Auch ich hätte gerne gewußt, ob es sich um einen Sprung in der Moll-None handelt.«

Cordelia atmete erleichtert auf, wandte sich dem Instrument zu und spielte langsam fünf Noten der Coda.

»Nun können Sie es deutlich hören«, erklärte der Vikar mit wissender Miene. »Diese Moll-None ist sozusagen ein Aufschrei inmitten einer traditionell gehaltenen Fuge.«

Alle nickten mit ernsten Mienen. Cordelia wagte einen Blick in Sebastians Richtung, der an einer Säule im Erker stand, lauernd wie ein Wolf, zum Sprung bereit, als warte er darauf, daß eine Katastrophe passierte.

Und die Katastrophe trat prompt ein, nachdem ihr

Vater drei weitere Fragen richtig beantwortet hatte. Die Katastrophe nahte in Gestalt des lüsternen Orchestermusikers, den Cordelia ihr ganzes Leben mit Ekel und Widerwillen im Gedächtnis behalten sollte.

Squire Hartford stellte ihrem Vater eine Frage, als der Musiker sich über Cordelia beugte und ihr verführerisch ins Ohr raunte: »Sie verleihen diesem alten Cembalo neues Leben mit Ihrem wunderbaren Spiel.«

»Danke«, antwortete sie knapp und bemühte sich, auf Mr. Hartfords Frage zu achten.

Doch der Musiker war noch nicht fertig. Er legte ihr eine kalte Hand auf die Schulter, näherte sich ihr, bis sein feuchter Atem ihr Ohr berührte. »Zu schade, daß Sie morgen schon nach London abreisen. Ich würde Ihnen liebend gern mein wunderbares Instrument vorführen.«

Die Betonung, die er auf das Wort ›Instrument‹ legte, ließ sie zusammenzucken. Sie versuchte, von dem dreisten Kerl wegzurücken, doch seine feuchte Hand an ihrer Schulter hielt sie gefangen.

Dann drang die Stimme ihres Vaters in ihr Bewußtsein. »Cordelia, spiele bitte die letzte Stretta noch einmal.«

»Aber nein, bemühen Sie Ihre Tochter nicht«, wehrte der Squire ab. »Sie wissen, wovon ich spreche – der letzte, sehr schnelle Teil.«

Nun meldete sich der Chordirigent erneut zu Wort. »Ja, die Stelle, in der Sie die erste Stretta variieren. Das Thema klingt in der gesamten Schlußphase nach …«

Den Rest seiner Ausführungen verpaßte sie, da der aufdringliche Cembalist ihr ins Ohr flüsterte: »Vielleicht darf ich Ihnen meine Aufwartung machen, wenn Sie auf der Rückreise erneut in York Station machen, natürlich nur mit Mrs. Beardsleys Einverständnis.«

Ihr Vater warf ihr ein hilfloses Lächeln zu. »Ach ja, dieses Thema ist … ehm … eine meiner Lieblingsstellen. Es ist eine Lautenvariation ... ich meine ... es war meine Absicht, die Stelle wie eine Lautenvariation *klingen* zu lassen.«

Die Herren machten verständnislose Gesichter. Und Cordelia meldete sich zu Wort. »Nein, Vater. Du denkst an das andere Präludium. In diesem wolltest du einen Bläsersatz erklingen lassen.«

»Ach ja ... Bläser«, stammelte er.

Der Chordirigent warf ihr einen fragenden Blick zu, ehe er sich wieder dem Vikar zuwandte. »Das war aber nicht meine Frage. Ich habe wenigstens fünf variierende Einführungen von Thema und Fuge in dieser Stretta gezählt.« Er wandte sich erneut an Cordelia. »Spielen Sie die Passage noch einmal, Miß Shalstone.«

Cordelia wand sich innerlich. Er hatte seine Frage nicht präzisiert, und sie wußte nicht, wie viele Noten sie anschlagen sollte. Also spielte sie mehr Noten, als der vereinbarte Geheimcode umfaßte.

Der Chordirigent nickte zufrieden. »Ja, richtig, ich habe fünf Introduktionen gehört. Herrlich! Ein Meisterwerk!«

Cordelia entspannte sich.

»Vielen Dank«, meinte der Vikar würdevoll, warf Cordelia jedoch einen verwirrten Blick zu, da er sich nicht erklären konnte, warum sie ihm keine vereinbarte Anzahl von Noten vorgegeben hatte.

Zu Cordelias Kummer fuhr der Chordirigent fort: »Da Sie offenbar die Absicht hatten, die Wirkung des Sprunges der Moll-None zu variieren, frage ich mich, warum Sie diesen Sprung nicht ein zweitesmal benutzen? Warum haben Sie ihn in der Stretta nicht wieder aufgegriffen?«

Der Vikar machte ein verständnisloses Gesicht. Cordelia eilte ihm zu Hilfe. »Nun, mein Vater hatte die Absicht ...«

»Wenn Sie nichts dagegen haben, Miß Shalstone«, fiel

der Chordirigent ihr überheblich ins Wort, »möchte ich die Meinung Ihres Vaters dazu hören.«

Lord Waverley stieß sich von der Säule ab und beobachtete den Vikar scharf.

»Das wollte ich nicht«, sagte ihr Vater schwach.

»Aber warum nicht? Es wäre die ideale Stelle gewesen, um den ›Aufschrei‹ zu verstärken, das Thema zu wiederholen, falls das Thema sich tatsächlich um diesen Aufschrei zentriert, was ja möglicherweise gar nicht der Fall ist. Oder doch?«

Der Vikar blickte völlig verloren um sich und zupfte heftig an seinem Ohrläppchen. »Ja, natürlich war es ... aber wiederum auch nicht ... Ach, zum Teufel!« Er warf hilflos die Arme hoch. »Ich weiß es nicht! Ist das klar? Wenn Sie etwas wissen wollen, fragen Sie meine Tochter!«

Damit sprang er auf und stapfte durch den Salon. Honorines Hand, die ihn zurückhalten wollte, wischte er ungehalten beiseite. Erst an der Tür drehte er sich um, fixierte den Herzog vorwurfsvoll und knurrte: »Ich hoffe, Sie freuen sich über das Ergebnis dieses Experiments.« Damit stürmte er aus dem Raum.

Cordelia sank das Herz in die Magengrube. Sie konnte es ihrem Vater nicht verdenken, wütend zu sein. Wenigstens wußte er, wann es Zeit war, den Kampf aufzugeben.

Aller Augen waren auf sie gerichtet. Sie brachte ein verlegenes Lächeln zustande und erklärte hilflos: »Mein Vater ... fühlt sich nicht wohl unter so vielen Menschen. Er ist nicht gewohnt, über seine Musik zu sprechen.«

»Unsinn!« widersprach der Chordirigent gereizt. »Er war den ganzen Abend freundlich und guter Dinge. Ich habe ihm eine einfache Frage gestellt, und er antwortete darauf mit blankem Unsinn.« Er wandte sich hochnäsig an Honorine: »Was, zum Teufel, geht hier eigentlich vor? Der Vikar wendet sich bei jeder Frage an seine

Tochter und scheint keine Ahnung von seinen eigenen Kompositionen zu haben. Hat er die Musik geschrieben oder nicht?«

Honorine blickte unsicher zu Cordelia, die nicht wußte, was sie sagen sollte. Dann meldete sich eine vertraute Stimme aus dem Hintergrund: »Hat er nicht.«

Der Cembalist neben Cordelia japste laut auf, der Chordirigent drehte sich in seinem Stuhl um und starrte Sebastian an, der an den Stuhlreihen vorbei nach vorne schritt.

»Wie bitte? Wer dann? Hat er die Musik gestohlen?« fragte der Chordirigent.

Sebastian warf Cordelia einen kläglichen Blick zu, dann schüttelte er den Kopf. »Nicht wirklich. Miß Shalstone ist die Komponistin.«

Nun wandten sich wieder alle Köpfe Cordelia zu, die unbehaglich auf ihrer Bank hin und her rutschte. Wenigstens erwies ihr der Cembalist den Gefallen, sich zurückzuziehen, der rasch das Interesse an einer Frau verlor, die mehr zu bieten hatte als die Reize einer wohlgeformten Figur.

Squire Hartford bedachte Cordelia über seine Knollennase hinweg mit einem herablassenden Blick. »Was will Seine Lordschaft damit sagen, Honorine?«

»Ihr habt euch als ein zu scharfsinniges Publikum erwiesen, fürchte ich«, antwortete Honorine im Plauderton, trat vor ihre Gäste und setzte ein charmantes Lächeln auf. »Ich weiß, ich sollte mich schämen, aber ihr kennt mich ja. Ich bin eine Spielernatur. Kurzum, Lord Waverley und ich haben eine Wette abgeschlossen, in der es darum ging, ob Cordelia es schafft, ihren Vater als Komponisten auszugeben.«

Cordelia schluckte schwer und vermied es, jemand anzusehen. Sie hielt die Augen auf eine Trompe-l'œil-Wandmalerei gerichtet, die den Blick aus einer Verandatür in einen üppigen Garten freigab. Sie wünschte, der Garten wäre echt, und sie könnte durch die Tür laufen und sich im Gebüsch verstecken.

»Eine Wette?« donnerte der Squire. »Sie haben uns – Ihren besten Freunden – einen üblen Trick gespielt?«

Honorine schaute ihn listig an. »Aber Squire Hartford! Sie hätten nicht anders gehandelt, wenn Sie gehört hätten, als Seine Lordschaft behauptete, wir in York seien hoffnungslos provinziell und würden auf jeden Scharlatan hereinfallen. Ich mußte ihn doch eines Besseren belehren, finden Sie nicht?« Sie warf Sebastian einen reuigen Blick zu. »Und es hat mir großes Vergnügen bereitet, Seiner Lordschaft zu beweisen, wie mühelos meine Freunde Schwindler entlarven.«

Sebastian, um dessen Lippen ein leichtes Lächeln spielte, beobachtete Honorine wohlwollend.

Honorine ließ ihren Fächer flirren. »Ich konnte Cordelia gewinnen, mir zu helfen, da auch sie die Äußerungen Seiner Lordschaft kränkend fand. Wir Provinzler müssen schließlich zusammenhalten. Und da sie seit einiger Zeit Kompositionen schreibt, war es ihr ein leichtes, ihren Vater so vorzubereiten.« Sie seufzte theatralisch. »Doch meine Gäste waren zu schlau, um sich länger als ein paar Minuten an der Nase herumführen zu lassen.«

»Es war kein fairer Wettstreit«, meldete Sebastian sich protestierend zu Wort, der überzeugend auf Honorines Geschichte einging. »Cordelia wollte von vornherein Ihnen recht geben und mich ins Unrecht setzen.«

»Zugegeben, sie stand auf meiner Seite.« Damit wandte Honorine sich wieder an ihre Gäste. »Aber würden Sie nicht alle sagen, daß sie sich redlich bemühte mitzuspielen? Ich finde, sie hat ihre Sache sehr gut gemacht.«

Cordelia hielt den Atem an.

Nach kurzem Zögern zuckte der Chordirigent mit den Schultern. »Ja, sie hat mich eine Weile an der Nase herumgeführt, aber nicht lange. Mir fiel gleich auf, daß etwas nicht stimmen konnte, als sie immer wieder für den Vikar zu antworten versuchte.«

Der beleibte Squire nickte und lehnte sich bequem in seinem Sessel zurück. »Ich fand, es war ein faires Spiel.« Er blinzelte zum Herzog hinüber, der seinem Blick gleichmütig begegnete. »Auch wenn Seine Lordschaft anders denkt. Aber was kümmert den hohen Herrn schon die Meinung von uns Provinzlern?«

Cordelia mußte sich auf die Lippen beißen, um nicht aufzulachen. Sebastian schien es nicht viel besser zu ergehen, denn seine Stimme klang seltsam gepreßt, als er knapp entgegnete: »Sei's drum! Ich gebe mich geschlagen.«

Nun löste sich auch die Spannung der anderen Gäste, die gleichfalls behaupteten, sie hätten sich nur ein paar Minuten in die Irre führen lassen, sich jedoch gescheut, Honorines Gast zu kränken und ihn des Betrugs zu beschuldigen. Man erging sich in prahlerischem Eigenlob, bedachte den Herzog mit heimlichen Seitenblikken, und bald waren alle wieder gelöst genug, um Cordelia weitere Fragen über ihre Musik zu stellen.

»Wie kamen Sie dazu, Musik zu schreiben?« fragte einer, und ein anderer stellte fest, es sei höchst ungewöhnlich für eine Frau, so gut zu komponieren. Cordelia spürte die Zweifel, ohne sich darum zu kümmern. Nachdem sie einige Fragen beantwortet hatte, schienen alle zufriedengestellt, und das Gespräch wandte sich anderen Themen zu.

Etwas später blickte Cordelia sich suchend nach Honorine um, ohne sie zu entdecken. Auf ihren fragenden Blick zum Herzog zog er die Schultern hoch.

»Ach, spielen Sie uns doch noch eines Ihrer hübschen Stücke«, bat sie der Squire, der sie nun liebenswürdiger behandelte. »Honorine hat uns versprochen, eine Virtuosin am Cembalo zu erleben, und Sie haben uns erst den Mund wäßrig gemacht.«

Er lachte selbstzufrieden. Cordelia suchte erneut Sebastians Blick.

»Ja, spielen Sie noch etwas für uns, Miß Shalstone«, bat er. »Ich hätte diese Wette nicht vorgeschlagen, wenn ich Sie nicht für talentiert halten würde. Wenn Sie nicht spielen, werden Honorines Gäste mir noch vorwerfen, ich hätte Ihre Begabung in Zweifel gezogen.«

Unter allgemeinem wohlwollenden Lachen errötete Cordelia, die sich von seinem Kompliment geschmeichelt fühlte. Sie setzte sich zurecht und spielte eine Variation.

Doch Ihre Gedanken waren nicht bei der Musik. Sie war nicht nur besorgt, wohin Honorine und ihr Vater verschwunden sein mochten, auch der Mißerfolg der Scharade wollte ihr nicht aus dem Sinn. Es war dumm von ihr, erwartet zu haben, die Zuhörer würden sich nach einem vorgegebenen Schema verhalten. Der Plan konnte nicht gelingen. Es würde immer unliebsame Unterbrechungen geben, ganz zu schweigen von komplizierteren Fragen, die fundiertere Kenntnisse erforderten als eine einstudierte Antwort.

Zugegeben, hätte dieser aufdringliche Musiker sie nicht abgelenkt, hätte sie ihrem Vater die Stichworte auch zu den komplizierteren Fragen geben können. Dennoch war das ganze Unternehmen zum Scheitern verurteilt, das mußte sie einsehen.

Wie sollte es nur weitergehen?

Kapitel 14

Sebastian stand im leeren Salon. Honorine verabschiedete die Gäste in der Eingangshalle, nachdem sie verkündet hatte, Cordelia und sie müßten sich frühzeitig zur Ruhe begeben wegen der bevorstehenden Reise am folgenden Morgen.

Doch das war nicht der wahre Grund, warum Honorine ihre Gäste verabschieden wollte. Cordelia saß immer noch auf der Bank vor dem Cembalo, drehte den Fächer zwischen den Fingern und blickte versonnen auf die Wandmalerei mit der Gartenansicht.

»Wie fühlen Sie sich?« fragte der Herzog besorgt.

Sie machte eine hilflose Handbewegung. »Ich weiß nicht.«

Man hörte das schwere Portal ins Schloß fallen.

Kurz darauf betrat Honorine den Salon. Sie trug einen warmen Umhang und streifte Handschuhe über. »Es tut mir leid, aber ich muß rasch fort.« Sie sah Cordelia traurig an. »Dein Vater ist verschwunden.«

Ihre Worte holten Cordelia aus ihren wehmütigen Grübeleien. Sie sprang alarmiert auf die Füße. »Verschwunden? Was meinst du damit?«

Honorine versuchte einen zuversichtlichen Eindruck zu machen, mied jedoch Cordelias Blick. »Kein Grund zur Sorge. Oswald verließ das Haus, nachdem er aus dem Salon gestürmt war. Der Diener sagte mir, er habe seinen Mantel umgeworfen und sei zu Fuß losmarschiert. Er ist bisher sicher nicht weit gekommen. Ich werde ihn suchen.«

Cordelia trat eilig auf die Freundin zu. »Ich begleite dich.«

»Nein, das werden Sie nicht«, widersprach Sebastian

streng und hielt sie am Arm zurück. »Keine der Damen verläßt um diese Nachtstunde und bei diesem Wetter das Haus. Ich mache mich selbst auf die Suche.«

Honorine schüttelte den Kopf. »Danke für Ihr Angebot, Euer Gnaden, aber Sie wissen nicht, wo Sie ihn suchen sollen. Ich kenne York, und jeder in York kennt mich. Unsere Stadt ist ein Provinznest. Hier treibt sich kein Gesindel herum. Mir droht keine Gefahr, und ich werde ihn schneller finden als ihr beide.«

Sie wandte sich zum Gehen.

Sebastian rief hinter ihr her: »Dann will ich Sie wenigstens begleiten.«

Honorine drehte sich halb zu ihm um. »Verzeihen Sie, Euer Gnaden, aber ich fürchte, wenn Oswald Sie sieht, wird er keinem vernünftigen Argument zugänglich sein. Er gibt Ihnen an dem Debakel die Schuld, und Ihre Anwesenheit würde nur seinen Zorn entfachen.«

Sebastian furchte die Stirn. »Ihre Gegenwart war ihm in den letzten Tagen auch nicht sonderlich angenehm.«

»Sie haben recht.« Ihre blauen Augen verdunkelten sich. »Vor mir wird er aber nicht fortlaufen. Auf mich wird er hören.«

»Aber Honorine ...«, protestierte Cordelia.

»Ich will nicht, daß ihr mich begleitet«, fiel Honorine ihr leise, aber bestimmt ins Wort. »Du hattest genug Aufregung heute abend, mein Kind, und der Herzog würde Oswald nur in Rage bringen. Überlaßt die Suche getrost mir. Ich weiß, wo ich ihn finden kann, und ich weiß, wie ich ihn zur Vernunft bringe, falls er ... in Schwierigkeiten steckt.«

Diesmal wollte sie sich nicht mehr aufhalten lassen.

Cordelia eilte hinter ihr her und hielt sie am Arm fest. »Warte.« Honorine sah sie fragend an. Cordelias Stimme wurde sehr leise. »Du solltest ... in den Tavernen nach ihm suchen.«

Honorine nickte, hob die Hand und streichelte Cordelias Wange. »Sei unbesorgt, meine Liebe. Es wird alles gut.«

Dann ging sie.

Cordelia schaute der Freundin nach, bis die hohe Eingangstür hinter ihr ins Schloß gefallen war.

Sebastian trat wortlos an sie heran und nahm sie in die Arme. Sie ließ es geschehen, barg ihr Gesicht an seiner Brust und kämpfte gegen ihre Tränen an.

»Weinen Sie«, flüsterte er und streichelte ihr übers Haar und über den Rücken. »Das tut Ihnen gut.«

»Wenn er nur geblieben wäre ...«, stammelte sie mit zitternder Stimme. »Dann hätte er gesehen, daß alles am Ende doch noch gutging. Ich kenne ihn. Er ist fortgelaufen, weil er dachte, er hätte mich blamiert ... Er denkt, er habe alles verdorben ... ich ... ich ertrage es nicht, daß er leidet, nachdem er sich in den letzten Tagen so bemüht hat ...«

Und dann liefen die Tränen, und sie schluchzte haltlos. Sebastian zog sie enger an sich, schloß die Augen und verfluchte sich, je in ihr Leben getreten zu sein. Hätte er sie nur in Frieden gelassen ...

Wenn er sie in Frieden gelassen hätte, würde sie weiterhin im Pfarrhaus leben, das Erbrochene ihres Vaters aufwischen und verzweifelt den Tag herbeisehnen, an dem ihr Vater endlich aufhören würde zu trinken. Nein. Das wäre keine Lösung gewesen. Aber wie konnte er ihr nur helfen? Wie nur?

Cordelia löste sich von ihm, ihre Tränen waren versiegt. Wortlos reichte er ihr sein Taschentuch, das sie dankend entgegennahm und sich die Nase putzte.

Sie seufzte tief und hob ihm ihr verzagtes Gesicht entgegen. »Wir müssen über das reden, was heute abend passiert ist.« Ihre Stimme war gebrochen wie die eines kranken Kindes.

»Nicht jetzt. Sie sind aufgeregt, müde und ...«

»Jetzt«, beharrte sie. »Ich muß einige Dinge von mir geben, solange sie mir noch so lebendig im Gedächtnis sind.«

»Cordelia …«

»Bitte!« Ihre warmen braunen Augen flehten ihn an.

Wie konnte er ihr die Bitte abschlagen, wenn ihm ihre flehenden Augen das Herz abschnürten? Er nickte.

Sie ließ den Blick über die leeren Stühle und das Cembalo schweifen. »Keiner der Gäste hat uns die Posse länger als ein paar Minuten abgenommen. Der Plan konnte nicht gelingen. Es war kurzsichtig zu denken, er würde gelingen.«

»Das stimmt nicht. Es ist eine ganze Weile gutgegangen, länger als ich erwartet hatte.«

Sie lächelte matt. »Das beweist nur, wie wenig Sie an den Erfolg glaubten.«

»Wenn dieser verdammte Musiker Sie nicht abgelenkt hätte …«

»Ja.« Ihre Augen wurden kalt. »Er war sehr lästig.«

Sebastians Gesicht verhärtete sich. »Als er seine Hand auf Ihre Schulter legte, hätte ich ihm am liebsten die Faust ans Kinn gesetzt.«

Der Groll in seiner Stimme machte sie stutzig. Sie blickte kurz zu ihm auf, dann senkte sie die Augen auf das zerknüllte Taschentuch in ihrer Hand. »Ja. Er war … sagen wir … ein wenig zu aufdringlich.«

»Ein wenig?«

»Dennoch trifft ihn keine Schuld. Ebensogut hätte der Squire oder eine seiner Töchter mich ins Gespräch verwickeln können.«

Ein unbehagliches Gefühl beschlich ihn. Worauf wollte sie hinaus?

Sie begegnete seinem Blick. »Sie müssen einsehen, daß unser Vorhaben zum Scheitern verurteilt ist. Ich kann meinem Vater kein echtes Musikverständnis beibringen. Das läßt uns nur eine einzige Möglichkeit.«

Er schüttelte den Kopf. Nun kannte er ihre Absicht. »Meinem Bruder die Wahrheit zu sagen? Das ist unmöglich.«

»Warum? Warum ist es unmöglich?«

»Weil Richard sich weigern wird, Sie Händel vorzustellen, wenn er erfährt, daß Sie die Komponistin sind. Und damit wäre alles ruiniert.«

Cordelia schüttelte den Kopf. »Ich glaube nicht, daß er sich weigern würde.« Sie schwieg und zog die Stirn in Falten. »Ich weiß, daß Sie sich irren. Ich weiß es einfach.« Und dann hellte ihr Gesicht sich auf; sie fuhr herum. »Und ich kann es beweisen. Kommen Sie!« Sie eilte wieder zur Tür.

»Was denn?« fragte der Herzog völlig verdutzt, folgte ihr aber kopfschüttelnd, als sie aus dem Salon stürmte.

Leichtfüßig eilte sie die Treppe hinauf. Er folgte ihr und fragte sich, was sie vorhatte. Mit gerafften Röcken rannte sie den Flur im ersten Stock entlang, und Sebastian hatte Mühe, mit ihr Schritt zu halten. Vor ihrem Schlafzimmer blieb sie stehen, entzündete eine Kerze am Wandhalter und öffnete die Tür.

Er blieb auf der Schwelle stehen, während sie die Kerzen im Zimmer entzündete. Dies war der letzte Ort auf Erden, wo er sich aufhalten dürfte. Das mußte auch sie wissen.

Doch Cordelia schien sich der Gefahr nicht bewußt zu sein. »Treten Sie ein«, forderte sie ihn auf, während sie die nächste Kerze entzündete. Danach öffnete sie eine Schublade des Sekretärs und murmelte halblaut vor sich hin: »Wo hat das Stubenmädchen sie nur hingepackt?«

Er betrat das Zimmer, ließ aber die Tür wohlweislich offen.

»Was denn?«

»Aha! Damit zog sie ein verschnürtes Bündel Briefe

aus der Schublade und hob es triumphierend hoch, löste das Band und hielt ihm den ersten Brief hin. Sebastian trat näher an die Kerze auf dem Kaminsims und erkannte Richards Handschrift.

»Lesen Sie!« befahl sie.

Er warf ihr einen fragenden Blick zu. Sie öffnete den zweiten Umschlag, entnahm ihm ein gefaltetes Blatt und überflog den Inhalt.

Dann las sie laut vor: »›Diese zweite Komposition ist noch meisterhafter als Ihre erste. Solche Musik aus der Feder eines Landpfarrers ist höchst bemerkenswert.‹«

Sie legte den Brief beiseite, nahm den nächsten aus dem Umschlag. Ihre Augen blitzten, als sie vorlas: »›Ihr Choral würde selbst der dumpfesten Kreatur Gottes ans Herz gehen. Mir öffnete er die Seele von der ersten bis zur letzten Note.‹« Ein Lächeln umspielte ihre Lippen. »Ihr Bruder ist ein wahrer Poet.«

Sie nahm den dritten Brief zur Hand, überflog ihn, und ihre Lippen wurden schmal. Wortlos legte sie ihn beiseite.

Sebastian griff danach.

»Der ist unwichtig«, murmelte sie mit abgewandtem Blick.

Sebastian ließ sich nicht beirren und öffnete den Umschlag. Cordelias Busen hob und senkte sich.

Der Herzog überflog die ersten Zeilen, dann las er laut: »›Zu meinem Bedauern sehe ich mich gezwungen, Ihren Vorschlag, die Musik Ihrer Tochter zur Veröffentlichung in Erwägung zu ziehen, abzulehnen. Ich habe die Erfahrung gemacht, daß Frauen über keinerlei Talente zum Komponieren verfügen. Die Versuche Ihrer Tochter in allen Ehren, aber ich fürchte, sie kann sich mit Ihrem Schaffen nicht messen.‹«

Sebastian hob den Blick und sah sie fragend an.

Cordelia erbleichte und verschränkte die Arme.

»Lord Kent wollte sich lediglich vor Amateuren schützen. Das kann ich ihm nicht verdenken. Ich ...«

»Es ist mehr als das, Cordelia, und ich fürchte, den Grund zu kennen.«

Sie wandte sich ab. »Aber meine Musik gefällt ihm doch, auch wenn er nicht weiß, daß ich sie geschrieben habe. Er müßte lediglich seine Vorurteile besiegen, wenn ich ihm die Wahrheit gestehe.«

Sebastians trockenes Lachen ließ sie zusammenzukken. Er warf den Brief auf den Schreibtisch. »Sie sind nicht die erste Frau, die ihn gebeten hat, ihre Musik zu veröffentlichen.«

»Das mag sein, aber ...«

»Die erste bot ihm ihre Liebesdienste an. Sie war eine leichtfertige Person, was man ihr auf den ersten Blick nicht ansah. Sie verdiente sich ihr Brot als Schauspielerin, was sie ihm zunächst verschwieg.« Sebastian wählte bewußt harte Worte, um Cordelia den Sachverhalt begreiflich zu machen, auch wenn es bedeutete, peinliche Geheimnisse seines Bruders preiszugeben. »Richard war jung und unerfahren. Die Person gab vor, verliebt in ihn zu sein, und er schlief mit ihr. Nachdem er einige ihrer Musikstücke veröffentlicht hatte und sie erkannte, daß sie damit nicht viel Geld verdienen konnte, schickte sie ihn zum Teufel. Sie habe keine Lust, sich mit einem ›Krüppel‹ abzugeben, sagte sie.«

Cordelia erbleichte. »Was für eine grausame Frau! Wie schrecklich für Lord Kent!«

Sebastian war noch nicht fertig. »Die nächste Frau war eine unverheiratete Lehrerin. Bei ihr war er vorsichtiger. Sie hatte Talent, und er förderte sie. Da sie liebenswürdig und unverheiratet war, gelang es ihr mühelos, ihn davon zu überzeugen, eines ihrer Stücke zu veröffentlichen.« Seine Stimme wurde bitter. »Das Musikstück hatte sie einem Komponisten gestohlen, wovon mein Bruder nichts wußte. Und genau dieses Stück bedeutete seinen geschäftlichen Ruin.«

Er las Entsetzen und tiefes Bedauern in Cordelias Gesicht.

»Ihr Bruder hatte großes Pech mit weiblichen Musikern«, sagte sie traurig. »Dennoch muß er einsehen, daß nicht alle Frauen gleich sind.«

»Wenn Sie wüßten, wieviel Spott er von Frauen wegen seiner verkrüppelten Beine einstecken mußte, wären Sie Ihrer Sache nicht so sicher.« Sebastian holte tief Luft. »Richard hat den unseligen Hang, Gefallen an Frauen zu finden, die ihn verachten oder, schlimmer noch, die ihn in den Ruin treiben. Seine vielen Verletzungen haben ihn bitter gemacht. Heute sieht er Frauen als betrügerische, boshafte Luder, die vor keiner List zurückschrecken, um das zu erreichen, was sie haben wollen.«

Cordelia erbleichte. »Und wie denkt er über seine Schwestern?«

Sebastian zwang sich zu einem milderen Ton. Zugegeben, er hatte etwas dick aufgetragen, aber nur zu Cordelias Bestem. »Richard hat eine gute Beziehung zu unseren Schwestern, obgleich er behauptet, sie liebten ihn nur, weil er ihr Bruder sei. Sie necken ihn häufig wegen seiner Frauenfeindlichkeit.« Er schmunzelte. »Das gefällt ihm wohl insgeheim, dennoch ist er sehr streng mit ihnen. Im übrigen besitzt keine meiner Schwestern auch nur die Spur von Musikalität, deshalb greifen sie ihn nicht wegen seiner Vorurteile an.«

Cordelia starrte lange ins Kaminfeuer. Der Widerschein der Flammen spiegelte sich in ihrem glänzenden goldblonden Haar und auf ihrer seidigen Haut. Wie ungerecht, daß die Gesellschaft nur die Schönheit einer Frau gelten ließ, dachte Sebastian. Wäre Cordelia wohlhabend, würde auch ihr Reichtum zählen. Ihre Begabung als Komponistin aber würde ihr nur das entbehrungsreiche Dasein einer Künstlerin bescheren. Für ein solches Leben war Cordelia nicht geschaffen.

Sebastian sehnte sich danach, sie in die Arme zu nehmen, sie zu trösten und ihr zu sagen, wie leid es ihm tat, daß sie vom Leben so stiefmütterlich behandelt wurde. Nein, dazu durfte er sich nicht hinreißen lassen, schon gar nicht in ihrem Schlafzimmer.

Endlich sprach sie. »Sie fordern mich also auf, die Überzeugungen Ihres Bruders nicht anzutasten, da er sonst auch seine letzte Hoffnung verliert, nämlich den Rückhalt von Herrn Händel.«

»Ja. Ich kenne meinen Bruder sehr gut, Cordelia. Er würde Ihnen keinen Glauben schenken und Sie entrüstet zurückweisen, da Sie ihm schon einmal die Unwahrheit gesagt haben. Er könnte nie wieder Vertrauen zu Ihnen fassen.«

»Welche Lösung schlagen Sie vor?«

Sie klang ruhig und sachlich, doch ihre Hände zitterten stark.

»Unsere Scharade kann gelingen«, meinte er zuversichtlich, »wenn wir dafür sorgen, daß Sie und Ihr Vater nicht abgelenkt werden. Die Präsentation vor meinem Bruder und Händel muß nicht vor einem Publikum stattfinden. Im kleinen Kreis wird unser Plan Erfolg haben … wenn Sie Ihren Vater etwas besser vorbereiten. Davon bin ich überzeugt. Die heutige Generalprobe half uns doch nur, die Schwachstellen herauszufinden. Es bleibt genügend Zeit, sie zu beseitigen.«

»Das heißt also«, erwiderte sie tonlos, »wir führen Ihrem Bruder unser ›Kunststück‹ vor und vermeiden damit, seine Gefühle zu verletzen, und unser Plan bleibt bestehen. Ist es so?«

Ihre Worte wühlten ein tiefsitzendes Schuldgefühl in Sebastian auf. Um dieses Gefühl zu vertreiben, entgegnete er knapp: »Nichts hat sich geändert, Cordelia, seit wir zum erstenmal miteinander gesprochen haben.«

Sie wandte ihm ihr Gesicht zu. Im Feuerschein glänzten zwei nasse Tränenspuren auf ihren Wangen. »Nein, natürlich nicht. Meine Empfindungen sind ebenso bedeutungslos wie eh und je.«

Sebastian trat an sie heran. Er verschränkte die Hände, um nicht Gefahr zu laufen, sie zu berühren. »Begreifen Sie denn nicht? Mir geht es doch darum, Ihre Empfindungen zu schützen. Ich will verhindern, daß mein Bruder Sie zurückweist und verletzt. Ich will nicht, daß Sie in Zukunft Ihre Einnahmen verlieren, wenn Sie Ihr Geheimnis preisgeben.«

Cordelia erblaßte. »Meine Einnahmen. Sie meinen die künftigen Einnahmen meines Vaters, wie? Es war also alles eine Lüge, wie?«

»Wovon sprechen Sie? Was war eine Lüge?«

»Sie sagten, wenn ich bei dieser Scharade mitspiele, verwenden Sie sich dafür, daß Lord Kent meine Musik unter meinem Namen veröffentlicht, daß er mich fördert und ich bald als eigenständige Musikerin Anerkennung finde. Doch das war nur ein Köder, den Sie auslegten, damit ich bei Ihrem Spiel mitmache.« Die Stimme drohte ihr zu versagen. »Es war alles gelogen. Ihr Bruder wird mich nie fördern. Er wird meine Musik unter dem Namen meines Vaters veröffentlichen wie eh und je. Er wird mich nie anerkennen, er wird nichts für mich tun.«

Sebastian kniff fluchend die Augen zusammen. Er hatte völlig vergessen, was er ihr im Pfarrhaus versprochen hatte, in seinem Eifer, sie zu gewinnen. Er zwang sich, ihr ins Gesicht zu sehen. »Ich weiß nicht einmal, was Richard tut, wenn die Scharade gelingt und Händel seine Zustimmung gibt, ihm zu helfen. Als ich Ihnen sagte, ich kümmere mich darum, daß er Ihre Musik veröffentlicht ... hoffte ich lediglich, daß er seine Meinung über Frauen ändern und sich erkenntlich zeigen würde.«

Cordelia hob das Kinn, ihre Lippen bebten. »Und was hatten Sie vor, wenn er seine Meinung nicht ändert?«

»Dann wollte ich ihn unter Druck setzen.« Der Schmerz in ihren Gesichtszügen schnürte ihm das Herz ab. »Ich habe Sie nicht belogen. Ich ... ich habe lediglich die Wahrheit etwas beschönigt. Und ich bin nach wie vor davon überzeugt, daß alles gut wird. Aber nur, wenn Richard nicht vor einem Treffen mit Händel zurückschreckt.«

Cordelia wandte sich ab. Mit tonloser Stimme sagte sie: »Die Wahrheit beschönigen ... lügen ... wo ist der Unterschied?«

»Ich belüge Sie nicht, Cordelia, glauben Sie mir! Nun wissen Sie wenigstens, was Sie in London erwartet.« Er machte eine Pause. Es fiel ihm schwer, die Worte, die er sagen mußte, über die Lippen zu bringen. Doch nach allem, was heute abend geschehen war, mußte er sie aussprechen. »Es bleibt Ihnen unbenommen, nach Belham zurückzukehren und wie bisher mit Ihrem Vater weiterzuleben.«

Cordelia wich mit einem hohlen Lachen zurück. »Damit Sie Ihrem Bruder erzählen, daß ich die Kompositionen unter dem Namen meines Vaters eingeschickt habe. Damit wäre alles für mich verloren.«

»Herrgott!« Sebastian packte sie am Arm und drehte sie unsanft zu sich herum. »Glauben Sie wirklich, ich könnte Ihnen das antun? Glauben Sie wirklich, mir liegt so wenig an Ihnen?«

Ihre ernsten Augen begegneten den seinen. Tränen hingen in ihren Lidern. »Wenn Ihnen irgend etwas an mir liegen würde, Sebastian, dann wüßten Sie, wie mir zumute ist, wenn meinem Vater die Bewunderung und das Lob für meine Musik zuteil wird.«

Sebastian zuckte zusammen, der Schmerz in ihrem Gesicht zerriß ihm das Herz. »Ich glaube, es zu wissen.«

»Wie könnten Sie?« seufzte sie. »Sie wissen nicht, was es bedeutet, Musik zu erschaffen. Jeder Verlust, jeder Schmerz wird in mir aufgewühlt und in Noten und Akkorde umgesetzt. Ich suche in den Tiefen meiner Seele nach dem schönsten Psalm.« Ihre Stimme wurde zum Flüstern. »Ich erwache in dunkler Nacht, und der Kopf droht mir zu zerspringen, so aufgefüllt ist er mit Melodien, und der Tag hat nicht genügend Stunden, um sie einzufangen, und es gibt nicht genügend Noten, um sie zu Papier zu bringen.«

Sie senkte den Kopf. »Wenn Sie wüßten, was das bedeutet, würden Sie wissen, wie mir zumute ist, wenn meinem Vater das Lob für meine Musik zukommt, der den Ton einer Melodie nicht halten könnte, wenn sie einen Henkel hätte.«

Nach ihrem herzzerreißenden Geständnis konnte Sebastian sich nicht länger zwingen, auf Distanz zu bleiben. Er legte die Hände auf ihre zarten, hellen Schultern. »Ich beherrsche die Kunst des Komponierens nicht, aber ich begreife, wie sehr Sie leiden.«

Er wünschte, ihr versprechen zu können, ihre Zeit werde kommen, doch sie würde ihm nicht glauben.

»Aber das Leiden Ihres Bruders ist Ihnen wichtiger«, entgegnete sie schneidend.

»Nein, Cordelia, das stimmt nicht. Das sollten Sie wissen. Es ist doch alles miteinander verwoben. Begreifen Sie denn nicht? Da mein Bruder Ihr einziger Verleger ist, betrifft das, was meinem Bruder geschieht, auch Sie.« Er hob ihr Kinn mit einem Finger. »Sie bedeuten mir ... sehr, sehr viel. Ich weiß nur nicht, wie ich Sie davon überzeugen kann.«

Sie suchte seinen Blick, ihr Gesicht war nun ruhig und gefaßt. Nur ihre Augen funkelten dunkel in verschwiegener Sehnsucht und Seelenpein; ein Blick, der ihn beinahe um den Verstand brachte.

»Es gibt etwas, womit Sie mir beweisen könnten, wieviel ich Ihnen bedeute«, flüsterte sie mit bebender Stimme.

Er zögerte, fürchtete beinahe zu hören, was sich hinter ihrer gelassenen Fassade zusammenbraute.

»Und das wäre?«

Ihre Augen verdunkelten sich noch mehr, ihre Stimme wurde zum heiseren Raunen. »Schenken Sie mir eine Liebesnacht.«

Kapitel 15

Wie konnten ihr diese unerhörten Worte über die Lippen kommen? schoß es Cordelia durch den Kopf. Sebastian wandte sich erbleichend ab, trat an den Kamin und starrte in die Flammen.

Cordelia wußte indes genau, warum sie diese Bitte ausgesprochen hatte. Ihre Zukunft lag grau und einförmig vor ihr. Endlose Tage, in denen sie sich um ihren betrunkenen Vater kümmern und in knapp bemessenen Stunden Musik schreiben würde, die sie niemals als ihr eigenes Werk bezeichnen durfte.

In einer einzigen Woche mit Sebastian hatte sie mehr Freuden erlebt als in den letzten drei Jahren mit ihrem Vater. Die gemeinsame Zeit ging dem Ende zu, in wenigen Tagen würden sie das herzogliche Schloß erreicht haben, Vater würde mit Lord Kent und Händel zusammentreffen, und danach war alles vorbei.

Und was blieb? Nach allem, was Sebastian ihr über seinen Bruder erzählt hatte, konnte sie sich nicht länger einreden, Lord Kent würde ihre Musik in Zukunft veröffentlichen. Der alte Trott in Belham würde weitergehen wie bisher.

Aber sie konnte Erinnerungen sammeln für diese graue, freudlose Zukunft. Trotzig brachte sie die Stimme ihres Gewissens zum Schweigen. Es war ihr Leben, und sie wollte nicht den Rest ihrer Tage einer verpaßten Gelegenheit nachtrauern.

Cordelia trat hinter Sebastian und sagte sehr leise: »Wenn Sie etwas für mich übrig haben, Sebastian, zeigen Sie es mir.« Dabei ließ sie ihre Hände um seine Mitte gleiten und legte ihre kalte Wange an seinen warmen Rücken.

Sie spürte das Spiel seiner Muskeln unter ihren Fingern. »Ich kann nicht glauben, daß Sie so etwas aussprechen«, stöhnte Sebastian.

»Und doch sage ich es. Ich will, daß Sie mich diese eine Nacht lieben. Ich will, daß Sie mir zeigen, daß Sie etwas für mich empfinden.« Sie spürte, wie er sich versteifte. »Bitte«, fügte sie flehend hinzu.

Er wand sich aus ihrer Umarmung, sein Atem ging keuchend, als er ihr in die Augen sah. »Weil ich so viel für Sie empfinde, will ich nicht die Nacht mit Ihnen verbringen«, stieß er verzweifelt hervor. »Sie verdienen einen Mann, der Sie heiratet, der Ihnen zärtlich zugetan ist, wozu ich kein Recht habe.« Er durchquerte das Zimmer. »Ich will und darf Ihre Zukunft nicht zerstören, nur weil Sie sich im Augenblick verletzt und betrogen fühlen.«

Cordelia versperrte ihm den Weg, klammerte sich an seinen Armen fest. »Verstehen Sie denn nicht? Es wird keinen Mann geben, der mich heiratet!« Ihre Stimme überschlug sich beinahe. »Wo vermuten Sie meinen Vater jetzt in diesem Augenblick, Sebastian? Wo?«

Seine Kiefermuskulatur mahlte. Er blieb ihr die Antwort schuldig.

Ihre Finger gruben sich in seine Arme. »Ihr eigener Vater war dem Trunk ergeben. Genau wie meiner, der jetzt in irgendeiner Spelunke sitzt und sich betrinkt, bis er vom Stuhl fällt. O ja, morgen wird er alles bereuen, sich tausendmal entschuldigen und hoch und heilig versprechen, es komme nie wieder vor. Aber nichts wird sich ändern.«

»Das können Sie nicht wissen«, knirschte Sebastian zwischen den Zähnen.

»Ich habe es tausendmal erlebt, haben Sie das vergessen?« Sie nahm seine Hände und legte sie um ihre Mitte. Er hielt sie zart wie eine Porzellanfigur, als fürchte er, sie zu zerbrechen, und wich ihrem Blick aus.

Cordelia schlang ihre Arme um seinen Hals und hob ihm ihr Gesicht entgegen. »Wie können Sie eine Zukunft zerstören, in der es keinen Ehemann, keine Kinder und keine Hoffnung auf Unabhängigkeit gibt? Sie wissen genau, daß ich meinen Vater nicht im Stich lassen kann, solange er mich braucht.« Sie schauderte. »Aber ich brauche etwas, was mir die Jahre der Einsamkeit versüßt. Wenn Sie etwas für mich empfinden, wie Sie behaupten, dann schlagen Sie mir diese Bitte nicht ab.«

Seine Augen senkten sich glühend in die ihren. Aber seine Stimme war eiskalt. »Ist das alles, was Sie von mir wünschen? Einen brünftigen Hengst, der Ihre jungfräuliche Neugier stillt?«

Seine Worte trafen sie wie ein Keulenschlag. Sie hatte nicht überlegt, wie er ihren kühnen Antrag aufnehmen würde, hatte aber gewiß nicht damit gerechnet, daß sie ihn damit kränken würde.

Scham überflutete sie und drohte sie zu ersticken. »Ich ... so habe ich es nicht gemeint ... ich meinte nur ... Sie sagten vorhin, Sie ... Sie ließen durchblicken, daß Sie ...«, stammelte sie.

»Daß ich Sie begehre?« Bedächtig wanderte sein Blick über ihr Gesicht und ihren Körper. »Ja, ich will es nicht leugnen. Aber ich bin nicht bereit, eine Liebesnacht mit Ihnen zu verbringen, nur damit Sie Erinnerungen für einsame Stunden haben. Sie finden genügend Männer, die Ihnen das geben können. Dieser Musiker zum Beispiel.«

Er hatte sie völlig mißverstanden. »Ich will keinen anderen Mann. Ich habe nie einen Mann begehrt ... bis ich Sie kennenlernte. Sie mich berührten. Bald verschwinden Sie aus meinem Leben, und mir bleibt nichts. Den Gedanken ertrage ich nicht, Sebastian!«

Licht und Schatten spielten auf seinen kantigen Gesichtszügen. In seinen goldbraunen Augen glühte ein wildes Funkeln.

»Kein Mann hat je diese Sehnsüchte in mir geweckt«, fuhr sie fort; sie vermochte nicht länger zurückzuhalten, was ihr auf dem Herzen brannte, und stand zugleich Todesängste aus, es auszusprechen. Wenn er sie dafür verachtete, ihm ihre tiefsten Gefühle preisgegeben zu haben, würde sie auf der Stelle tot umfallen. Sie biß sich auf die Lippen, um die Tränen zurückzuhalten. »Ich hätte diese ungeheuerliche Bitte nie ausgesprochen, wenn ... wenn ich nicht glaubte, Sie empfinden ähnlich.«

In dieser Sekunde verlor er jegliche Beherrschung. Stöhnend zog er sie an sich, preßte seinen Mund auf ihre Lippen mit einer Gewalt, die sie nicht in ihm vermutet hätte. Sein Arm umfing ihre Mitte mit eisernem Griff, seine Zunge drang in wilder Besitzgier in ihren Mund. Cordelia sank atemlos an seine Brust.

Sebastian löste sich von ihr, seine Augen flackerten. »Ob ich ähnlich empfinde? Gütiger Himmel, zu wissen, daß ich dich nicht haben kann, zerreißt mir Seele und Herz.«

Cordelia holte stockend Atem, streichelte sein verzerrtes Gesicht. »Heute nacht kannst du mich haben, Sebastian.«

In seinen Augen spiegelten sich die Flammen des Kaminfeuers. »Wie kann ich dich nehmen und dann fortgehen? Du weißt, daß ich dich nicht lieben und bleiben kann, da ich an ein Versprechen gebunden bin.«

»Es kümmert mich nicht. Ich brauche dich jetzt.« Sie sagte die Wahrheit. »Ich brauche dich, ich will dich und ...«

»Barmherziger Himmel«, keuchte er und küßte sie wieder so wild, daß Funken in ihrem Kopf zerstoben. Dann stieß er die Tür mit dem Fuß zu und bedeckte ihr Gesicht mit heißen Küssen.

»Meine wunderschöne, gefährliche Cordelia«, murmelte er, grub seine Hände in ihr Haar und zerwühlte ihre Frisur. Haarnadeln fielen klimpernd auf den Marmorboden, und das Haar wallte wie eine goldene Kaskade über ihre Schultern.

Cordelia lechzte danach, ihn zu berühren, seinen Körper zu erforschen, wie er ihren erforschte. Mit fiebernder Hast zerrte sie an seinem Gehrock und streifte ihn von seinen Schultern.

»Morgen werden wir beide es bereuen«, flüsterte er, während er das Gürtelband ihres Mieders löste. »Für mich kann eine Nacht nie genug sein«, erklärte er heftig, hielt einen Augenblick inne, um in ihr rosiges Gesicht zu sehen. »Kann sie denn für dich genug sein?«

Nein, nie, dachte sie und wagte nicht, es laut auszusprechen. Sie weigerte sich, über diese Nacht hinaus zu denken. Sie wollte diese eine Nacht mit ihm verbringen. Diese Nacht zählte mehr als ein Leben voller Bedauern.

Um einer Antwort zu entgehen, öffnete sie ihren Rock in der Taille und schob ihn über das Unterkleid und den Reifrock nach unten. Dann bot sie ihm ihre Lippen, und er küßte sie inbrünstig.

Ihr Herz pochte zum Zerspringen unter ihrem geschnürten Korsett, und sie wollte das enge Folterwerkzeug los sein. Sebastians Hände tasteten ihren Rücken entlang nach der Verschnürung, lösten sie, und endlich fiel es wie ein Panzer von ihr ab. Cordelia stand in Hemd und Unterkleid vor ihm.

Gleich darauf fiel auch das wattierte Unterkleid an ihr herab, und seine Hände fuhren fort, Schleifen, Bänder und Haken zu lösen.

Erst als ihr runder Reifrock auf dem Boden in sich zusammenklappte, kam ihr die Ungehörigkeit ihres Tuns zu Bewußtsein, denn so lange der Käfig aus Fischbeinstäbchen sie gefangenhielt, war sie geschützt. Nun stand sie in Seidenstrümpfen und im dünnen Hemd vor ihm, das kaum ihren Busen bedeckte. So hatte sie nie vor einem Mann gestanden.

Nach dieser Nacht, ermahnte sie sich trotzig, *wirst du nie wieder entblößt vor einem Mann stehen.*

Dieser Gedanke bestärkte sie darin, jedes Zaudern, jede Scheu abzulegen. Sie hob ihm ihr Gesicht entgegen, überwand ihre Furcht vor dem, was sie in seinen Augen lesen würde.

Sie las Bewunderung darin. Beinahe ehrfürchtig wanderte sein Blick über ihren Körper und verweilte auf ihren prallen Brüsten. »Ich ahnte, daß du schön bist.« Er legte seine Hände um ihre Mitte und ließ sie über die Rundungen ihrer Hüften gleiten. »Aber du hast die Figur eines Engels, Cordelia. Es ist eine Schande, so viel Schönheit unter Reifröcken und Unterkleidern zu verbergen.«

Er ließ sich auf ein Knie vor ihr nieder, schob den Saum ihres Hemdes hoch und löste die Schleife eines Strumpfbandes, dann die zweite und strich die Strümpfe an ihren schlanken Beine nach unten, küßte die geröteten Linien, die die Strumpfbänder auf ihren Schenkeln hinterlassen hatten.

Während er vor ihr kniete, löste Cordelia seinen Pferdeschwanz und ließ ihre Finger durch sein seidiges Haar gleiten, so wie sie es bei ihrem ersten Kuß getan hatte. Sein Haar zu liebkosen jagte ihr kribbelnde Schauer über den Rücken. In der Öffentlichkeit durfte man die Hand eines Mannes berühren, oder auch seinen Arm, gelegentlich seinen Schenkel streifen, ohne die Grenzen der Schicklichkeit zu verletzen. Aber die Hände in das Haar eines Mannes zu wühlen …

Sebastian drehte sein Gesicht und küßte ihre Handfläche, ehe er aufstand. Von seiner Zärtlichkeit ermutigt, hob sie die Hände und nestelte an den winzigen Knöpfen seiner Brokatweste.

»Sie sind mir einen Schritt voraus, Euer Gnaden«, murmelte sie scherzend, um ihre wachsende Erregung zu verbergen.

Sebastian stand reglos, seine Augen senkten sich in die ihren, als sie ihm die Weste abstreifte, die Halsbinde löste und an den Bändern seines Hemds nestelte. Ihre Finger zitterten so stark, daß sie Mühe hatte, die Knoten zu lösen.

Sebastian schien ihre Empfindungen falsch zu verstehen, er umschloß ihre Hand. »Es ist noch nicht zu spät aufzuhören, Liebes.« Er hob ihre Hand an den Mund, küßte jeden Finger einzeln und lächelte gequält. »Ich weiß, du dachtest, das ist es, wonach du dich sehnst, doch die Wirklichkeit ist manchmal …«

Er führte den Satz nicht zu Ende, da sie wortlos seine Hand an ihren Busen führte, deren Knöchel zart an ihrer Brustknospe unter dem dünnen Batist rieben. Mit einem gequälten Laut zog er sie an sich, hob sie in die Arme, trug sie zum Baldachinbett und bedeckte dabei ihr Gesicht mit zarten Küssen.

Behutsam legte er sie auf die seidenen Laken und betrachtete sie mit begehrlichen Blicken, die ihre Haut zu versengen drohten. »Du würdest selbst den Papst in Versuchung führen«, murmelte er beinahe grollend, während er die Knöpfe seiner Kniehosen mit fliegenden Händen öffnete.

In wenigen Sekunden hatte er sich aus Hosen, Hemd und Strümpfen geschält und sie von sich geworfen. Nun stand er in engen Unterhosen neben dem Bett und blickte auf sie herab.

Cordelia kniete sich an den Bettrand und bewunderte seinen muskulösen Brustkorb, der mit dunklem Kraushaar bedeckt war, das unter dem Rippenbogen in einem schmalen Strich den flachen, festen Bauch nach unten bis zum Nabel auslief.

Mit bebenden Fingern streichelte sie die Wülste seiner Muskeln und Sehnen, die unter ihrer Berührung vibrierten. Sebastian streifte ihr die dünnen Träger von den Schultern, und das Hemd glitt zu ihren Hüften.

Sein Atem beschleunigte sich beim Anblick ihrer hellen Brüste und pfirsichfarbenen Knospen. Er beugte sich bedächtig über sie und küßte zart eine Brust, bevor er sich neben Cordelia aufs Bett kniete und sich beiden Brüsten widmete. Seine Zunge umflatterte ihre Brustspitzen, sein Mund saugte daran, bis Cordelia sich aufbäumte. Er drängte sein Knie zwischen ihre Schenkel, während er süße Küsse ihren Hals entlang und in die Furche zwischen ihren Brüsten hauchte.

Dann glitt seine Hand zwischen ihre Beine und wölbte sich um ihr weibliches Geheimnis. Cordelia japste vor Wonne und schmiegte sich in seine Hand, rieb sich daran, während sie die Augen schloß und sich den Wonnen seiner Liebkosungen hingab.

Sie sehnte sich nach seiner Berührung an dieser unaussprechlichen Körperstelle. Als er einen Finger in ihre von weiblichem Tau benetzte Hitze tauchte, hatte sie längst alle Bedenken hinter sich gelassen, wie ›lüstern‹ sie auf ihn wirken mochte. Jede Frau, die einen Mann begehrte, galt als lüstern. Damit hatte sie sich abgefunden.

Und wie herrlich war es, sich ihrer Lüsternheit hinzugeben.

»Mach die Augen auf«, raunte er an ihrem Ohr.

Seine Stimme, seine Worte schüchterten sie wieder ein. Verlegen schüttelte sie den Kopf. Das Blut rauschte durch ihre Adern, sie zitterte am ganzen Körper.

»Ich möchte, daß du siehst, was dein Verlangen mit mir macht«, brummte er und nagte an ihren Lippen. Seine Stimme wurde fordernder. »Mach die Augen für mich auf, Engel.«

Langsam hob sie die Lider und erschrak über das lodernde Feuer in seinen Augen.

»Du willst eine unvergeßliche Liebesnacht.« Seine Augen verschlangen sie. »Ich will, daß du sie nie vergißt. Ich will, daß du uns dabei zusiehst.«

Mit einer flinken Bewegung tauchte er seinen Finger tief in sie ein. Vor Schreck wäre sie beinahe vom Bett gesprungen, doch er hielt sie umschlungen und schob seinen Finger wieder in sie. Und während er tiefer in sie eindrang, ließ er seine Augen nicht von ihrem fiebernden Gesicht, und bald genoß sie die sündige Liebkosung. Je schneller sein Finger sich bewegte, desto mehr sehnte sie sich nach einem unerreichbaren Ziel. Als er seinen Daumen über die Blütenblätter ihrer Scham gleiten ließ und Wonneschauer sie durchjagten, schrie sie verzückt auf. Vielleicht war das Ziel erreichbar …

Bald hatte sie jede Hemmung vergessen, bog sich seiner Hand entgegen, wand und wiegte sich schneller und schneller, suchte das Ziel zu erreichen und glaubte es zu finden. Bei jedem gutturalen Laut, der sich ihrer Kehle entrang, verdunkelte sich sein Blick, und er lächelte ein beglückendes, geheimnisvolles Lächeln.

Sie wollte den Blick wenden, wurde aber von der sinnlichen Macht seiner Augen festgehalten.

Sein Lächeln schwand. Sein Atem beschleunigte sich, seine Augen verschleierten sich. Er stand kurz vor dem Zerbersten vor Verlangen nach ihr, doch er nahm sie nicht.

Etwas stimmt nicht, dachte sie benommen. Ihr Verstand hatte sie im Stich gelassen, sie trieb in einem sturmgepeitschten Ozean entfesselter Leidenschaft. Ihre Fingernägel krallten sich in seine Schultern, sie beugte sich weit in seinem Arm zurück, der sie umfangen hielt.

Mit plötzlicher Gewalt brachen die Wellen der Verzückung über ihr zusammen, sie zerfloß in einem Strudel alles verschlingender Wollust. Er war ihr Anker, an den sie sich klammerte, während diese seltsamen Schauer ihren Körper durchzuckten, alles Denken ausschalteten; es gab nur ihn und die Magie seiner Finger.

Erst als sie in seinem Arm zusammensank, zog er seinen Finger zurück, um sie sanft auf die Damastdecke zu legen. Allmählich kehrte ihr Denkvermögen zurück, und dann traf sie die Erkenntnis seines Tuns wie ein Schlag. Er wollte ihren Wunsch erfüllen, dabei aber ihre Jungfräulichkeit bewahren. Deshalb hatte er sich nicht völlig entkleidet, deshalb hatte er sie in Verzückung versetzt, ohne selbst daran teilzuhaben.

Sie wußte, das Liebesspiel bedeutete mehr. Ihre Mutter und Honorine, zwei vernünftige Frauen, hatten sie über den Geschlechtsakt aufgeklärt. Sie wußte ausreichend Bescheid, um zu wissen, daß Sebastian den Akt nicht wirklich mit ihr vollzogen hatte.

Als er sich vom Bett erhob, richtete Cordelia sich auf und schlang ihre Arme um ihn. »Nein, noch nicht«, wisperte sie und kam auf die Knie. »Ich will dich ganz, Sebastian.«

Er stöhnte. »Du weißt nicht, was du willst«, knurrte er, umfing ihre Schultern und versuchte sie von sich zu schieben.

»O doch, ich weiß.« Ihre Hand tastete seinen harten Bauch nach unten und knöpfte hastig den Bund auf. »Ich will dich.« Damit riß sie an seinen Leinenhosen, bis sie zu Boden rutschten.

Ihre Blicke verschmolzen in einem endlos langen Moment. Schließlich sagte er schneidend: »Eine unberührte Jungfrau kann nicht wissen, was sie will.« Sein Blick wanderte von ihrem Gesicht an seinem eigenen Körper hinunter, und dann lachte er spöttisch. »Gütiger Himmel, du bist so unschuldig, daß du es nicht einmal wagst, die Waffe anzusehen, die die blutige Tat vollbringen soll.«

Damit hatte er vollkommen recht. Allein der Gedanke, seine Männlichkeit anzusehen, jagte ihr Todesangst ein. Honorine und ihre Mutter hatten ihr nur gesagt, das Geschlecht des Mannes, werde ›im Zustand der Erregung sehr hart‹, was immer das bedeuten mochte.

Wenn er verlangte, ihn anzusehen, damit ihm klar wurde, daß es ihr ernst war mit ihrem Anliegen, so würde sie es tun. Schüchtern ließ sie ihren Blick über seine behaarte Brust zu seinem Nabel wandern und tiefer, wo das Haar dicht …

Ihre Augen weiteten sich, und ein spitzer Schrei entfuhr ihr.

»Berühre mich«, befahl er heiser.

Sie gehorchte und ließ ihre Finger sanft über die seidige Haut gleiten, bevor sie seinen prallen Schaft umspannten. Sebastian zog den Atem scharf ein, sein ganzer Körper versteifte sich, als sie ihn in scheuer Faszination erkundete.

»Gütiger Himmel, Cordelia«, keuchte er, als ihre Liebkosungen kühner wurden. Sanft zwang er sie in die Kissen zurück und legte sich über sie. Sie genoß seine nackte Haut, den würzigen Moschusduft, der ihm entströmte. Sebastian drängte seine Knie zwischen ihre Schenkel und schmiegte den langen, harten Schaft seiner Männlichkeit an sie.

Auf die Ellbogen gestützt, fixierte er sie. »Du willst ihn also«, sagte er ernsthaft, als brauche er ihre endgültige Bestätigung.

Cordelia nickte.

»Dann hast du deine Wahl getroffen. Auch wenn du es später bereust, jetzt gehörst du mir.«

Mit diesen Worten drang er in sie, bis ihr Jungfernhäutchen ihm den Weg versperrte. Er zögerte. Cordelia hob ihm die Hüften entgegen, spürte, daß etwas in ihr zerriß, ehe sein Glied sich tief in sie senkte. Ein stechender Schmerz durchzuckte sie, und Sebastian erstickte ihren Schrei mit dem Mund, küßte sie in wilder Gier und gab ihr Zeit, sich an seine pralle Männlichkeit zu gewöhnen.

Cordelia war nicht wohl bei der ungewohnten Empfindung. Sie war nicht ohne Reiz, gleichzeitig aber auch unangenehm und schmerzhaft. Es war viel besser, als er sie mit dem Finger liebkost hatte, dachte sie.

Bis er sich bewegte.

Seine Augen fieberten vor Verlangen, als er in sie drang, sich zurückzog und sich wieder in sie schob in bedächtig langen Stößen, und bald verwandelte der Schmerz sich in süßes Prickeln, das sich mit jedem seiner Stöße verstärkte. Cordelias Sinne waren nur auf die Empfindungen gerichtet, die er in ihr auslöste – die Stöße seiner Hüften, die seidige Berührung seiner Lippen auf ihrem Mund, die Liebkosung seiner behaarten Brust, die rhythmisch über ihre empfindlich hochgereckten Brustknopsen strich. Wie ein talentierter Musiker, der es versteht, mit sanften Liebkosungen und festem Druck seinem Instrument die schönsten Töne zu entlocken, verstand Sebastian sich darauf, ihren Körper in Verzückung zu versetzen.

Sie schlang ihre Arme um seinen Nacken, gab sich der sinnlichen Macht seines Körpers hin und ließ sich in die Sphärenklänge der Ekstase treiben.

»Ja, so ist es gut«, raunte er heiser und beschleunigte den Rhythmus seiner Stöße. »Zeig mir, wonach dein Herz sich sehnt, mein Engel. Zeig es mir, nur mir allein.«

Und sie offenbarte ihm ihre Gefühle noch mehr, als sie es tat, wenn sie am Cembalo saß und mit der ganzen Inbrunst ihrer Seele spielte. Der Rhythmus dieses Liebesaktes stand im Einklang gegenseitiger Harmonie, und Cordelia wußte, daß es richtig war, sich ihm hinzugeben. Im Wechselspiel von Küssen, Liebkosungen und seidig kribbelnden Stößen spielte jeder virtuos auf dem Instrument der Sinnlichkeit des anderen, ihre Herzen schlugen den furiosen Takt dazu, während die Ekstase sich aufbaute und anschwoll zu einer machtvollen Kadenz, bis Raum und Zeit aufhörten zu existieren und das Paar in ihrer Vereinigung in überirdischen Gefilden der Entrückung schwebte.

»Sebastian ... mein lieber, liebster Sebastian!« jauchzte sie und spannte sich an wie eine Violinsaite, um erneut in den Strudel der Erlösung gerissen zu werden. Er senkte sich in einem letzten, herrlichen Stoß so tief in sie, daß sie glaubte, mit ihm zu verschmelzen.

Dann zerbarst er in ihr, und die Zuckungen seiner Entladung durchliefen seinen Körper, und Cordelia wurde noch tiefer in den Strudel gerissen, bis sie ein einziges Fließen war und unartikuliert schrie.

Sehr langsam schwebten die beiden in die Gegenwart zurück.

Sebastian lag keuchend auf ihr. Cordelia hielt die Augen geschlossen und genoß das Gewicht seines schweißnassen Körpers. Nur ganz allmählich drangen Bruchstücke der Realität in ihre Benommenheit. Das Knistern des Kaminfeuers, der Duft nach Rosenwasser, der den Laken entströmte, das entfernte Schlagen einer Wanduhr irgendwo im Haus.

Träge schlug sie die Augen auf und blickte in Sebastians Gesicht, das an ihrer Brust gebettet lag. Er hielt die Augen geschlossen. Doch sein Gesichtsausdruck schien ihr nicht Zufriedenheit, sondern Bedauern auszudrükken. Angst kroch in ihr hoch und verdrängte das jauchzende Glücksgefühl. Sie strich mit bebenden Fingerkuppen über sein versteinertes Gesicht, wünschte sehnlichst, die Reue zu vertreiben, die sie in seinen Zügen las.

Zärtlich nahm er ihre Hand, wälzte sich von ihr und legte sich neben sie auf den Rücken.

»Sebastian?« flüsterte sie.

Er gab keinen Laut von sich. Alarmiert, er könne eingeschlafen sein, stützte sie sich auf einen Ellbogen und blickte auf ihn herab.

Doch er war wach, seine Augen starrten blicklos in den Baldachin.

Sie legte die Hand auf seine Brust. »Bist du böse mit mir?«

Er streichelte zerstreut ihre Finger. »Nein. Nur mit mir selbst.«

»Das darfst du nicht.« Sie wollte sein Gesicht streicheln, wurde aber von Hufgetrappel auf der Straße abgelenkt. Mit angehaltenem Atem zog sie die Bettdecke hoch, bis sich das Hufgetrappel entfernte und verklang.

»Du mußt gehen«, flüsterte sie, »ehe Honorine und Vater zurückkommen und man dich hier findet.«

Er begegnete ihrem besorgten Blick mit traurigen Augen. »Das ist jetzt nicht mehr wichtig. Meinst du nicht auch? Wir werden heiraten, sobald ich eine Sondergenehmigung eingeholt habe. Also ist es nicht weiter schlimm, wenn man uns heute nacht in deinem Bett vorfindet.«

»Heiraten! Was soll das heißen?« Seine Worte hätten sie glücklich machen müssen, doch sein düsterer Tonfall machte sie beklommen.

Er setzte sich auf und strich mit den Fingern über den Blutfleck auf dem Laken. Seine Gesichtszüge waren wie aus Stein gemeißelt. »Es ist nicht meine Art, eine Jungfrau zu entehren und sie dann im Stich zu lassen, Cordelia. Du bist für mich die erste Jungfrau, und ich werde selbstverständlich das Richtige tun und dich heiraten.«

Ihr Herzschlag drohte auszusetzen. Kein Wort von Liebe oder Zuneigung. Er sah darin eine Pflicht wie seine anderen Pflichten auch. Mehr nicht.

»Du kannst mich nicht heiraten«, widersprach sie mit leiser Stimme.

»Warum nicht?«

»Zum einen, weil du ein Herzog bist und ich eine Pfarrerstochter.«

Sein hartes Lachen machte sie frösteln. »Das stört keine Menschenseele. Der erste Herzog von Waverley war der uneheliche Sohn von Charles II. und einer Schauspielerin, und der zweite Herzog, mein Vater, heiratete die Tochter eines Gastwirts. Meine Heirat mit dir ist ein Schritt nach oben für meine Familie.«

»Aber du bist mit einer anderen verlobt.«

Er biß die Zähne aufeinander. »Ja, ich bin mit einer anderen verlobt. Das ist ein Problem.«

»Sebastian, ich wollte nicht, daß du mich heiratest, als ich dich bat, die Nacht mit mir zu verbringen. Dazu hätte ich kein Recht, da du ...«, es fiel ihr schwer, die Worte auszusprechen, »... eine andere liebst.«

Diesmal klang sein Lachen bitter. »Ich soll eine andere lieben? Ich habe Judith nie geliebt.«

Cordelia hatte Mühe, sich ihre Erleichterung nicht anmerken zu lassen. Wieso aber benahm er sich, als habe sie soeben sein Leben zerstört, wenn er Judith nicht liebte? »Ist es eine arrangierte Ehe?«

»Gewissermaßen.« Er sah sie lange an, dann berichtete er von Baron Quimley, der die Familie der Kents vor dem finanziellen Ruin bewahrt hatte. Cordelias Beklommenheit wuchs mit jedem seiner Worte.

Als wolle er ihr Bild auslöschen, schloß er die Augen. »Das Geld, das er mir damals geliehen hat, spielt keine Rolle. Mittlerweile kann ich meine Schulden begleichen. Nein, er bat mich nur um eins als Gegenleistung für seine Hilfe – daß ich seine Tochter heirate und sie zur Herzogin mache. Und ich habe ihm mein Wort gegeben.«

»Du mußt dein Wort halten«, brachte sie mit Mühe über die Lippen.

Er funkelte sie wütend an. Beim Anblick ihres totenbleichen Gesichts wurden seine Züge weicher. »Wenn ich mein Wort halte, muß ich dich im Stich lassen, Engel, und das kann ich nicht.«

»Du läßt mich nicht im Stich. Ich sagte, was ich von dir wollte – eine Liebesnacht mit dir. Du hast sie mir gewährt. Als ich ... als ich dich darum bat, dachte ich nicht im Traum an Heirat. Ich weiß, daß das nicht möglich ist.« Sie legte soviel Überzeugung in ihre Worte, wie ihr nur möglich war. »Ich will nicht, daß du mich heiratest, Sebastian.«

Er zog eine Augenbraue hoch. »Und wenn du ein Kind bekommst?«

Die Frage traf sie völlig unerwartet. Nicht eine Sekunde während ihres leidenschaftlichen Liebesaktes hatte sie daran gedacht, daß er ein Kind mit ihr zeugen könnte. Sie wußte nichts darauf zu sagen.

Sebastian schüttelte bedächtig den Kopf. »Nein, an so etwas denkst du nicht. Aber ich. Mir waren die Konsequenzen klar, wenn ich mich auf eine Liebesaffäre mit dir einlasse.« Tonlos fuhr er fort: »Ich wußte, daß ich meinen Eid damit breche ... und mich vor Baron Quimley entehre.« Sein Mund war schmal geworden. Er hob die Hand und strich ihr eine Haarsträhne aus dem Gesicht. »Heute nacht zählte das alles nicht. Es schien mir wert, alles aufs Spiel zu setzen, um dich zu besitzen. Deshalb, Engel, werden wir heiraten.«

Heute nacht ... schien es ihm wert, alles aufs Spiel zu setzen ... Seine Worte stachen wie Pfeilspitzen in ihr Herz. Während sie ihn verführt hatte, schien es ihm wert zu sein, und nun bereute er alles.

Der Himmel wußte, wie gern sie ihn heiraten würde. Wenn sie aber zuließ, daß er sie um den Preis seiner Ehre und seines Stolzes heiratete, würde dieser Ehe kein Glück beschieden sein. Das war ihr ebenso klar, wie sie wußte, daß sie ihn liebte.

Ja, sie liebte ihn. Das Herz drohte ihr zu zerspringen bei der Erkenntnis. Barmherziger Himmel, sie liebte ihn unermeßlich. Sie liebte seine herrische Art ebenso wie seine Zärtlichkeit und seine Selbstbeherrschung. Und sie liebte sein Ehrgefühl und sein Pflichtbewußtsein.

Ehre und Pflicht. Sie haßte die Worte beinahe, doch ihm bedeuteten sie noch mehr als ihr. Wenn sie ihm die Ehre nehmen würde, wäre er nur ein Schatten seiner selbst, und er würde sie bis ans Ende seiner Tage dafür hassen. Sein augenblicklicher Groll wäre nur der Anfang.

Im übrigen liebte er sie nicht, und diese Wahrheit mußte sie akzeptieren. Auch wenn er seine Verlobte nicht liebte, so stand er Judith im Wort. Die Verantwortung, die er Cordelia gegenüber zu haben glaubte, wurzelte nur in seinem Wunsch, ihren Ruf zu schützen. Er liebte sie nicht, und wenn er sie aus reinem Pflichtbewußtsein heiraten würde, wäre sie ebenso unglücklich wie er.

Sie mußte ihn um jeden Preis überzeugen, daß es nicht seine Pflicht war, sie zu heiraten.

»Hör bitte auf, von einer Ehe zwischen uns zu sprechen«, sagte sie mit fester Stimme. »Ich werde dich nicht heiraten. Schluß mit der Debatte.«

Seine Augen verengten sich. Sie mied seinen Blick, stand auf und suchte etwas, um sich zu bedecken. Wie in Trance bewegte sie sich durchs Zimmer auf der Suche nach ihrem Morgenrock und spürte, wie er jede ihrer Bewegungen verfolgte.

»Dir bleibt keine andere Wahl.« Seine Stimme klang belegt. »Wenn du mich zurückweist, werde ich deinem Vater erzählen, was zwischen uns passiert ist. Er wird dich zwingen, mich zu heiraten.«

»Das würdest du nicht tun!« rief sie entrüstet und wirbelte herum. »Ich … ich leugne alles … ich sage ihm, du willst nur meine Ehre zerstören … Ich …«

»Wie willst du leugnen, wenn das Laken mit deinem jungfräulichen Blut befleckt ist?«

Sie fühlte sich wie vor den Kopf geschlagen. Wie konnte er so grausam sein? Bedeuteten ihm ihre Gefühle gar nichts? Die Demütigung, wenn er die Schande ihrem Vater berichtete? Nein, natürlich nicht. Ihm ging es einzig und allein darum, sein Gewissen zu beruhigen.

Sebastians Gesichtszüge wurden weicher. »Dein Edelmut ist unangebracht, Cordelia. Deine Rede, du willst nur eine Nacht mit mir verbringen, an die du dich den Rest deines Lebens erinnern kannst, war doch absurd. Dir mag das nicht klar geworden sein, mir aber. Eine Jungfrau tut so etwas nicht.«

Cordelia suchte immer noch mit wirren Blicken nach ihrem Morgenrock, um ihre Nacktheit zu verhüllen. Endlich fand sie das Seidenneglige, schlüpfte hastig in die Ärmel und band den Gürtel. Sie mußte die Kraft finden, ihm ihre Ansicht zu sagen.

»Eine Jungfrau tut dies, eine Jungfrau tut das«, äffte sie ihn nach und fuhr hochmütig zu ihm herum. »Für einen Mann, der bis heute keine Jungfrau beschlafen hat, weißt du erstaunlich gut Bescheid, was eine Jungfrau tut und was nicht.«

Sebastian erhob sich ungeniert vom Bett, seine Nacktheit schien ihn nicht im geringsten zu stören. Sie wünschte, ebenso ungeniert sein zu können. Sein prachtvoller männlicher Körper rief ihr jede Sekunde ihrer entfesselten Vereinigung ins Gedächtnis zurück.

Sie zwang ihren Blick von seinen breiten Schultern, den sehnigen Armen und ... Sie sah ihm unverwandt ins starre Gesicht. »Im übrigen«, fuhr sie schnippisch fort, »wer sagt, daß ich edelmütig bin? Wenn ich den Wunsch gehabt hätte zu heiraten, hätte ich es längst getan. Ich habe die Anträge all der Männer vor dir nicht aus einer Laune heraus abgewiesen. Oder denkst du, ich hatte keine Verehrer?«

Er trat auf sie zu. »Die Situation deines Vaters hat dich davon abgehalten zu heiraten. Das ist nun nicht mehr nötig. Ich werde deinen Vater bestens versorgen.«

Die unvermutete Sanftheit in seinen Zügen lähmte sie beinahe. Es war nicht schwer, seinen im Zorn gesprochenen Forderungen zu widerstehen, doch der besonnene, gütige Sebastian war es, in den sie sich verliebt hatte, und ihm zu widerstehen fiel ihr unendlich schwer.

Aber sie mußte ihm widerstehen. »Das ist nicht der einzige Grund, warum ich nicht geheiratet habe. Ich habe dir von Anfang an zu verstehen gegeben, daß ich den Wunsch habe, eine unabhängige Frau zu sein. Wieso sollte ich meine Freiheit einem Ehemann opfern, der meine Zeit und Energie in Anspruch nimmt, wenn ich im Hause meines Vaters Freiheit genieße?«

Sie war sicher, er würde ihre plumpe Lüge durchschauen, doch er musterte sie kalt in stummer Fassungslosigkeit.

Und Cordelia trieb einen weiteren Nagel in den Sarg ihrer Hoffnungen. »Zugegeben, ich finde dich sehr attraktiv, Sebastian. Und du bist ein wunderbarer Liebhaber. Aber dich heiraten? Wieso sollte ich dich heiraten und damit die Chance verlieren, meine Musik zu komponieren und unabhängig zu sein?«

Sein Gesicht verdunkelte sich. »Ich würde dir doch nicht verbieten, deine Musik zu schreiben, das weißt du genau. Ich tue alles, was in meiner Macht steht, um dir zu helfen.«

»Das wäre nicht dasselbe«, entgegnete sie hochfahrend. »Wie kann ich mich bewähren, wenn alle Welt sagen würde, ich sei nur durch die Gunst meines Ehemanns zu Erfolg gekommen. Nein, ich muß mein Ziel selbst erreichen, wenn es Bedeutung haben soll.«

Sebastian stand reglos mit geballten Fäusten vor ihr. »Ist das wirklich dein Wunsch? Dir deinen Lebensunterhalt zu verdienen unter aufgeblasenen Chorsängern, hochmütigen Dirigenten und mißgünstigen Musikern?«

Cordelia warf eigensinnig das Haar über die Schulter. »Aber ja. Du weißt, daß mir der Erfolg meiner Musik alles bedeutet.«

Sie zwang sich, seinem kalten Blick gleichmütig zu begegnen.

»Dann war dein Gerede, für dich gäbe es keine Chance, jemals zu heiraten, und du wolltest eine unvergeßliche Liebesnacht mit mir, also nur ein übler Trick, um mich zu verführen.«

Sie brachte es nicht über sich, seine Worte zu bestätigen. Sie zuckte mit den Schultern und hoffte, ihr Schweigen wäre ihm Bestätigung genug.

Zu ihrem Entsetzen kam er näher, blieb dicht vor ihr stehen. Seine Stimme war ein bitteres Grollen. »Und ich habe mich nicht geirrt, als ich dich fragte, ob du nur einen Hengst brauchst, der deine jungfräuliche Neugier stillt.«

Du hast dich geirrt! wollte sie hinausschreien und biß sich die Lippe blutig, um es nicht zu tun.

Er stand ihr nahe genug, um sie zu berühren. Cordelia wußte, wenn sie ihn jetzt anfaßte, nur mit einer federleichten Berührung ihrer Hand, würde er ihre Worte vergessen, sie in die Arme ziehen und seinen Antrag wiederholen.

Sie zwang sich, seinem anklagenden Blick mit gespielter Gleichgültigkeit zu begegnen, während ihr das Herz blutete und ihre Seele vor Schmerz verging. Jedes Licht in seinen Augen erlosch. »Ich verstehe. Eines muß ich dir allerdings gestehen, Cordelia. Du warst ein Vergnügen im Bett, Jungfrau hin oder her.« Er machte eine Pause, sein Blick wanderte in unverhohlener Dreistigkeit über ihren kaum verhüllten Körper. »Tja, ich hätte dich beim Wort nehmen sollen, als du dich eine lüsterne Dirne nanntest. Bei dir könnte eine Kurtisane in die Lehre gehen.«

Cordelia drehte sich der Magen um, Übelkeit stieg in ihr hoch. *Später,* befahl sie sich verzweifelt. *Später kannst du dich übergeben.*

Als sie beharrlich schwieg, bückte er sich, sammelte seine Kleider auf und entfernte sich. Cordelia fuhr herum, sah entsetzt, wie er die Tür öffnete, immer noch nackt, die Kleider in einem losen Bündel unter dem Arm.

»Sebastian! Du kannst doch nicht einfach so ... ich meine ... wenn dich jemand sieht?«

»Was macht es schon? Wie ich dich kenne, wickelst du deinen Vater um den kleinen Finger. Er wird sich von seinem Schreck erholen, wenn du ihm sagst, ich war nur ein interessantes erotisches Abenteuer für dich.«

»Sebastian, bitte warte.« Die Worte purzelten ohne ihr Zutun aus ihrem Mund.

Er blieb in der offenen Tür stehen.

»Ich ... ich wollte dich nicht verletzen«, stieß sie tonlos hervor.

Einen Augenblick schien sein Zorn ihn zu übermannen, und sie fürchtete beinahe, er würde sie schlagen. Sie wich einen Schritt zurück. Dann stieß er zwischen den Zähnen hervor: »Wenn du ein Kind bekommst, laß es mich wissen. Ich werde dafür aufkommen. Ansonsten halte dich von mir fern. Und diesmal meine ich es ernst. Wenn du noch einmal versuchen solltest, mich zu verführen, wirst du feststellen, was es bedeutet, ein wildes Tier zu reizen. Ich warne dich, es wird sehr unangenehm für dich sein.«

Als die Tür hinter ihm ins Schloß fiel, sank Cordelia in die Knie und brach in Tränen aus. Sie weinte um ihn, um seinen verletzten Stolz, und sie weinte um den Verlust all ihrer Hoffnungen. Und am bittersten weinte sie um sich selbst.

Kapitel 16

Honorine war am Ende ihrer Weisheit. Fünf Spelunken hatte sie nun schon abgeklappert, ohne eine Spur von Oswald. Schlimmer noch, der letzte Wirt hatte gemeint, ein Mann, auf den Oswalds Beschreibung paßte, habe vor einiger Zeit hereingeschaut, eine Flasche Wein gekauft und sei wieder gegangen.

Nun stand sie mitten auf der dunklen Straße und wußte sich keinen Rat mehr. Vielleicht war Oswald wieder zum Haus zurückgekehrt.

Nein. Wieso sollte er eine Flasche Wein kaufen und ins Haus zurückkehren, wenn er sich in ihrem Weinkeller bedienen konnte? Sie schleppte sich die Straße entlang. Wo mochte er bloß sein?

Und dann bemerkte sie einen fahlen Lichtschein aus einem Fenster der nahe gelegenen Pfarrkirche. Die Kirche. Vielleicht hatte er sich in die Kirche geflüchtet. Hoffnung stieg in ihr auf. Vermutlich ging der Kirchendiener nur einer versäumten Arbeit nach. Dennoch beschleunigte Honorine ihre Schritte und bog in den schmalen Weg zur Kirche ein.

Das schwere Eichenportal stand einen Spalt offen. Sie huschte ins Innere der Kirche. Der Lichtschein kam von zwei Kerzen, die vor der ersten Bankreihe flackerten. Sie spähte durch das dunkle Kirchenschiff, ohne jemand zu entdecken. Trotzdem ging sie den Mittelgang auf den Altar zu. Und dann entdeckte sie in der ersten Reihe die gebeugte Gestalt eines Mannes. Behutsam trat sie näher, ihr Herz schlug beinahe so laut wie ihre Absätze auf den Steinfliesen.

An der ersten Bankreihe angekommen, blieb sie stehen. Der Mann hob den Kopf. Es war Oswald.

Ihre Hände zitterten vor Erleichterung. Als sie ihre Suche begann, hatte sie nicht gewußt, wo sie ihn finden würde. Keinesfalls hätte sie erwartet, ihn betend in der Kirche anzutreffen.

Dann bemerkte sie die Weinflasche in seiner Hand. Sie konnte erkennen, daß der Korken gezogen war, nicht aber, wieviel er getrunken hatte.

Und dann staunte sie über seine klare Stimme. »Kommst du, um mich zu holen?« Er hatte sie noch nicht angesehen, mußte aber ihre Schritte gehört haben.

Sie bemühte sich um einen ruhigen Ton, obwohl ihr eher danach zumute war, ihm Vorhaltungen zu machen, sie und Cordelia in Angst und Schrecken versetzt zu haben. »Tja, entweder ich machte mich selbst auf die Suche nach dir, oder ich hätte dir den Herzog hinterher schicken müssen. Doch der wäre dir wohl noch weniger willkommen als ich.«

Beim Klang ihrer Stimme erschrak er sichtlich und drehte sich halb zu ihr um. »Honorine?«

Allem Anschein nach hatte er Cordelia erwartet. Seine breite Stirn verfinsterte sich. »Wieso hat Cordelia dich geschickt? Ist das Mädchen so wütend mit mir, daß sie meinen Anblick nicht ertragen kann?«

Honorine straffte die Schultern. Männer hatten wirklich keinen Funken Verstand im Kopf. »Ich werde sie doch nicht nachts in einer fremden Stadt herumirren lassen! Und von wegen wütend ... Sie macht sich große Sorgen um dich. Ich glaube nicht, daß sie wütend ist.« Honorines Blick wanderte bedeutungsvoll zur Flasche in seiner Hand. »Noch nicht.«

Als er nichts darauf erwiderte, sondern nur schwer seufzte, fügte sie hinzu: »Kann ich mich setzen? Anscheinend willst du noch ein Weilchen bleiben.«

Wortlos rutschte er zur Seite, um ihr Platz zu machen. Honorine setzte sich und griff nach der Flasche, die er ihr bereitwillig überließ. Eine Welle der Erleichterung durchströmte sie, als sie feststellte, daß sie noch voll war. Vorsichtig stellte sie die Flasche neben die Bank auf die Steinfliesen und wartete.

Sie saßen lange schweigend nebeneinander, und Honorine hatte Muße, das Kirchenfenster seitlich hinter dem Altar zu betrachten, das im schwachen Schein der Kerzen kaum zu erkennen war, das ihr indes von ihren Kirchenbesuchen vertraut war. Das bemalte Fenster zeigte die alttestamentarische Frauengestalt Ruth, die sich nach langer Witwenschaft erneut vermählte, als sie schon glaubte, ihr Leben in Einsamkeit verbringen zu müssen. Welch bittere Ironie, dachte Honorine, daß sie nun mit Oswald ausgerechnet unter diesem Fenster saß.

Plötzlich fing er an zu reden und holte sie aus ihren schwermütigen Grübeleien. »Ich habe heute abend wohl wieder alles verdorben, stimmt's?« Er saß vorgebeugt, die Ellbogen auf die Knie gestützt, und starrte zum Altar.

»Das würde ich nicht sagen. Nachdem du aus dem Salon gestürmt bist, konnte ich meine Gäste davon überzeugen, daß die ganze Sache eine Wette zwischen mir und Seiner Lordschaft sei, um zu prüfen, ob das Publikum einem Schwindel auf die Schliche käme. Es dauerte nicht lange, bis man über den gelungenen Scherz lachte, und dann mußte Cordelia sich die Finger wund spielen. Die Gäste konnten nicht genug kriegen, ihre Musik zu hören. Wärst du geblieben, hättest du ein großartiges Finale erlebt.«

Oswald schüttelte den Kopf, eine leichte Wehmut huschte über seine müden Gesichtszüge. »Das paßt wieder zu dir, Honorine. Du hast wieder mal alle an der Nase herumgeführt.«

»Jedenfalls gibt niemand dir die Schuld und Cordelia schon gar nicht. Die ganze Sache war schlecht vorbereitet, und wenn ich meinen Verstand gebraucht hätte, hätte ich es wissen müssen.«

»Schuld hat nur dieser verfluchte Herzog«, grollte Oswald. »Er und seine Familie. Er quält Cordelia mit diesem Unsinn, nur um seinen idiotischen Bruder vor dem Ruin zu retten. Ein Mann mit so engstirnigen Ansichten verdient es nicht anders, als sein Geschäft zu verlieren.«

»Vielleicht. Aber Cordelia fühlt sich nun mal verpflichtet, ihr Wort zu halten.«

»Ja«, brummte er. »Ich hätte von vornherein meine Zustimmung verweigern müssen.«

»Und warum hast du dich darauf eingelassen?« Honorine brannte schon längst darauf zu wissen, warum Oswald dieses Spiel mitmachte.

Ihre Frage schien seine bedrückte Stimmung noch zu verstärken. »Ich habe Cordelia das Leben schwergemacht in diesen letzten drei Jahren, Honorine. Das Mädchen verdient ein besseres Leben, als ich ihr bieten kann. Nach Florindas Tod fing ich an zu trinken. Es war eine schlimme Zeit für Cordelia. Als sie den Wunsch äußerte, den großen Meister Händel kennenzulernen, konnte ich ihr die Bitte nicht abschlagen. Um die Wahrheit zu sagen, ich habe erst auf dieser Reise aufgehört zu trinken.«

Zu Honorines großem Erstaunen schüttete er ihr plötzlich sein Herz aus – erzählte vom Leben im Pfarrhaus in den letzten drei Jahren, daß er ständig getrunken habe, daß er Cordelia seine Arbeit aufgebürdet habe. Und daß Cordelia ihn schließlich zur Rede gestellt und sich von ihm abgewandt habe.

Honorine hörte schweigend zu, nickte nur gelegentlich. Und als er fertig war, las sie tiefe Zerknirschung in seinem Gesicht. Er hatte eingesehen, wie sehr er seine Tochter verletzt hatte. Doch als Honorine die Kirche betreten hatte, hielt er die Flasche in der Hand, als hänge sein Leben daran.

Honorine brannte eine Frage auf der Seele, und sie

wußte nicht, wie sie sie formulieren sollte, ohne einen Wutanfall von ihm zu riskieren. »Oswald?«

»Ja?«

Sie wies auf die Flasche neben der Kirchenbank. »Wieso hast du die Flasche Wein nicht getrunken?«

Seine Mundwinkel verzogen sich zu einer schiefen Grimasse. »Ja, seltsam. Ich kam hierher, weil ich hoffte, hier könne ich mich ungestört vollaufen lassen. Ich setzte mich in diese Bank, um mich zu betrinken. Und ich redete mir ein, unser Herr Jesus würde Verständnis für mich haben, schließlich hatte er Wasser in Wein verwandelt. Doch ich wußte, daß ich mich selbst belog und der Herr kein Verständnis für meine Trunksucht hat.

Diese Erkenntnis machte alles noch schlimmer, ich saß da mit der Flasche in der Hand und zerfloß vor Selbstmitleid. Ich schalt mich, ein miserabler Pfarrer zu sein, ein noch miserablerer Vater und haßte mich dafür, mein Leben nicht in Ordnung zu bringen. Ich machte die Flasche sogar auf. Und als mir der Geruch des Weins in die Nase stieg, sah ich plötzlich Cordelia vor mir, wie sie mir im Gasthaus gegenüberstand.« Er machte eine Pause. »Weißt du, woran ich mich erinnerte?«

»Woran?«

»Nicht an die Trauer in ihren Augen, nicht an den Vorwurf in ihrem Blick. Nicht einmal an ihre Tränen der Verletzung, als die dumme Gans Prudence sie beschimpfte.« Sein Gesicht verhärtete sich. »Ich erinnerte mich nur daran, daß ich während dieser schmerzlichen Auseinandersetzung an nichts anderes denken konnte, als unbedingt einen Schluck trinken zu müssen. Als Cordelia meinen Brandy wegschüttete, überlegte ich mir bereits, wie ich an die nächste Flasche kommen könnte, ohne daß sie es bemerkte.«

Honorine sehnte sich danach, sein gequältes Gesicht zu streicheln, ihn zu trösten, scheute sich jedoch, ihn von seiner Beichte abzulenken, die er zu Ende bringen mußte.

Nach einer Weile redete er weiter. »Erst später ... als sie die feste Absicht hatte, auch ohne mich nach London weiterzureisen, wurde mir endlich klar, wie sehr ich sie verletzt hatte. Und es dauerte einige Tage völliger Abstinenz, ehe ich wirklich begriff, wie sehr ich dem Trunk verfallen war.

Also saß ich hier mit einer vollen Flasche Wein, starrte zum Altar und ließ das alles in Gedanken an mir vorbeiziehen. All die leeren Versprechungen, die ich Cordelia und unserem Herrgott gegeben und allesamt gebrochen hatte, kamen mir wieder zu Bewußtsein. Ich entsann mich, wie Florinda mich von geistigen Getränken fernhielt, da sie wußte, wie gefährdet ich war, und wie Cordelia versuchte, ihrem Beispiel zu folgen. Und mit einemmal empfand ich Ekel vor mir selbst, tiefen Abscheu, daß ich nicht fähig war, mit dem Trinken aufzuhören.«

Er kniff die Augen zu und barg das Gesicht in den Händen. »Und während mir all diese furchtbaren Erkenntnisse durch den Kopf gingen, während ich mich vor Abscheu vor mir selbst schüttelte, wollte ich diesen Wein trinken. Ich sehnte mich so sehr danach, daß ich den Geschmack des Weins auf den Lippen zu spüren glaubte.« Seine Stimme klang halb erstickt. »Um die Wahrheit zu sagen, ich will diesen verdammten Wein auch jetzt noch trinken.«

Honorine konnte nicht länger an sich halten. Sie legte ihm tröstend die Hand auf die Schulter, was er gar nicht zu bemerken schien.

»Ich goß mir ein paar Tropfen in die hohle Hand und schnupperte daran wie ein Hund.«

Oswald hob den Kopf, und Honorine zog ihre Hand zurück.

»Ich schnüffelte an meiner Hand, zog den Geruch

tief ein, bis er verraucht war.« Ein Lächeln flog über seine Gesichtszüge. »Und dann kam mir die Erleuchtung. Wenn ich den Wein trank, würde der Genuß so lange anhalten wie der Geruch in meiner Hand. Ich könnte alle meine Sorgen für eine Nacht in Wein ertränken, aber am nächsten Morgen würden sie mit verdoppelter Macht wiederkehren, dazu diese grauenhaften Kopfschmerzen und die Schmach, mich wieder einmal vor Cordelia und vor Gott als Schwächling erwiesen zu haben. Am nächsten Abend würde ich noch mehr trinken, um meinen Fehltritt zu vergessen, und am Abend darauf noch mehr.« Er seufzte tief: »Und dann entschied ich, daß ich das nicht will, weil es sich nicht lohnt.«

Honorine quoll das Herz über vor Stolz und Liebe zu ihm. »Das freut mich«, sagte sie leise.

Oswald zuckte mit den Schultern. »Ich weiß ja nicht, Honorine, wie lange diese ... Abstinenz anhält. Alkohol hat eine Macht über mich, die oft stärker ist als meine Liebe zu Cordelia und mein Glaube an Gott.«

Honorine mußte sich bezwingen, um ihn nicht in die Arme zu nehmen. Ruhig und gefaßt entgegnete sie: »Dann mußt du dich so lange um deine Liebe und deinen Glauben bemühen, bis sie stärker sind als deine Sucht, damit du aus diesem Kampf als Sieger hervorgehst. Und wenn du einmal der Macht des Alkohols erliegst, mußt du den Kampf am nächsten Tag wieder aufnehmen.«

Sie lächelte. »Im Grunde genommen unterscheidest du dich nicht von anderen Menschen, die zwar nicht süchtig sind nach Alkohol, aber nach anderen Dingen – Geld, Macht, Ruhm. Und wenn sie erreicht haben, wonach sie streben, stellen sie fest, daß sie das gar nicht glücklich macht. Statt die Wahrheit zu erkennen, streben sie weiterhin nach den Dingen, die sie eigentlich gar nicht brauchen, bis sie sich entweder selbst zerstören oder irgendwann erkennen, daß ihre wahren Bedürfnisse ganz woanders liegen.«

Als Oswald sie fragend anschaute, senkte sie den Blick zu Boden, da ihr plötzlich klar wurde, daß sie nicht länger von ihm, sondern von sich selbst redete.

Ihm schien das gleichfalls aufgefallen zu sein. »Weißt du, Honorine, du hast meine Frage noch nicht beantwortet, die ich dir heute abend gestellt habe. Ob es sich für dich gelohnt hat, Beardsley zu heiraten.« Seine tiefe, sonore Stimme ging ihr ans Herz. »Beantwortest du sie mir jetzt?«

Sie seufzte: »Ich denke ja.« Sie zögerte, dann straffte sie die Schultern. Oswald hatte ihr sein Herz ausgeschüttet, nun mußte auch sie etwas von sich preisgeben. Er verdiente seine Genugtuung, nachdem sie ihm damals den Laufpaß gegeben hatte. »Wenn dir das ein Trost ist, Oswald: Du hast mich damals zu Recht davor gewarnt und gesagt, eine Ehe auf einem dürftigen Fundament würde mich nicht glücklich machen.« Sie warf ihm ein selbstironisches Lächeln zu. »Ob meine Ehe sich gelohnt hat? Ich weiß nicht recht.«

Als Oswald schwieg, fuhr Honorine fort. »Verstehe mich bitte nicht falsch. Robert und ich führten keine schlechte Ehe. Er schlug mich nicht und behandelte mich mit Respekt.«

»Etwas anderes hätte ich von ihm auch nicht erwartet. Sonst hätte ich alles daran gesetzt, um diese Ehe zu verhindern. Er machte auf mich eher den Eindruck, als ließe er dir zuviel Freiheiten.«

Ihre Stimme wurde härter. »So könnte man es ausdrücken. Er kümmerte sich nicht sonderlich um mich. Er wollte eine schöne Frau an seiner Seite, mehr nicht. Seine Zurückhaltung, mit der er mir den Hof machte, die ich als Gefühlstiefe mißverstand, entpuppte sich als Gefühlskälte und Gleichgültigkeit. Kurz nach unserer Hochzeit gingen wir eigene Wege. Wir sahen uns nur gelegentlich, wenn wir Gäste empfingen oder Robert den Drang verspürte ...«

Sie stockte. Darüber wollte sie mit Oswald nicht sprechen. Mit einem Stoßseufzer fuhr sie fort: »Wir kamen im Grunde gut miteinander aus ... aber es war kein Gefühl zwischen uns. Ich mußte oft daran denken, daß meine Eltern wesentlich glücklicher miteinander waren, obwohl sie wenig Geld hatten und ihr Leben lang hart arbeiten mußten.«

Honorine hob tapfer das Kinn und begegnete Oswalds Blick in der Erwartung, darin Schadenfreude zu entdecken. Doch er betrachtete sie mit seinen gütigen Augen, sein Mund war ein schmaler Strich.

»Du siehst also«, fuhr sie etwas unsicher fort, »ich habe meinen Fehler am Ende doch eingesehen. Wie sich herausstellte, hast du eine sehr viel glücklichere Wahl mit deiner Heirat getroffen als ich.« Sie lächelte verschämt. »Mich so reden zu hören wird dir eine Genugtuung sein.«

Er rieb sich das Kinn, dann schüttelte er den Kopf. »Ich wollte dich nie unglücklich wissen, Honorine. Du hast mir sehr weh getan, als du meinen Antrag ablehntest, zumal ich wußte, daß du mich geliebt hast, selbst wenn du später nichts mehr davon wissen wolltest. Aber irgendwann nahm ich deine Ablehnung als den von Gott für mich vorgezeichneten Weg. Ich hatte nie den Wunsch, daß du deine Entscheidung eines Tages bereust.«

Er wandte den Blick. »Immer wenn du Florinda besuchtest und mir bei jedem Besuch härter und oberflächlicher erschienst, hatte ich Mitleid mit dir. Ich mußte zusehen, wie du dich in eine kühle, gefühllose Frau entwickelt hattest, und ich trauerte um den Menschen, der du einmal warst, ohne zu wissen, daß deine wahre Persönlichkeit immer noch in dir schlummerte.«

Er lächelte, nahm ihre Hand und drückte sie zärtlich.

»Als ich dich hier wiedersah, wurde mir klar, daß der Tod deines Ehemanns eine Befreiung für dich war, daß du wieder zu deinem wahren Selbst zurückgefunden hast.«

Honorine hielt den Atem an. Die Art, wie er ihre Hand streichelte, ließ Hoffnung in ihr aufkeimen.

Er schwieg, fuhr mit einem Finger die dünnen Äderchen unter ihrer zarten Haut entlang. »Honorine, ich möchte dir etwas sagen, was du nicht mißverstehen darfst.« Er zögerte. »Ich habe Florinda von Herzen geliebt. Sie war eine wunderbare Frau, die in allen Stürmen des Lebens zu mir gestanden hat. Wenn sie mir nicht soviel bedeutet hätte, hätte ich nicht so tief um ihren Verlust getrauert. Und in meiner Trauer merkte ich gar nicht die Gefahr, Cordelias Zuneigung zu verlieren.«

Er drückte Honorines Hand und hob den Blick. Sie las in seinen Augen eine Empfindung, die sie in ihm vergessen glaubte, die ihr beinahe Angst machte. »Aber ich habe nie aufgehört, dich zu lieben, das heißt, die Frau, die ich einmal kannte.«

»Auch ich habe dich immer geliebt, Oswald«, murmelte sie.

Sein Gesicht rötete sich, seine buschigen Augenbrauen zogen sich zusammen. »Doch heute ist eine noch tiefere Kluft zwischen uns als in unserer Jugend. Die Macht und der Reichtum. Ich bin auf meine Tochter und ihre Einnahmequelle angewiesen ... obwohl ich mir fest vorgenommen habe, dies zu ändern.«

Nun drückte er ihre Hand so fest, daß ihre Knöchel schmerzten. Durfte sie hoffen, er würde die Worte aussprechen, nach denen sie sich sehnte? Sie wagte kaum zu atmen, mußte sich auf die Zunge beißen, um zu schweigen. Wenigstens dieses eine Mal durfte sie nicht das Wort an sich reißen. Es stand zu viel auf dem Spiel.

Oswald holte tief Luft. »Auch wenn ich aufhöre zu trinken und den festen Vorsatz habe, meine Pflichten als

Vikar in der Pfarrei wieder zu übernehmen – ich werde nie ein reicher Mann sein. Mir stand nie der Sinn nach großem Wohlstand. Du aber hast Vermögen, ein schönes Haus, einflußreiche Freunde ...«

»Von denen mich keiner je glücklich gemacht hat«, flüsterte sie. Sie durfte sich die Chance nicht entgehen lassen. »Ich würde alle meine Freunde aufgeben, wenn du mich ... in die Arme nehmen und mich küssen würdest ... jetzt in diesem Augenblick.«

Er sah sie ungläubig an. »Honorine, so einfach ist das nicht. Es gibt so viel ...«

»Bitte, Oswald.« Nie in ihrem Leben hatte sie um etwas gebeten, nun flehte sie. Ihre weibliche Intuition sagte ihr, daß alles gut werden würde, wenn sie ihn nur dazu bringen könnte, sie in den Armen zu halten ... »Bitte küsse mich. Nur ein einziges Mal, um der alten Zeiten willen.«

Er wandte stöhnend den Blick, und einen Moment glaubte sie, ihn verloren zu haben. Dann sah er sie an, so glühend und heftig wie ein junger Mann. »Gütiger Himmel, Honorine«, murmelte er, ehe er sie an sich zog.

Die Jahre waren vergessen. Ihr war, als stünden sie wieder im Garten ihres Elternhauses hinter der Trauerweide, versteckt vor den wachsamen Blicken ihrer Mutter, während sie sich heimlich küßten. Nichts hatte sich geändert.

Und dennoch hatte sich alles geändert. Sie waren beide reife, erwachsene Menschen mit Erfahrung ... Viel Erfahrung, stellte sie fest, als er sie küßte, heiß und genußvoll, nicht befangen wie damals als junger Mann. Sein Kuß gefiel ihr. Sehr sogar.

Nach einer langen Weile löste er sich von ihren Lippen, sah sie an, Verwunderung und Verlangen waren in seinen Augen zu lesen. »Ich habe kein Recht, dich zu fragen, Liebes, aber ...«

»Ja«, flüsterte sie, zu ungeduldig, um auf seinen Antrag zu warten. »Ja, Oswald. Diesmal werde ich dich gewiß heiraten.«

Sein glückliches Lachen hallte in der leeren Kirche wider. »Du warst schon immer verwegen, Honorine. Und ich danke Gott, daß manche Dinge sich nicht ändern.« Dann beugte er sich über sie und küßte sie wieder. In Honorines Herzen klangen seine Worte nach.

Und die biblische Gestalt der Ruth im Kirchenfenster schien zu lächeln.

In seinem Zimmer kleidete Sebastian sich in fliegender Hast an. Er riß seine wärmsten Sachen aus der Reisetasche, da er die Absicht hatte, sich auf die Suche nach Mrs. Beardsley und Reverend Shalstone zu begeben, die längst hätten zurück sein müssen.

Sie waren schon viel zu lange fort, dachte er besorgt. Wenn Mrs. Beardsley nicht darauf bestanden hätte, sich allein auf die Suche nach dem Vikar zu begeben, müßte Sebastian sich jetzt nicht verfluchen, mit einer herzlosen Frau den Liebesakt vollzogen zu haben.

Wie konnte Cordelia es nur fertigbringen, ihm nach dieser leidenschaftlichen Vereinigung schnippisch ins Gesicht zu schleudern, sie wolle ihn nicht heiraten? Großer Gott, wenn er daran dachte, wie betörend sie ihn verführt hatte ...

Er starrte in die Flammen des Kaminfeuers. Er konnte das alles nicht begreifen. Als er ihr Zimmer betrat, war sie so entzückend, so flehentlich in ihrer Bitte, er möge sie lieben. Es war ihm unmöglich, die bezaubernde Cordelia mit der kalten Person zu vergleichen, die hinterher vor ihm stand und behauptete, sie wolle ihre Unabhängigkeit um jeden Preis. Diese Cordelia war eine eiskalte Verführerin, die ihr körperliches Verlangen mit dem ersten Mann zu stillen wünschte, der sich dazu bereit erklärte.

Andererseits war diese Cordelia Jungfrau. Er kniff

die Augen zu, sah wieder den Blutfleck auf dem Laken. Es gab keinen Zweifel daran, Cordelia war tatsächlich unberührt, denn er hatte deutlich gespürt, wie ihr Jungfernhäutchen riß, ebenso deutlich hatte er den Blutfleck gesehen.

Ach, und was für ein bezauberndes Geschöpf, dachte er und vermochte die kostbaren Erinnerungen nicht zu verdrängen ... an ihre seidige Haut, ihre pfirsichfarbenen Brustknospen, ihr Haar, das wie schwerer goldfarbener Samt durch seine Finger glitt, an ihren verführerischen Körper, wie für die Liebe gemacht. Unschuldig und unerfahren hatte sie ihm in einer kurzen Stunde mehr Wonnen bereitet als alle Frauen, die er bisher in England und in Indien besessen hatte.

Er fluchte laut, als seine Lenden sich erneut spannten. Hätte er ihr diesen blödsinnigen Antrag nicht gemacht, könnte er sie jetzt in diesem Augenblick wieder lieben, genußvoller und mit unendlich mehr Raffinesse.

Dieser vermaledeite Antrag! Was war er nur für ein Narr, sie zu bitten, seine Frau zu werden. Er hatte gewußt, daß es ihr nicht darum ging, nicht der freiheitsliebenden, begabten Cordelia. Sobald er seine Sinne wieder beieinander hatte und wußte, daß er sie entehrt hatte, hatte sein anerzogenes Ehrgefühl ihn zu diesem Schritt gezwungen.

Ein Geräusch im Flur holte ihn aus seinen bitteren Grübeleien. Leise ging er zur Tür, öffnete einen Spalt und spähte den Korridor entlang.

Cordelia verließ ihr Zimmer. Nun trug sie wieder eines ihrer schlichten, hochgeschlossenen Kleider ohne Reifrock, ihr herrliches Haar war unter einer Haube verborgen. In den Händen hielt sie zusammengeknüllte Bettwäsche.

Sebastian versteinerte bei ihrem Anblick. Sie wollte das Laken entfernen und den Beweis ihres skandalösen

Verhaltens vernichten, zumal er ihr damit gedroht hatte, ihrem Vater alles zu beichten.

Sie eilte den schwach erleuchteten Flur in Sebastians Richtung entlang zur Treppe. Der Schein einer Wandlampe erhellte ihr Gesicht für einen kurzen Moment. Und was er sah, verblüffte ihn – geschwollene Augen, bleiche Wangen, eine gerötete Nase. Ein verweintes Gesicht.

Er schaute ihr gebannt zu, wie sie die Treppe mit schleppenden Schritten hinabstieg. Lautlos schloß er die Tür und lehnte sich gegen sie. Die Kehle war ihm schmerzhaft zugeschnürt.

Aus welchem Grund weinte eine Frau so herzzerreißend, der nur der Sinn danach stand, in die Wonnen der Liebe eingeführt zu werden? Zugegeben, er hatte grausame Dinge zu ihr gesagt, aber doch nur Dinge, die der Wahrheit entsprachen.

Das heißt, Dinge, die der Wahrheit entsprachen, falls sie ehrlich gesagt hatte, warum sie ihn nicht heiraten wollte. Und wenn sie gelogen hatte? Sebastians Augen verengten sich. Sie hatte sich erst dann so hitzig gegen seinen Antrag aufgelehnt, nachdem er ihr seine Verpflichtungen Baron Quimley gegenüber erläutert hatte und nachdem er ihr klargemacht hatte, daß er es als seine Pflicht erachtete, sie zu heiraten.

Er stöhnte, Schuldgefühle durchfluteten ihn in heißen Wellen. Und er ließ das Gespräch nach dem Liebesakt noch einmal in Gedanken an sich vorüberziehen. Das Bild, das dabei von seiner Person entstand, war nicht besonders schmeichelhaft. Zuerst hatte er sie vor die Tatsache gestellt, daß er sie heiraten würde, ohne eine Andeutung über seine Gefühle für sie zu machen. Dann hatte er gedroht, das befleckte Laken ihrem Vater zu zeigen, um sie damit zu demütigen. Mit keinem Wort hatte er erklärt, daß es sein Wunsch sei, sie zu heiraten.

Zum Teufel, sein Antrag war jämmerlich gewesen. Aber es war alles so überstürzt über ihn hereingebrochen. Der Liebesakt mit Cordelia, so wunderschön er auch war, hatte seine Zukunftspläne plötzlich über den Haufen geworfen, und er war wütend mit sich, der Versuchung erlegen zu sein, sie zu nehmen. Er hatte voller Gewissensbisse an Judith gedacht und an sein Wort, das er Baron Quimley gegeben hatte … Obwohl er insgeheim erleichtert war, die Verlobung nun lösen zu können. Seine heimliche Freude darüber, daß nun der Weg frei war, Cordelia zu heiraten, hatte ihm einen Schrekken eingejagt und seine Schuldgefühle vervielfacht. Er hatte sich verwirrt gefragt, ob er die Verführung insgeheim geplant hatte.

Um der Verwirrung die Krone aufzusetzen, hatte er in seinem Zorn gegen sich selbst so getan, als stelle die Heirat mit Cordelia eine Art notwendiges Übel für ihn dar. Eine Frau wie Cordelia würde niemals einen Mann heiraten, der in ihr ein notwendiges Übel sah. Und eine Frau wie Cordelia würde den Beweis ihrer Indiskretion vernichten, um sich und ihren Liebhaber vor Schmach und Schande zu bewahren.

Plötzlich traf ihn die Erkenntnis wie ein Schlag. Er riß die Tür auf. Wenn Cordelia die Laken fortschaffte, hatte er keinen Beweis. Sein Wort würde gegen das ihre stehen, wenn er ihren Vater davon überzeugen wollte, sie zur Heirat zu zwingen.

Er war bereits die Hälfte des Flurs entlang gestürmt, als ihm erneut Zweifel kamen. Vielleicht wollte sie ihn tatsächlich nicht heiraten. Wenn er nun plötzlich vor ihr stehen würde und das Laken von ihr verlangte, würde sie ihn erneut verletzen, wenn es ihr wirklich ernst damit war. Eine weitere Demütigung könnte er nicht ertragen.

Nein, er konnte nicht glauben, daß sie die Worte ernst gemeint hatte. Das Bild einer herzlosen Cordelia, der es nur um die Befriedigung ihrer Lust ging, paßte nicht zu *der* Cordelia, die sich von ihrem Vater ausnutzen ließ.

Sie war keine grausame Frau.

Sebastian mußte sich Gewißheit verschaffen. Vielleicht war ein Körnchen Wahrheit in ihren Worten, als sie sagte, sie strebe nach Unabhängigkeit. Das hatte sie ihm bereits bei ihrer ersten Begegnung in Belham anvertraut. Wenn er sie zwang, ihn gegen ihren Willen zu heiraten, würden beide dies ein Leben lang bereuen.

Er war stehengeblieben. Sein Kopf schmerzte. Er mußte die Wahrheit herausfinden. Ihm blieben noch einige Tage, in denen er sie beobachten und darauf warten wollte, daß sie ihre wahren Gefühle preisgab.

Im übrigen würde ihm das Warten Zeit geben, über Judith nachzudenken. Heiraten konnte er sie nicht mehr, das stand für ihn fest. Der Liebesakt mit Cordelia hatte ihm die Augen endgültig geöffnet. Er durfte Judith nicht um die Chance bringen, einen Mann zu finden, der ihr sein ganzes Herz gab, nicht nur einen kleinen Teil. Judith hatte Besseres verdient.

Was sollte er also tun? Er durfte Cordelia jetzt nicht sehen, aber er konnte wenigstens etwas für sie tun. Er konnte ihren Vater suchen.

Mit diesem Entschluß stieg er die Treppe hinab. Doch als er unten nach seinem Mantel suchte, wurde die Haustür geöffnet, und Mrs. Beardsley und Reverend Shalstone betraten die Halle.

»Sehen Sie, Euer Gnaden, ich sagte doch, daß ich Oswald finde«, begrüßte Mrs. Beardsley ihn mit heiterer Miene.

Sebastian zwang sich zu einem Lächeln und musterte die beiden. Sie schienen irgendwie verändert. Mrs. Beardsley strahlte wie nie zuvor. Zugegeben, er hatte sie als heitere, lebensfrohe Frau kennengelernt, doch nun leuchtete ihr Gesicht förmlich vor Glück.

Auch der Vikar machte einen höchst zufriedenen Eindruck, seine Augen funkelten belustigt. Seine Gesichtszüge waren so entspannt, wie Sebastian sie nie zuvor gesehen hatte. Und dann bemerkte er, daß Mrs. Beardsleys Hand in Oswalds Armbeuge lag und der Vikar sie festhielt, als wolle er sie nie wieder loslassen.

Sebastians forschender Blick suchte zu erkunden, ob Reverend Shalstone getrunken hatte. Er bemerkte nicht, daß Cordelia hinter ihm aufgetaucht war, bis sie dem Vikar in die Arme flog.

»O Vater!« rief sie und barg das Gesicht an seiner Schulter. »Ich habe mir solche Sorgen um dich gemacht! Was ist geschehen? Wo warst du?«

»Aber, aber, mein Mädchen. Kein Grund zur Sorge. Ich bin in die Kirche gegangen ... Um nachzudenken.«

Die Stimme des Vikars war klar und fest ... so sprach kein Betrunkener. Der vielsagende Blick, den er mit Mrs. Beardsley tauschte, machte Sebastian stutzig. Ob die beiden etwas verheimlichten?

Cordelia löste sich von ihrem Vater und sah ihn mit großen Augen an. »In der Kirche? Du warst in der Kirche?«

Mrs. Beardsley zog eine Braue hoch. »Ist das zu glauben?« In ihrer Stimme schwang leise Ironie. »Dein Vater ... in der Kirche. Man könnte meinen, er sei ein Pfarrer.«

Cordelia errötete. »Ich wollte nicht ... es ist nur, weil ...«

»Ich habe dir versprochen, mit dem Trinken aufzuhören«, meinte ihr Vater. »Diesmal halte ich mein Versprechen.«

Mrs. Beardsley straffte die Schultern. »Und verlaß dich drauf, ich kümmere mich darum, daß er zu seinem Wort steht.« Sie tätschelte seinen Arm. Die beiden tauschten wieder einen Blick, dann nickte der Vikar.

Und plötzlich wußte Sebastian, was hier vor sich

ging. Und schon verkündete Mrs. Beardsley: »Cordelia, also … dein Vater und ich werden heiraten.«

Ihre Worte waren eigentlich keine Überraschung für Sebastian. Jeder Narr konnte sehen, daß sie füreinander bestimmt waren. Doch die Ankündigung erhielt eine neue Bedeutung nach allem, was zwischen ihm und Cordelia vorgefallen war. Cordelia hatte ihn gebeten, sie zu lieben, da sie glaubte, nie eine Chance zu haben, sich zu verheiraten. Nun gaben Mrs. Beardsley und der Reverend ihr die Freiheit zu heiraten, wen immer sie wünschte – doch sie war entehrt. *Ich habe sie entehrt.*

In Sebastian kroch ein lähmendes Entsetzen hoch. Es kam ihm alles unwirklich vor, wie ein böser Traum. Und er fragte sich, ob Cordelia diese Ankündigung mit der gleichen bitteren Ironie aufnahm wie er. Sie war zunächst völlig verdutzt, und dann wurde sie totenbleich, so bleich, daß Sebastian fürchtete, sie würde in Ohnmacht sinken.

»Heiraten?« flüsterte sie tonlos.

Der Vikar furchte die Stirn. »Ja, wir heiraten. Hältst du es für eine solche Absurdität, daß dein alter Vater noch einmal heiratet? Oder hast du etwas gegen Honorine einzuwenden? Ich sage dir …«

»Still, Oswald«, fiel Mrs. Beardsley ihm ins Wort, die Cordelia nicht aus den Augen ließ. »Wir haben Cordelia einen Schock versetzt. Es ist doch verständlich, daß sie erschrickt.«

Cordelia rang um Fassung und lächelte verkrampft. »Also, ich bin nur … überrascht. Ich meine, vor drei Tagen habt ihr beiden euch noch in den Haaren gelegen, und heute …«

»Tja, ich kann nicht garantieren, daß wir uns nicht wieder in die Haare kriegen«, lächelte ihr Vater schalkhaft. »Aber die Versöhnung hinterher wird um so schöner, nicht wahr, Liebes?«

Mrs. Beardsley errötete schamhaft, und Sebastian fragte sich, wie lange die beiden wohl in der Kirche waren.

Offenbar waren er und Cordelia nicht die einzigen, die heimlich Zärtlichkeiten in dieser Nacht ausgetauscht hatten.

Cordelia hatte sich wieder gefaßt und umarmte Mrs. Beardsley herzlich. »Ich bin so glücklich, Honorine. Es wird wunderbar, dich bei uns zu haben. Und ich weiß, du wirst Vater sehr glücklich machen.«

Mrs. Beardsley strahlte. »Ich hoffe, du mußt es nicht allzulange mit uns beiden aushalten. Ich wünsche mir von Herzen, daß auch du bald heiratest. Nun, da dein Vater versorgt ist, wird es höchste Zeit, daß du dir einen netten Mann nimmst und eine Familie gründest. Nachdem der alte Narr und ich uns gefunden haben, werde ich mich um dein Lebensglück kümmern.«

Sebastians Augen verengten sich, als er auf Cordelias Antwort wartete. Sie streifte ihn mit einem flüchtigen Blick und murmelte: »Ich kann nicht ... ich will nicht heiraten, Honorine. Ich will eine unabhängige Frau sein.«

»Ja, ja«, meinte der Vikar mit einem vielsagenden Seitenblick zu Mrs. Beardsley. »Solchen Unsinn redet sie seit eh und je. Aber ich glaube ihr kein Wort. Cordelia ist zu gütig und liebenswert, um eine dieser rechthaberischen, rebellischen Frauen zu werden, die ihren Mund nicht halten können und überall dreinreden müssen.«

Mrs. Beardsley bedachte ihn mit einem tadelnden Blick.

»Vorsicht, Oswald! Genau so eine Frau willst du heiraten.«

Er lachte in sich hinein. »Ja, und es wird mir ein Vergnügen sein, dein loses Mundwerk zu zähmen.«

»Oswald!« protestierte Mrs. Beardsley errötend, ehe

sie eine detailgenaue Aufstellung all der Verhaltensweisen des Vikars aufzählte, die sie an ihm zu verändern wünschte.

Und bald trugen sie ein gutmütiges, liebevolles Wortgefecht miteinander aus wie ein altes Ehepaar. Cordelia schien erleichtert, daß das Thema ihrer Heirat vergessen war, doch Sebastian fragte sich, wie sehr sie wirklich nach Unabhängigkeit strebte. Sie würdigte ihn keines Blickes; seine Gegenwart war ihr sichtlich unangenehm. Er aber wandte den Blick nicht von ihr, um sie zu zwingen, ihm in die Augen zu schauen.

Das Gespräch versickerte, eine peinliche Stille trat ein. Sebastian riß sich von Cordelia los und sah Mrs. Beardsleys und Oswalds Augen auf sich gerichtet.

»Oswald«, meinte Mrs. Beardsley heiter, »unsere Verlobung muß gefeiert werden, findest du nicht auch? Geh du mit Cordelia schon in den Salon, während ich Seine Lordschaft bitte, mit mir eine Flasche meines besten Champagners aus dem Keller zu holen.« Sie warf Reverend Shalstone einen liebevollen Blick zu. »Und für dich natürlich eine Tasse Tee.«

Cordelias Augen weiteten sich, doch sie ließ sich willig von ihrem Vater an der Hand nehmen und folgte ihm in den Salon.

Sebastian wappnete sich. Mrs. Beardsleys durchdringender Blick ließ ihn ahnen, daß ihm Unangenehmes bevorstand.

Bereits im schmalen Flur zur Küche fragte sie scharf: »Was ist in unserer Abwesenheit geschehen, Euer Gnaden?«

Er setzte eine Unschuldsmiene auf. »Was soll denn geschehen sein?«

»Nun, Cordelia sieht aus, als sei die Welt aus den Fugen geraten.«

Er furchte die Stirn. Zum Teufel mit der Frau und ihrer scharfen Beobachtungsgabe. »Was erwarten Sie? Sie hat soeben erfahren, daß ihr Vater sich wieder verheiratet.«

An der Küchentür blieb Honorine stehen und legte ihm eine Hand auf den Arm. Er setzte ein frostiges Lächeln auf.

»Sie wissen sehr wohl, daß ich nicht davon spreche«, wies sie ihn schneidend zurecht. »Ich frage Sie noch einmal: Was ist in unserer Abwesenheit geschehen, Eurer Gnaden?« Sie betonte jedes Wort sehr deutlich, als halte sie ihn für schwerhörig.

Zur Hölle, die Frau hatte Nerven! »Wieso fragen Sie nicht Cordelia?«

Ihre Lippen wurden schmal. »Ich fürchte, sie würde es mir nicht gestehen, aber ich habe mich wohl in der Annahme geirrt, es von Ihnen zu erfahren.« Sie musterte ihn scharf. »Ich hoffe nicht, mich in Ihnen getäuscht zu haben, Lord Waverley. Bisher hatte ich große Achtung vor Ihnen und war der Meinung, Cordelia habe nichts zu befürchten, wenn ich sie mit Ihnen allein lasse, da Sie mir den Eindruck eines Ehrenmannes machten.«

Es kostete ihn ein Höchstmaß an Selbstbeherrschung, nicht damit herauszuplatzen, daß selbst ein Ehrenmann sich vergessen kann, wenn eine verführerische Schönheit sich ihm an den Hals wirft.

»Ich frage Sie also noch einmal«, fuhr Honorine unerbittlich fort. »Haben Sie sich in meiner Abwesenheit etwas zuschulden kommen lassen, was meine zukünftige Stieftochter … kompromittieren könnte?«

Nicht einmal mit einem Augenzwinkern verriet Sebastian den inneren Aufruhr, den ihre Fragen in ihm aufwühlten. Dabei wäre dies seine Chance! Würde er Mrs. Beardsley die ganze Geschichte erzählen, wäre Cordelia so rasch mit ihm verheiratet, daß ihr keine Zeit bliebe, einen klaren Gedanken zu fassen.

Doch damit würde er einen furchtbaren Zwang auf

sie ausüben. Nein, sie mußte den Wunsch haben, ihn zu heiraten. Er mußte die Gewißheit haben, daß sie selbst die Entscheidung traf, ihn zu heiraten. Mrs. Beardsleys Einmischung würde ihr diese Entscheidungsfreiheit nehmen.

Noch nie war ihm eine Lüge leichter über die Lippen gekommen. Und es war dennoch die schwerste Lüge seines Lebens. »Nein«, antwortete er gelassen. »Sie sollten wissen, daß Ihre zukünftige Stieftochter niemals sich kompromittieren ließe.«

Honorine schien unschlüssig, ob sie ihm Glauben schenken sollte. Einen Moment sah sie aus, also wolle sie ihm diese Frage noch einmal stellen.

Schließlich seufzte sie tief und stieg die Treppe zum Weinkeller hinunter. »Gut«, sagte sie und fügte geheimnisvoll hinzu: »Cordelia verdient nämlich eine geziemende Heirat.«

Und die würde sie eines Tages bekommen, schwor Sebastian sich mit aufeinandergebissenen Zähnen. Dafür würde er Sorge tragen.

Kapitel 17

Der nächste Vormittag war wie ein böser Alptraum für Cordelia. Sebastian hatte ihren Vater und Honorine überredet, mit dem Plan weiterzumachen wie bisher, und Cordelia hatte ihre Unterstützung zugesagt, da ihr keine andere Wahl blieb.

Dabei schweiften ihre Gedanken immer wieder ab, während sie ihrem Vater Unterricht erteilte. Sie hatte eine schlaflose Nacht verbracht, in der ihr jedes einzelne kränkende Wort Sebastians im Kopf widerhallte und sie sich gepeinigt im Bett herumwälzte. Und heute mußte sie so tun, als sei nichts geschehen.

Beim Besteigen der Kutsche hatte sie gehofft, Sebastian würde es vorziehen, im Sattel zu sitzen und kühle Distanz zu ihr zu wahren. Statt dessen saß er mit in der Kutsche und legte eine Nonchalance an den Tag, die sie als zutiefst verletzend empfand. Wie konnte er nur so gelassen sein, während seine Gegenwart ihr auf der Seele brannte wie Salz, das man in eine offene Wunde streut? Um die Situation noch schlimmer zu machen, ertappte sie ihn immer wieder, daß er sie mit unverhohlenem Verlangen betrachtete.

Wenn er die Absicht hatte, sie zu quälen, so hatte er Erfolg damit. Cordelia litt Höllenqualen, als er ihr mit Umsicht in die Kutsche half und sich besorgt nach ihrem Wohlergehen erkundigte. Zum Teufel mit ihm! Reichte es denn nicht aus, daß seine Blicke sie versengten, sein Lächeln ihr den Atem nahm? Mußte er sie mit geheuchelter Fürsorge behandeln, nachdem er ihr geraten hatte, sich von ihm fernzuhalten, und ihr so grausame Worte an den Kopf geworfen hatte?

Es kostete sie unendlich viel Kraft, ihren Kummer

hinter einer Maske der Gleichgültigkeit zu verbergen und vorzutäuschen, daß sie das, was zwischen ihnen vorgefallen war, in keiner Weise berührte. Nur mit äußerster Willensanstrengung schaffte sie es, den Unterricht fortzusetzen.

Zum Glück war die Arbeit mit ihrem Vater nicht mehr so mühselig wie bisher. Der Vikar hatte seine Meinung über das Vorhaben des Herzogs zwar nicht geändert, beugte sich aber Honorines Wunsch, mit der Farce weiterzumachen.

Am Ende des ersten Reisetages wurde Cordelia bei den Vorbereitungen vor dem Zubettgehen von Honorine mit Fragen bestürmt, was zwischen ihr und Sebastian vorgefallen war. Offenbar hatte eines der Hausmädchen ihre Herrin davon unterrichtet, daß Cordelia in der Küche ein Laken ausgewaschen hatte. Und Honorine hatte es sich in den Kopf gesetzt, die Wahrheit herauszufinden.

Cordelia gab der Freundin ausweichende Antworten und eine fadenscheinige Erklärung, weigerte sich aber standhaft zu gestehen, daß irgend etwas zwischen ihr und Sebastian vorgefallen war.

Honorine schniefte verächtlich. »Eins sage ich dir, meine Liebe, wenn der Mann sich dir gegenüber unschicklich verhalten hat, muß er dazu stehen und tun, was richtig ist. Sie sah Cordelia eindringlich an. »Bitte sei ehrlich mit mir! Niemand wird dir einen Vorwurf machen, wenn ... wenn ... nun, du weißt, was ich meine.«

Sie führte den Satz nicht zu Ende, sah sie nur bedeutungsvoll an, und Cordelia überlegte fieberhaft, wie sie Honorines Verdacht zerstreuen könnte.

Schließlich setzte sie ein würdevolles Gesicht auf. »Seine Lordschaft war ausgesprochen höflich zu mir. Im übrigen würde ich niemals zulassen, daß er sich Freiheiten herausnimmt. Wofür hältst du mich eigentlich?«

»Für ein junges, hübsches Mädchen mit Träumen und Sehnsüchten eines jungen Mädchens. Wie gesagt, niemand würde dir einen Vorwurf machen. Lord Waverley träfe allein die Schuld, wenn …«

»Er ist mir nicht zu nahe getreten«, unterbrach Cordelia sie aufbrausend. Sie mußte Honorine davon überzeugen, ihr zu glauben. »Ich fühle mich tief gekränkt, wenn du mir unterstellst, ich hätte mir etwas Unschickliches mit Seiner Lordschaft zuschulden kommen lassen. Wie kannst du nur so schlecht von mir denken!« Sie brach in Tränen aus, die in letzter Zeit reichlich und schnell bei ihr flossen.

Seufzend entschuldigte Honorine sich halbherzig, und Cordelia spürte, daß ihr Argwohn längst nicht ausgeräumt war.

Honorines Verdacht war indes ihre geringste Sorge. Was war, wenn sie ein Kind von ihm empfangen hatte? Zunächst jagte ihr der Gedanke Entsetzen ein, doch am zweiten Tag der Reise begann sie sich für die Vorstellung zu erwärmen, ja sogar Trost darin zu finden. Wenn sie Sebastian nicht haben durfte, so wünschte sie sich wenigstens sein Kind.

Damit würden ihr zwar große Probleme erwachsen, doch gegen Abend hatte sie bereits Pläne geschmiedet, wie sie die Schwierigkeiten zu lösen gedachte. Falls sie ein Kind unter dem Herzen trug, konnte sie selbstverständlich weder ihrem Vater noch Sebastian die Wahrheit gestehen. Ihr Vater würde mit Nachdruck auf einer Heirat bestehen, und Sebastian würde in seiner Gefühlskälte ›das Richtige tun‹. Das durfte sie nicht zulassen.

Nein, sie würde in London bleiben, Vater und Honorine zu verstehen geben, es sei ihr Wunsch, sich alleine in der Musikwelt zu bewähren. Es würden ihr einige Monate bleiben, ehe ihr Zustand sichtbar würde, und in dieser Zeit würde sie mit Musikunterricht und mit den Veröffentlichungen ihrer Kompositionen in Lord Kents

Verlag genügend Geld sparen, um ihr Kind an einem geheimen Ort zur Welt zu bringen. Danach wollte sie nach Hause zurückkehren und erzählen, sie habe in London ein ausgesetztes Waisenkind gefunden und sich seiner angenommen.

Das bedeutete allerdings, daß sie die Mutterschaft an ihrem Kind verleugnen mußte. Immer noch besser, als zur Ehe mit einem Mann gezwungen zu werden, der sie nicht liebte, dachte sie trotzig. Der ihr zu allem Überfluß noch die Schuld daran gab, ihn genötigt zu haben, sein Wort zu brechen.

Am dritten Tag der Reise hatte sie sich bereits mit dem Gedanken angefreundet, schwanger zu sein. Als sie im Morgengrauen erwachte und ihre Monatsblutung eingesetzt hatte, löste diese Feststellung einen Weinkrampf bei ihr aus.

Wütend wischte sie sich die Tränen vom Gesicht und starrte blicklos zur Zimmerdecke. Kein Kind. Nicht einmal Sebastians Kind war ihr gegönnt ... Welch törichter Wunsch! Keine unverheiratete Frau wünschte sich ein uneheliches Kind, doch je mehr sie über den vermeintlichen Verlust nachdachte, desto heftiger liefen ihr die Tränen über die Wangen.

Es dauerte lange, bis sie ihre Gefühle wieder unter Kontrolle hatte. Sie sollte Gott auf Knien danken, daß die Nacht mit Sebastian ohne Folgen blieb, schalt sie sich ungehalten. Wie viele Tragödien hatte sie von jungen Mädchen gehört, die beim ersten Fehltritt schwanger und ins Unglück gestoßen wurden?

Genügte ihr die tägliche Qual nicht, Sebastians Gegenwart erdulden zu müssen? Der Liebesakt mit ihm hatte alles verändert. Ehe er in ihr Leben getreten war, hatte sie sich bereits mit dem langweiligen und unerfüllten Leben einer alten Jungfer abgefunden. Gelegentliche Grübeleien, was ihr dabei entgehen würde, hatte sie stets als unsinnig von sich gewiesen. Nach dem Liebeserlebnis mit Sebastian fiel sie in tiefe Schwermut beim Gedanken an ihre freudlose Zukunft.

Hätte Vater vor zwei oder drei Monaten verkündet, er wolle Honorine heiraten, wäre alles anders gekommen. Sie hätte sich nicht gegen Honorines Ankündigung aufgelehnt, einen Heiratskandidaten für sie zu finden. Vielmehr hätte sie sich mit dem Gedanken angefreundet, einen netten Mann zu heiraten und eine eigene Familie zu gründen.

Das alles war nun unerreichbar. Sie konnte niemals heiraten, nicht nur, weil sie ihre Unschuld verloren hatte. Wie könnte sie einen anderen Mann heiraten, da sie Sebastian liebte? Allein der Gedanke, mit einem anderen Mann die Zärtlichkeiten auszutauschen, die sie mit Sebastian ausgetauscht hatte, jagte ihr Schauer des Ekels über den Rücken.

Er hatte recht gehabt, sie daran hindern zu wollen, sich ihm hinzugeben. Sie hatte gedankenlos und ungestüm gehandelt in ihrem unbezähmbaren Verlangen, mit Sebastian vereint zu sein.

Und dennoch bereute sie nichts. Wenigstens hatte sie ein einziges Mal in ihrem Leben die Wonnen der Liebeslust kennengelernt. Wie viele Menschen konnten das schon von sich behaupten?

Als es zum Wecken klopfte, erschrak Cordelia. Wieder stand ihr ein gräßlicher Tag in Sebastians Nähe bevor, ohne ihm ihre wahren Gefühle zeigen, ohne ihn berühren zu dürfen. Ein Tag ohne den schwachen Trost, ein Kind von ihm unter dem Herzen zu tragen.

Bei diesem Gedanken weiteten sich ihre Augen. Sie mußte es ihm sagen. Er hatte von ihr verlangt, ihn wissen lassen, wenn sie ein Kind bekäme. Sie klammerte sich an der Bettdecke fest, ihre Gedanken wirbelten durcheinander. Er hatte zwar nichts davon gesagt, ihm Bescheid zu geben, wenn nichts passiert war. Doch es wäre niederträchtig, ihn im ungewissen zu lassen. Er hatte ein

Recht darauf, die Wahrheit zu erfahren. Schließlich hatte sie seinen Stolz verletzt, als sie seinen Antrag ablehnte. Wenigstens konnte sie ihm die Gewißheit geben, daß er nicht Vater wurde und seine Ehre gerettet sei.

Bis zum Nachmittag ergab sich keine Gelegenheit, mit ihm allein zu sein. Honorine und ihr Vater bewachten sie mit Argusaugen.

Cordelia scheute ohnehin davor zurück, mit Sebastian allein zu sein, aus Furcht, er könne sie erneut verletzen. Doch ihr blieb keine andere Wahl. Am nächsten Vormittag würden sie sein Anwesen erreichen, und so lange durfte sie nicht warten. Dort würde sich vermutlich keine Gelegenheit mehr ergeben, ihn unter vier Augen zu sprechen. Er würde wichtige Geschäfte zu erledigen haben, während sie und ihr Vater letzte Vorbereitungen treffen würden, um Lord Kent und Händel das Theater vorzuspielen.

Es mußte heute abend sein. Aber wie?

Spät am Abend wußte sie immer noch nicht, wie sie es anstellen sollte, mit Sebastian allein zu sprechen. Man hatte bei Freunden von Honorine in Huntingdon zu Abend gespeist. Und Honorine hatte Cordelia und den Vikar dazu überredet, das ›Salonkunststück‹ erneut vor Publikum zu erproben, und diesmal hatte es tatsächlich geklappt. Nun fuhr die Reisegesellschaft in Lord Waverleys Kutsche zurück zum Gasthof, in dem sie übernachteten.

»Ich hab's ja gleich gesagt, es klappt«, prahlte der Vikar stolz.

Honorine gab ihm mit dem Fächer einen Klaps auf den Arm. »Wie kannst du so reden, ohne rot zu werden, Oswald Shalstone. Du warst doch derjenige, der von Anfang an dagegen gemeckert hat.«

Er lachte in sich hinein. »Im Grunde wußte ich immer, daß der Plan gelingen wird, Liebes. Ich wollte nur vermeiden, daß wir mit Einladungen zu Abendgesellschaften überhäuft werden.«

Seine gute Laune übertrug sich sogar auf Cordelia. So heiter und gelöst hatte sie ihren Vater seit Jahren nicht erlebt.

Ihre Augen blitzten spitzbübisch. »Wir könnten eine fahrende Theatergruppe bilden. Honorine schafft uns die willigen Opfer heran, Vater hält Vorträge über sein begnadetes Musiktalent, und ich spiele den gelangweilten Provinzlern meine Stücke auf dem Cembalo vor. Wir könnten monatelang bei freier Kost und Logis durch die Gegend kutschieren!«

Alle lachten, selbst der Herzog.

»Mach du nur deine Scherze«, versetzte der Vikar. »Wir haben unsere Sache heute abend sehr gut gemacht. Das muß sogar Lord Waverley zugeben.«

»O ja, ausgezeichnet!« Der Blick des Herzogs ruhte kurz auf Cordelias Gesicht. »Richard wird beeindruckt sein. Wollen wir hoffen, daß er sich dafür dankbar erweist und Cordelias Musik bis in alle Ewigkeit veröffentlicht.«

»Ja, das wollen wir hoffen«, wiederholte Honorine mit einem Anflug von Sarkasmus. »Wenn sie unabhängig sein will, braucht sie so viel Unterstützung und Geld von Ihrem Bruder, wie er ihr nur geben kann.«

»Honorine!« entrüstete sich Cordelia, doch die Freundin achtete nicht auf ihre Zurechtweisung, da der Vikar versuchte, ihr ein Küßchen zu rauben, das sie lachend versuchte abzuwehren.

Sebastian fixierte Cordelia. »Ich bezweifle, daß Cordelia auf Richards Geld angewiesen sein wird. Londons Männerwelt schwärmt für hübsche und talentierte Damen. Einer ihrer Verehrer wird sich sicher bereit erklären, ihre Talente zu fördern.« Sebastians Blick senkte sich auf ihren Mund. »Ich jedenfalls wäre nicht abgeneigt.«

Cordelia errötete tief, blickte angstvoll zu Honorine und ihrem Vater, doch die beiden waren zu sehr mit sich und ihrem Getuschel beschäftigt, um auf die Worte des Herzogs zu achten.

Gütiger Himmel! Wenn einer der beiden Sebastians Blicke bemerkte, der Cordelia ansah wie ein lauernder Wolf, der es auf ein zartes Lämmchen abgesehen hat, würden beide Verdacht schöpfen und sie noch strenger bewachen.

Wieso sah er sie so merkwürdig an? Nach seinen haßerfüllten Worten hätte sie nie vermutet, daß er ihr je wieder Beachtung schenken würde.

Sie war immer noch verwirrt in Grübelein versunken, als die Kutsche vor der Herberge hielt. Ihr Vater half Honorine beim Aussteigen, zog sie beiseite und flüsterte ihr etwas ins Ohr. Honorine warf Sebastian einen Seitenblick zu, der Cordelia die Hand beim Aussteigen reichte.

»Geht ihr beiden schon vor«, murmelte Honorine. »Wir kommen gleich nach. Oswald will ... mir etwas zeigen.«

»Bleibt nicht zu lang«, entgegnete der Herzog schmunzelnd. »Wir wollen nicht, daß Ihr zwei euch erkältet.«

Honorine errötete, und der Vikar lachte leise. Cordelia brachte nur ein dünnes Lächeln zustande. Ihre Chance, mit Sebastian allein zu reden, war gekommen. Ein paar Minuten reichten, um zu sagen, was nötig war. Wenn es ihr noch so schwer ankam, sie mußte es tun.

Sobald die Haustür hinter ihnen zugefallen war, flüsterte Cordelia unsicher: »Ich muß unter vier Augen mit dir sprechen, Sebastian.«

Er nickte, nahm sie beim Arm und führte sie den schmalen Flur entlang, bis er ein leeres Zimmer gefunden hatte. Sobald sie eingetreten waren, schloß er die Tür hinter sich und blieb abwartend stehen.

Sie wußte nicht, wie sie anfangen sollte. Den ganzen Tag hatte sie darüber nachgedacht, wie sie umschreiben sollte, daß er sich keine Sorgen wegen einer drohenden Vaterschaft zu machen brauche. Doch als er sie nun mit hochgezogenen Brauen musterte, platzte sie ohne zu überlegen heraus.

»Gestern nacht setzte meine Monatsblutung ein.«

Er schien nicht zu verstehen, was sie meinte, und Cordelia fürchtete schon, den Sachverhalt genauer erklären zu müssen. Dann huschte ein seltsamer Ausdruck über sein Gesicht, beinahe so etwas wie Wehmut. »Dann bekommst du also kein Kind.«

Sie schüttelte den Kopf und senkte den Blick. Gut, sie hatte es ihm gesagt. Ihre Pflicht war damit erfüllt.

»Darüber scheinst du nicht sehr glücklich zu sein«, fügte er sanft hinzu.

Sie stammelte: »Aber natürlich bin ich glücklich darüber. Das hätte alles ... schrecklich schwierig gemacht.«

»Ja.«

Eine peinliche Stille senkte sich zwischen die beiden. Da es nichts mehr zu besprechen gab, wandte sie sich zum Gehen. »Ich ... ich dachte, du sollst es wissen«, stotterte sie und griff nach der Türklinke.

»Warte!« Er trat neben sie.

Wortlos drehte sie ihm ihr fragendes Gesicht zu.

Seine Miene war undurchdringlich. »Wir hatten keine Gelegenheit, miteinander zu reden, seit dein Vater und Honorine ihre Verlobung verkündeten. Wie sehen deine Pläne nach der Heirat der beiden aus?«

Sie schluckte. Seine Nähe machte sie befangen, aber sie war unfähig, sich von ihm zu entfernen. »Darüber habe ... habe ich noch nicht nachgedacht.«

»Nun steht dir der Weg frei zu heiraten.« Sein bohrender Blick lähmte ihr Denkvermögen. »Dein Vater und Honorine erwarten gewiß nicht, daß du bei ihnen bleibst.«

»Ich habe nicht den Wunsch zu heiraten.«

In seiner Wange vibrierte ein Muskelstrang. »Dann willst du also mit den Jungvermählten unter einem Dach leben?«

Cordelia verschränkte die Arme vor der Brust. »Was wäre daran so ungewöhnlich?« fragte sie steif. »Vermutlich bleibe ich nicht in Belham. Ich werde einen eigenen Hausstand gründen und die beiden in Frieden lassen.«

»Verstehe. Du willst eine unabhängige Frau sein und dich als Komponistin bewähren. Vielleicht sogar in London.«

Sie nickte heftig, wünschte sehnlichst, ihm und seinen lästigen Fragen entfliehen zu können.

Doch das ließ er nicht zu. Zu ihrem Schrecken nahm er sie beim Arm, zog sie von der Tür weg und wies auf einen gedrechselten Windsorstuhl. »Setz dich, Cordelia. Ich möchte etwas mit dir besprechen.«

Beklommen setzte sie sich auf die äußerste Stuhlkante.

Sebastian musterte sie eindringlich, sie wich seinem Blick unstet aus. Dann kniff er die Augen zusammen. »Sag mir, hat dir das Liebesspiel mit mir Vergnügen bereitet?«

Seine unverblümte Fragestellung schockierte sie ebenso sehr wie die Frage selbst.

»Sebastian, bitte ...«

»Hat es dir Vergnügen bereitet?« Seine Augen wanderten bedächtig über ihren bebenden Mund, ihren schlanken Hals bis zur Wölbung ihres Busens. Seine Stimme senkte sich. »Ich hatte den Eindruck, es habe dir Vergnügen bereitet. Ich glaube sogar, du sagtest so etwas wie ... ich sei ein wunderbarer Liebhaber. Hast du das wirklich so gemeint, Cordelia?«

Atemlos murmelte sie: »Du weißt, daß ich es so gemeint habe.«

Der Hauch eines Lächelns flog über sein Gesicht. Der

Widerschein der Flammen zeichnete Licht und Schatten in sein kühn geschnittenes Gesicht. Cordelia hob tapfer das Kinn und hielt seinem Blick stand. Wenn er sie noch einmal dafür kränken wollte, daß sie seinen Antrag abgelehnt hatte: Nur zu! Sie würde auch das noch ertragen.

Doch dies sollte das letztemal sein, daß sie sich von ihm quälen ließ, schwor sie sich trotzig.

Sebastian war der erste, der den Blick abwandte. »Nun, dann dürfte es dich nicht überraschen zu wissen, daß auch ich Gefallen daran fand.«

Seine rauchige Stimme nahm ihr den Atem. Was sollte sie darauf antworten? Freut mich? Wie schön für dich? Sie zog es vor zu schweigen.

»Und deshalb kam mir der Gedanke«, fuhr er gelassen fort, »daß es eigentlich keinen plausiblen Grund gibt, dieses Vergnügen nicht zu wiederholen.«

Das hatte sie nun wahrlich nicht erwartet. Empört sprang sie auf. »Ich habe dir bereits gesagt, Sebastian, ich werde dich nicht heiraten!«

»Ich spreche nicht von Heirat«, entgegnete er trocken. In seinem Blick lag kalte Sachlichkeit, die sie erschauern ließ.

Er trat auf sie zu. »Wenn du nämlich nicht den Wunsch hast zu heiraten, wie du sagst, und dir unser Liebesspiel Vergnügen bereitet hat, gibt es eigentlich keinen Grund, nicht meine Geliebte zu werden. Damit wären alle Probleme gelöst, findest du nicht? Ich könnte Judith heiraten, und du würdest deine Unabhängigkeit behalten, ohne auf die Wonnen der Liebeslust verzichten zu müssen, die du soeben entdeckt hast.«

Das Blut rauschte ihr in den Ohren. Sie hatte Mühe, sich nach diesem unerhörten Angebot auf den Beinen zu halten. Eine Lösung aller Probleme? Seiner vielleicht. Nie könnte sie diesen Zustand ertragen. Niemals könnte sie ihn mit Judith teilen. Niemals könnte sie das Leben einer Mätresse führen. Wie konnte er ihr diesen unverschämten Vorschlag machen?

Cordelia ballte die Fäuste. »Ich könnte nicht deine Geliebte sein, du darfst mir diese Frage nicht stellen.«

Sebastian trat näher, zu nahe; seine Augen blitzten. »Du hast mir doch klar zu verstehen gegeben, daß unser Zusammensein für dich lediglich ein Akt der Wollust war, ohne Gefühle des Herzens. Und du hattest Vergnügen daran. »Warum möchtest du nun das Vergnügen nicht fortzusetzen, nachdem alle Hindernisse ausgeräumt sind?«

»Was ist mit Kindern?« platzte sie heraus, nur um seinem grausamen Wortschwall Einhalt zu gebieten.

Er zuckte mit den Schultern. »Ich versorge sie. Es ist nichts Ungewöhnliches, Cordelia, wenn ein Herzog sich eine Geliebte hält und mit ihr Kinder zeugt.«

»Ich ... ich könnte so nicht leben, Sebastian. Es ... es ist schamlos von dir zu denken, daß ich zu einem solchen Verhältnis fähig sein könnte. Ich könnte es nicht ertragen.«

Er trat noch einen Schritt vor, Cordelia wich zurück.

Seine Augen bohrten sich in die ihren, als wolle er in die Tiefen ihres Herzens dringen. »Ich verstehe deine Einwände nicht. Unschicklichkeit kann wohl kaum ein Hinderungsgrund für dich sein. In unserer Liebesnacht hast du dich nicht um Schicklichkeit und Anstand bemüht. Die meisten unabhängigen Frauen nehmen sich Liebhaber, wenn ihnen der Sinn danach steht. Warum bist du nicht dazu bereit, da du nicht die Absicht hast zu heiraten? Deine Unschuld mußt du ja nun nicht länger hüten.«

Wie konnte er nur so grausam sein! »Ich ... ich muß gehen.« Sie wollte fliehen, doch er hielt sie am Ellbogen zurück.

»Es sei denn ...« Seine Stimme war ein verführerisches Raunen, »... unser Liebesspiel hat dir kein Vergnügen bereitet. Vielleicht hast du das nur behauptet, weil du meinen männlichen Stolz nicht verletzen wolltest.«

Cordelia kniff die Augen zusammen. Gütiger Himmel, in welche Falle lockte er sie? Wenn sie auf ihrer Unabhängigkeit beharrte, würde er ihr erneut vorschlagen, seine Geliebte zu werden. Wenn sie sagte, sie wolle möglicherweise doch irgendwann einmal heiraten, würde er wissen wollen, warum nicht ihn. Und wenn sie bestätigte, das Liebesabenteuer mit ihm habe ihr Vergnügen bereitet, würde er sie auffordern, es zu wiederholen. Das würde sie in den Wahnsinn treiben.

Es gab nur einen Ausweg. »Du hast recht. Es ... es hat mir nicht wirklich Vergnügen bereitet. Zugegeben, es war ... eine interessante Erfahrung, aber mehr auch nicht. Ich möchte es lieber nicht wiederholen.« Lügen, Lügen, nichts als Lügen.

»Tatsächlich?« Seine heisere, tiefe Stimme jagte ihr Schauer über den Rücken.

Er drehte sie zu sich um, hob ihr Kinn mit einem Finger. »Ich glaube dir kein Wort.«

Sein Daumen strich über ihre Unterlippe, ihre Lider flogen angstvoll hoch. »Du mußt mir glauben! Es ist wahr! Bitte, Sebastian, laß mich zufrieden, laß mir mein Leben ... allein.«

Nun strich sein Zeigefinger die Konturen ihrer Wange entlang. Cordelia geriet in Atemnot. Ihr war unerträglich heiß. Sie mußte fort von ihm. Doch als sie zurückwich, schlang er einen Arm um ihre Mitte und hielt sie fest.

»Laß ... mich ... los«, flehte sie. »Bitte.«

»Mir kommt soeben ein interessanter Gedanke«, murmelte er, seine Handfläche schmiegte sich an ihre Wange, glitt bedächtig ihren Hals nach unten zu ihrem Haaransatz im Nacken. »Ich würde gerne feststellen, wie ... wenig dir meine Zärtlichkeiten bedeuten.«

Und dann umschlossen seine Lippen ihren Mund. Sie versteifte sich, bemühte sich um Zurückhaltung, zwang sich vorzugeben, seinen Kuß als abstoßend zu empfinden. Sie biß die Zähne zusammen, preßte die Lippen aufeinander. Als es ihr schließlich gelang, das Gesicht zur Seite zu drehen, um seinem Kuß zu entgehen, bedeckte er ihre Wangen und ihren Hals mit Küssen.

Cordelia ballte die Fäuste, grub die Fingernägel tief in das Fleisch und spannte jeden Muskel ihres Körpers an, um ihm zu widerstehen. Sebastian hielt sie umfangen, drängte seine muskulösen Schenkel und die pochende Schwellung seiner Männlichkeit an sie. Und plötzlich stürmte eine Flut sinnlicher Begierden auf sie ein.

Er hob ihr Kinn und küßte sie wieder auf den Mund, seine Zunge neckte ihren Mundwinkel unendlich zart. Als seine andere Hand nach oben glitt und sich um ihre Brust wölbte, schnappte sie nach Luft und gab ihm Gelegenheit, seine Zunge in ihren Mund zu schieben.

Und damit schmolz Cordelias Abwehr. Wie von selbst wanden ihre Arme sich um seinen Hals, sie erwiderte seinen Kuß in wilder Leidenschaft. Sebastian, dachte sie verzückt. Er begehrte sie, und sie begehrte ihn. Nichts anderes zählte. Nichts.

Sie verschlangen einander in einem endlosen Kuß. Sein Mund und seine Zunge liebkosten sie zart und wieder fordernd, er gab und nahm zugleich und ließ sie die Wonnen seines Kusses spüren, um ihr einen Vorgeschmack auf die Wonnen des Liebesaktes zu geben. Sein bärtiges Kinn kratzte ihre zarte Haut, und selbst bei dieser Berührung durchrieselten sie kribbelnde Schauer. Sein Mund schmeckte nach einem Hauch Brandy und süßen Früchten und machte sie schwindlig.

Als er die Verschnürung ihres Mieders löste und seine Hand in den Ausschnitt ihres Kleides wühlte, bebte sie am ganzen Leib und wünschte, es wären nicht so viele Stoffschichten zwischen ihnen. Seine Finger spielten an den Knospen ihrer entblößten Brust. Cordelia preßte sich stöhnend an ihn.

»O mein Engel«, raunte er an ihren Lippen. »Du gehörst mir.«

»Ja«, japste sie benommen und hauchte Küsse an seine rauhe Wange, sein Kinn, an die Stelle seines Halses, wo sein Puls hämmerte.

»Dies ist nicht die Zeit und nicht der richtige Ort. Aber in London kommst du zu mir.«

Er bat nicht darum. Es war ein Befehl, und seine Worte lichteten den Nebel ihrer sinnlichen Benommenheit.

»Du sagtest, ich soll mich von dir fernhalten«, brachte sie gequält hervor.

»Ich war ein Dummkopf.« Er beugte sich über sie und küßte ihre Brust.

»Ich … ich kann nicht deine Geliebte werden«, protestierte sie halbherzig.

Er hob den Kopf, und seine Hand hörte nicht auf, sie zu liebkosen. Sein flehender Blick drang ihr bis tief ins Herz. »Komm in London zu mir. Mehr verlange ich nicht.«

In London wartet seine Verlobte auf ihn, dachte Cordelia angstvoll.

»Ich …«

Die Tür, die hinter den eng Umschlungenen aufgerissen wurde, erstickte ihre Worte. Cordelia stieß ihn von sich, flammend rot im Gesicht, ordnete in fliegender Hast ihr Kleid und wagte nicht, den Blick zu heben.

Sebastians starrer Gesichtsausdruck sagte ihr genug. Dann wirbelte sie herum. Honorine stand zornentbrannt auf der Schwelle.

»Cordelia, ich sehe dich auf deinem Zimmer.« Ihr Ton duldete keinen Widerspruch.

»Es ist nicht so, wie du denkst …«

»Auf dein Zimmer. Unverzüglich. Ehe dein Vater auftaucht.«

Cordelia floh. Mit einem hilflosen Blick über die Schulter zu Sebastian stürmte sie aus dem Zimmer.

Sebastian blickte ihr nach, und sein Herz jauchzte vor Glück. Es war ihm einerlei, daß Mrs. Beardsley sie in dieser verfänglichen Situation ertappt hatte, es war ihm sogar einerlei, daß sie in sein zärtliches Tête-à-tête mit Cordelia geplatzt war.

Er glaubte, eine Antwort auf seine Frage erhalten zu haben, die ihn seit York quälte. Er konnte zwar nicht völlig sicher sein, aber die größten Zweifel, die ihn seit drei Tagen umtrieben, waren ausgeräumt.

Mrs. Beardsley schloß die Tür hinter sich. »Gottlob ist Oswald noch im Garten, sonst müßte ich einen Mord verhindern.«

Sebastian blieb stumm. Er hatte Mühe, seine Gefühlswallungen unter Kontrolle zu bringen.

»Es ist an der Zeit, daß wir beide ein offenes Wort miteinander reden, Lord Waverley«, fuhr sie mit zornfunkelnden Augen fort.

»Ehe Sie mir eine Strafpredigt halten, sollten Sie wissen, daß ich die Absicht habe, Cordelia zu heiraten.«

Er machte eine Pause, um der erzürnten Mrs. Beardsley Zeit zu geben, die Neuigkeit zu schlucken. Bei ihrem verdutzten Gesicht zogen sich seine Mundwinkel zu einem belustigten Lächeln hoch.

Sie hielt sich die Hand an die Kehle. »H... heiraten?«

»Ja. Es wird Sie kaum erstaunen, daß wir beide etwas füreinander empfinden.«

»Nein, aber ... aber ... sie hat kein Wort von Heirat erwähnt.«

»Sie weiß es noch nicht, zumindest glaubt sie nicht, daß ich sie heiraten werde. Und Sie müssen schweigen, bis ich die Dinge mit meiner Verlobten geregelt habe.«

Honorines Augen verengten sich. »Wenn dies ein übler Trick sein soll, um Cordelia zu verführen ...«

»Nein.« Sebastian versagte sich eine scharfe Entgegnung, er habe keine üblen Tricks nötig. »Erst wenn ich frei bin, werde ich sie wieder bitten, mich zu heiraten.«

»Wieder?«

Es war zu erwarten, daß Mrs. Beardsley sich auf diesen unbeabsichtigten Lapsus stürzen würde. Sebastian seufzte. Dann fragte er sich, ob es nicht besser sei, ihr alles zu sagen ... beinahe alles. In Mrs. Beardsley eine Verbündete zu haben konnte sich als hilfreich erweisen. Er rieb sich die Stirn. »Sie fragten mich, was in jener Nacht in York geschah. Nun, die Wahrheit ist, ich habe Cordelia gebeten, meine Frau zu werden.« Er straffte die Schultern. »Sie hat meinen Antrag abgelehnt.«

Mrs. Beardsley war fassungslos. Händeringend trat sie ans Fenster. »Ich kann es nicht glauben.« Kopfschüttelnd blickte sie in die Nacht hinaus. »Hat das Mädchen völlig den Verstand verloren?«

Sebastian suchte nach einer Erklärung, die nicht verriet, was zwischen Cordelia und ihm vorgefallen war. »Ich fürchte, ich habe meinen Antrag ziemlich ungeschickt vorgebracht. Sie glaubte wohl, ich handle nur aus Mitleid wegen ihrer familiären Situation. Wenn Sie sich erinnern, stürmte der Vikar wortlos aus dem Haus, und Cordelia war der festen Meinung, er würde sich wieder betrinken.«

Mrs. Beardsley fuhr zu ihm herum. Ihre Augen verdunkelten sich. »Oswald hatte nur Zeit für sich gebraucht, um sich über einige Dinge klarzuwerden.«

»Ja, das erfuhren wir später. Doch als er das Haus verließ, befürchteten auch Sie, daß er seine Enttäuschung in Schnaps ertränke, hab' ich recht?« Er gab ihr keine Gelegenheit zu antworten. »Doch darum geht es nicht. Cordelia jedenfalls hatte große Angst, er würde sich wieder betrinken, und war verzweifelt über ihre trostlose Zukunft. Und ich ... nutzte die Gelegenheit, um ihr einen Heiratsantrag zu machen.«

Mrs. Beardsley beäugte ihn skeptisch. »Ich weiß über jene Nacht besser Bescheid als Sie ahnen, Euer Gnaden. Cordelia gestand, ohne den Grund zu nennen, daß sie in der Nacht ihr Laken beschmutzt habe, und sie sich bemüßigt fühlte, es auszuwaschen. Sie wissen nicht zufällig davon?«

Mrs. Beardsley maß dem Beschmutzen des Lakens allem Anschein große Bedeutung bei. Mit einem gekünstelten Lächeln entgegnete er steif: »Wenn Sie eine Anklage vorzubringen haben, Mrs. Beardsley, tun Sie es. Andernfalls schlage ich vor, keine Spekulationen anzustellen.«

Ihre forschenden Augen durchbohrten ihn. Sebastian hielt ihrem Blick gleichmütig stand. Vermutlich ahnte sie die Wahrheit.

Nach einer Weile nickte sie. »Fahren Sie fort! Mit welcher Begründung lehnte sie Ihren Antrag ab?«

»Dummerweise hatte ich ihr zuvor meine Situation mit meiner Verlobten erklärt. Mein Versprechen, Judith zu heiraten als Gegenleistung für die finanzielle Hilfe ihres Vaters. Als ich Cordelia sagte, ich wolle die Verlobung lösen, um sie zu heiraten, wurde sie störrisch und beharrte darauf, sie habe nicht den Wunsch, sich zu verheiraten, sie wolle überhaupt nicht heiraten. Sie wolle unabhängig sein.«

»Und Sie glaubten ihr.«

»Ja, ich glaubte ihr. Jetzt bin ich mir nicht mehr so sicher. Ich weiß nicht, ob ihr nur daran gelegen war, mir Peinlichkeiten zu ersparen ... oder ob sie mich tatsächlich nicht heiraten will. Möglicherweise geht es ihr tatsächlich nur um ihre Unabhängigkeit.«

»Dummes Zeug. Nicht einmal Männer wollen unabhängig sein, sonst würden sie sich nicht eine Frau nehmen und Kinder zeugen.«

»Wie dem auch sei, eines weiß ich genau. Sie empfindet viel für mich. Unser ... ehm ... Gespräch vor wenigen Minuten hat mir das bestätigt.«

Honorine bedachte ihn mit einem frostigen Blick. »Aber wenn Sie Cordelia sagen, daß Sie die Absicht haben, Ihre Verlobung zu lösen, um sie zu heiraten ...«

»Genau das habe ich ihr bei meinem ersten Antrag gesagt.« Sebastian schüttelte den Kopf. »Diesen Fehler begehe ich kein zweitesmal. Ich mache ihr erst wieder einen Antrag, wenn ich frei für sie bin.« Er beschloß, nun alle Karten auf den Tisch zu legen. »Sie müssen etwas begreifen, Mrs. Beardsley. Cordelia glaubt, uns verbinde nur ... körperliches Verlangen, sowohl von meiner als auch von ihrer Seite. Es liegt an mir, sie davon zu überzeugen, daß zwischen uns mehr ist. Doch das kann mir nur gelingen, wenn Sie sich nicht gegen mich stellen.«

»Aha. Sie wollen also, daß ich meine Aufsichtspflicht verletze«, fuhr sie ihn schneidend an. »Ist es das? Damit Sie Zärtlichkeiten mit Cordelia austauschen können, wann immer und wo immer Ihnen der Sinn danach steht?«

Er schüttelte bedächtig den Kopf. »Das wäre wohl zu viel von Ihnen verlangt. Ich bitte Sie lediglich, Cordelia nicht gegen mich einzunehmen oder sie unnötig in Aufruhr zu versetzen. Wenn Sie ihr gegenüber eine Andeutung machen, Sie würden mich zwingen, sie zu heiraten, weil etwas zwischen uns vorgefallen ist, verliere ich sie. Das ist meine große Sorge.«

Honorine erbleichte, ihre Lippen waren schmal geworden.

»Bitte«, flehte er und überwand seinen Stolz. »Geben Sie mir nur ein paar Tage, um die Situation auf meine Weise zu klären.«

Honorine schloß die Augen und gab einen höchst undamenhaften Fluch von sich.

Dann fixierte sie ihn mit strengem Blick. »Einverstanden, Lord Waverley. Ich gewähre Ihnen einige Tage Aufschub. Wenn Cordelia allerdings nicht mit Ihnen verlobt ist, bevor wir nach York aufbrechen, werde ich Reverend Shalstone alles berichten. Alles, was ich weiß und was ich vermute ... und er wird dafür Sorge tragen, daß Sie seine Tochter heiraten.«

Sebastian sah sie eindringlich an. »Ich schwöre Ihnen, wenn Cordelia bis zum Zeitpunkt Ihrer Rückkehr nicht mit mir verlobt ist, werde *ich* ihrem Vater alles erzählen. Denn unter welchen Umständen auch immer, Cordelia wird meine Frau.«

Und während Mrs. Beardsley ihn mit Erstaunen anstarrte, verneigte er sich und verließ den Raum.

Kapitel 18

Richard Kent saß in der Bibliothek von Schloß Waverley und überflog erneut die Depesche, bevor er sie zerknüllte und mit einer ungeduldigen Handbewegung ins Kaminfeuer warf.

Verdammt! Heute würde Sebastian also mit der ganzen Sippschaft anrücken. Warum ausgerechnet heute?

Richard war davon ausgegangen, die Reise seines Bruders nach Belham und zurück würde einen Monat oder länger dauern. Noch vor einer Woche schien ihm seine Rückkehr in weiter Ferne. Noch vor einer Woche hatte er sich Vorwürfe gemacht, zu stolz gewesen zu sein, Sebastian zu begleiten und dem Vikar sein Anliegen persönlich vorzutragen. Noch vor einer Woche hatte er der Rückkehr seines Bruders erwartungsvoll entgegengesehen, um die Situation mit Händel und seinem Musikverlag endlich zu regeln.

In einer kurzen Woche hatte sich alles verändert. Nun, nicht wirklich alles, verbesserte er sich. Jedenfalls war es noch wichtiger geworden, daß er seinen Ruf wiederherstellte und seinen Musikverlag weiterführen konnte.

Denn ohne diesen Verlag hätte er nicht den Hauch einer Chance bei Judith.

Judith. Sein Herz geriet ins Stolpern, als ihr Bild vor seinem geistigen Auge auftauchte. Er kannte sie seit seiner Kindheit, hatte sie stets freundlich, hübsch und bezaubernd naiv gefunden. Da das Gut ihres Vaters an die Kentschen Ländereien grenzte, hatten die Nachbarskinder oft miteinander gespielt. Später allerdings war er so sehr damit beschäftigt, auf seine Schwestern aufzupassen und seinen Verlag zu leiten, daß er gar nicht bemerkte, wie Judith zur Frau erblühte.

Nun war sie gerade zwanzig geworden, sah entzükkend aus, war wohl gewachsen, hatte ein reizendes Wesen und konnte einem Mann wahrhaftig den Kopf verdrehen; Richard machte da keine Ausnahme.

Bis vor einem Monat hatte er allerdings nicht in dieser Weise an Judith gedacht. Bis vor einem Monat war die liebreizende Judith lediglich die Verlobte seines Bruders, die schöne und bezaubernde Verlobte seines Bruders.

Dann war Sebastian nach Belham gereist, nachdem er Judith mitgeteilt hatte, bei seiner Rückkehr einen Hochzeitstermin festzulegen. Und mit einemmal war die Verlobung, über die bislang nie geredet wurde, zu einem wichtigen Faktum geworden. Richards Schwestern redeten fortwährend von der Hochzeit, und Judith kam häufig herüber, um sich mit dem Haushalt vertraut zu machen, dem sie bald vorstehen sollte.

Und Richard stellte fest, daß er ihre Besuche mit freudiger Erwartung herbeisehnte, daß er sie vermißte, wenn sie die Abende nicht mit ihm und seinen Schwestern verbrachte, daß ihm auffiel, welches Kleid sie trug und wie häufig sie lächelte.

Und vor ein paar Tagen war etwas Unverhofftes passiert. Er konnte nachts nicht schlafen, war aufgestanden und hatte bis in die Morgenstunden über seinen Geschäftsbüchern gesessen, als Judith in die Bibliothek stürmte, frisch wie der junge Morgen. Er war übernächtigt, hatte rot geränderte Augen, und Judith hatte ihn ausgeschimpft, die Bücher zugeklappt und ihn gezwungen, sich aufs Sofa zu legen und ein paar Stunden zu schlafen.

Und er war überraschenderweise tatsächlich eingeschlafen, träumte lebhaft von ihr, und als sie ihm sanft die Hand auf die Schulter legte und ihn weckte, war er mit einem Ruck hochgefahren und hatte ihr lächelndes Gesicht über sich gesehen. Ohne sich zu besinnen, hatte er sie zu sich herabgezogen und sie geküßt.

Zu seiner Verblüffung hatte Judith sich ihm nicht entzogen, ihm keine Ohrfeige gegeben und ihn nicht beschimpft. Und als er sie noch einmal zu einem innigen Kuß an sich zog, ließ sie ihn wieder gewähren.

Dann hatte sie wortlos das Zimmer verlassen. Seit diesem Vorfall hatte er immer wieder ihre Nähe gesucht, jede Gelegenheit genutzt, um mit ihr allein zu sein. Es war ihm aufgefallen, daß sie ihm scheu zulächelte, wenn er ihren Blick suchte.

Er schlug mit der Faust auf die Armlehne seines Stuhls. Gütiger Himmel, Judith! Warum die liebreizende Judith, die nicht für ihn bestimmt war? Er hatte vor langer Zeit Gefühle der Zuneigung und des Verlangens Frauen gegenüber verdrängt und abgelehnt.

Doch Judith war seiner Wachsamkeit entgangen, vermutlich weil er sie seit Kindheit an kannte und in ihr nie eine Frau gesehen hatte. Und sie war nicht wie andere Frauen. Zum einen interessierte sie sich nicht für Musik. Das gab ihm die Gewißheit, daß ihr Interesse an ihm kein übler Trick einer laienhaften, unbegabten, aber ehrgeizigen Musikerin war, die sich sein Wohlwollen erschleichen wollte.

Zum anderen wandte sie nicht peinlich berührt den Blick, wenn er, auf Krücken gestützt, einen Raum betrat. Sie machte keine spitzen Bemerkungen über ›diesen armen, verkrüppelten Lord Kent‹, wie die feinen Damen der Londoner Gesellschaft, wenn sie glaubten, er könne sie nicht hören. Richard hatte sich einen Schutzpanzer zugelegt. Seine Schwestern waren ihm weibliche Gesellschaft genug, den Rest der Damenwelt ignorierte er geflissentlich.

Bis er Judith begegnete. Sie war die Frau, bei der er sich geborgen fühlte, zu der er Vertrauen hatte.

Und sie war die Frau, für die er keine Empfindungen haben durfte. Sie war Sebastian versprochen. Und Sebastian würde in wenigen Stunden wieder hier sein und Judith für sich beanspruchen.

Ein leises Klopfen riß ihn aus seinen Gedanken.

»Herein!« bellte er.

Als die Frau, die ihm den ganzen Vormittag nicht aus dem Sinn gegangen war, eintrat, blickte er ihr düster entgegen. Wieso war sie nur so schön? Wieso krampfte sich sein Herz bei ihrem Anblick zusammen?

»Gütiger Himmel, du scheinst aber heute schlechte Laune zu haben«, begrüßte sie ihn mit ihrem liebreizenden Lächeln und trat an seinen Stuhl. »Belinda sagte mir, du wolltest mich sprechen.«

Er hatte seine älteste Schwester zu Judith geschickt, sobald er Sebastians Depesche in Händen hielt. Doch nun zögerte er, ihr die Ankunft des Verlobten mitzuteilen.

»Willst du dich nicht setzen?« fragte er und bemühte sich um einen freundlichen Tonfall.

Sie nahm in einem Lehnsessel ihm gegenüber vor dem Kamin Platz, in aufrechter Haltung, die Hände sittsam im Schoß verschränkt. Judith, mit der er aufgewachsen war, erschien ihm so fremd wie eine exotische Blume.

»Ich nehme an ...«, begann er, räusperte sich, da seine Stimme belegt klang, und setzte von neuem an. »Ich nehme an, du freust dich auf Sebastians Rückkehr.«

»Ja, natürlich.«

Auf ihre gelassene Antwort blickte er sie forschend an. Doch ihr Lächeln verriet ihm nichts.

»Ich nehme auch an, du kannst es kaum erwarten, Herzogin zu werden«, setzte er gereizt hinzu. Unter leicht verhangenen Lidern suchte er in ihrem Gesicht nach einem Anzeichen ihrer wahren Gefühle.

Judith errötete und wandte den Blick. »Eine Herzogin. Ja, eine großartige Vorstellung.«

Hörte er Sarkasmus aus ihren Worten? Nein, Sarkasmus paßte nicht zu Judith, er mußte sich geirrt haben. Vermutlich hörte er aus ihren Antworten nur das heraus, was er zu hören wünschte.

Dieses Geplänkel führte zu nichts. Richard wurde kühner. »Liebst du meinen Bruder, Judith?«

Ihre blauen Augen weiteten sich erstaunt. »Welche Frage! Nein, natürlich nicht. Ebensowenig wie er mich liebt. Das weißt du doch. Unsere Ehe ist eine Abmachung zwischen unseren Familien – wie das in unseren Kreisen üblich ist.«

Sie redete, als habe er eine törichte Frage gestellt, doch etwas in ihrem Gesichtsausdruck trieb ihn dazu, weiter zu fragen.

»Würdest du eine Heirat aus Liebe nicht vorziehen?«

»Was ich vorziehen würde, steht nicht zur Debatte.«

Nun wußte er, daß er nicht irrte. Er las Wehmut und Resignation in ihren Zügen, Gefühle, die sie nie in Worte fassen würde.

Er umklammerte die Armlehnen seines Stuhls. »Warum widersetzt du dich deinem Vater nicht, wenn du eine Liebesheirat bevorzugst? Sag ihm, du willst Sebastian nicht heiraten.«

Sie erhob sich jäh und wandte ihm den Rücken zu. Sie schien außer Fassung geraten zu sein. Mit kleiner Stimme entgegnete sie: »Mich gegen Vater auflehnen? Ich weiß, daß du ein Zyniker bist, Richard Kent. Aber wie kannst du mir raten, mich gegen den Willen meines Vaters zu widersetzen!« Ihre Stimme wurde ein wenig schrill. »Es ist meine Pflicht, die Ehe mit dem Mann einzugehen, den mein Vater für mich bestimmt hat. Vater hat die richtige Entscheidung für mich getroffen.«

Ihr kindlicher Gehorsam erstickte Richards Hoffnungen. Er war ein Narr zu denken, sie würde Sebastian seinetwillen verlassen! Selbst wenn sie Zuneigung für ihn empfand, würde sie sich niemals über die Wünsche ihres Vaters hinwegsetzen. Nicht umsonst nannte man sie die liebreizende Judith.

Und überhaupt, vielleicht empfand sie gar keine Zuneigung für ihn, und er gab sich törichten Illusionen hin. Schließlich war er nur der zweitgeborene Sohn, hatte als einzige Einnahmequelle seinen Musikverlag, dessen Fortbestand wiederum nur vom guten Willen eines unbekannten Landpfarrers und dem großen Maestro Händel abhing.

Seine Behinderung wirkte auf Frauen abschreckend. Warum sollte ausgerechnet Judith etwas für ihn empfinden, da sie bereits dem wohlhabenden, gesunden und gutaussehenden Sebastian versprochen war?

Richard schüttelte den Kopf und blickte düster ins Feuer. »Du bist eine gute Tochter«, sagte er tonlos. »Und du wirst Sebastian eine gute Ehefrau sein.«

Judith drehte sich zu ihm um und entgegnete mit leisem Spott in der Stimme: »Wie schön, deine Zustimmung zu finden. Hast du mich deshalb kommen lassen, um dir Klarheit über meine Gefühle für deinen Bruder zu verschaffen?«

Richard besann sich wieder der Depesche. »Sebastian hat einen Boten geschickt, um uns von seiner Ankunft zu unterrichten. Ich erwarte ihn in wenigen Stunden.«

Er hob den Kopf und beobachtete Judiths Reaktion. Sie erbleichte, Enttäuschung huschte über ihre Gesichtszüge, ehe sie sich wieder faßte. »Ach ja?«

Keine Spur von freudigem Jauchzen einer liebenden Frau, die erfährt, daß ihr Verlobter nach einer langen Reise zurückkehrt. Richards Herz machte einen Freudensprung.

Plötzlich fiel alle Scheu von ihm ab. Er mußte seine Chance wahrnehmen. Er atmete tief durch. »Du mußt Sebastian nicht heiraten, wenn es nicht dein Wunsch ist.«

Judith lächelte verkrampft. »Sebastian wird mir gewiß ein guter Ehemann sein.« Seufzend setzte sie hinzu: »Du kennst ihn doch. Er hat meinem Vater versprochen, mich zur Herzogin zu machen, und er wird Wort halten, komme was da wolle.« Bitterkeit schwang in ihrer Stimme.

»Willst du denn Herzogin werden?« Richard wollte die Worte aus ihrem Munde hören, bevor er ihr glauben konnte. »Sag mir die Wahrheit, Liebling. Bitte.«

Bei der Bezeichnung ›Liebling‹ geriet Judith in Verwirrung. »Ich will meinem Vater diesen Wunsch erfüllen. Verstehst du das nicht? Ich bin sein einziges Kind, und er setzt so große Hoffnungen darauf, daß ich Herzogin werde und die Besitze der Waverleys und der Quimleys vereint werden.«

Richard beugte sich in seinem Sessel vor und beobachtete sie forschend. »Ist es auch dein Wunsch, Herzogin zu sein? Ich muß es wissen, Judith.«

Sie erbleichte und wandte sich zum Gehen. Und Richard wußte, daß sie ihm die Antwort schuldig bleiben würde. Doch plötzlich besann sie sich, fuhr herum, beugte sich über ihn und hauchte einen Kuß auf seine Wange. »Laß es gut sein, Richard«, murmelte sie. Ihr Mund zitterte, und sie sah aus, als würde sie in Tränen ausbrechen. Mit sehnsüchtigem Blick streichelte sie seine Wange. »Laß es gut sein.«

Dann floh sie.

Richard blieb wie gelähmt sitzen. Langsam breitete sich ein Lächeln über seine Gesichtszüge. Er hatte seine Antwort erhalten.

Nun gut, dachte er entschlossen. Zum Teufel mit Baron Quimley und zum Teufel mit Sebastian. Er würde bei Händel Erfolg haben und dann bei Judith. Nein, er wollte es nicht gut sein lassen.

Die Kutsche näherte sich der Großstadt London, und immer mehr Karrossen, Reiter, Fuhrwerke und Postkutschen bevölkerten die Straße. Am späten Vormittag erklärte Sebastian, sein Anwesen liege im Nordosten wenige Meilen vor der Stadt. Danach hüllte er sich wieder in Schweigen und starrte düster aus dem Fenster.

Sein brütendes Schweigen stand vermutlich im Zusammenhang mit seiner gestrigen Unterhaltung mit Honorine, dachte Cordelia, die zu gerne gewußt hätte, was die beiden miteinander zu reden hatten, doch Honorine hatte kein Wort darüber verlauten lassen.

Als sie ihr gemeinsames Zimmer betrat, hatte sie nur gesagt: »Du bist alt genug, um zu wissen, was du tust. Ich hätte freilich nicht gedacht, daß du plötzlich Heimlichkeiten vor mir hast.«

Ist das alles? hatte Cordelia gedacht. Sie hatte eine Strafpredigt von Honorine erwartet und hatte sich bereits eine Verteidigungsrede zurechtgelegt. Sie sei einundzwanzig, wollte sie ihr entgegenhalten, und sehr wohl in der Lage, auf sich selbst aufzupassen. Doch Honorines knappe Worte hatten ihr den Wind aus den Segeln genommen und sie außerdem sehr neugierig gemacht, was sie und Sebastian miteinander besprochen hatten.

Daran dachte sie auch während der Fahrt. Sie blickte von Honorine zu Sebastian. Beide waren ungewöhnlich einsilbig, was sogar ihrem Vater aufgefallen war.

Cordelia rollte ein Notenblatt zwischen den Fingern zusammen und klopfte damit ungeduldig gegen ihr Knie. Die beiden trieben sie noch zur Verzweiflung mit ihrem Schweigen.

Besonders Sebastian ... mit seinem vermeintlich vernünftigen Gerede über die körperliche Liebe und seinen empörenden Vorschlägen!

Dabei konnte sie ihm nicht einmal verdenken, ihr den Vorschlag gemacht zu haben, seine Geliebte zu werden. Immerhin hatte sie sich ausgesprochen schamlos mit ihm benommen. Aber warum in aller Welt mußte er sie seinen Zorn auf so gemeine Weise spüren lassen, warum mußte er sie küssen und sie provozieren, seinen Kuß zu erwidern?

Sie trommelte mit der Notenrolle schneller gegen ihr Knie. Gottlob hatte sie nicht zugesagt, in London zu ihm zu kommen.

»Sie werden das unschuldige Notenblatt so lange malträtieren, bis nur noch Fetzen davon übrig sind«, machte Sebastian sie mit sanfter Stimme aufmerksam.

Sie starrte ihn an. Ein Lächeln flog über sein Gesicht, ein dunkles, sinnliches Lächeln, das sie daran erinnerte, wie er sie berührt und sie liebkost hatte, bis ihr die Sinne schwanden. Und als lese er ihre Gedanken, wanderten seine Augen träge über ihren Körper und wieder in ihr Gesicht zurück, und sein Lächeln vertiefte sich.

Ein Hitzeschwall strömte in ihren Leib, ließ sie unruhig auf ihrem Sitz hin und her rutschen. Wie niederträchtig von ihm, sich ihre Schwächen zunutze zu machen.

Sie riß den Blick von ihm los, zerknüllte die Papierrolle endgültig zwischen den Fingern und wünschte, es wäre sein Hals. Der gemeine Kerl war sich ihrer so sicher, er glaubte tatsächlich, sie würde in London zu ihm kommen, trotz der Beleidigungen, die er ihr wegen ihres lüsternen Verhaltens an den Kopf geworfen hatte. Nein, eine Beziehung mit ihm stand außer Frage. Doch er war zu hochmütig und zu sehr von sich eingenommen, um das zu begreifen. Sie würde ihm zeigen, daß noch ein Funke Stolz in ihr war. Das sollte der Kerl zu spüren bekommen, wenn er wagen sollte, in seinem Haus über sie herzufallen.

Ihre bebenden Hände straften ihre Gedanken Lügen. Als könne sie ihm nur eine Minute widerstehen, wenn er sich ihr näherte. Sebastian hatte die Gabe, ihre festen Vorsätze mit einem einzigen Kuß zu Staub zerfallen zu lassen. Barmherziger Himmel, wenn er sie wieder so berühren würde wie gestern abend, dann würde sie zustimmen, seine Geliebte zu werden.

Cordelia zwang sich, nicht darüber nachzudenken. Vielleicht war ihre Besorgnis völlig unnötig. Wenn er erst wieder mit seiner Verlobten vereint war, würde er Cordelia rasch vergessen.

Dieser Gedanke spendete ihr keinen Trost.

Plötzlich richtete Sebastian sich auf und beugte sich aus dem Fenster. Die Kutsche hatte eine leichte Anhöhe erreicht, von der man in ein flaches Tal auf weitläufige Gebäude und Stallungen blicken konnte.

»Seht dort drüben!« Dabei wies er auf ein helles großes Herrenhaus in der Ferne. »Das ist Waverley«, rief er stolz.

Cordelia beugte sich vor, um besser sehen zu können. Ein stattlicher Herrensitz mit zwei rechtwinklig angebauten Seitenflügeln. Den vielen hohen Fenstern nach zu schließen mußte das Haus an die fünfzig Zimmer aufweisen. Dem Haupthaus schlossen sich Stallungen und Wirtschaftsgebäude an. Der Herzog besaß gewiß eine Menge Kutschen und einen Stall voll edler Rassepferde.

Beim Näherkommen bemerkte Cordelia, daß das Haus reparaturbedürftig war. Das Dach eines Seitenflügels war offenbar von einem Sturm beschädigt worden, auch einige Giebel waren in schlechtem Zustand. Männer kletterten im Gesims herum, mit Reparaturarbeiten beschäftigt.

Das Herrenhaus war von eindrucksvoller Größe und enormer Pracht. Die riesigen Ausmaße bedrückten Cordelia. Sebastians Welt war eine völlig andere Welt als die ihre. Ungeachtet seiner abfälligen Bemerkungen über seinen Stammbaum war er in ungeahntem Luxus aufgewachsen. Selbst der Sitz des Grafen von Belham wirkte armselig gegen dieses Anwesen.

Sebastian war daran gewöhnt, mit Baronen, Grafen, ja sogar mit Prinzen zu dinieren. Zweifellos ließ er sich von einem Kammerdiener beim Ankleiden helfen, und ein Sekretär erledigte seine Korrespondenz. Das war sein Leben.

Kein Wunder, daß er seinen Antrag so bitter vorgebracht hatte. Kein Wunder, daß er es vorzog, sie zu seiner Geliebten zu machen. Dies war kein Ort für eine Pfarrerstochter.

»Dort drüben liegt der Park«, erklärte Sebastian und wies nach Westen. »Und dort vorne ist unsere Kapelle. Wir haben eine sehr schöne Kapelle, Reverend. Sie wird Ihnen gefallen.«

Plötzlich sah er Cordelia an, in seinen goldfarbenen Augen spiegelte sich die Freude, wieder zu Hause zu sein. »Was halten Sie davon, Cordelia? Ist es schön, oder blendet mich nur die Sentimentalität, weil ich hier aufgewachsen bin?«

Tränen brannten in ihren Augen, sie wandte rasch den Blick. »Es ist wunderbar«, flüsterte sie. »Ich habe noch nie ein so traumhaftes Haus gesehen.«

Sebastian wandte sich an Honorine. »Was meinen Sie, Mrs. Beardsley?« Seine Augen funkelten plötzlich seltsam. »Wird es genehm sein?«

Cordelia wußte nicht, was seine Frage bezweckte. Honorine warf ihm einen rätselhaften Blick zu, dann kräuselten sich ihre Lippen zu einem Lächeln. »Ich denke schon.«

Sebastian lachte, und seine düstere Stimmung schien verflogen zu sein. Als die Kutsche in die Auffahrt einbog, wies er mit der Begeisterung eines kleinen Jungen zum Bach hinüber, in dem er schwimmen gelernt hatte; zeigte einen Baum, von dem er als Knabe gefallen war und sich den Arm gebrochen hatte.

Als sie an einem verfallenen Cottage vorbeifuhren, erklärte er mit Leidenschaft, Waverley werde eines Tages in seinem alten Glanz erstrahlen. Er arbeite schon einige Jahre daran, aber es würde noch viele Jahre dauern.

Seine Begeisterung erfaßte auch Honorine, die ihn über die Größe der Ländereien ausfragte, und Cordelias Vater wollte Näheres über die Kapelle wissen. Die Begeisterung ihrer Mitreisenden bedrückte Cordelia nur noch mehr. Sie versuchte sich einzureden, ein Aufenthalt in einem so prächtigen Schloß sei ein großes Erlebnis für sie, eine solche Chance würde sich ihr nie wieder bieten, da selbst Honorines luxuriöses Haus sich mit der Pracht dieses Anwesens nicht messen konnte.

Cordelia war, als würde das Schicksal ihr nur einen weiteren bösen Streich spielen. Sebastians Reichtum zeigte ihr allzu deutlich, wie armselig sie ihm erscheinen mußte.

Das Herz sank ihr noch tiefer, als die Kutsche wenige Minuten später an dem Säulenportal vorfuhr, auf dessen Marmortreppe sich die ganze Familie zu Sebastians Begrüßung versammelt hatte.

Cordelia erkannte Lord Kent, der, auf Krücken gestützt, im Kreise von vier jungen Frauen stand. Drei von ihnen waren Sebastians Schwestern. Und welche war Judith? Lady Judith, verbesserte Cordelia sich.

Die Frage beantwortete sich von selbst, nachdem die Reisenden der Kutsche entstiegen waren. Die drei jungen Mädchen umringten Sebastian plappernd und kichernd wie eine Schar Gänse. Die jüngste war etwa dreizehn, die älteste achtzehn, schätzte Cordelia, und alle drei waren recht hübsch.

Eine Frau hielt sich abseits mit einem sanften Lächeln im fein geschnittenen Antlitz. Sie mußte Lady Judith sein. Sebastian hatte zwar gesagt, seine Verlobte sei erst zwanzig, ihre Haltung indes war die einer reiferen, erwachsenen Frau. Kein Wunder, daß Sebastian sie heiratete. Sie war der Inbegriff des Londoner Schönheitsideals: den Kopf voll blonder Ringellöckchen, makellos heller Teint und hellblaue Augen.

Sebastian verneigte sich vor ihr, und Cordelias Ängste bestätigten sich. »Ich hoffe, die drei Wildfänge haben dich in meiner Abwesenheit nicht in den Wahnsinn getrieben.«

»Wie schön, dich zu sehen, Sebastian«, grüßte Lady Judith und näherte sich ihm mit einer Anmut, um die Cordelia sie beneidete. Sebastian nahm Lady Judiths Hände und beugte sich vor, um ihre dargebotene Wange zu küssen.

Es war nur der Hauch eines Kusses, nichts weiter als eine förmliche Geste, und traf Cordelia dennoch wie ein Dolchstoß ins Herz. Gütiger Himmel, wie sollte sie die nächsten Tage überstehen?

»Du hättest dir größere Sorgen darum machen sollen, wie *ich* mit den Rangen fertig werde«, unterbrach Richard ihn trocken.

Sebastian wandte sich an seinen Bruder. »So schlimm kann es dir nicht ergangen sein.« Er musterte Richard anerkennend. »Du siehst wesentlich besser aus als bei meiner Abreise.«

Lord Kent lachte. »Die Mädchen haben mich auch verhätschelt und verwöhnt ... allen voran Judith, wenn sie uns besuchte ... bei soviel Fürsorge mußte ich mich ja erholen.«

Cordelia betrachtete Lord Kent interessiert, der Sebastian wie aus dem Gesicht geschnitten ähnlich sah. Beide waren schlank und hochgewachsen, auch er trug keine Perücke, sondern das kastanienbraune Haar im Nacken gebunden wie Sebastian. Lord Kent war ein gutaussehender Mann, wobei ihm das Verwegene in Sebastians Zügen fehlte. Er wirkte konventioneller, und seine Augenfarbe war beinahe schwarz.

Er war längst nicht so blaß, wie Cordelia erwartet hatte. Wie ein todkranker Mann sah er jedenfalls nicht aus. Und er bewegte sich mit erstaunlicher Geschicklichkeit auf seinen Krücken.

Hatte Sebastian sie belogen, was den Gesundheitszustand seines Bruders betraf? Nein, dachte sie mit einem Blick zum Herzog, der selbst darüber erstaunt zu sein schien, Richard so wohlauf vorzufinden.

Nun fuhr Lord Kents Kopf zu den Begleitern seines Bruders herum. »Willst du uns vorstellen oder mich noch länger mustern, als seien mir Hörner gewachsen?«

Sebastian lächelte. Erst stellte er seine Schwestern Belinda, Margaret und Katherine vor und dann ganz formell Lord Kent und Lady Judith.

Dann nahm er Cordelias Vater beim Arm und führte ihn zu seinen Brüdern. »Und hier bringe ich dir Reverend Shalstone«, sagte er, »von dem du so oft gesprochen hast.« Er nickte Honorine zu. »Dies ist Mrs. Beardsley, die Verlobte des Herrn Vikar.«

Er machte eine Pause, bevor er fortfuhr: »Die junge Dame hier ist Reverend Shalstones Tochter Cordelia.«

Bei ihrer Vorstellung zog sich Lord Kents Stirn in Falten.

»Eine reizende Familie«, sagte er mit einem schneidenden Unterton. »Da wir nur den Vikar erwarteten, haben wir nicht die nötigen Vorbereitungen getroffen, fürchte ich.«

»Aber das ist das geringste Problem«, lenkte Belinda, die älteste Schwester, ein. »Ich werde mich gleich um die Zimmer kümmern.« Sie eilte die Treppe hinauf, besann sich, kehrte um und drückte Sebastian einen schmatzenden Kuß auf die Wange. »Wir freuen uns alle riesig, daß du wieder zu Hause bist, Sebastian. Und diesmal darfst du so schnell nicht wieder fortgehen.« Damit stürmte sie wieder die Treppe hinauf und verschwand im Haus.

Cordelia spürte, daß Lord Kent sie musterte. Als sie seinem Blick begegnete, erschrak sie über die Abneigung, die sie darin las. Doch dann entsann sie sich Sebastians Worten über das Mißtrauen seines Bruders gegen Frauen. Sie erinnerte sich daran, daß Lord Kent es nicht einmal der Mühe wert befunden hatte, sich ihre Musik anzuhören, die sie ihm im Namen ihres Vaters angeboten hatte.

Doch plötzlich lächelte Lord Kent, und sein Lächeln erinnerte Cordelia an Sebastian.

Er wies mit der Krücke zum Portal. »Nun kommt alle erst einmal ins Haus.«

»Ja«, pflichtete Sebastian ihm bei. »Es ist viel zu kalt, um hier draußen herumzustehen.«

Lord Kent ließ seine Familie und die Gäste eintreten und folgte ihnen dann auf seinen Krücken. »Wir freuen uns, Sie bei uns zu haben. Ich werde der Köchin sagen, sie solle zwei Gedecke mehr auflegen, da wir nicht damit gerechnet haben ...«

»Das hast du bereits erwähnt«, unterbrach Sebastian ihn ungehalten. »Da du dich offenbar wunderst, warum Mrs. Beardsley und Miß Shalstone den Vikar begleitet haben, werde ich es dir erklären. Abgesehen von der Tatsache, daß es ganz verständlich ist, wenn Miß Shalstone den Wunsch hat, ihren Vater zu begleiten, brauchen wir sie auch. Reverend Shalstone leidet unter Versteifung seiner Gelenke, deshalb spielt er das Cembalo nicht mehr so virtuos wie früher. Um so meisterhafter versteht Miß Shalstone sich darauf. Da wir nicht wußten, ob Maestro Händel einen Vortrag zu hören wünscht, dachten wir, es sei allemal empfehlenswert, wenn sie uns begleitet. Mrs. Beardsley ist ihre Anstandsdame.«

»Ich freue mich sehr über Ihren Besuch«, meldete sich eine sanfte Stimme neben Cordelia.

Cordelia fuhr erschrocken zu Judith herum, die lächelnd hinzufügte: »Es wird uns ein Vergnügen sein, jemand zu hören, der wirklich gut Cembalo spielt. Ich entlocke dem Instrument nämlich kaum einen richtigen Ton.«

»Und meine Schwestern sind nicht viel besser«,

mischte Sebastian sich ein. »Abgesehen von Richard sind wir alle hoffnungslos unmusikalisch. Der Ärmste geht manchmal beinahe die Wände hoch, da er behauptet, das absolute Gehör zu haben. Belindas Gesang beleidigt sein Ohr, Margaret nennt er ›Stolperfinger‹, da sie nur selten den richtigen Ton auf dem Spinett trifft, und Katherine ...« Er verdrehte die Augen himmelwärts. »Nicht einmal *ich* ertrage es, wenn Katherine die Tasten malträtiert.«

»Sebastian, du Unhold!« entrüstete Katherine sich lachend. Sie war die hübscheste der drei Schwestern und ihren beiden Brüdern am ähnlichsten. Ihre Augen blitzten schalkhaft.

»Sehen Sie, bald ist es mit der Wiedersehensfreude vorbei«, verkündete Sebastian unter den Protesten von Margaret und Katherine, während man die große Eingangshalle betrat, wo Diener herbeieilten, um den Gästen Mäntel und Hüte abzunehmen. »Bald werdet ihr behaupten, ich sei ein Zyniker wie Richard.«

»Sei unbesorgt. Die Mädchen vergöttern dich ja geradezu«, meinte Lord Kent schmunzelnd. »Aber nur, weil du sie nicht zurechtweist. Ich *bin* derjenige, der hin und wieder die Peitsche schwingen muß, deshalb stehe ich auch im Ruf, ein Zyniker zu sein.«

»Du weißt, daß du diesen Ruf ehrlich verdienst«, entgegnete Sebastian.

»Ja«, meldete Katherine sich zu Wort. »Und ich weiß nicht, ob ich es als Zurechtweisung bezeichnen würde, wenn ein Mann seiner Schwester die Knöchel blutig schlägt, nur weil sie mal einen Ton auf dem Spinett nicht richtig trifft.«

Cordelia lauschte fasziniert dem Wortgeplänkel der Geschwister. Sie bedienten sich eines ziemlich rüden Umgangstons, mit dem sie einander neckten. Vielleicht ist das in großen Familien üblich, dachte Cordelia.

»Tja, Lord Kent wird meiner Tochter jedenfalls nicht

auf die Finger klopfen müssen, das kann ich Ihnen versichern«, meldete der Vikar sich zu Wort und zwinkerte Cordelia belustigt zu.

»Wahrhaftig«, versicherte Sebastian. »Du mußt sie hören, Richard. Selbst ein Engel könnte nicht süßer spielen als Miß Shalstone.«

Cordelia mied Sebastians Blick, und er mied ihren, dennoch war sie sich seiner Nähe beklommen bewußt. Sein Kompliment war ihr ein herzlicherer Willkommensgruß als alles, was seine Schwestern oder sein Bruder hätten sagen können.

Margaret, die jüngste und kleinste, die ein wenig plump war und ihren Brüdern am wenigsten glich, klatschte begeistert in die Hände. »Ja, nach dem Dinner veranstalten wir ein Konzert.« Sie hakte sich bei Sebastian unter. »Judith bleibt natürlich, und es gibt ein Festmahl. Wir haben der Köchin Bescheid gesagt, und sie kocht all deine Lieblingsspeisen. Es gibt Entenpastete ... und zum Nachtisch Torte mit eingelegten Früchten ... und ...«

Der Rest des Satzes ging im allgemeinen Stimmengewirr unter. Katherine befragte Honorine über den Verlauf der Reise; Richard gab den Bediensteten Anweisungen; Judith erkundigte sich nach dem Befinden des Vikars.

Cordelia hatte Muße, sich in der großen Eingangshalle umzusehen, deren Wände mit Fresken ländlicher Szenen bemalt waren. Dazwischen erhoben sich schlanke ionische Säulen vom Marmorboden. Die breite Freitreppe war ebenfalls aus Marmor mit zierlich gedrechselten Steinbalustraden.

Cordelia seufzte. Die Kents mochten sich benehmen wie eine normale Familie, doch sie waren keine normale Familie. Sie gehörten zur herrschenden Klasse, besaßen Reichtum, Macht und Einfluß in höchsten Gesellschaftskreisen. Selbst wenn die Familie schwere Zeiten durchgemacht hatte, so lagen dank Sebastians Bemühungen die größten Schwierigkeiten mit Sicherheit hinter ihnen.

Adel und einfaches Volk waren durch eine tiefe Kluft getrennt. So war es immer, und so würde es immer bleiben, das durfte Cordelia nie vergessen.

Diese bedrückende Wahrheit wurde durch die Anwesenheit der liebreizenden Lady Judith noch bedrükkender, die die Gäste in den Speisesaal bat. Sie gehörte zwar noch nicht offiziell zur Familie, doch das spielte keine Rolle. Sie gehörte derselben Gesellschaftsschicht an. Sie würde immer mit den Kents befreundet sein, sie würde immer ihresgleichen sein.

Cordelia konnte sie nicht einmal hassen, da sie so liebenswürdig und herzlich war. Ja, sie war die perfekte Herzogin für Sebastian.

Sie seufzte. Wenigstens mußte sich Lady Judith keine Sorgen machen, daß Sebastian sich eine Geliebte hielt. Denn nachdem sie die Unterschiede zwischen den Familien gesehen hatte, würde sie sich niemals einverstanden erklären, seine Geliebte zu werden.

Kapitel 19

Am Kopfende der Tafel sitzend, beobachtete Sebastian seinen Bruder, der ihm irgendwie verändert zu sein schien. Nicht nur sein Gesundheitszustand hatte sich verbessert, auch seine Mutlosigkeit war verschwunden. Er strahlte eine neue Zuversicht aus, die tiefe Verzweiflung und bittere Resignation, die Richard wie ein unsichtbarer, schwerer Umhang umgeben hatten, waren von ihm gewichen.

Sebastian hatte befürchtet, Richard würde den Vikar unmittelbar nach der Ankunft ins Musikzimmer zu einer Unterredung bitten, doch er schien sich beim Dinner zu amüsieren und keine Eile zu haben, dem Vikar Fragen zu stellen. Er versuchte zwar, einige Male das Wort an ihn zu richten, tauschte allerdings nur Höflichkeitsfloskeln mit ihm aus. Für ein intensives Gespräch war auch keine Gelegenheit, da Belinda den Gast ans andere Ende der Tafel plaziert hatte, weit weg von Richard. Und Cordelia hatte sie rechts neben Richard gesetzt.

Sebastian sah zu seiner Schwester hinüber, die lächelnde Blicke in Richards Richtung warf. Zum Teufel mit der kleinen Kupplerin! Anscheinend sah sie in Cordelia die passende Tischdame für Richard, da sie sich für Musik interessierte. Die Mädchen versuchten ständig, eine Frau für Richard zu finden. Bisher hatte Sebastian das wenig gestört. Nicht aber in diesem Fall.

Richard schenkte Cordelia zwar wenig Beachtung, was Sebastian freilich nicht beruhigen konnte. Andere Männer würden in Richard wegen seiner Behinderung keinen Rivalen sehen. Sebastian war anderer Meinung.

Sein Bruder war ein gutaussehender Mann, und Cordelia hatte ein weiches Herz. Seine verkrüppelten Beine wären für sie kein Hindernis, wenn sie Zuneigung zu ihm faßte.

Obgleich Sebastian sich wegen seiner törichten Eifersucht schalt, ertrug er es nur schwer, so weit entfernt von Cordelia zu sitzen und Gleichgültigkeit vortäuschen zu müssen.

Als Richard endlich das Wort an seine Tischdame richtete und sie ihm lächelnd antwortete, stach Sebastian die Gabel wütend in das unschuldige Stück Fleisch auf seinem Teller. Er mußte seine Verlobung möglichst bald lösen, bevor Richard auf dumme Gedanken mit Cordelia käme.

Oder sie mit ihm.

»Die Shalstones scheinen angenehme Leute zu sein«, sagte Judith neben Sebastian und unterbrach ihn in seinen Gedanken. »Und Mrs. Beardsley ist eine entzückende Person.«

Er zwang sich zu einem Lächeln und neigte sich ihr zu. »Ja, es war sehr freundlich von ihnen, die weite Reise zu machen.«

Er merkte, daß sein Bruder ihn mit Mordlust in den Augen beobachtete. Seltsam. Vielleicht hatte Richard Belindas Spiel durchschaut. Aber wieso richtet sich sein Unmut gegen mich? dachte Sebastian.

Judith berührte seinen Arm, um wieder etwas zu sagen, und er stellte verblüfft fest, daß Richards Miene sich immer mehr verfinsterte.

Er wandte sich seiner Verlobten zu und glaubte in ihrem höflichen Lächeln noch mehr Gleichgültigkeit als bisher zu lesen.

Erlag er seinem Wunschdenken? Richard und Judith …?

Ein faszinierender Gedanke. Es wäre eine wundersame Fügung des Schicksals. Aber wie konnte er sich Gewißheit verschaffen? Eine Vertiefung der Zuneigung zwischen Richard und Judith würde die Veränderung in Richard erklären, die Sebastian aufgefallen war.

Er zwang sich zu einem beiläufigen Ton, als er das Wort laut und vernehmlich an Judith richtete. »Hast du während meiner Abwesenheit viel Zeit bei uns verbracht, meine Liebe?«

Irrte er, oder flackerte ein Anflug von schlechtem Gewissen in ihrem Blick auf?

»Ja, gewiß.« Sie senkte den Blick. »Ich dachte, ich mache mich frühzeitig mit meinen Pflichten vertraut.«

»Judith war uns eine große Hilfe«, meinte Margaret und nahm sich zum drittenmal von der Entenpastete. »Sie ist mit der Haushaltsführung besser vertraut als wir.«

»Und sie hat Richard bei der Buchführung geholfen«, fügte Katherine hinzu. »Wenn sie da ist, ißt er auch ordentlich und geht frühzeitig schlafen.«

Sieh einer an, wie interessant, dachte Sebastian und blickte von der rotwangigen Judith zu Richard, dessen Kieferpartie sich verhärtete, als wolle er ihn warnen, bloß keine Kritik an Judiths häufiger Anwesenheit zu üben. Und als Richards Blick zu Judith wanderte, las Sebastian noch etwas darin – einen Anflug von Besitzanspruch.

Sebastian mußte sich vorsehen, um sich von seinen Beobachtungen nicht verleiten zu lassen, allzuviel Bedeutung in zu wenige Fakten zu legen.

Doch der Gedanke, daß Richard sich in Judith verliebt haben könnte, ließ ihn nicht los. Falls Judith seine Gefühle nicht erwiderte, würde das natürlich nichts an der gegebenen Situation ändern, doch auch sie schien sich verändert zu haben.

Wenn er nur Gewißheit hätte …

Richard wurde von ähnlichen Gedanken bedrängt, während er Judith und Sebastian beobachtete. Wenn

Judith Sebastian liebte und Sebastian sie, durfte Richard seine Bemühungen keinesfalls fortsetzen.

Mit Genugtuung stellte er fest, daß Judith nicht errötete, wenn Sebastian ihr ein höfliches Kompliment machte, so wie sie in letzter Zeit errötete, wenn Richard ihr etwas Schmeichelhaftes sagte. Sie wirkte distanziert und entrückt in ihrer makellosen Schönheit. Richard würde alles geben, was er besaß, um sie und ihre Liebe zu gewinnen. Aber er mußte sicher sein, daß sie seine Zuneigung erwiderte. Vielleicht hatte er ihren Kuß heute morgen mißverstanden, vielleicht hatte sie ihm damit nur ihr Mitgefühl bekundet.

Er wollte kein Mitleid von Judith. Er wollte von niemand Mitleid, aber von Judith ganz gewiß nicht.

»Mein Vater würde das zwar nie zugeben«, ertönte eine Stimme neben Richard und holte ihn aus seinen Grübeleien, »doch er fühlt sich von Ihren Lobesworten für seine Choräle sehr geschmeichelt.«

Zögernd wandte sich Richard seiner Tischdame zu. Miß Shalstone war hübsch. Belindas plumpe Versuche, ihn mit ihr zu verkuppeln, waren ihm nicht entgangen. Und er nahm sie seiner Schwester wie immer übel, doch die Pfarrerstochter schien die Manipulation nicht durchschaut zu haben.

Richard hatte zunächst befürchtet, der Vikar habe seine Tochter nur mitgebracht, um ihm ihre Musik aufzudrängen, doch ihre Zurückhaltung bei Tisch ließ nicht darauf schließen. Die Person machte einen traurigen Eindruck auf ihn.

»Die Kompositionen Ihres Vaters sind ausgezeichnet«, entgegnete er höflich. »Sie verdienen jedes Lob.«

Ein dünnes Lächeln flog über ihre Lippen. »Sie waren stets sehr freundlich in Ihren Briefen.«

Er furchte die Stirn. »Meine Briefe? Haben Sie meine Briefe an Ihren Vater gelesen?«

Sie senkte errötend den Blick, und Richard fuhr innerlich zusammen. Wenn sie seine Briefe gelesen hatte, wußte sie auch, daß er es abgelehnt hatte, ihre Kompositionsversuche zu beurteilen.

»Ich helfe meinem Vater bei der Erledigung seiner Korrespondenz«, erklärte sie. »Ihren Briefen entnahm ich, daß Sie ein freundlicher Mensch sind.«

Er zog eine Braue hoch, eine Gewohnheit, die er mit seinem Bruder gemeinsam hatte. »Freundlich? Zweifellos sind Sie die einzige Person auf der Welt, die mich als freundlich bezeichnet.«

Ihr Lächeln vertiefte sich. »Das glaube ich nicht. Sie haben das Risiko auf sich genommen, einen unbekannten Komponisten zu fördern, und das halte ich für sehr freundlich.«

Aha, jetzt kommt's, dachte er argwöhnisch. *Jetzt schlägt sie mir vor, ich soll mir ihre Musikstücke anhören, und ich muß mir eine fadenscheinige Ausrede ausdenken, warum ich es nicht tue.*

Doch die Pfarrerstochter versetzte ihn erneut in Erstaunen. »Sind Sie schon lange als Musikverleger tätig, Lord Kent?«

Er entspannte sich. »Seit fünf Jahren.«

»Dann ist Ihr Verlag noch recht jung.« Sie machte eine Pause. »Wie kamen Sie auf die Idee, einen Musikverlag zu gründen? Oder haben Sie ihn aus einer Laune heraus gekauft?«

Er schmunzelte. »Ich tue niemals etwas aus einer Laune heraus, Miß Shalstone. Mein Vater war allerdings ein Mensch, der häufig aus einer Laune heraus handelte. Er gewann den Musikverlag beim Kartenspiel.«

Es war ihm gelungen, sie in Erstaunen zu versetzen. Sie bekam große, runde Augen. »Beim Kartenspiel?«

Er nickte. »Hat Sebastian Ihnen das nicht erzählt?«

»Nein. Er sagte nur, Ihr Herr Vater habe das Geschäft ›erworben‹.«

»Nun, eine recht unkonventionelle Art, ein Geschäft

zu erwerben. Sebastian wird Ihnen gewiß von Vaters unseligem Hang zum Glücksspiel erzählt haben. Das war eines der seltenen Male, daß mein Vater tatsächlich einen Gewinn einsteckte. »

Wehmütig dachte Richard an die nun stillstehenden Druckerpressen, an die Notenbücher mit den verschnörkelten Goldlettern ›Musikverlag Kent‹ auf dem Deckblatt, die sich im Lager stapelten, da sie keine Käufer fanden.

Er ließ den Blick über die Tafel schweifen. Alle Teller waren leer, bald würde das Dessert serviert werden. Sebastian neigte sich zu Judith. Richards Groll wuchs, er hatte lange genug gewartet. Er mußte wissen, wie es mit seinem Verlag weiterging. Ohne sein Geschäft hatte er nicht die geringste Chance, den Baron um Judiths Hand zu bitten.

Richard erhob sich brüsk und wandte sich an den Vikar. »Das Dessert ist zwar noch nicht serviert, aber ich bin zu neugierig, um länger zu warten. Ich hoffe, es stört Sie nicht, Reverend Shalstone, mich in mein Arbeitszimmer zu begleiten, damit wir uns kurz unterhalten. Ihr anderen laßt es euch unterdessen schmecken.«

Schweigen senkte sich über die Tafelrunde. Sebastian erschrak, Miß Shalstone und Mrs. Beardsley erbleichten. Der Vikar machte ein entgeistertes Gesicht. Was in aller Welt hab' ich nur gesagt? dachte Richard verdutzt.

»Nun ... ehm ... gewiß, Mylord«, stammelte der Vikar und warf seiner Tochter ängstliche Blicke zu.

»Aber Richard«, versuchte Sebastian einzulenken. »Kann das nicht warten bis nach dem Dessert? Dann können wir alle an dem Gespräch teilnehmen. Nach all den Mühen, die ich auf mich genommen habe, würde ich gern wissen, welche Schritte du planst.«

Richard sah seinen Bruder ungläubig an. »Sei nicht albern. Du kannst doch einem Fachgespräch über Musik nicht folgen. Nein, das würde dich nur langweilen. Unterhalte du lieber die Damen. Der Vikar und ich bleiben nicht lange.«

Der Vikar nickte Cordelia zu, die sich erhob.

Stirnrunzelnd bemerkte Richard, daß sie die Tafel verlassen wollte. »Nein, nein, Miß Shalstone. Bemühen Sie sich nicht. Ich will nur ein paar Worte mit Ihrem Vater wechseln.«

»Aber er braucht mich, um vorzuspielen.«

»Er muß keine einzige Note spielen. Ich will nur mit ihm über ein paar Musikstücke reden, die Händel besonders gut gefallen haben.«

Sie wurde noch blasser und sank mit einem gequälten Lächeln auf den Stuhl zurück. »Wie Sie wünschen, Mylord.«

»Was ist schon dabei, wenn Miß Shalstone an dem Gespräch teilnimmt«, fuhr Sebastian ungeduldig fort. »Laß sie doch mitkommen, wenn sie es wünscht.«

Richard hatte das seltsame Gefühl, daß etwas nicht stimmte. Wieso reagierten alle so empfindlich?

»Nein«, beharrte er. »Ich will mit dem Vikar unter vier Augen reden. Danach könnt ihr ihn mit Fragen bestürmen, wenn euch danach ist. Auch wenn euer gesamtes musikalisches Wissen in einen Fingerhut paßt.« Und mit einer leichten Verneigung zu Cordelia gewandt: »Mit Ausnahme von Miß Shalstone, nehme ich an.«

Richard trat vom Tisch zurück und nickte dem Vikar zu, der mit hochrotem Gesicht aufstand, an seinen Fingern zerrte und die Gelenke knacken ließ, verlegen auf seine Hände starrte, ehe er sie in die Taschen schob. Dann warf er einen hilflosen Blick in die Runde und ging steifbeinig zur Tür.

Auf dem Weg ins Arbeitszimmer wunderte Richard sich, daß ein von Gicht geplagter Musiker so dumm sein konnte, seine Finger langzuziehen, bis sie krachten.

Nun haben wir die Bescherung, dachte Cordelia verzagt. In fünf Minuten würde Lord Kent die Arbeit von zwei Wochen vernichtet haben. Aber möglicherweise konnte Vater sich nach zwei Wochen intensiven Musikstudiums behaupten. Vielleicht hatte er sich genügend Allgemeinwissen angeeignet, um in einem kurzen Gespräch mit Lord Kent als Komponist glaubwürdig zu wirken.

»Cordelia«, ließ sich Sebastians Stimme vom anderen Ende der Tafel vernehmen. Sie hob den Kopf.

Seiner finsteren Miene entnahm sie, daß er kein sehr großes Vertrauen in die Kenntnisse ihres Vaters legte. »Kann ich Sie kurz unter vier Augen sprechen?«

Sie nickte und erhob sich.

»Also, nun reicht's aber!« schmollte Katherine. »Was soll denn diese Geheimniskrämerei? Was, zum Teufel, ist hier eigentlich los, Sebastian?«

»Katherine!« entrüstete Belinda sich. »Mäßige dich. Woher hast du nur diese Ausdrucksweise?«

»Von Sebastian. Von wem sonst?« Katherine drehte sich halb auf ihrem Stuhl um und feixte ihren Bruder an. »Ach, bitte sag uns, was du mit Miß Shalstone vorhast. Hier scheint eine richtige Verschwörung im Gange zu sein.«

»Das geht dich nichts an, freche Göre«, herrschte Sebastian sie an und gab ihr aber einen liebevollen Nasenstüber, während er ihren Stuhl passierte. »Kommen Sie, Cordelia.«

Schweren Herzens folgte Cordelia ihm in den Flur. Sobald die Tür hinter ihr ins Schloß gefallen war, nahm Sebastian sie beim Ellbogen und führte sie ein paar Schritte weiter weg.

»Ich traue Katherine zu, an der Tür zu lauschen«, erklärte er. »Glauben Sie, Ihr Vater schafft es?«

»Ich weiß es nicht. Er hat fleißig gelernt, seit Honorine mit von der Partie ist, weil er sie beeindrucken will.

Aber Tatsache bleibt nun mal, daß seine Stärken nicht auf diesem Gebiet liegen.« Sie lächelte bekümmert. »Aber ich glaube kaum, daß Ihr Bruder sich mit Bibelzitaten zufriedengibt.«

»Das glaube ich auch nicht.«

Die Tür zum Speisesaal wurde geöffnet, und Lady Judith trat in den Flur. »Sebastian«, begann sie mit besorgter Miene. »Ich kann verstehen, daß du vor den Mädchen nicht sprechen willst, aber mir kannst du doch sagen, was los ist. Du hast doch hoffentlich nicht vor, Richard einen üblen Streich zu spielen.«

Cordelia wunderte sich über Lady Judiths Besorgnis. Sebastian schien es allerdings nicht zu kümmern, daß seine Verlobte sich mehr um seinen Bruder sorgte als um ihn. Im Gegenteil, er lächelte zufrieden, als er antwortete: »Eigentlich ist es kein Streich, aber ich weiß nicht recht, wie ich dir das erklären soll. Sieh mal ...«

Weiter kam er nicht. Die Tür am Ende des Korridors flog auf und schlug krachend gegen die Wand. Lord Kent stürmte in den Flur, seine Krücken schlugen laut auf die Marmorfliesen.

»Sebastian!« brüllte er und kam mit erstaunlicher Geschwindigkeit auf die Gruppe zu. Vor seinem Bruder blieb er stehen. »Ich will wissen, was hier vor sich geht! Und ich rate dir, mir die Wahrheit zu sagen, sonst schlage ich dir diese Krücken über den Schädel.«

Sein Gesicht war von Schmerz und Zorn gleichzeitig verzerrt. Cordelia biß sich auf die Lippen. Die Entscheidung hatte jetzt Sebastian in der Hand, was er seinem Bruder gestehen wollte, jetzt, da alles verdorben war.

»Was ist passiert?« entfuhr es der schreckensbleichen Lady Judith.

Lord Kent wandte sich an sie. »Was passiert ist? Dieser sogenannte Vikar hat keine Ahnung von Musik. Der Mann weiß nicht, in welchem seiner Choräle die beiden diatonischen Kontrasubjekte enthalten sind. Er weiß nicht, in welchem Choral die Tonart in der Coda wechselt. Und als ich ihn nach seinen Lieblingskomponisten befragte, verwechselte er Froberger mit Corelli.«

Sein Gesicht rötete sich um so mehr, je lauter er schrie. Dann wandte er sich wieder an Sebastian, der wie gelähmt vor ihm stand. »Im übrigen sind seine Hände völlig gesund, sonst könnte er nicht unentwegt an seinen Finger zerren, bis die Knöchel krachen. Der Kerl ist ein Schwindler, und Sebastian weiß es. Was ist geschehen? Konntest du den Vikar nicht ausfindig machen? Dachtest du, wenn du mir irgendeinen Schwindel vorgaukelst, gebe ich mich zufrieden? Dieser Vikar könnte nicht einmal einen Musikschüler zum Narren halten, geschweige denn mich oder den großen Händel! Diesmal bist du zu weit gegangen in deiner selbstherrlichen Art, mein lieber Bruder!«

Das Wort ›Bruder‹ spie er mit solch bitterem Hohn aus, daß Cordelia zusammenzuckte. Sebastian schien die Sprache verloren zu haben. Hinter Lord Kent war der Vikar auf den Flur getreten. Er warf Cordelia einen Blick hilflosen Bedauerns zu, der sie darin bestärkte, den Sachverhalt zu klären, zumal Sebastian nicht die Absicht zu haben schien, sich gegen die Vorwürfe seines Bruders zur Wehr zu setzen.

»Es ist alles meine Schuld, Lord Kent«, begann sie tapfer.

»Ach?« Seine Stimme triefte vor Sarkasmus. »Wie erstaunlich, einer Frau zu begegnen, die bereit ist, Schuld auf sich zu nehmen.«

»Halt den Mund, Richard!« knirschte Sebastian zwischen den Zähnen. »Du hast genug geredet. Nun wirst du mir zuhören ...«

»Nein, dies ist meine Angelegenheit«, unterbrach Cordelia ihn. Sie verschränkte die Hände, um ihre zitternden Finger zu verbergen, und sah Lord Kent trotzig ins Gesicht. »Ich habe die Choräle geschrieben, die Sie veröffentlichten. Ich war es, die Ihnen die Briefe schrieb und an Sie herangetreten ist mit der Bitte, die Musik zu veröffentlichen. Mein Vater setzte lediglich seine Unterschrift darunter.«

Lord Kent starrte sie lange an. Dann verengten sich seine Augen. »Ich glaube Ihnen nicht.«

Sebastian fluchte. »Das ist genau der Grund, warum ich mir diese blödsinnige Scharade überhaupt einfallen ließ. Ich wußte, daß du sie nicht als Komponistin anerkennen wirst. Du bist so ... fixiert auf deine früheren Fehler, daß du davon überzeugt bist, keine Frau sei in der Lage, Musik zu verstehen.« Er schnaubte wütend, und Cordelia fürchtete, er könne tätlich seinem Bruder gegenüber werden. »Cordelias Kompositionen können sich sogar mit denen von Händel messen, aber du bist zu engstirnig, um das zu begreifen, weil deine Vorurteile stärker sind als alles andere.«

»Wie ich sehe, bin ich nicht der einzige, der auf ein hübsches Gesicht hereinfällt«, versetzte Richard schneidend.

Cordelia blieb vor Entrüstung der Mund offenstehen. Sebastian hob die geballte Faust.

Cordelia warf sich zwischen die beiden Streithähne. »Nein! Hört sofort auf damit, beide!«

»Dies hier hat nichts mit Ihnen zu tun, Miß Shalstone«, knurrte Lord Kent. »Gehen Sie mir aus dem Weg!«

»Es hat sehr wohl etwas mit mir zu tun, Mylord«, zischte sie, während Sebastian versuchte, sie zur Seite zu schieben. »Ich bin die Komponistin der Choräle, ob Sie es glauben wollen oder nicht.«

»Eins muß man ihr lassen, Sebastian«, schnarrte Lord Kent ätzend. »Das Mädchen scheint ziemlich hartnäkkig zu sein.«

Cordelia hielt Lord Kent den Zeigefinger unter die Nase und zwang ihn, sie anzusehen. »Sie glauben mir nicht? Dann erklären Sie mir, woher ich folgendes weiß: Der erste Choral, den ich Ihnen schickte, weist die beiden diatonischen Kontrasubjekte auf. Im letzten wechselt die Tonart in der Coda. Außerdem haben Sie zwei andere veröffentlicht, in denen dies auch der Fall ist. Ich ziehe Corellis Konzerte den Suiten Frobergers vor, da ich gerne jedes Instrument in seiner eigenständigen Klangfarbe höre.«

Lord Kents Gesicht drückte Staunen aus. Cordelia senkte die Stimme. »Und noch etwas: Sie sind nicht der Gentleman, für den ich Sie bislang gehalten habe. Sie sind nicht der Lord Kent, der die Briefe geschrieben hat, denn er war freundlich und weltoffen, was ich von Ihnen nicht behaupten kann.«

Cordelia, die nicht auf das sich verändernde Mienenspiel von Lord Kent achtete, hielt inne, um Luft zu schöpfen, und fuhr hitzig fort. »Ich habe mich mitten im Winter auf diese beschwerliche Reise begeben, weil Ihr ›selbstherrlicher‹ Bruder mich gebeten hat, Ihnen zu helfen. Ich habe meinen Stolz hinuntergeschluckt und geschwiegen, als meinem Vater das Lob für meine Kompositionen zuteil wurde, weil Ihr Bruder mich darum bat. Und auf der langen Reise habe ich mich bemüht, meinem Vater alles beizubringen, was ich weiß, obwohl er völlig unmusikalisch ist. Und das habe ich alles nur getan, um mir von Ihnen anzuhören, ich sei eine Lügnerin.«

Sie stemmte die Hände in die Hüften und redete sich noch mehr in Rage. »Ich bin es, die diese Choräle geschrieben hat. Doch da Sie der Meinung sind, ich sei eine Lügnerin, möchte ich Sie nicht länger damit belästigen, meine Kompositionen zu veröffentlichen. Schluß damit! Ich schreibe keine Musik für einen engstirnigen Dummkopf, der mir nichts als Verachtung entgegenbringt.«

Sie holte wieder tief Luft. »Das ist alles, was ich zu sagen habe.« Sie suchte den Blick ihres Vaters. »Komm, Vater. Wir reisen augenblicklich ab.«

»Cordelia, beruhigen Sie sich! Überstürzen Sie nichts«, versuchte Sebastian sie zu beschwichtigen, aber Cordelia achtete nicht auf ihn und wollte zurück in den Speisesaal.

Lady Judith versperrte ihr den Weg und streckte ihr versöhnlich die Hände entgegen. »Bitte, Miß Shalstone, warten Sie.«

Cordelia schüttelte heftig den Kopf. »Ich muß fort.«

»Sie dürfen sich von Richards törichten Worten nicht beirren lassen. Er ist zwar aufbrausend, aber nicht der undankbare Mensch, für den Sie ihn halten.«

»Es tut mir leid ...« Cordelia stiegen die Tränen in die Augen. Gütiger Himmel, sie durfte jetzt nicht die Fassung verlieren, nicht vor dieser Frau.

»Er ... er braucht Sie«, fügte Lady Judith leise hinzu und legte ihre Hand auf Cordelias Arm. »Er will es nicht zugeben, aber er braucht Ihre Kompositionen für seinen Verlag.«

»Ich ... ich kann nicht ...«

»Judith hat recht«, meldete sich Lord Kents Stimme hinter Cordelia. Er machte eine Pause, als suche er nach den richtigen Worten. »Sie ... Sie dürfen sich durch meine törichten Worte nicht vertreiben lassen.«

Sein Tonfall war weich und versöhnlich, doch Cordelia blieb stocksteif stehen und hatte Mühe, die Tränen zurückzuhalten.

»Bitte, Miß Shalstone«, fuhr Lord Kent eindringlich fort. »Bitte. Können Sie mir verzeihen?«

Cordelia drehte sich langsam zu ihm um, unsicher, ob sie sich nicht verhört hatte. Eine Locke hatte sich aus seinem Zopf gelöst und hing ihm in die bleiche Stirn, was ihm ein beinahe jungenhaftes, hilfloses Aussehen verlieh.

»Aus welchem Grund sollte ich Ihnen verzeihen?« flüsterte sie bitter.

Richards Finger krallten sich um die Griffe seiner

Krücken. »Weil Judith die Wahrheit sagt. Ich brauche Sie.«

Seine Worte waren der Beweis, in welch verzweifelter Lage er sich befand. »Es ist schlimm genug, daß ich Händels Unterstützung verliere«, fuhr er tonlos fort. »Ich kann nicht auch Sie noch verlieren.«

»Ich dachte, Sie glauben nicht, daß ich diese Musik geschrieben habe, da Frauen unfähig sind zu komponieren«, entgegnete sie schneidend.

Richard wand sich innerlich. »Es tut mir leid. Diese Worte sind mir im Zorn entfahren. Um ehrlich zu sein, habe ich in letzter Zeit meine Meinung über Frauen geändert.« Er streifte Lady Judith mit einem Blick, ehe er sich mit einem scheuen Lächeln wieder an Cordelia wandte. »Im übrigen, eine Frau, die Corelli den Vorzug vor Froberger gibt, kann keine Schwindlerin sein.«

Ihre Blicke begegneten einander lange, abschätzend, argwöhnisch. Cordelia scheute sich, seinem plötzlichen Sinneswandel Glauben zu schenken, andererseits schien er seine Entschuldigung ernst zu meinen.

»Nun komm schon, Mädchen«, meldete der Vikar sich hinter Lord Kent zu Wort. »Nimm die Entschuldigung eines aufrechten Mannes an und vergiß die leidige Angelegenheit. Ich habe es langsam wirklich satt, den großen Musiker zu spielen.«

Cordelia ließ den Blick über die erwartungsvollen Gesichter schweifen und seufzte. »Allem Anschein nach bin ich überstimmt.« Sie hob das Kinn. »Ich nehme Ihre Entschuldigung an, Lord Kent.«

»Und Sie überlassen mir weiterhin Ihre Musikstücke zur Veröffentlichung?«

Sie sah ihn lange an, ehe sie nickte. »Unter einer Bedingung.«

»Und die wäre?« fragte Lord Kent argwöhnisch.

»Ich will, daß meine Kompositionen nicht mehr anonym, sondern unter meinem Namen veröffentlicht werden.«

Er zuckte merklich zusammen. »Unter Ihrem eigenen Namen?« fragte er beinahe verstört.

»Ja.« Cordelia war es leid, sich verstecken zu müssen. Sie wollte endlich selbst Lob und Anerkennung für ihre Musik erhalten. »Es ist mein gutes Recht, meine Arbeit unter meinem Namen zu veröffentlichen. Wenn Sie meinem Wunsch nicht zustimmen, ziehe ich mein Einverständnis zur Veröffentlichung zurück.«

Richard blickte mit finsterer Miene in die Runde, beinahe wie ein in die Enge getriebener Stier. Dann schüttelte er den Kopf und brummte: »Einverstanden. Das macht die Sache auch nicht mehr schlimmer.«

Eine Welle der Erleichterung durchströmte Cordelia. Auch Lady Judith atmete hörbar auf.

»Was heißt denn: die Sache verschlimmern«, meldete Sebastian sich zu Wort. »Wieso verlierst du Händels Unterstützung? Du wirst ihm doch hoffentlich den Komponisten der Choräle wie geplant vorstellen. Vielleicht stört es ihn gar nicht, daß der Komponist eine Frau ist.«

Cordelias Herz machte einen Sprung. Plötzlich stellte Sebastian sich auf ihre Seite. Nicht auszudenken, wenn dieser Wunsch in Erfüllung ginge.

Lord Kent ließ sich schwer auf einen nahe stehenden Stuhl fallen, seine Krücken fielen klappernd zu Boden. Er vergrub das Gesicht in den Händen. »Händel hätte nichts dagegen, daß sie eine Frau ist. Aber er hätte sehr wohl etwas dagegen, daß der Komponist kein Vikar ist.«

Cordelia sah ihn verwirrt an. »Ich dachte, er weiß nicht, wer der Komponist ist. Ich dachte, das sei der ganze Sinn der Sache – ihm den ›anonymen‹ Komponisten vorzustellen.«

Lord Kent hob sein bekümmertes Gesicht. »So war es auch. Bedauerlicherweise wurde ich nach Sebastians

Abreise … übereifrig. Ich brach mein Versprechen, die Identität des Komponisten geheimzuhalten, und erzählte Händel, es handle sich um Vikar Shalstone aus Belham, der sich im übrigen auf der Anreise nach London befinde.«

»Verdammter Mist!« knurrte Sebastian.

»Nun sind wir wieder bei Händels ursprünglichem Argwohn«, fuhr Lord Kent fort. »Er erwartet einen Vikar – und ich bringe ihm eine andere Person. Er wird sich fragen, ob ich lüge, ob ich versuche, ihn zu hintergehen. Er wird sein Vertrauen zu mir verlieren.« Er schlug sich mit der Faust aufs Knie. »Wenn ich ihm Miß Shalstone vorstelle, wird er denken, ich sei wieder auf einen Schwindel hereingefallen.«

»Und wenn du sie ihm *nicht* vorstellst, was dann?« fragte Lady Judith leise. »Ohne Händels Fürsprache verlierst du deinen Verlag. Was kann es also schaden, wenn du den Schritt wagst?«

Lord Kent warf Judith einen beschwörenden Blick zu. »Du verstehst nicht …«

»O doch, Richard, ich verstehe sehr wohl.« Judith trat zu ihm. »Ich weiß, wie demütigend es für dich wäre, von Händel in der Öffentlichkeit getadelt zu werden. Aber bist du nicht stark genug, um das zu verkraften?« Ihre Stimme bekam einen flehenden Unterton. »Wenn du irrst und er dich *nicht* fallenläßt, hast du alles gewonnen. Überlege doch, Richard, was hast du zu verlieren?«

Staunend beobachtete Cordelia die Veränderung, die in Lady Judith vorging, die sich von einem sanften Wesen in eine Kämpferin verwandelte. Sie schien sehr um Lord Kents Wohlergehen besorgt.

»Judith hat recht.« Sebastian legte seinem Bruder die Hand auf die Schulter. »Du hast nichts zu verlieren. Laß es auf einen Versuch ankommen.«

Lord Kent hob den Kopf und sah Judith lange an, ehe

er sich an Cordelia wandte. »Ist Ihnen klar, was ein Treffen mit Händel bedeuten würde, Miß Shalstone? Sie würden sich in die Höhle des Löwen begeben und schärferer Kritik ausgesetzt sein, als Sie von mir je gehört haben. Das kann ich Ihnen nicht zumuten.«

Cordelia begegnete seinem Blick unverwandt. »Ich habe bereits Mut bewiesen, hierherzukommen, Mylord. Mir ist in erster Linie wichtig, endlich die Chance zu bekommen, zu meiner Musik stehen zu dürfen.«

Richard griff nach seinen Krücken und erhob sich mühsam. »Ich weiß nicht recht«, murmelte er. »Ich weiß nicht, ob ich Händels Ablehnung ertragen würde. Seine Anerkennung könnte meine Rettung sein, aber seine Mißbilligung würde mich für immer und ewig ruinieren.« Er schüttelte traurig den Kopf. »Ich brauche Zeit, um darüber nachzudenken.«

Cordelia war bemüht, sich ihre Enttäuschung nicht anmerken zu lassen.

»In der Zwischenzeit habe ich eine gute Nachricht«, verkündete Lady Judith mit einem munteren Blick in die Runde der enttäuschten Gesichter. »Morgen findet die Londoner Uraufführung von Händels neuestem Oratorium *Der Messias* statt. Der Maestro wird selbst am Pult stehen. Es wäre keine schlechte Idee, wenn Miß Shalstone das Konzert besucht, um sich mit dem neuen Werk des Maestros vertraut zu machen.«

»Eine wunderbare Idee«, rief Sebastian begeistert. »Wenn ich meine Beziehungen spielen lasse, bekommen wir noch eine Loge.«

Cordelias Herz begann zu flattern. Bei dem Gedanken, den großen Händel persönlich im Konzert erleben zu dürfen, geriet sie in Atemnot, Schwindel drohte sie zu übermannen.

Kapitel 20

Das Königliche Theater in Covent Garden war zur Aufführung von Händels neuem Oratorium bis auf den letzten Platz besetzt. Die Zeitungen hatten sogar einen Aufruf gedruckt, in dem die Damen gebeten wurden, ohne Reifröcke zu erscheinen und die Herren ohne Paradedegen, damit mehr Platz im Theater sei, und die meisten waren dem Aufruf gefolgt.

Obwohl Londons Aristokratie Händel seine Treue zu Hannover verübelte, wo er noch geraume Zeit seinen Verpflichtungen als Hofkapellmeister nachkam, erschien doch alles, was Rang und Namen hatte, zur Londoner Erstaufführung seines großen Oratoriums, um sich davon zu überzeugen, ob sein Werk tatsächlich so großartig sei, wie nach der Uraufführung in Dublin im Jahr zuvor geschwärmt worden war.

Obgleich das Konzert seit Wochen ausverkauft war, hatte Sebastian dank seines gesellschaftlichen Ranges und seiner Beziehungen vier Plätze in einer Loge ergattert, die noch dazu einen ausgezeichneten Blick auf die Königsloge bot.

Während das Orchester die Instrumente stimmte und die Zuschauer noch lebhaft plauderten, lehnte sich Sebastian zufrieden zurück und ließ den Blick schweifen. Schräg vor ihm saßen Judith und Cordelia, neben ihm Richard, der die Augen nicht von Judith lassen konnte.

Zwei reizende Pärchen geben wir ab, dachte Sebastian ironisch. Richard sehnte sich nach Judith, und Sebastian verzehrte sich nach Cordelia. Welch absurde Situation, die nicht geklärt werden konnte, solange Sebastian Baron Quimley noch im Wort stand. Im übrigen war er sich immer noch nicht über Judiths Gefühle im klaren. Vielleicht bildete er sich nur ein, daß sie an Richard Gefallen fand. Sebastian hütete sich, voreilige Schlüsse zu ziehen, und wollte zunächst ein klärendes Gespräch mit dem Baron herbeiführen.

Am Vormittag hatte Sebastian bei Quimley vorgesprochen und zu seinem Bedauern erfahren, daß der Baron wegen dringender Geschäfte auf sein Landgut nach Suffolk berufen worden sei.

Sebastians Blick wanderte zu Cordelia. Beim Mittagessen hatte der Vikar den Wunsch geäußert, morgen nach Belham abzureisen. Nur auf Cordelias Bitten ließ er sich erweichen, noch ein paar Tage zu bleiben, bis Richard wegen des Treffens mit Händel eine Entscheidung getroffen hatte. Doch lange würde Reverend Shalstone sich nicht mehr hinhalten lassen, er wollte zurück in seine Pfarrei, um zu ›heiraten und ein normales Leben zu führen‹. Bei dieser Bemerkung hatte Mrs. Beardsley Sebastian einen beschwörenden Blick zugeworfen.

Zum Donnerwetter, was erwartete sie eigentlich? In den letzten zwei Tagen war er keine Minute allein mit Cordelia gewesen. Niemand wußte, wann der Baron wieder in London sein würde. Wie, in Gottes Namen, sollte Sebastian Cordelia überzeugen, ihn zu heiraten, wenn er ihr nichts Konkreteres bieten konnte als sein Versprechen, die Verlobung zu lösen?

Er verschlang Cordelia mit sehnsüchtigen Blicken. Die perlenbesetzten Nadeln in ihrer schlichten Frisur ließen ihn schmunzeln. Zum Leidwesen seiner Schwestern hatte sie es abgelehnt, sich das Haar zu pudern mit der Begründung, sie wolle sich nicht ›aufputzen wie ein Pfau‹, das passe nicht zu einer Pfarrerstochter. Offenbar hatten die Mädchen sie dazu bewegen können, wenigstens Perlennadeln zu tragen.

Belinda und ihre Zofe hatten Cordelia außerdem

dazu überredet, eine Robe aus rosafarbenem Seidendamast zu tragen, die ihren zarten Teint zum Leuchten brachte. Ihr schwanengleicher Hals wirkte unendlich zart auf den hellen, nackten Schultern. Und sie schien sich ihrer Schönheit nicht bewußt zu sein.

Er sehnte sich danach, die Konturen ihrer Schultern zu streicheln und ihr einen Kuß in den Nacken hauchen zu dürfen. Sie würde einen erstaunten Laut von sich geben, bevor sie ihm ihren warmen Rosenmund bot …

»Es gibt etwas, das ich dich und Miß Shalstone fragen wollte«, ließ sich Richard neben ihm vernehmen und riß ihn aus seiner romantischen Träumerei.

»Und das wäre?« fragte Sebastian mit belegter Stimme.

Auch Cordelia wandte Richard ihr fragendes Gesicht zu.

»Wie konntet ihr beiden eigentlich annehmen, daß ich auf das Theater mit dem Vikar hereinfalle?«

Cordelias Wangen röteten sich, und Sebastian seufzte. »Du darfst Miß Shalstone dafür nicht verantwortlich machen. Sie warnte mich von Anfang an vor dem Plan.«

Richard furchte die Stirn. »Und warum hast du nicht auf sie gehört?«

Sebastian wußte nicht recht, wie er die gekränkten Gefühle seines Bruders besänftigen sollte.

Cordelia sah Sebastian erwartungsvoll an, dann sprach sie: »Lord Kent, Sie kennen Ihren Bruder besser als ich. Er will ständig, daß alles nach seinem Kopf geht. Er war wohl der Meinung, wenn er mich nur tüchtig einschüchtert, könne ich meinem Vater ausreichend Musikwissen eintrichtern, damit er sein Ziel erreicht.« Sie lachte trocken. »Dummerweise ist mein Vater völlig unmusikalisch und Ihr Bruder ebenso starrköpfig. Ich hatte große Mühe, mit den beiden fertig zu werden.«

Richard warf seinem Bruder einen vorwurfsvollen Blick zu. »Davon kann ich ein Lied singen, Miß Shalstone. Sebastian läßt sich durch Ablehnungen nicht beirren. Es gelingt niemand, ihn von einer Sache abzubringen, die er sich einmal in den Kopf gesetzt hat.«

»Und dennoch versuchst du, mich von dem Treffen mit Händel abzubringen«, entgegnete Sebastian frostig.

Richard straffte die Schultern. »Dir scheint nicht klar zu sein, wie wichtig die Sache für mich ist. Ich will nichts überstürzen.«

Sebastian versagte sich eine treffende Entgegnung. Es hatte keinen Sinn, Richard zu sehr zu bedrängen. Damit würde er ihn nur halsstarriger machen. Sebastian fühlte sich durch das Warten allerdings auf eine harte Probe gestellt, da er ohnehin nicht der Geduldigste war.

Seit ihrer Ankunft trug Cordelia eine Mappe mit ihren Notenblättern bei sich. Sie erklärte, wenn es sich zufällig ergeben sollte, wolle sie auf ein Gespräch mit Händel vorbereitet sein.

Richards Worte dämpften ihre Hoffnungen. Als sie die Mappe neben ihren Platz abstellte, hätte Sebastian ihr gern versichert, daß ihre Vorbereitungen nicht umsonst waren.

Judith bemühte sich nun, das gespannte Schweigen aufzulockern. »Seine Majestät wird heute abend ebenfalls erwartet«, erklärte sie mit einem strahlenden Lächeln.

»Damit verstummt hoffentlich das Murren der Nörgler«, brummte Richard.

Cordelia furchte die Stirn. »Nörgler?«

Judith seufzte. »Ja. Einige besonders fromme Vertreter der Aristokratie zeigten sich empört darüber, daß ein Heiliges Oratorium im Theater aufgeführt werden soll. Auch von der entrüsteten Geistlichkeit mußte Händel sich Kritik anhören.«

Richard nickte. »Einige hohe Geistliche versuchten, die Aufführung verbieten zu lassen, da das Theater ein Ort weltlich gesinnter Vergnügungen sei. Im übrigen seien öffentliche Veranstaltungen während der Fastenzeit ein Sakrileg. Letztlich konnte Händel sich durchsetzen.« Ein dunkles Leuchten trat in seine Augen. »Wie denken Sie darüber, Miß Shalstone? Als Tochter eines Vikars haben Sie dazu gewiß eine Meinung.«

Ein feines Lächeln erhellte ihr Antlitz. »Ich fürchte, Menschen, die sich nicht in der Lage sehen, Gott in einem Theater zu ehren, sind auch jene, die das Theater nur wegen profaner Vergnügungen aufsuchen. Deshalb zählt ihre Meinung wenig. Wieso sollte ein Theatersaal kein geeigneter Ort für geistliche Musik sein? Ich finde eher, geistliche Musik ist dazu angetan, das Theater zur Weihestätte zu machen.«

»Eine kluge Antwort, Miß Shalstone«, entgegnete Judith bewundernd.

Sebastian fühlte sich in seiner Annahme bestätigt, daß Cordelia und Judith Zuneigung zueinander fassen würden.

Kurz darauf hielt Seine Majestät, der König, Einzug in seiner Loge und ließ seine massige Gestalt auf einem reich verzierten Sessel nieder, während seine Günstlinge ihn umschwirrten. Ein ehrfürchtiges Raunen ging durch die Zuschauermenge.

Auf Cordelia schien der Einzug Seiner Majestät keinen großen Eindruck zu machen. Sobald aber Händel unter höflichem Applaus und weniger höflichem Getuschel das Podium betrat, richtete sie sich kerzengerade auf.

Der Maestro hob den Taktstock, und es wurde still im Saal. Cordelia beugte sich gespannt vor. Der erste Teil des Oratoriums mit der ›Sinfonia‹ setzte ein, und Sebastian beobachtete Cordelia, die vermutlich nie zuvor ein so bedeutendes Orchesterwerk gehört hatte ... sicher nicht in Belham und vermutlich auch nicht in York.

Beim Klang der kaskadenartig sich ausweitenden Fugen, die den Saal mit anschwellenden Akkorden erfüllten und die Zuhörerschaft in den Bann der festlichen Musik zogen, begannen Cordelias Augen zu leuchten, ihre Lippen teilten sich, und ihr Antlitz strahlte selig, ähnlich wie in jener Nacht, als Sebastian den Liebesakt mit ihr vollzogen hatte.

Die Musik entfaltete sich in einer einzigartigen Klangpracht der Melodienführung in punktierten Rhythmen, wie auch Sebastian sie noch nie vernommen hatte. Welchen Genuß mußte erst Cordelia empfinden, deren ganzes Herz der Musik gehörte und die bislang nur Musik vom Cembalo und der altersschwachen, pfeifenden Orgel in der Kirche von Belham gehört hatte? Es war genau, wie sie gesagt hatte, die erhabene geistliche Musik verlieh dem Theater göttliche Weihen. Wenn Sebastian die Augen schloß, konnte er sich lebhaft vorstellen, in der St.-Pauls-Kathedrale zu sein, nicht in einem profanen Theatersaal.

Als der erste Chorus einsetzte, lauschte Cordelia hingerissen. »Denn die Herrlichkeit Gottes, des Herrn, wird offenbarer«, sang der große gemischte Chor, und Gottes Herrlichkeit schien sich in Cordelias Gesichtszügen zu spiegeln. Hatte der instrumentale Teil sie bereits gefangengenommen, so geriet sie beim Chorgesang geradezu in selige Verzückung. Sie wiegte sich im Takt der Musik, ihre Lippen bewegten sich zu den Worten der vertrauten Bibeltexte, und ihr Lächeln zeigte, daß sie in himmlischen Sphären schwebte.

Natürlich war zwischen den ausgebildeten Stimmen der Sänger ein himmelweiter Unterschied zu den ungeschulten Stimmen des Kirchenchors von Belham. Cordelias Augen blitzten wie feurige Diamanten im Kerzenschimmer der riesigen Kandelaber, ihr Atem beschleunigte sich mit den anschwellenden Rhythmen. Sebastian sehnte sich danach, sie zu berühren, um an ihrer Ekstase teilzuhaben, vielleicht würde auch er einen Blick in den Himmel tun können.

Als sie bei einem unerwarteten Rhythmuswechsel erregt aufatmete, beugte Richard sich vor, als wolle er ihr etwas ins Ohr flüstern, doch Sebastian hielt sanft seinen Arm und schüttelte unmerklich den Kopf. Er wollte nicht, daß sie aus ihrer Versunkenheit gerissen wurde.

Dieses musikalische Ereignis war Sebastians Geschenk an die Geliebte, und er genoß ihre Hingabe.

Nach einer Stunde wehmütig klagender Arien und aufwühlender Chorgesänge folgte eine Pause. Sobald Händel das Pult verlassen hatte, setzte lebhaftes Stimmengewirr im Publikum ein. Nur Cordelia blieb in sich versunken reglos sitzen. Es dauerte lange, bis sie den Kopf hob, als erwache sie aus einer Trance. Und zu Sebastians großer Freude wandte sie sich nicht an Richard oder Judith, sondern an ihn.

»Ist es nicht wunderbar?« hauchte sie andachtsvoll. »Ist es nicht die herrlichste Musik, die Sie je gehört haben?«

»Ja, herrlich«, wiederholte Sebastian mit heiserer Stimme, der die Augen nicht von ihrem strahlenden Lächeln wenden konnte. Dann spürte er Richards sinnenden Blick auf sich. Er räusperte sich und setzte sachlich hinzu: »Die schönste Musik, die auch Sie je gehört haben, nehme ich an.«

Diesmal erfaßte ihr lächelnder Blick auch Richard und Judith. »O ja. Selbst Vater würde die Schönheit dieser Musik genießen. Und Honorine wäre begeistert. Wir müssen die beiden das nächstemal …« Sie stockte, ihr Lächeln schwand. »Das … das muß wohl warten bis zu einem späteren Besuch in London.«

Nicht, wenn ich ein Wörtchen mitzureden habe, dachte Sebastian grimmig und wünschte, seinen Vorsatz laut aussprechen zu dürfen.

Nun begann Richard, sich lobend über die Aufführung zu äußern, und bald waren er und Cordelia in ein Gespräch über Einzelheiten der Komposition vertieft.

Als er die beiden so leidenschaftlich über das Meisterwerk reden hörte, stieg Groll in Sebastian hoch.

»Ich gehe, um etwas frische Luft zu schnappen«, brummte er an Judith gerichtet im Aufstehen.

Sie lächelte und erhob sich gleichfalls. »Wenn du nichts dagegen hast, begleite ich dich. Die beiden scheinen im Augenblick nicht ansprechbar zu sein«, fügte sie ein wenig spitz hinzu.

Auf dem schmalen Flur hinter den Logen ließ Judith ihren Fächer sichtlich erregt vor ihrem Gesicht flirren und warf Sebastian einen seltsamen Seitenblick zu. »Miß Shalstone scheint eine ganz reizende Person zu sein.«

Sebastian sah sie verdutzt an. Hörte er eine gewisse Ungehaltenheit aus ihrer Bemerkung? Er bemühte sich um einen beiläufigen Ton. »Ja. Und sie ist sehr talentiert.«

Judith schien ihre Gedanken zu ordnen, ehe sie wieder sprach. »Richard und sie verstehen sich trotz der anfänglichen Unstimmigkeiten offenbar blendend.«

Diesmal legte sich ein gespannter Zug um ihren Mund, stellte Sebastian erleichtert fest, der Judiths Anflug von Eifersucht als gutes Zeichen wertete.

Er prüfte, ob sein Eindruck ihn nicht täuschte. »Ja, diesen Eindruck habe auch ich. Und ehrlich gestanden, hätte ich nichts dagegen, wenn Richard eine liebenswerte Frau finden würde.« *Nur nicht Cordelia,* dachte er dabei.

Judith ließ den Fächer noch heftiger flirren. »Denkst du, die beiden passen zueinander?«

Er suchte nach einer Antwort und entschied sich dafür, Judith nicht länger zu quälen. »Selbst wenn, wäre das ohne große Bedeutung, da Miß Shalstone in wenigen Tagen nach Belham zurückkehrt.« Als Judith schwieg, setzte er hinzu: »Nein. Miß Shalstone scheint mir für Richard nicht die Richtige zu sein. Er braucht eine Frau, die ihn liebevoll umsorgt, ihm in allem zustimmt, und sei es nur, um den Schein zu wahren. Richard braucht mehr Zuwendung, als Miß Shalstone ihm zu geben bereit wäre, nehme ich an.«

Judith blieb stehen und musterte ihn prüfend. Einen flüchtigen Augenblick dachte Sebastian, sie würde sich ihm offenbaren, oder sie ahne etwas von seinen Empfindungen. Er war beinahe versucht, ihr ein Geständnis zu machen, besann sich jedoch eines Besseren. Nein, er mußte warten, bis er mit Baron Quimley gesprochen hatte.

Judith senkte den Blick, und der Moment war verflogen. Man wechselte das Thema und redete über Belanglosigkeiten. Eine angenehme Plauderei unter Freunden, mehr nicht.

Als er mit Judith die Loge wieder betrat, stimmte das Orchester bereits die Instrumente für den zweiten Teil des Oratoriums. Und die beiden Zurückgelassenen unterhielten sich noch immer lebhaft.

Richard hob stirnrunzelnd den Kopf, als die Verlobten ihre Plätze einnahmen. »Ihr hättet getrost ein Wort sagen können, bevor ihr fortgelaufen seid.«

»Ich wundere mich, daß dir das überhaupt aufgefallen ist«, entgegnete Judith spitz.

Sebastian lächelte. Zu schade, daß ihm nicht genügend Zeit blieb. Noch eine Woche, und die Unterredung mit dem Baron würde sich vermutlich erübrigen, da Judiths Eifersucht sie dazu treiben würde, Sebastian um die Lösung der Verlobung zu bitten.

Die Musik setzte ein, und er versenkte sich wieder in Cordelias Anblick. Sie schien erneut im Genuß der Musik aufzugehen und mit ihr zu verschmelzen. Ihr Fächer bewegte sich im Rhythmus der Klänge, gelegentlich senkte sie träumerisch die Lider und öffnete die Augen wieder in andachtsvoller Ehrfurcht. Sebastian hätte ihr stundenlang zusehen können.

Bei einer bestimmten Stelle nahm sie die Mappe hoch, entnahm ihr ein Notenblatt und einen Kohlestift. Mit gefurchter Stirn kritzelte sie flüchtige Bemerkungen an den Rand des Blattes, horchte auf und notierte erneut etwas. Nach einer Weile entspannte sie sich, legte Stift und Papier in die Mappe zurück und stellte sie neben ihren Sessel.

Nach dem Ausklingen einer Tenorarie setzte das Orchester mit seiner erhabenen Klangfülle zu einer freudig beschwingten Introduktion ein. Fagotte und Gamben übernahmen die Führung, die Melodien stiegen jauchzend empor, flauten wieder ab, gefolgt von Violen und schmetternden Trompeten. Sebastian saß aufrecht in erregter Spannung. Und dann ertönte ein vielstimmig jubilierendes ›Halleluja‹ des Chores in stürmischen Stakkati. Fanfarenstöße mischten sich ein, und ein machtvolles Klanggemälde entfaltete sich, wie Sebastian es noch nie gehört hatte.

Cordelia saß kerzengerade mit geschlossenen Augen, Tränen strömten ihr über die Wangen. Beglückende Seligkeit breitete sich auf ihrem Antlitz aus. Wie in Trance erhob sie sich, während die vielstimmigen Klänge der Sänger, Fagotte, Violinen und Trompeten zu einem ungeahnten Furioso und Pathos anschwollen. Die Worte ›denn Gott, der Herr regierte allmächtig‹ wurden von jauchzenden ›Hallelujas‹ begleitet und durch donnernde Kesselpauken und Trompetenstöße bekräftigt. Und dann bemerkte Sebastian, daß Cordelia und er nicht die einzigen waren, die sich unter dem Bann der berauschenden Macht der Musik von ihren Plätzen erhoben hatten. Einen Augenblick dachte Sebastian, Cordelias Verzückung habe sich auf die anderen Zuhörer übertragen, bis er sah, daß König George II. sich gleichfalls erhoben hatte und mit andachtsvoller Miene der Musik lauschte. Die Zuhörer waren nur seinem Beispiel gefolgt, als die prachtvolle Fuge sich entfaltete.

»Das Königreich der Welt ist fortan das Königreich des Herrn«, sang der große Chor in anschwellendem Pathos, und die glockenreinen Sopranstimmen priesen den ›Herrn der Herrn, der Welten Gott‹ in kristallenem Klang.

Und mit einemmal begriff Sebastian, was Cordelia gemeint hatte, als sie sagte, sie suche ›in den Tiefen ihrer Seele nach dem schönsten Psalm‹. Zum erstenmal in seinem Leben war Sebastian von Musik tief berührt, die bis in die tiefsten Winkel seines Herzens drang. Zum erstenmal war ihm, als begreife er das Geheimnis der Schöpfung, die Herrlichkeit Gottes. Er hatte sich nie viel mit Gott beschäftigt, doch in Händels Musik glaubte er für einen flüchtigen Moment, den Himmel offen zu sehen und Gott in seiner Allmacht zu erkennen.

Er sehnte sich danach, diese Erleuchtung mit Cordelia zu teilen, blickte unverwandt in ihr tränenüberströmtes Gesicht, weidete sich an ihren leuchtenden Augen. Und in diesem Augenblick wußte er, daß er alles für sie tun würde. Er würde alles geben, um sein Leben mit ihr zu verbringen.

Sie wird ihr Gespräch mit Händel bekommen, schwor er sich feierlich, während die Musik in ihrer immensen Klangpracht die Zuhörer umfing. *Zum Teufel mit Richard und seiner Zaghaftigkeit. Zum Teufel mit Judith und ihrem Gehorsam. Heute wird Cordelia Händel kennenlernen. Heute sorge ich dafür, daß sie das bekommt, was ihr zusteht. So wahr mir Gott helfe.*

Und danach wollte er sie zu seiner Frau nehmen, nichts würde ihn daran hindern. Nichts.

Heute nacht wird Cordelia mir gehören. Heute nacht. Und in alle Ewigkeit.

Erschöpft und benommen lehnte Cordelia sich im Sessel zurück, als das überwältigende Finale des zweiten Satzes von Händels Oratorium verklang. Es folgte wieder eine Pause, was sie kaum bemerkte, so aufgewühlt war ihr Inneres. Cordelia atmete tief durch, streckte ihre vor Aufregung verkrampften Finger. Nie zuvor hatte sie so großartige Musik gehört.

Sie drehte sich halb zu Sebastian um, um zu sehen, ob er ähnlich bewegt war wie sie, doch sein Platz war leer. Lord Kent zog sie in ein lebhaftes Gespräch über das Konzert, und sie vergaß ihre Enttäuschung, bis sie gegen Ende der Pause aufsah und Sebastian im Gespräch mit Lady Judith vorfand.

Kurz nachdem der dritte Teil begonnen hatte, betrat ein Page die Loge und reichte Sebastian eine Notiz. Beim Lesen des Billetts umspielte ein Lächeln seine Lippen, dann hob er den Blick in Cordelias fragende Augen, und sein Lächeln vertiefte sich. Einen Moment verschmolzen ihre Blicke ineinander. Cordelia las ein wildes Sehnen in seinen Augen, das sich auf sie übertrug. Er schien ihr Glücksgefühl zu verstehen und zu teilen. Sein Lächeln war wie eine süße Verheißung.

Der Moment schien eine Ewigkeit zu dauern, bis Cordelia verwirrt den Blick wandte. Wie sollte sie je ihre Sehnsucht nach ihm, dem Unerreichbaren, vergessen?

Sie versenkte sich wieder in die wunderbare Musik, fest entschlossen, ihren Schmerz zu verdrängen. Dabei spürte sie Sebastians unverwandten Blick auf sich, was seltsamerweise ihren Genuß an der Musik noch erhöhte.

Das Oratorium endete in einer kaskadengleichen Fuge vielstimmiger ›Amen‹, die sich wie ein Seidengespinst ineinander verwoben und poetisch verhauchten. Applaus brandete auf, während Maestro Händel sich verbeugte, ein Beifall, der nicht enden wollte.

Auch Cordelia klatschte, bis ihr die Handflächen brannten. Wie konnte sie Sebastian je dafür danken, ihr dieses unvergeßliche Musikerlebnis beschieden zu haben … Er aber würde als einzigen Dank gelten lassen, wenn sie zu ihm kam. Doch diesen Wunsch durfte sie ihm nicht erfüllen, sonst wäre sie ihm hoffnungslos verfallen.

Im übrigen hatte er seit ihrer Ankunft auf Waverley keinen Versuch gemacht, allein mit ihr zu sprechen. Vermutlich hatte er seine Bitte bereits vergessen, jetzt, da er wieder mit seiner Verlobten vereint war.

Aber die Glut in seinen Augen …

Hastig verdrängte sie ihre törichten Gedanken.

Händel verließ die Bühne, die Zuhörer erhoben sich plaudernd und schickten sich an, den Saal zu verlassen.

Lord Kent seufzte vernehmlich. »Wir sollten warten, bis die Menge sich zerstreut hat.«

»Wir bleiben ohnehin noch etwas länger im Theater«, verkündete Sebastian heiter.

Aller Augen wandten sich ihm zu.

»Aus welchem Grund?« fragte Lady Judith.

Sebastian suchte Cordelias Blick. »Ich stelle Miß Shalstone dem großen Maestro Händel vor.«

Cordelia begann das Blut in den Ohren zu rauschen. Hatte Lord Kent seine Meinung geändert?

Nein. Das hatte er nicht. Lord Kent erhob sich mit versteinertem Gesicht. »Was, zum Teufel, soll das heißen?«

Lady Judith blickte verdutzt von Lord Kent zu Sebastian, Cordelia hielt ihren Fächer so fest umklammert, daß er zuklappte. Würde Sebastian die Dreistigkeit besitzen, sich über den Wunsch seines Bruders hinwegzusetzen?

Sebastian lächelte Cordelia aufmunternd zu, ehe er sich an seinen Bruder wandte. »Richard, es ist Zeit, daß wir Miß Shalstone für die Mühen entschädigen, die wir beide ihr bereitet haben, und ihr den sehnlichen Wunsch erfüllen.«

Lord Kent hielt sich mit einer Hand an der Stuhllehne

fest. »Du kannst nicht einfach über meinen Kopf hinweg entscheiden.«

»Wieso nicht?«

»Weil es meine Zukunft ist, über die du sprichst!« Lord Kents Stimme schwoll drohend an. »Muß denn alles nach deinem Kopf, nach deinem Willen gehen? Machst du dir nie Gedanken darüber, wie *ich* entscheiden würde?«

Auch Sebastian erhob sich mit versteinertem Gesicht. »Ich habe dir zwei Tage gegeben, und du hast keine Entscheidung getroffen. Cordelias Vater will abreisen, und dein Verlag liegt in den letzten Zügen. Ich lasse Cordelia nicht länger warten. Es geht auch um ihre Zukunft. Sie hat ein Recht darauf, sich Klarheit zu verschaffen.«

Cordelia hielt den Atem an, tief gerührt und verblüfft zugleich, daß Sebastian sich im Beisein seiner Verlobten zu ihrem Fürsprecher machte.

»Und wenn ich mich weigere?« stieß Richard hervor.

Sebastians Augen funkelten herausfordernd. »Das liegt bei dir. Allerdings habe ich Händel bereits schriftlich um eine Unterredung gebeten und seine Antwort erhalten. Er will uns sehen ... noch heute abend.«

Lord Kent umklammerte die Rückenlehne des Stuhls, bis die Knöchel seiner Hand weiß wurden. »Heute abend?«

»Ja.« Sebastian dämpfte die Stimme. »Es steht dir frei, uns zu begleiten oder nicht. Ich kann dich entschuldigen und ihm sagen, du hast die Wahrheit über Miß Shalstone herausgefunden und weigerst dich, sie zu fördern. Ich kann ihm erklären, es sei mein Wunsch, sie ihm vorzustellen, da du dich von ihr und ihrer Musik distanzierst.«

»Was heißt hier, es steht mir frei?!« entrüstete Lord Kent sich. »Damit verliere ich ihre Musik!«

Da Sebastian ihrer Hoffnung neue Nahrung gegeben hatte, wagte Cordelia, das Wort zu ergreifen. »Aber

Lord Kent, wenn Sie meine Kompositionen unter meinem Namen verlegen wollen, wird der Maestro die Wahrheit ohnehin herausfinden.«

Sebastian nickte. »Es ist unfair Miß Shalstone gegenüber, wenn du keine klare Stellung beziehst. Also entscheide dich. Komm mit oder fahre nach Hause. Aber ringe dich zu einer Entscheidung durch, Herrgott noch mal!«

Lord Kents Kiefer mahlten, er blickte zuerst zu Lady Judith, dann zu seinem Bruder. Seine Augen verengten sich zu schmalen Schlitzen. »Also gut, was bleibt mir übrig? Ich begleite euch.«

Cordelia seufzte erleichtert, und auch Sebastian entspannte sich sichtlich.

Doch Lord Kent setzte zu einer weiteren Rede an. »Aber in Zukunft erlaube ich dir nicht mehr, dich in meine Angelegenheiten einzumischen, Sebastian. Dies ist das letztemal, daß du über mich bestimmst.« Sein Blick wurde eiskalt. »Ich werde aus Waverley ausziehen und im Stadthaus wohnen, bis du nach Indien zurückgekehrt bist. Ich will nichts mehr mit dir zu tun haben.«

Lord Kents schroffe Zurückweisung traf nicht nur Sebastian, sondern alle wie ein Donnerschlag. »Wie du wünschst, Richard«, sagte Sebastian dann tonlos.

»Aber wie können Sie nur?« entfuhr es der entsetzten Cordelia, die Lord Kents Arm ergriff. »Bitte, Lord Kent, das darf nicht Ihr Ernst sein. Ich will Mr. Händel nicht vorgestellt werden, wenn das einen Bruch zwischen Ihnen und Ihrem Bruder ...«

»Er weiß, daß dies die richtige Entscheidung ist«, unterbrach Sebastian sie schneidend. »Er weiß es, und das macht ihn wütend.«

Richard starrte ihn düster an. »Ich bin es leid, mir von dir sagen zu lassen, was richtig ist ...«

»Nun hört endlich auf damit! Beide!« Lady Judiths

Stimme bebte in innerem Aufruhr. »Ihr benehmt euch beide wie ... wie Kinder!« Die Brüder sahen sie verblüfft an. So erbost hatten beide die liebreizende Judith noch nie erlebt.

Judith hob aufsässig das Kinn und wandte sich an Lord Kent: »Sebastian hat völlig recht. Es ist unerträglich, Miß Shalstone derart hinzuhalten. Warum willst du die Sache nicht jetzt bereinigen? Bitte, Richard! Und rede nicht wieder so närrisches Zeug, daß du ... aus deinem eigenen Haus ausziehen willst.«

Lord Kents Augen funkelten böse. »Ihr seid alle gegen mich.« Lady Judith hielt seinem vorwurfsvollen Blick stand, bis er resigniert aufseufzte. »Nun gut, wenn es euer Wunsch ist, suchen wir Mr. Händel noch heute auf.«

Damit griff er nach seinen Krücken und verließ die Loge. Mit versteinertem Gesicht bot Sebastian Lady Judith den Arm.

Cordelia folgte niedergeschlagen. So hatte sie sich die Entwicklung der Dinge nicht vorgestellt.

Zugleich bedrückten sie andere Sorgen. Wenn Mr. Händel sie verhöhnte? Wenn er ihr nicht glaubte, daß sie die Choräle geschrieben hatte?

Als die vier die engen Räume hinter der Bühne erreichten, hatte Cordelias Magen sich zu einem harten Knoten verkrampft, und in ihren Schläfen pochte ein dumpfer Schmerz. Von diesem Gespräch hängt meine Zukunft ab, beschwor sie sich. Sie würde ein großes Genie kennenlernen und durfte sich deshalb keine Blöße geben.

Sie drückte ihre Notenmappe fest an sich. Sie mußte ihm die Wahrheit gestehen. Wenn er ihr nicht glaubte, würde ihr Leben so weitergehen wie bisher. Sie konnte nur beten, daß Lord Kent durch ihr Geständnis nicht noch größerer Schaden entstand.

Die Besucher trafen den Komponisten in der Künstlergarderobe an. Die meisten Musiker waren bereits gegangen. Nur ein paar Helfer waren noch mit dem Aufräumen beschäftigt. Der Saal hatte sich ebenfalls geleert. Es war still im Theater geworden.

Bei ihrem Eintreten erhob sich Händel. Er ging auf Strümpfen, wie Cordelia feststellte. Irgendwie gab ihr der Anblick des großen Maestros ohne Schuhe ein tröstliches Gefühl, denn auch ihr Vater zog nach jedem Hochamt als erstes die Schuhe aus.

Freilich gab ihr Vater auf Strümpfen eine weniger imposante Figur ab. Trotz seiner untersetzten Gestalt wirkte Händel sehr eindrucksvoll. Er trug einen seidenen Schoßrock über einer bestickten Atlasweste. Eine weißgepuderte Lockenperücke umrahmte sein volles Gesicht, in dem große Augen unter schweren Lidern sowie eine große Nase dominierten. Seine korpulente Gestalt verlieh ihm eine Aura von Würde und Macht.

»Vielen Dank, Maestro, daß Sie die Güte haben, uns zu empfangen«, grüßte Sebastian ihn ehrerbietig mit einer formvollendeten Verbeugung. »Ich bin Lord Waverley, dies ist Lady Judith Quimley. Meinen Bruder kennen Sie bereits.«

»Aber ja. Lord Kent«, entgegnete Händel mit hartem deutschen Akzent und verneigte sich höflich in Richards Richtung, ehe er sich Sebastian zuwandte. »Es ist mir eine Ehre, daß Euer Gnaden sich mein Oratorium angehört haben. Hat es Ihnen gefallen?«

Sebastian lächelte. »Es war wunderbar. Ein wahres Meisterwerk.«

»Nie zuvor habe ich ein erhabeneres Kunstwerk gehört«, hörte Cordelia sich sagen und erschrak über ihre Dreistigkeit, da sie dem Maestro noch gar nicht vorgestellt worden war.

Händel wandte sich ihr mit einem nachsichtigen Lächeln zu, trat vor, nahm ihre Hand und küßte sie. »Und wer ist dies entzückende Geschöpf?«

Cordelias Finger bebten in der fleischigen Hand des Maestros. Sie warf Sebastian einen hilflosen Blick zu, der seinen Bruder herausfordernd ansah.

Lord Kent räusperte sich, ehe er zu sprechen begann. »Dies ist Miß Cordelia Shalstone, Mr. Händel.«

»Erfreut, Ihre Bekanntschaft zu machen, Miß Shalstone«, murmelte Händel, ehe er ihre Hand freigab. Dann schürzte er die Lippen und furchte die Stirn. »Shalstone? Der Name kommt mir bekannt vor.«

Lord Kent straffte die Schultern. »Ihr Vater ist der Vikar, von dem ich sprach.«

Händels Gesicht erhellte sich. »Ach ja, der Vikar. Ein hochtalentierter Musikus.« Er stutzte und wandte sich an Lord Kent. »Wo ist er? Warum haben Sie ihn nicht mitgebracht?«

Lord Kent blieb dem Maestro die Antwort schuldig und warf Cordelia einen herausfordernden Blick zu. Sie schluckte schwer. Er überließ es ihr, die Wahrheit zu gestehen.

»Mein Vater ist nicht gekommen, Sir, weil ... weil er die Choräle nicht geschrieben hat, die Lord Kent anonym veröffentlichte.« Sie schluckte wieder. »Ich habe sie geschrieben.«

In Händels breitem Gesicht spiegelte sich völlige Leere. »Das verstehe ich nicht.« Er fuhr zu Lord Kent herum. »Was hat das zu bedeuten?«

In Lord Kents Wange zuckte ein Muskelstrang. »Als ich Ihnen sagte, Vikar Shalstone sei der Komponist dieser Choräle, war ich ehrlich davon überzeugt, da er sie mir unter seinem Namen einschickte. Erst als die Shalstones gestern in London eintrafen, erfuhr ich, daß der wahre Komponist die Tochter des Vikars ist. Sie steht vor Ihnen.«

Händel fuhr zu Cordelia herum. »Allmächtiger«, murmelte er entgeistert. In seinen Augen standen Argwohn und Unglaube. Und als er weitersprach, war sein

Ton sehr frostig. »Wenn Sie mir die Bemerkung gestatten, Madame, darauf war ich nicht gefaßt.«

Cordelia rang die Hände. »Ich ... ich weiß, Sir. Es war falsch von mir, meine Musik als die meines Vaters auszugeben. Doch mein Vater drängte mich dazu, da er fürchtete, meine Arbeit würde ... nicht anerkannt werden. Frauen, die komponieren, werden bekanntlich nicht ernst genommen.«

Der behäbige Maestro sah sie eine Weile durchdringend an. Dann zog er seine buschigen Augenbrauen hoch. »Ist Ihnen das Komponieren ein großes Bedürfnis?«

Cordelia befeuchtete ihre trockenen Lippen und nickte eifrig. »Sehr sogar. Meine Mutter erteilte mir Musikunterricht. Und ich fand es schon in jungen Jahren aufregender, meine eigene Musik zu schreiben, als nur die Musik anderer Komponisten zu spielen.«

Sebastian und Lord Kent beobachteten Händel gespannt, auch Lady Judith sah ihn unverwandt und bang an. Cordelia schlug das Herz bis zum Hals, als der große Meister sie immer noch durchdringend ansah. Sie fühlte sich entblößt und hilflos unter seinem scharfen Blick und verspürte den unbändigen Drang zu fliehen, bevor er sie als Schwindlerin beschimpfte und mit Hohn und Spott überschüttete.

Sein Blick fiel auf die Notenmappe unter ihrem Arm. »Was ist das?«

Mit zitternden Fingern öffnete sie die Mappe. »Meine Musik, Sir. Dies sind meine Kompositionen.«

Er wies mit dem Kinn auf die Mappe. »Lassen Sie mich einen Ihrer Choräle sehen, etwas Neues.«

Sie zog das Blatt mit ihrer letzten Arbeit hervor, auf die sie besonders stolz war, und reichte sie ihm.

Händel überflog das Notenblatt, murmelte vor sich hin, summte gelegentlich ein paar Notenfolgen. Dann furchte er die Stirn und hob den Blick. »Sie verdoppeln den dritten Takt zu häufig«, brummte er. »Es ist besser, den fünften Takt zu verdoppeln.«

Es dauerte eine Weile, bis sie ihre Stimme fand. »Ich ... ich ... Sie haben vollkommen recht. Ich fürchte, ich habe mir angewöhnt, den dritten Takt zu verdoppeln, da unser Chor ziemlich schwach in den Tenorstimmen ist.«

Er machte eine wegwerfende Handbewegung. »Ja, mit diesen Sängern hat man so seine Last. Selbst in meinem Oratorium mußte ich einige Arien ändern, um sie dem Stimmumfang meiner Solisten anzupassen. Eine wahre Plage, diese Sänger, hab' ich recht?«

Sie nickte beklommen, wagte kaum zu glauben, daß er mit ihr sprach, als sei sie seinesgleichen.

»Und warum nur Choräle?« fragte er unvermutet. »Wieso begnügen Sie sich mit kümmerlichen Übungen? Oder ist das alles, was Sie können?«

Cordelia straffte die Schultern. Das Schlimmste war noch nicht überstanden. »Ich habe auch einige Präludien geschrieben. Aber als Pfarrerstochter finde ich es vernünftig, Musik zu schreiben, die unser Chor während des Gottesdienstes singen kann.« Sie schluckte und suchte seinen Blick. »Meine Haushaltspflichten lassen mir nicht genügend Zeit, um ein großes Werk wie ein Oratorium in Angriff zu nehmen ... obwohl ich mich liebend gerne an eine größere Aufgabe wagen würde.«

Händels Gesicht wurde ernst, seine buschigen Brauen zogen sich zusammen. »Ach ja, Haushaltspflichten. Eine komponierende Frau führt ein anderes Leben als ein Mann, hab' ich recht? Sie können nicht wirklich ungestört arbeiten. Wenn es Ihnen allerdings ernst ist mit Ihrer Musik ...«

»Mir ist es sehr ernst damit«, unterbrach sie ihn hitzig. »Aber ich habe Pflichten, die ich nicht vernachlässigen darf. Da mir nicht unbegrenzt Zeit zur Verfügung steht, gehe ich vielleicht mit größerem Ernst an meine Arbeit heran. Ich kann es mir nicht leisten, verschiedene Variationen auszuprobieren, und muß mich bereits beim Schreiben für die beste Lösung entscheiden.« Sie senkte den Blick. »Aber Sie haben natürlich recht, meine Situation ist nicht einfach. Ich würde nie im Traum daran zu denken wagen, etwas so Großartiges zu schreiben wie Ihren *Messias.*« Ihre Stimme wurde ehrfürchtig. »Sie müssen Monate damit verbracht haben, das Werk zu schreiben, und manche Träne dabei vergossen haben.«

Ein Lächeln flackerte in seinen Augen auf. »Tränen ... und Schweiß und all die anderen Qualen, denen wir Komponisten unterworfen sind. Doch um die Wahrheit zu sagen, habe ich den *Messias* in schöpferischem Rausch in nur vierundzwanzig Tagen komponiert.«

Cordelia war von Ehrfurcht durchdrungen. Und er hatte *wir* gesagt. Ihr Herz raste noch schneller. Händel fixierte sie weiterhin mit undurchdringlicher Miene.

»Erzählen Sie mir mehr über Ihre Choräle«, meinte er und wies mit dem Kinn zu einem Sofa und ein paar Stühlen.

Cordelia warf Lord Kent einen bangen Blick zu, der nickte. Lady Judiths Augen leuchteten, und Sebastian lächelte ihr aufmunternd zu, während man die angebotenen Plätze einnahm. Es war kalt in dem karg eingerichteten Raum, doch Cordelia bemerkte es gar nicht vor lauter Aufregung. Sie fühlte sich heiß und fiebrig.

Nur mit Mühe vermochte sie sich auf die von Händel gestellten Fragen zu konzentrieren. Sie saß auf der äußersten Stuhlkante und verbarg die klammen Finger in den Falten ihres Kleides, um ihr Zittern zu verbergen. Händel schien die erklärte Absicht zu haben, sie auf die Probe zu stellen und ihr musikalisches Wissen zu prüfen. Ihre Antworten fanden offenbar sein Wohlgefallen, seine Fragen wurden milder, und Cordelia entspannte sich. Sie wagte sogar, Fragen zu seinem ›Heiligen Oratorium‹ zu stellen.

Nach etwa einer halben Stunde sagte Händel unvermutet: »Sie sind eine talentierte Anfängerin, Miß Shalstone. Es war mir ein Vergnügen, mit Ihnen zu plaudern. Ich wünsche Ihnen viel Erfolg bei Ihrem weiteren Schaffen.«

Damit schien das Gespräch für ihn beendet. Cordelia zwang sich zu einem Lächeln. »Vielen Dank, Sir. Es hat mir unendlich viel bedeutet, Sie kennenzulernen.«

Händel nickte und erhob sich. »Ich bin leider sehr müde und möchte mich zur Ruhe begeben. Wenn Sie mich also entschuldigen wollen.«

Auch Cordelia und die anderen Besucher erhoben sich, verdutzt über das brüske Ende der Unterredung.

Lord Kent räusperte sich. »Verzeihen Sie, Sir. Darf ich damit rechnen, daß Sie eines Ihrer Oratorien bei mir veröffentlichen?«

Händel mied Lord Kents Blick und nestelte an den Manschetten seines Rockes. »Sie bringen mich in Verlegenheit.«

Cordelia hielt den Atem an.

»Warum?« fragte Sebastian aufgebracht.

Händel zuckte mit den Schultern. »Es hat sich nichts verändert, Euer Gnaden. Ich sehe mich außerstande, den Verlag Ihres Bruders zu fördern nach seinem katastrophalen Irrtum mit jener anderen Dame. Ich selbst bin auf das Wohlwollen der englischen Lords angewiesen.«

Lord Kent brauste auf. »Sie sagten, wenn ich Ihnen den Vikar bringe ...«

»Ja, ja.« Händel erhob die Stimme, sein Akzent wurde noch härter. »Aber Sie haben mir keinen Vikar gebracht. Mir ist zwar klar, daß Miß Shalstone die Komponistin ist, aber andere werden ihre Zweifel daran haben.«

»Andere? Welche anderen?« wollte Lord Kent wissen. »Wen interessiert es, daß der Komponist eine Frau ist, wenn die Musik gut ist?«

Händel schüttelte seufzend den Kopf. »Sie sprachen von einem Vikar. Diese Information habe ich weitergegeben. Ich gebe mich der Lächerlichkeit preis, wenn ich meinen Irrtum eingestehe. Im übrigen werden dadurch wieder alte Vorwürfe erhoben. Man wird sagen: ›Aha, Lord Kent hat ein neues Liebchen‹ und ›Wessen gestohlene Musik veröffentlicht er diesmal?‹«

Cordelia versteifte sich, und Händel fügte milder hinzu: »Ich kenne die Wahrheit. Aber was zählt schon die Wahrheit bei den Londoner Klatschbasen? Nein, nein, die Sache ist mir zu riskant.«

Er bedachte Cordelia mit einem wohlwollenden Lächeln. »Ich will Ihnen natürlich nicht im Wege stehen. Veröffentlichen Sie getrost Miß Shalstones Musik weiterhin. Aber tun Sie es unter dem Namen des Vikars.«

Cordelia wurde das Herz schwer. Sie war so zuversichtlich gewesen, daß Händel sich für sie verwenden würde.

Nun ergriff Sebastian das Wort. »Richard kann nichts mehr von Miß Shalstone veröffentlichen, wenn Sie ihm jetzt nicht helfen und sein Verlag bankrott geht. Sie sagten selbst, sie habe Talent. Und trotzdem lassen Sie sie einfach fallen. Wie soll sie Erfolg haben – ohne Verleger?«

Händel fixierte sie. »Ist Lord Kent Ihr einziger Verleger?«

Sie nickte.

Händel machte ein nachdenkliches Gesicht. »Dann sollten Sie sich an meinen Verleger John Walsh wenden. Vielleicht nimmt er einige Stücke von Ihnen, wenn ich ein gutes Wort für Sie einlege. Sie können mit Ihrem Namen unterzeichnen, und niemand muß erfahren, daß Sie mit Lord Kent geschäftlich zu tun hatten. In diesem Fall sehe ich eine Möglichkeit, Ihnen zu helfen.«

Händels Verleger würde ihre Musik herausbringen!

Damit würde ein Traum in Erfüllung gehen, den sie nicht einmal zu träumen gewagt hatte.

Sie spürte Sebastians Augen auf sich. Lord Kent mied es, sie anzusehen, und Lady Judith schien mit angehaltenem Atem auf ihre Antwort zu warten.

Und plötzlich wußte Cordelia, daß sie einen Verrat begehen würde, wenn sie Händels Angebot annahm. Ohne Lord Kent hätte sie nie eine Chance bekommen. Wie könnte sie Sebastian je wieder ins Gesicht sehen, wenn sie seinen Bruder schmählich im Stich ließ?

Tränen brannten ihr in den Augen. »Es tut mir leid, Sir. Ihr Angebot ist sehr großzügig, aber ... aber ich kann Lord Kent nicht im Stich lassen, jetzt, da es ihm schlechtgeht.«

Zu ihrem Erstaunen schüttelte Sebastian den Kopf. »Cordelia, überlegen Sie doch ...«

»Nein«, unterbrach sie ihn heftig. Sie hatte bereits einen Zwist zwischen den Brüdern heraufbeschworen, das durfte kein zweites Mal passieren. »Vielen Dank für Ihr Verständnis, Lord Waverley. Aber ich kann Mr. Händels Angebot nicht annehmen, so verlockend es auch sein mag.«

In Händels Blick lag Respekt. »Sie verhalten sich sehr loyal. Sehr gut. Ich wünschte, die Dinge lägen anders.« Er wandte sich an Lord Kent. »Verzeihen Sie. Ich wünsche Ihnen dennoch viel Erfolg mit Ihrem Unternehmen.«

Er wandte sich wieder an Cordelia und deutete mit dem Zeigefinger auf ihre Mappe. »Lassen Sie mir wenigstens eines Ihrer Stücke da, um es meinem Freund zu zeigen. Wer weiß? Vielleicht zieht Lord Kent sich aus dem Verlagsgeschäft zurück ...«

Cordelia zögerte. Doch Sebastian nahm ihr die Mappe ab, öffnete sie, entnahm ihr ein Notenblatt und hielt es Händel hin.

»Nicht dieses ...«, protestierte sie, da es sich um das

Blatt handelte, auf das sie während des Konzerts Randbemerkungen gekritzelt hatte.

Zu spät. Händel blickte auf die Noten, prüfte sie eingehender, sein Gesicht verdunkelte sich. Dann stocherte er mit dem Finger auf ihr Gekritzel. »Was ist das?«

»Notizen zu Ihrem Oratorium … während des Arioso ›Schau hin und sieh …‹« Cordelia wagte kaum zu atmen, aus Furcht, er könne glauben, sie habe versucht, seine Musik zu stehlen.

Er beäugte die hastig hingeworfenen Noten. »Sie verändern das Arioso in einen Chorus.«

Sie nickte steif. »Verzeihen Sie meine Anmaßung, Sir. Ich finde, daraus ließe sich ein wunderbarer Chor gestalten.«

Unter Händels hartem Blick wäre sie am liebsten geflohen, gleichzeitig aber war sie erbost, nach allem, was geschehen war. Sie wollte lediglich mit Variationen experimentieren. Händel hatte kein Recht, sie anzusehen, als sei sie eine Diebin, schon gar nicht, nachdem er sich geweigert hatte, Lord Kent zu helfen.

Cordelia verschränkte die Arme vor der Brust und ließ alle Vorsicht außer acht. »Sie wissen doch, wir Komponisten lieben es, mit Variationen zu spielen. Es lag nicht in meiner Absicht, mir Ihr Arioso unrechtmäßig anzueignen.« Hochmütig reckte sie das Kinn vor. »Ich überlasse Ihnen gern meine Version, wenn Sie es wünschen.«

Händel staunte über ihre Dreistigkeit. Cordelia wartete seine schneidende Entgegnung nicht ab. Sie war es endgültig leid, sich für ihr Können zu rechtfertigen. Sollte er denken, was er wollte!

Sie raffte die Röcke, machte auf dem Absatz kehrt und rauschte aus der Garderobe.

Kapitel 21

In der Kutsche herrschte lastendes Schweigen, als man sich Waverley näherte. Seit dem brüsken Abschied von Händel hatte niemand ein Wort gesprochen.

Cordelia wurde von Gewissensbissen geplagt. Wenn sie Herrn Händel erklärt hätte, wieviel sie Lord Kent verdankte …

Das hätte wohl auch nichts genützt. Händel ging es ausschließlich um seine Zukunft, nicht um die ihre und nicht um die von Lord Kent. Konnte sie ihm das verdenken?

»Möchtest du die Kutsche nehmen und nach Hause fahren?« fragte Lord Kent an Lady Judith gewandt.

»Nein«, antwortete sie. »Ich habe den Mädchen ein spätes Souper versprochen, um vom Konzert zu erzählen. Ich möchte niemand enttäuschen.«

Lord Kent schnaubte verächtlich. »Mir ist nicht danach, eine heitere Miene aufzusetzen, jetzt, da ich endgültig ruiniert bin.«

Lady Judith achtete nicht auf seine knurrige Entgegnung und wandte sich an Cordelia. »Wie steht's mit Ihnen, Miß Shalstone? Wollen Sie mit uns soupieren?«

Cordelia hätte liebend gerne abgelehnt. Doch Honorine und ihr Vater mußten erfahren, was geschehen war. »Ich denke schon.«

Sebastian schwieg, aber sie spürte seine Augen auf sich gerichtet. Und plötzlich wurde ihr traurig bewußt, daß sie nun nichts mehr in London hielt, zumal auch Vater und Honorine zum Aufbruch drängten.

Die sehnsüchtig erwarteten Konzertbesucher wurden mit Fragen bestürmt. Cordelia wich Honorines forschendem Blick aus, die offenbar spürte, daß etwas nicht stimmte. Sie stellte keine Fragen, legte nur tröstend den Arm um Cordelias Schultern.

Als man sich zum Speisesaal begab, ging Sebastian zur Treppe.

»Sebastian, wohin willst du?« fragte Lady Judith. »Selbst dein mürrischer Bruder ist bereit, mit uns zu speisen.«

Sebastian schüttelte den Kopf. »Vielleicht komme ich später noch einmal herunter.« Er bedachte Cordelia mit einem dunklen Blick. »Ich habe noch etwas zu erledigen.«

Lady Judith zuckte mit den Schultern und folgte den plappernden Mädchen in den Speisesaal. Cordelia blickte Sebastian enttäuscht nach. Dies war ihr letzter Abend auf Waverley, und er hatte nicht einmal den Wunsch, ihn in ihrer Gesellschaft zu verbringen. Vermutlich war er zu tief enttäuscht, da sie bei Händel nichts für seinen Bruder erreicht hatte.

Das Abendessen schleppte sich mühsam dahin. Gottlob bestritt Lady Judith den Großteil der Konversation und schaffte es, einen sachlichen Bericht über die Geschehnisse zu geben, ohne jemandem eine Schuldzuweisung an dem gescheiterten Gespräch mit dem Maestro zu machen. Cordelia saß in sich gekehrt und traurig bei Tisch. Sie wünschte, Sebastian wäre hier, und schalt sich gleichzeitig für ihren verbotenen Wunsch.

Während der zweite Gang aufgetragen wurde, trat ein Diener hinter Cordelias Stuhl und händigte ihr schweigend eine Notiz aus. Sie entfaltete das Briefchen und starrte auf die Worte.

Komm zu mir, stand in kühn geschwungener Schrift geschrieben. Sebastians Schrift. *Ich erwarte dich in meinem Arbeitszimmer. Wir müssen reden.*

Der Diener hatte sich bereits wieder entfernt. Cordelia zerknüllte das Billett. *Komm zu mir.* Die drei Worte entfachten einen wilden Aufruhr in ihr. Drei kleine Worte von großer Bedeutung.

Sie blickte in die Tafelrunde. Hatte jemand bemerkt, wie ihr die Notiz ausgehändigt wurde? Doch alle schienen damit beschäftigt, Richard und Judith über die Ereignisse des Abends zu befragen, und niemand achtete auf Cordelia.

Komm zu mir.

Die Worte brannten sich in ihr Herz. *Wir müssen reden.* War das alles, worum er sie bat? Sie durfte sich zu keinen Zärtlichkeiten mit ihm hinreißen lassen, sonst war sie verloren.

Und dennoch drängte es sie, ihn ein letztes Mal allein zu sehen. Wenn sie nicht zu ihm ginge, würde er vielleicht nachts in ihr Schlafzimmer kommen, und das wäre noch viel schlimmer. Nein, sie mußte zu ihm, um endlich ihrer Seelenqual ein Ende zu bereiten.

Bevor sie eigentlich wußte, was sie tat, erhob sie sich. »Es tut mir leid.« Aller Augen wandten sich ihr zu. »Ich bin todmüde. Ich denke, ich ziehe mich zurück.«

Nun ist es geschehen, dachte sie, während sie mit pochendem Herzen den Speisesaal verließ. Ihre einzige Sorge war, daß jemand Verdacht schöpfen könnte.

Auf dem Flur wartete sie einige bange Sekunden, ob ihr Honorine folgte, um Fragen zu stellen. Nichts geschah.

Lautlos huschte sie die Treppen hinauf.

Doch sie war tatsächlich beobachtet worden.

Judith, die gesehen hatte, wie der Diener Miß Shalstone ein Billett aushändigte, fragte sich, ob die Notiz etwas mit ihrem übereilten Aufbruch zu tun hatte. Sie suchte Richards Blick, ob auch ihm etwas aufgefallen war.

Richard indes erging sich in bitteren Worten über die Begegnung mit Händel, und Judith vergaß Miß Shalstone und ihr geheimnisvolles Verschwinden. Was würde nun aus Richard und ihr werden?

Noch vor einem Monat war sie zufrieden gewesen, Sebastians Verlobte zu sein, mit dem sie seit früher Kindheit freundschaftlich verbunden war. Doch dann hatte Richard sie geküßt, und alles hatte sich verändert.

Nein, die Veränderung begann schon vorher ... als ihr klar wurde, wie sehr die Krise an seiner Gesundheit zehrte. Richard war jemand, auf den sie sich immer verlassen konnte, der ihr mit Rat und Tat beiseite stand. Als zu befürchten stand, daß der geschäftliche Mißerfolg seinen Lebenswillen lähmte, hatte sie eine unerklärliche Angst gepackt. Ihre Sorge um Richard war der wahre Grund für ihre häufigen Besuche auf Waverley während Sebastians Abwesenheit.

Und als sie Richard gestern sagte, sie könne sich nicht gegen den Willen ihres Vaters stellen und sich weigern, Sebastian zu heiraten, wußte sie immer noch nicht, wie sehr sich ihre Gefühle zu ihrem Verlobten verändert hatten. Nun aber war ihr völlig klar, daß sie Richard liebte und Sebastian nicht heiraten konnte. Doch die Ereignisse des heutigen Abends hatten ihr Richard erneut entzogen. Nachdem seine Zukunftsaussichten nun endgültig vernichtet waren, würde er es nicht wagen, ihr einen Antrag zu machen, mit dem Wissen, daß sein Bruder ihr Reichtum und den Titel einer Herzogin bieten konnte. Und ihr Vater würde keinen ihrer Einwände gelten lassen. Richard ohne die Einwilligung ihres Vaters zu heiraten stand für Judith außer Frage.

Aber vielleicht konnte sie Sebastian dazu bewegen, die Verlobung von sich aus zu lösen. Denn auch er hatte sich verändert. Er schien weit größeres Interesse daran zu haben, Miß Shalstone als Komponistin zu fördern, als an seine bevorstehende Hochzeit zu denken.

Und plötzlich entsann sie sich Sebastians Worte, Miß Shalstone sei für Richard nicht die Richtige. Sie entsann sich auch seiner glühenden Blicke, an seine kämpferische Art, mit der er die Unterredung mit Händel forciert hatte …

Miß Shalstone hatte die Tafel verlassen, nachdem ihr ein Billett ausgehändigt worden war, und Sebastian fehlte als einziger beim Souper. Judiths Puls beschleunigte sich. War es möglich, daß Sebastian und Miß Shalstone …?

Judith entschuldigte sich, erhob sich von der Tafel und suchte nach dem Diener, der die Botschaft überbracht hatte. Es bedurfte nur einiger behutsamer Fragen, um sich zu vergewissern, daß ihm die Botschaft tatsächlich von Sebastian in seinem Arbeitszimmer ausgehändigt worden war.

Allem Anschein nach ging etwas Unschickliches vor …

Judith klatschte in die Hände. Welch glückliche Fügung! Wenn Sebastian und Miß Shalstone sich zu einem heimlichen Stelldichein getroffen hatten, mußten die beiden nur in einer verfänglichen Situation, einem Kuß oder einer Umarmung ertappt werden. Dann konnte ihr niemand einen Vorwurf machen, die Verlobung zu lösen. Nicht einmal ihr Vater!

Judith furchte die Stirn. Damit würde sie sich freilich in eine höchst peinliche Situation begeben. Sie müßte vorgeben, entrüstet zu sein, und einen Streit mit Sebastian vom Zaun brechen. Dabei war sie eine erbärmlich schlechte Schauspielerin.

Und plötzlich ging ihr ein Licht auf. Sie wußte, was zu tun war. Sie wollte Sebastian und Miß Shalstone nur noch etwas Zeit lassen, ehe sie ihren Plan ausführte.

Mit einem geheimnisvollen Lächeln auf den Lippen kehrte sie in den Speisesaal zurück.

Sebastian wanderte unruhig in seinem Arbeitszimmer auf und ab. Was sollte er Cordelia sagen? Würde sie ihm ihr Jawort geben, wenn er ihr gestand, daß er sie liebte und sie heiraten wollte?

Ja, er liebte sie. Das war ihm endlich klargeworden. Bis vor wenigen Stunden hatte er sich eingestanden, ihr Zuneigung entgegenzubringen, sie zu begehren, nicht aber, sie zu lieben. Bis vor wenigen Stunden hielt er Liebe für eine schmachtende Gefühlsregung hysterischer Frauen. Die Ehe war ein geschäftlicher Vertrag und nur unter diesem Aspekt zu betrachten.

Doch von dem Augenblick an, da Cordelia in sein Leben getreten war, sah er sich gezwungen, seine Überzeugungen in Frage zu stellen. Und heute im Konzert, als ihr Gesicht in Verzückung leuchtete, hatte er begriffen, daß sie ihm alles bedeutete. Und das war Liebe. Oder etwa nicht?

Und wenn er ihr dieses Geständnis machte, würde sie ihn heiraten. Oder etwa nicht?

Dann kamen ihm ihre Worte wieder in den Sinn: »Ich will eine unabhängige Frau sein«, und er fluchte in sich hinein. Würde sie ihm glauben, wenn er ihr seine Liebe gestand? Und wenn sie ihm glaubte, würde sie auf ihrem Standpunkt beharren, eine unabhängige Frau zu sein?

Eins war sicher: Er durfte ihr keinen Schrecken einjagen, wie schon einmal. Erst mußte er sie dazu bringen, ihm ihre Liebe und ihr Verlangen zu gestehen, denn nur damit konnte er ihr beweisen, daß sie nicht wirklich unabhängig sein wollte. Irgendwie mußte er sie überzeugen, daß sie füreinander bestimmt waren.

Zum Teufel, wo blieb sie nur? Was war, wenn sie seiner Nachricht keine Beachtung schenkte?

Der Vikar war fest entschlossen, morgen abzureisen. Das durfte Sebastian unter keinen Umständen zulassen. Wenn man ihn dazu zwang, würde er öffentlich um Cordelias Hand anhalten, vor Judith und allen anderen.

Andererseits scheute er davor zurück, Judith zu verletzen. Also mußte er mit Judith sprechen und sie davon überzeugen, die Verlobung zu lösen, selbst wenn es bedeutete, sich gegen ihren Vater zu stellen.

Er hörte, wie die Tür geöffnet wurde, fuhr herum und sah Cordelia auf der Schwelle stehen.

Sein Puls raste. Sie sah so verängstigt aus und so wunderschön im Kerzenschein. »Du bist gekommen«, flüsterte er.

Sie führte die Hand an die Kehle, als sie bemerkte, daß er Gehrock und Weste abgelegt hatte und im offenen Hemd und Kniehosen vor ihr stand. Sie sah ihm ins Gesicht. »Ich hätte nicht kommen dürfen.«

Mit zwei Sätzen war er bei ihr, zog sie ins Zimmer und schloß die Tür. »Du bist gekommen. Nur das zählt.«

Sie schüttelte heftig den Kopf und wich ihm aus. »Ich bin gekommen, um dir zu sagen, daß dies alles ein Ende haben muß.«

Er achtete nicht auf ihre Worte, umfing ihre Mitte und zog sie an sich. Sie stemmte abwehrend die Hände gegen seine Brust. »Nein, Sebastian! Zwischen uns darf nichts sein. Das weißt du. Ich reise morgen ab und ...«

Er küßte sie, ehe sie ein weiteres Wort sagen konnte. Oh, wie weich ihre Lippen waren, wie köstlich ihr Mund schmeckte. Sie versteifte sich zunächst abwehrend, bis ihr Widerstand erlahmte. Seine Hände begannen ihren Körper zu erkunden, ihre prallen Brüste, ihre schmale Taille, die Rundungen ihrer Hüften zu streicheln.

Es lag nicht in seiner Absicht, mit ihr den Liebesakt zu vollziehen, da er fürchtete, ihren Widerstand herauszufordern, wenn er sie ins angrenzende Schlafgemach trug. Wie zufällig fiel sein Blick auf das Bärenfell vor dem Kamin.

»Nein«, flüsterte sie, als ahne sie seine Gedanken. »Ich bin nicht gekommen, um ... um ...«

Er senkte seine Augen in die ihren. »O doch, das bist du.« Bedächtig entfernte er die Perlennadeln aus ihrem Haar und ließ sie zu Boden fallen. »Auch wenn du es dir nicht eingestehst, du bist gekommen, weil du mich ebenso begehrst wie ich dich. Du kannst nicht abreisen, ohne noch einmal mit mir vereint gewesen zu sein.«

Ihr Haar löste sich und fiel ihr wie ein schimmernder goldener Vorhang um die Schultern. »Das ... das ist nicht wahr. Du sagtest, wir müssen miteinander reden.«

»Das müssen wir«, lächelte er. »Doch zunächst lassen wir unsere Körper sprechen, und du wirst mir all die Dinge gestehen, die du dich weigerst auszusprechen.«

Sie senkte den Blick. »W... welche Dinge?«

Er nahm ihr Kinn, hob es hoch und zwang sie, ihn anzusehen. »Daß du mich begehrst. Daß du jeden Kuß, jede Zärtlichkeit zwischen uns genießt.« Sein Daumen strich über ihren Rosenmund. »Heute nacht, mein Engel, wirst du das alles gestehen ... und noch vieles mehr.«

Ihr Atem beschleunigte sich, Angst flackerte in ihren schönen Augen auf.

Sein Mund näherte sich ihrem. »Ich sorge dafür, daß du mir gestehst, wieviel du für mich empfindest.«

Er umfing ihre bebenden Lippen, umwarb sie, bis sie sich öffneten. Er tauchte seine Zunge in ihre heißen Tiefen und entlockte ihr ein kehliges Stöhnen. Wie sehr er sie begehrte! Doch er nahm sich vor, behutsam zu sein, sie mit Verheißungen zu locken, denen sie nicht widerstehen konnte, und er wartete geduldig, bis die Spannung ganz von ihr wich.

Und erst als ihre Arme seinen Hals umschlangen, gab er ihr Kinn frei, strich mit dem Daumen Wange und Hals entlang. Seine Lippen folgten der Spur, benagten und küßten ihre zarte Haut, bis Cordelia den Kopf in den Nacken legte und ihm ihre Kehle bot.

Seine Zunge wanderte ihren Hals entlang bis zu ihrem Ohr. »Du willst morgen nicht abreisen, hab' ich recht, mein Engel?« raunte er.

»N... nein«, hauchte sie, und sein Blut geriet in Wallung.

Er küßte ihre Schläfe und Stirn, ihre geschlossenen Lider, während seine Finger über ihren Rücken strichen, bis sie die Verschnürung ihres Mieders fanden und lösten. Als er an den Schnüren ihres Korsetts nestelte, versuchte sie sich wieder aus seiner Umarmung zu winden, mit dem Ergebnis, daß ihr Kleid verrutschte und ihre Brüste sich aus dem engen Panzer befreiten.

Sebastian drängte seine erregte Männlichkeit gegen ihre Schenkel. Er las Angst, aber auch Verlangen in ihren Augen. Ihre Lippen teilten sich, und sein Mund umfing sie in einem hungrigen Kuß.

»Ich will dich lieben«, raunte er, und seine Hand wölbte sich um ihre Brust. »Bitte, mein Engel, laß mich dich lieben.«

Sie drehte abwehrend das Gesicht zur Seite, auf ihrer Stirn bildeten sich zwei senkrechte Falten. »Du ruinierst mich.«

Ihre Angst verwirrte ihn. Begriff sie nicht, daß sie weitaus mehr Macht über ihn hatte, als er über sie? Begriff sie nicht, daß er nicht die Absicht hatte, ihr weh zu tun?

Seine Finger liebkosten ihre Brust, und er beobachtete, wie ihr Gesicht sich rötete. »Ruiniert dich das?«

Sie nickte, und gleichzeitig klammerten sich ihre Finger um seine Mitte. »Du willst nur, daß ich alles für dich aufgebe ... meinen Stolz ... meine ... meine Unabhängigkeit.«

»Zum Teufel mit deiner Unabhängigkeit! Ich liebe dich. Sag mir, daß dir meine Liebe nichts bedeutet.«

Sie starrte ihn entsetzt an. »Sag das nicht! Ich will

nicht, daß du sagst, du liebst mich, wenn du damit nur meinst ...«

Gequält wandte sie das Gesicht wieder zur Seite. »Ich will nicht, daß du das sagst.«

»Wenn ich nur was damit meine?« Sein Daumen umkreiste ihre Brustknospe, bis sie sich hochreckte. »Sprich, Cordelia! Was wolltest du sagen?«

»Nichts ... ich ... ich will nur, daß du mich in Frieden läßt.«

Es brannte ihm auf dem Herzen, ihr zu gestehen, daß er seine Verlobung lösen und sie an Judiths Stelle heiraten wollte. Doch das hatte er ihr schon einmal gesagt, und sie hatte ihn zurückgewiesen. Er mußte sie dazu bringen, ihm ihre Liebe zu gestehen. Nur dann konnte sie ihn kein zweites Mal zurückweisen.

Er nahm ihr Gesicht in beide Hände. »Du weigerst dich, meine Frau zu werden ... du weigerst dich, meine Geliebte zu werden. Du behauptest, deine Unabhängigkeit gehe dir über alles, doch du schmilzt in meinen Armen. Offenbar willst du nur meinen Körper.«

»Nein ... ich will ... auch deinen Körper nicht«, wimmerte sie, ohne ihn anzusehen.

Er nahm ihre Hand und legte sie an seine Wange. »Du bist eine schlechte Lügnerin. Zu schade für dich, daß dein Körper mir die Wahrheit in so süßer Weise verrät.«

Er gab ihre Hand frei, und ihre Finger streichelten wie von selbst seine Wange. Er drehte den Kopf, nahm einen Finger in den Mund und saugte daran. Cordelia wimmerte leise.

»Jede deiner Regungen sagt mir, daß du mich begehrst«, raunte er heiser. »Willst du das leugnen?«

Seine Lippen tasteten sich zu ihrem Handgelenk. Seine Zunge berührte die Stelle, wo ihr Puls flatterte. »Dir rauscht das Blut in den Adern vor Verlangen nach mir. Willst du auch das leugnen?«

Mit Daumen und Zeigefinger liebkoste er ihre harte Brustknospe. Cordelias Atem ging stoßweise. »Dein Körper verzehrt sich nach mir. Willst du das leugnen?«

Bevor sie antworten konnte, beugte er sich über sie, und sein Mund umfing ihre Brust. Er saugte hungrig an ihr, seine Zunge umflatterte ihre steife Brustspitze, und Cordelia glaubte, vor Wonne zu vergehen.

Er hob den Kopf. Sein glühender Blick senkte sich in ihre fiebrigen Augen. *»Willst du das leugnen?«* wiederholte er eindringlich.

Sie verneinte mit einem kehligen Laut.

Doch das reichte ihm nicht. »Sag es, Cordelia. Sag wenigstens, daß du mich begehrst.«

»Ich begehre dich.«

Er bedeckte ihr Gesicht mit Küssen, während sie, alle Hemmungen vergessend, an seinem Hemd zerrte. Sebastian schleuderte es von sich und begann fiebrig, ihr die Kleider vom Leib zu reißen.

Als er sie halb aus den engen Ärmeln geschält hatte, hielt er inne. Ein seltsames Funkeln glühte in seinen Augen, als ihm klar wurde, daß die Ärmel ihre Handgelenke umspannten und fesselten.

Sie sah ihn aus halb verhangenen Lidern an, mit dunkel verlangendem Blick. »Sebastian?«

Wortlos hob er sie in die Arme, trug sie zum Bärenfell, wo er sie sanft ablegte, sich breitbeinig über sie stellte und sich die Hose aufknöpfte.

Cordelia wand sich unter seinem begehrlichen Blick, bis ihr klar wurde, daß sie sich ohne seine Hilfe nicht aus dem Kleid befreien konnte.

Er entledigte sich ohne Hast seiner restlichen Kleidung. Cordelia durchrieselten kribbelnde Schauer, als er ihr seine prall erregte Männlichkeit zeigte. Was für ein prachtvoll gebauter Mann – hoch gewachsen, schlank, sehnig und muskulös. Sie fuhr sich mit der Zunge über die ausgedörrten Lippen.

Sebastian kniete neben ihr nieder, sein Finger fuhr die Konturen ihrer Lippen entlang, beschrieb einen Pfad über ihren Hals bis in die Furche zwischen ihren Brüsten. Während sie vergeblich versuchte, sich aus ihrem Kleid zu winden, legte Sebastian sich neben sie und fuhr fort, ihre Brüste zu liebkosen und den Teil ihres Leibes, den er entblößt hatte.

»Was tust du?« keuchte sie.

»Ich werde dich lieben.«

»Ja, aber ... du mußt ...« Sie errötete. »Du mußt mir helfen, aus den Ärmeln ...«

»Noch nicht«, murmelte er mit einem teuflischen Funkeln in den Augen.

Wieder versuchte sie, sich aus den Ärmeln zu befreien. Vergeblich.

»Noch nicht«, wiederholte er mit Bestimmtheit, legte sich auf sie und nahm ihr damit den Rest ihrer Bewegungsfreiheit.

Sein Mund nahm ihre Lippen in Besitz, und sie vergaß alles in seinem atemberaubenden Kuß. Er stieß seine Zunge tief in ihre Mundhöhle, zog sie langsam zurück und stieß wieder zu.

Als er ihr die Röcke bis zu den Hüften hochschob, strömte eine heiße Woge in ihren Schoß, sie fieberte vor Verlangen. Seine Finger glitten die Innenseiten ihrer Schenkel nach oben, kitzelten ihre seidige Haut. Sie wand sich unter ihm in unerträglicher Erwartung. Vergeblich versuchte sie immer noch, ihre Arme zu befreien, um ihn umarmen zu können.

Sie löste ihre Lippen von ihm und wimmerte: »Bitte, Sebastian, laß mich dich streicheln.« Er blickte in ihr fieberndes Gesicht.

»Liebst du mich?«

Sie schloß die Augen, um seinem glühenden Blick zu entgehen. Ihre Finger gruben sich in das Bärenfell. Er will mich nur zu seiner Sklavin machen, und ich soll ihm auch noch den Schlüssel zu meinem Gefängnis aushändigen, dachte sie verzweifelt. Er wollte sie zwingen, alles zu gestehen, damit sie ihm zu Willen wäre, damit sie als seine Geliebte in London bliebe. Das durfte sie nicht zulassen. Sie durfte ihm diese Macht nicht über sie geben, sonst wäre sie verloren.

Sein Finger berührte ihr weibliches Geheimnis, und Cordelia japste auf.

»Liebst du mich, Engel?« fragte er wieder mit heiserer Stimme.

»Ich … ich will dich.«

»Zum Teufel, das weiß ich.«

Sein Gesicht war zu einer schmerzlichen Grimasse verzerrt, so sehr rang er darum, die Beherrschung nicht zu verlieren. Sein heißes Glied pochte an ihrem Schenkel. Warum nahm er sie nicht endlich und brachte es hinter sich? Warum quälte er sie?

Seine Finger begannen sie so sanft, beinahe in einem flüchtigen Reizen zu liebkosen, daß sie schauernd erbebte. »Liebst du mich?« knurrte er.

Er benutzte ihr Verlangen als Waffe gegen sie. Sein Finger bohrte sich tief in ihre Öffnung, und ihre Hüften reckten sich ihm gegen ihren Willen entgegen.

Oh, er war ein Monster! Doch es ist eine zweischneidige Waffe, dachte sie. Auch sie hatte die Macht, ihm seine Beherrschung zu rauben. Und sie mußte es tun, ehe sie ihm ihr Herz offenbarte. Sie schob ihr Knie hoch, rieb ihren Schenkel an seiner prallen Erregung und preßte ihren Busen an seine behaarte Brust.

Sebastian stöhnte, seine bernsteinfarbenen Augen funkelten, doch dann entzog er ihr seine Hüften. »Diesmal nicht, meine schöne Verführerin. Diesmal bin ich an der Reihe.«

Damit beugte er sich über ihre Brüste, und seine Hand legte sich über ihren Venushügel. Seine Finger erkundeten ihre nassen Tiefen, neckten sie und zogen sich zurück, um sie erneut zu umwerben. Und jedesmal, wenn das süße Verlangen in ihrem Leib hochzuwallen begann, entzog er sich ihr, wich aus, hielt inne, nur um seine dunkle Folter von neuem zu beginnen. Er bestürmte jede ihrer Öffnungen, betastete, neckte, küßte und reizte sie, bis sie unter dem Spiel seiner Finger beinahe das Bewußtsein verlor.

Auch er war bis zum Zerbersten erregt, das wußte sie, denn jedesmal, wenn sie nach Erlösung wimmerte, entrang sich ihm ein kehliges Stöhnen. Doch er gab nicht auf. Ehe sie in den strudelnden Wirbel ihrer Erlösung versinken konnte, ließ er jedesmal von ihr ab.

Dann entzog er ihr seine magischen Finger vollends, hob den Kopf und fixierte sie mit wildem Blick. »Liebst du mich?« knurrte er, Schweißperlen standen ihm auf der Stirn. »Gib zu, daß du mich liebst, Cordelia, und ich schwöre dir, ich beschere dir das Paradies auf Erden, heute nacht und jede Nacht bis ans Ende unserer Tage.«

Seine Worte drangen kaum durch den Nebel ihres Sinnenrausches. In ihrer Not hätte sie gern laut aufgeschrien und auf seine Brust mit Fäusten getrommelt, doch ihre Hände waren gefesselt. Wenn sie nur ihren rasenden Herzschlag beruhigen und die Flammen bezähmen könnte, die bei jeder seiner Berührungen in ihr hochschlugen.

»Du bist ein Teufel, Sebastian ...«, stieß sie keuchend hervor.

Seine Lippen wurden schmal. »Gütiger Himmel, Cordelia! Ich liebe dich, und ich weiß, daß du mich liebst. Gib es doch zu, verdammt noch mal! Ich schwöre dir, ich höre nicht auf, bis du es endlich gestehst!«

Mit diesen drohenden Worten nahm er seine Hand von ihr. Sie japste auf, erleichtert und enttäuscht zugleich, fürchtete jedoch, er würde ganz von ihr ablassen. Doch er schob sich nach unten, bis sein Kopf ihren

Leib berührte. Bedächtig schob er ihre Röcke höher und entblößte sie vollständig vor seinen Blicken.

Hitze stieg ihr in die Wangen, als er aufmerksam betrachtete, was ihren Augen durch den gebauschten Stoff ihrer Kleider verborgen war. Angespannt hielt sie den Atem an.

Dann küßte er sie an der geheimsten Stelle ihres Körpers. Erschrocken zuckte sie zusammen, Sebastian hob den Kopf und lächelte sie unverfroren an.

Und als er den Kopf wieder senkte, setzte ihr Verstand aus, denn das war kein normaler Kuß. Mit Mund und Zunge liebkoste er das, was er soeben mit den Fingern getan hatte.

Seine warme, fleischige Zunge streichelte sie, und Cordelia wand sich unter den Empfindungen, die sie in millionenfachen Wonneschauern durchzuckten. Seine Zunge wurde kühner ... drängender ... Ihr Kopf flog von einer Seite zur anderen. Sie geriet in einen süßen Rausch, in einen entfesselten Taumel. Sie bäumte sich unter seinen Liebkosungen auf, reckte ihm den Schoß entgegen, um noch mehr von den unaussprechlichen Wonnen zu genießen.

Kehlige Laute entrangen sich ihr, was nur bewirkte, daß seine Liebkosungen wieder neckender, flüchtiger wurden. »Sebastian ... bitte ... o bitte ...«

»So ist es gut, mein Engel«, raunte er. »Bettle darum, so wie du mich betteln läßt. Sag mir, was du willst.«

»Ich ... ich will, daß du ...« Sie verstummte, wußte nicht, wie sie ihr Verlangen in Worte fassen sollte.

Sein heißer, nasser Mund umfing sie wieder, und sie bäumte sich so sehr auf, daß sie ihn beinahe abschüttelte, doch Sebastian ließ sich nicht beirren. Seine Zunge umflatterte sie, ihre pulsierende, dröhnende Wollust ließ sie alles vergessen, sie verschmolz mit dem Rhythmus seiner Liebkosungen und tanzte entfesselt mit ihm.

Und als sie kurz vor dem Bersten war, zog er sich

zurück, hob sich über sie, schob seine steife Männlichkeit zwischen ihre Schenkel, stubste an ihre erhitzten, zuckenden Fleischkämme und blickte angespannt mit fiebernden Augen auf sie herab.

»Liebst du mich?« keuchte er, schob sich ein wenig in sie und zog sich wieder zurück. »Verdammt, Cordelia, sag es!«

Sie lechzte danach, ihn in sich zu spüren, und drängte dennoch die Worte zurück, die sie für immer zu seiner Sklavin machen würden.

»Bitte, ich will dich in den Armen halten«, flüsterte sie atemlos.

Sein Gesicht verdunkelte sich. Mit einem wilden Knurren richtete er sich auf, riß heftig an den Ärmeln, zerrte ihr das Kleid vom Leib und schleuderte es von sich. Dann ließ er sich auf ihr nieder. »Barmherziger Himmel!« knurrte er. »Ich halte es nicht länger aus.« Und dann glitt er in sie.

Endlich befreit, schlang Cordelia ihre Arme um ihn und grub ihre Fingernägel in seine muskulösen Schultern, klammerte sich wie eine Ertrinkende an ihn, während er in sie stieß, sie unter sich zermalmte, sie wie ein Besessener ritt. Seine süße Folter hatte ihr Verlangen zur entfesselten Ekstase hochgepeitscht; sie fieberte ihrem Höhepunkt entgegen und drängte seinen wilden Stößen mit ebenso gewaltigem Aufbäumen ihrer hochgereckten Hüften entgegen.

Du willst einen Deckhengst, schossen ihr seine Worte durch den Kopf. Ja, ja. Sie wollte einen Hengst, und sie hatte ihn bekommen, schrie es in ihr, während sie mit ihm verschmolz und ihrer Erlösung entgegenjagte. Näher und näher ...

»Mein Engel, Engel ...«, keuchte er an ihrem Nacken. »Sei mein Engel ...«

Seine Stöße wurden schneller und schneller. Er hatte sie zu lange gereizt und erregt. Ihr Höhepunkt kam in einem grellen Blitz, der ihr Sein durchzuckte und all ihren Stolz in aufblitzenden Funken zerbersten ließ.

»Sebastian ... ah, Sebastian ... ich liebe dich!« schrie sie in der gewaltsamen Entladung unter seinen rasenden Stößen, und sie zerfloß in hilflosen jähen Zuckungen und wurde eins mit ihm.

Und dann bäumte Sebastian sich auf, verharrte, trieb sich mit einem letzten, tiefen Stoß in sie und entlud sich mit einem langgezogenen Schrei in ihr.

Er brach über ihr zusammen, und Cordelia hielt ihn an ihren schweißnassen, ausgelaugten Körper gepreßt, als wolle sie ihn nie wieder loslassen. Beide schnaubten wie Pferde nach einem Wettrennen. Und er hatte dieses Rennen gewonnen.

Aber hatte er überhaupt gehört, wie sie die Worte hinausgeschrien hatte, derentwegen er sie gequält hatte? fragte Cordelia sich benommen, als ihr Verstand allmählich wieder die Oberhand über ihr verräterisches Fleisch gewann. Sebastian lag auf ihr, das Gesicht an ihrem Hals geborgen, sein Atem kitzelte ihre Haut. Sie gab sich dem Genuß hin, streichelte seinen Rücken und versuchte zu vergessen, daß sie sich mit diesem Liebesakt völlig in seine Macht begeben hatte.

»Ich liebe dich auch«, raunte er an ihrem Ohr.

Er hat es also gehört, dachte sie verzagt und starrte in die Schnitzereien der Kassettendecke über ihr. Doch was zählte das noch? Nach allem, was soeben geschehen war, konnte sie ihn nie wieder verlassen. Geliebte oder Ehefrau, wo war der Unterschied? Sie brauchte ihn wie die Luft zum Atmen. Es war genau so gekommen, wie sie befürchtet hatte. Er hatte sie zu seiner Sklavin gemacht.

So versunken in ihre aufgewühlten Gedanken war sie, daß sie kaum wahrnahm, wie die Tür des Arbeitszimmers geöffnet wurde. Ein donnernder Fluch brachte sie vollends zur Besinnung.

Sebastian und Cordelia fuhren auseinander und starrten in hellem Entsetzen zur offenen Tür. Dort stand, totenbleich im Gesicht, Lord Kent.

»Fahr zur Hölle!« stammelte Sebastian.

Und dieses eine Mal war Cordelia mit ihm völlig einer Meinung.

Kapitel 22

Richard glaubte seinen Augen nicht zu trauen. Als er die seltsamen Laute aus Sebastians Arbeitszimmer hörte, hatte er sich nicht die Zeit genommen, anzuklopfen. Er dachte nur an Judiths Sorgen und an Sebastian, der sich wegen seiner Ankündigung, Waverley zu verlassen, die größten Vorwürfe machte.

Richard hatte die Tür aufgerissen und hätte nie vermutet, seinen Bruder mit einer nackten Frau vorzufinden. Nicht mit irgendeiner Frau, wie er in dem Augenblick wahrnahm, als er Miß Shalstones entsetztes Gesicht sah, bis Sebastian das Kleid über sie warf.

Jeder andere Mann hätte sich mit einer gemurmelten Entschuldigung zurückgezogen – nicht so Richard. Er war so voller Zorn gegen seinen Bruder, der sich in seine Angelegenheiten gemischt hatte, und gegen Miß Shalstone, die ihn an der Nase herumgeführt und ihm vorgegaukelt hatte, der Vikar zu sein. Dieser Anblick war der letzte Tropfen, der den Krug zum Überlaufen brachte.

Richard schlug erbost die Tür hinter sich zu, empfand höchste Genugtuung über das betretene Gesicht seines Bruders und dieser Miß Shalstone, die sich hinter seinem Rücken zu verstecken versuchte.

»Um Himmels willen, Richard, hinaus mit dir!« befahl Sebastian, dessen Schreck sich in Wut verwandelte. Er stand auf und stieg zornig in seine Unterhosen. »Verflucht noch mal, Richard, hast du nicht so viel Anstand, um endlich zu gehen?«

»Anstand? Du sprichst von Anstand, während du es mit deinem Liebchen auf dem Fußboden treibst? Und es ist dir völlig egal, daß deine Verlobte krank vor Sorge um dich ist. Du schämst dich nicht, die unschuldige Judith zu betrügen? Verdammt noch mal, Sebastian, wie kannst du ihr das antun? Mußt du dich mit jeder hübschen Larve und jedem prallen Hintern, der dir zufällig über den Weg läuft, auf dem Boden wälzen?«

Unter den Stoffmassen war ein erstickter Schrei zu hören, ehe Miß Shalstones ›hübsche Larve‹ sich hervorwühlte und Richard mit vernichtenden Blicken anfunkelte.

In Sebastians Blick aber lag Mordlust. »Ich könnte dich dafür umbringen, daß du diesen ›prallen Hintern‹ gesehen hast! Hinaus mit dir! Ehe ich vergesse, daß du mein Bruder bist und etwas tue, was ich später bereue!«

»Du schuldest mir eine Erklärung. Nach diesem Skandal lasse ich nicht zu, daß du Judith heiratest.« Richards Zorn kannte keine Grenzen. »Ich sterbe lieber, bevor ich zulasse, daß du Judith derart verantwortungslos behandelst.«

Sebastian fluchte leise. Sein Blick suchte Cordelia. Er wies zur Tür, die zu seinem Schlafzimmer führte. »Bitte geh dort hinein, Liebes«, murmelte er zärtlich. »Ich bin gleich bei dir.«

Cordelia wickelte sich in die weiten Stoffbahnen ihres Kleides und floh ins Nebenzimmer. Ihre Augen waren die eines gehetzten Tieres.

Sobald die Tür hinter ihr ins Schloß gefallen war, fuhr Sebastian wütend zu seinem Bruder herum. »Ich werde Judith nicht heiraten, und wenn du nicht so bodenlos taktlos gewesen wärst, hier hereinzuplatzen, hättest du es morgen erfahren. Ich heirate Cordelia.«

Richard öffnete den Mund und fragte seinen Bruder: »Wann hast du das beschlossen? Wieso hat Judith nichts davon erwähnt?«

Sebastian seufzte. »Ich habe es ihr noch nicht gesagt. Eigentlich wollte ich vorher mit dem Baron sprechen.

Aber ich denke nicht, daß sie die Nachricht zu sehr schockieren wird.«

Bei Sebastians ironischem Tonfall wallte Richards Zorn noch höher. »Wie üblich triffst du selbstherrliche Entscheidungen, ohne etwas darüber verlauten zu lassen. Wie kannst du so ehrlos sein? Wie ... kannst du ...?« Er stockte. Erst jetzt wurde ihm die Bedeutung von Sebastians Worten endgültig klar. Gütiger Himmel, Judith war frei! Warum regte er sich so auf?

»Was hast du überhaupt hier zu suchen?« knurrte Sebastian und fuhr sich mit den Fingern durch das zerzauste Haar. »Und was soll das heißen, Judith ist vor Sorge um mich krank?«

Richard machte seiner rechtschaffenen Entrüstung erneut Luft. »Sie schickt mich zu dir, weil sie besorgt ist, du hättest dir meine Worte zu sehr zu Herzen genommen. Welch ein Hohn! Wohl kaum die passende Bezeichnung für das, was du hier treibst!«

Sebastian achtete nicht auf seinen Sarkasmus. Seine Augen wurden schmal. »Judith schickt dich zu mir? Warum kommt sie nicht selbst und hat dich nicht wenigstens begleitet?«

Der Gedanke, Judith hätte Zeugin dieser schamlosen Szene sein können, bereitete Richard Übelkeit. »Hättest du ihr diesen Anblick zugemutet?«

Richard umklammerte seine Krücken, um dem Drang zu widerstehen, auf Sebastian einzuprügeln.

»Sieh an, sieh an«, stellte Sebastian belustigt fest. »Die liebreizende Judith wußte sich also zu guter Letzt doch zu helfen. Wenn auch auf seltsamen Umwegen.«

»Wovon, zum Teufel, redest du?«

»Vermutlich hielt sie das für den einzigen Weg, dich zum Sprung ins kalte Wasser zu bewegen. Ich frage mich nur, woher sie wußte ...«

»Hättest du die Güte, mir zu erklären, wovon du eigentlich faselst?«

Sebastian zuckte mit den Schultern. »Bei meiner Rückkehr verhielt sich Judith mir gegenüber etwa so gleichgültig wie eine Stute einem Stier gegenüber. Es fiel mir nicht schwer zu vermuten, daß ihr Interesse einem anderen galt.« Er betrachtete Richard forschend. »Und dieser andere befand sich ganz in ihrer Nähe.«

Es dauerte einen Moment, bis Richard begriff, was sein Bruder mit dieser Aussage andeutete. Er holte stokkend Luft. »Ich weiß nicht, wovon du sprichst«, entgegnete er schroff.

»Nun hör auf mit dem Theater! Ich weiß, daß du Judith begehrst. Und ich bin darüber beglückt, zumal sie deine Gefühle erwidert. Sonst hätte sie dich nicht zu mir geschickt ...«

»Sie wußte nicht, daß du dich hier amüsierst mit deiner ... deiner ...«

Sebastian lachte in sich hinein. »Ach, wirklich nicht?«

Die letzte Stunde zog an Richards geistigem Auge vorüber. Judith hatte kurz nach Miß Shalstone den Speisesaal verlassen und war mit einem rätselhaften Lächeln um die Lippen zurückgekehrt. Und als sie ihn später bat, nach Sebastian zu sehen, bedrängte sie ihn geradezu flehentlich. Er hätte lieber bis zum Morgen gewartet, doch sie ließ nicht locker. Und sie wollte im Salon auf seine Rückkehr warten, statt ihn zu begleiten. Richard war zu sehr mit seiner Eifersucht über ihre Besorgnis um Sebastian beschäftigt, als daß ein Verdacht in ihm aufgekeimt wäre.

Nun begann sein Herz zu rasen. Benommen fuhr er zur Tür herum.

»Jage ihr bitte keinen Schrecken ein«, rief Sebastian ihm hinterher.

Doch Richard war bereits aus dem Zimmer gestürmt.

Unten angekommen, verharrte er vor dem Salon, um seine aufgewühlten Gedanken zu sammeln. Hatte Judith absichtlich dafür gesorgt, daß er Sebastian und Miß

Shalstone mitten im ... überraschte? Es war ganz und gar nicht ihre Art ... Doch alles, was Sebastian sagte, ergab einen Sinn.

Er starrte auf die geschlossene Tür. Sollte das Judiths seltsame Art sein, ihn zu einem Antrag zu zwingen?

Er lächelte verschmitzt. Er war entschlossen, die Geliebte zu gewinnen. Und gleichzeitig wollte er ihr eine Lektion erteilen.

Er trat ein. Judith wirbelte herum und kam ihm fragend entgegen. Als er gleichmütig die Tür schloß und sich dagegen lehnte, las er Enttäuschung in ihrem Gesicht.

»Warst du bei Sebastian?« fragte sie zaghaft.

»O ja.«

»Geht es ihm gut?«

»Glänzend.«

Verwirrung breitete sich auf ihren Zügen aus, und Richard mußte an sich halten, um nicht vor Glück aufzulachen. Sebastian hatte richtig vermutet und Judiths heimliche Absicht durchschaut.

»Hast du mit ihm gesprochen?« hakte sie beharrlich nach.

»Dazu ergab sich keine Gelegenheit«, entgegnete er gelassen. »Da er und Miß Shalstone so sehr in ihre Unterhaltung vertieft waren, daß ich mich scheute, sie zu unterbrechen.«

Diesmal war ihre Enttäuschung unmißverständlich. »Eine Unterhaltung«, wiederholte sie tonlos.

»Ja.« Sein Ton wurde ätzend. »Eine höchst interessante Unterhaltung, da beide völlig nackt waren. Sehr ungewöhnlich, würde ich sagen.«

Judith bekam große Augen vor Schreck, und Richard dachte beinahe, einen folgenschweren Fehler begangen zu haben.

»N... nackt?« stammelte sie. »Ich dachte, sie küssen sich ...« Sie stockte errötend, bemerkte das Lächeln, das sich auf seinen Zügen ausbreitete, und versuchte ihren Versprecher zu korrigieren. »Ich ... ich meine, Sebastian und Miß Shalstone? Wie gräßlich! Wer hätte gedacht ...«

»Bemüh dich nicht, Judith. Du mußt mir nichts vorspielen.«

»Vorspielen?«

Richard sah sie ernsthaft und forschend an. »Sag mir eins, Liebling: Warum wolltest du mich nicht begleiten, um mit Sebastian zu reden, wenn du so in Sorge um ihn warst?«

Sie rang die Hände, wurde kalkweiß im Gesicht und senkte den Blick. »Weil ... weil ich dachte, du ...«, stammelte sie.

»Weil ich sie zusammen ertappen, in Zorn geraten und Sebastian zwingen sollte, dich freizugeben?«

Ihr Kopf fuhr hoch, sie verneinte heftig. »Nein, natürlich nicht! Ich ... ahnte doch nicht, daß ... daß sie zusammen waren!« Sie begegnete tapfer seinem forschenden Blick.

Richard fürchtete, sie ziehe sich erneut in ihre höfliche Distanz zurück, und er würde die Wahrheit nie erfahren. Es war höchste Zeit für wirksamere Taktiken. »Komm zu mir, Judith«, befahl er.

Sie schluckte. »Bist du böse mit mir?«

»Keineswegs. Komm zu mir«, wiederholte er streng.

»Warum?« hauchte sie.

Er ließ die Krücken zu Boden fallen und lehnte sich gegen die Tür. »Weil ich dich nicht in die Arme nehmen kann, wenn ich mich auf die Krücken stütze. Und ich muß dich umarmen, wenn ich dich um deine Hand bitte.«

Zunächst sah sie ihn verständnislos an, dann flog sie mit einem glücklichen Aufschrei in seine Arme. Als sie sich an ihn schmiegte, schlang er seine Arme um sie und seufzte in tiefer Erleichterung.

»So ist es besser«, raunte er an ihrem Haar, hob ihr Gesicht zu einem innigen Kuß, den sie ebenso innig erwiderte, und jeder Zweifel, der ihn noch bedrückte, schwand und machte einem beseligenden Glücksgefühl Platz.

Es dauerte lange, ehe Richard seine Lippen von ihr löste. Er streichelte ihr Haar. »Es wäre nicht nötig gewesen, solch drastische Taktiken anzuwenden, um mich zu gewinnen.«

»Ich hatte solche Angst«, flüsterte sie. »Nachdem Händel dir diese Abfuhr erteilt hatte, wußte ich, daß du mir niemals einen Antrag machen würdest. Nach Sebastians Rückkehr habe ich euch miteinander verglichen ... und ich wußte, daß ich ihn niemals heiraten kann.«

Ihr Geständnis wurde mit einem leidenschaftlichen Kuß besiegelt.

Atemlos löste Richard sich von ihr und legte ihren Kopf an seine Schulter. »Ich wünschte, du hättest es mir einfach gesagt.«

»Ich ... ich hielt es für besser, dir die Tatsachen vor Augen zu führen.«

Er lachte leise, und sie hob ihm das Gesicht entgegen. »Waren sie tatsächlich nackt?«

»O ja, Geliebte. Splitternackt und mitten in einer ausgesprochen intimen Beschäftigung.« Plötzlich versteifte er sich. »Verzeih! Verletzt dich das?«

»Daß Sebastian mit Miß Shalstone intim wurde? Nicht im geringsten. Ich hoffe nur, er hat ernste Absichten mit ihr. Es ist eigentlich nicht seine Art, sich an einem unschuldigen Mädchen zu vergehen.«

»Offenbar hat er vor, sie zu heiraten. Er wollte lediglich mit deinem Vater sprechen, ehe er dich davon unterrichtete.« Richards Augen verdunkelten sich. »Dieser unverschämte Schurke. Wie gewöhnlich geht wieder alles nach seinem Kopf.«

»War er sehr wütend, weil du ihn ...«

Richard lächelte. »Zunächst ja. Aber als er hörte, daß du mich geschickt hast, schien er sehr erleichtert.«

Judith errötete. »Das hast du ihm doch hoffentlich nicht gesagt!«

»O doch, Liebling. Und von heute an wirst du mich in deine Geheimnisse einweihen, wenn du wieder so etwas Schändliches planst.«

Judith senkte schuldbewußt den Blick. Dann lächelte sie. »Ich hätte nie gedacht, daß Miß Shalstone ...«

»Warum nicht? Du läßt mich doch heute nacht auch in dein Bett.«

Er weidete sich an ihrer Entrüstung.

»Niemals! Erst in der Hochzeitsnacht, Richard Kent!«

»Dann muß ich mich also noch eine ganze Woche gedulden«, seufzte er. »Aber keinen Tag länger. Morgen in aller Frühe brechen wir nach Gretna Green auf.«

Ihre Augen verengten sich argwöhnisch. »Gretna Green?«

»Ja, Geliebte. Dein Vater wird unsere Pläne nicht billigen, also nehmen wir ihm die Entscheidung ab, brennen durch und lassen uns in Gretna Green trauen.«

Er wartete ängstlich auf ihren Protest, doch Judith schien seine Worte sorgfältig abzuwägen, und dann lächelte sie.

»Ist dir die weite Reise nach Schottland auch nicht zu beschwerlich?« fragte sie besorgt.

»Mit dir reise ich bis ans Ende der Welt. Heißt das, du bist damit einverstanden?«

»Wann immer und wo immer du willst, Geliebter«, flüsterte sie mit glänzenden Augen und schmiegte sich an ihn.

Endlich, dachte Richard beglückt. Er hob ihr Kinn und küßte sie zärtlich und genoß ihre Anschmiegsamkeit. Endlich war die liebreizende Judith *seine* geliebte Judith.

Cordelia war es schließlich gelungen, ohne fremde Hilfe in das schwere Kleid zu steigen, als Sebastian, immer noch in Unterhosen, das Zimmer betrat.

An der Schwelle verharrte er und beobachtete ihre umständlichen Bemühungen, sich einigermaßen sittsam anzukleiden, um in ihr Zimmer fliehen zu können. »Ich fürchte, du machst etwas falsch, mein Engel«, murmelte er. »Du mußt das Kleid ausziehen – nicht anziehen.«

Mit abgewandtem Gesicht bückte sie sich, um ihre Strümpfe hochzuziehen. Es kostete sie schier übermenschliche Kraft, ihren inneren Aufruhr zu bezwingen und mit ruhiger Stimme zu sprechen. »Du kannst unmöglich von mir erwarten, daß ich bleibe, bis deine Verlobte über mich herfällt und als dein Liebchen beschimpft.«

»Oh, ich bezweifle, daß Judith Zeit findet, dich zu beschimpfen. Ich fürchte, sie ist vollauf damit beschäftigt, sich den Heiratsantrag meines Bruders anzuhören.«

Cordelia hielt mitten in der Bewegung inne. Sie hob den Kopf und starrte mit fragendem Blick Sebastian an. »Was soll das heißen?«

»Ich bin frei. Mein Bruder heiratet Judith.«

Cordelia stockte der Atem. Ihre Gedanken rasten wirr durcheinander. »Wie überraschend, nicht wahr?«

»Nicht für mich. Bei unserer Ankunft ahnte ich bereits, daß die beiden in meiner Abwesenheit … ehm … einander näher gekommen waren. Richard mußte nur den Mut aufbringen, sie um ihre Hand zu bitten.«

Ein gräßlicher Gedanke schoß Cordelia durch den Kopf. »Hast du etwa … diese peinliche Situation …«

»So etwas würde ich dir nie antun, das weißt du genau«, fiel er ihr ins Wort. Dann wurden seine Züge weich, und er trat auf sie zu. »Ich hatte eigentlich geplant, meinen Heiratsantrag etwas subtiler vorzubringen.«

»Heiratsantrag?«

»Cordelia, bitte! Wir haben diese Szene schon einmal geprobt. Du weißt, daß ich dich heiraten will.«

Seine Worte verwirrten sie völlig, ihre Gedanken rasten in tausend verschiedene Richtungen. Aha, nun wollte er sie also wieder heiraten! Nachdem er mit ihr ertappt worden war! Weil sein unbesonnenes Handeln seine Verlobte dazu veranlaßt hatte, die Verlobung zu lösen.

Cordelia schloß die Augen. Gütiger Himmel, wie konnte sie nur so ungerecht und häßlich denken? Sie hatte seinen Antrag abgelehnt, als er nicht frei war. Aber jetzt? Was verlangte sie eigentlich noch von ihm?

Sie öffnete die Augen. Er stand vor ihr, die Hände an den Hüften. Seine enganliegenden Hosen modellierten jeden Muskel seines durchtrainierten Körpers. Seine Augen glänzten honigfarben im Feuerschein.

Sebastian trat einen weiteren Schritt näher. »Ich wollte warten, bis ich mit dem Baron gesprochen und Judith die Situation erklärt hätte. Nach diesen Gesprächen wollte ich dich erneut bitten, mich zu heiraten. Doch der Baron ist verreist, und du warst fest entschlossen, nach Belham zurückzukehren. Also mußte ich handeln. Leider platzte Richard ins Zimmer, bevor ich … mich dir erklären konnte.«

Sie schwieg verdutzt. Die Erkenntnis, daß er seit langem die ehrliche Absicht hatte, sie zu heiraten, traf sie zutiefst.

Bei seinem zärtlichen Lächeln drohten ihr die Sinne zu schwinden. »Was ist los, mein Engel? Komm mir bitte nicht wieder damit, deine Unabhängigkeit gehe dir über alles. Ich glaube dir nämlich kein Wort.« Blitzschnell griff er zu, zog ihr das Kleid über den Kopf und ließ es auf den Boden fallen. Cordelia stand wie gelähmt vor ihm.

Geschickt streifte er ihr auch das Unterkleid über den Kopf. Sie stand immer noch reglos und nackt vor ihm.

»Du hast gesagt, daß du mich liebst.« Seine Stimme war ein zärtliches Raunen. »Ich habe genau gehört, wie du die Worte ausgesprochen hast. Ich lasse nicht zu, daß du sie zurücknimmst. Ich liebe dich so sehr, daß du mich um den Verstand bringst.«

Er schloß sie in seine Arme, und Cordelia hob ihm seufzend das Gesicht entgegen. Ein unbeschreibliches Glücksgefühl wallte in ihr hoch und ließ ihr Herz schneller schlagen.

Sebastians Augen blitzten. »Ich bin frei, und du hast keinen Grund mehr, mich zurückzuweisen.«

Wie zum Beweis seiner Macht schob er seine Hand zwischen ihre Schenkel und liebkoste das Vlies ihres Schoßes.

Sie machte ein entrüstetes Gesicht, was ihr unter den gegebenen Umständen nicht leichtfiel. »Was bist du nur für ein selbstgefälliger Schurke«, murmelte sie und zerfloß bereits unter seinen flinken Fingern.

»Und du liebst mich dennoch.«

Er küßte sie heiß und bewegte sich mit ihr zum Bett. Als nächstes wußte sie, daß sie auf der Decke lag und er über ihr.

»Sag es, mein Engel«, flüsterte er an ihren Lippen. »Sag, daß du mich trotzdem liebst.«

Sie blickte ihm in die Augen, in denen immer noch ein Funke der Ungewißheit glomm, und ihr Herz schwoll vor Glück. »Sag es!« drängte er.

»Ich liebe dich trotzdem«, hauchte sie.

»Und du wirst mich heiraten.«

Heiraten. Sebastian heiraten! Welch berauschender Gedanke! Und dennoch empfand sie den unbezähmbaren Wunsch, ihn noch ein wenig auf die Folter zu spannen, nachdem er sie so gnadenlos gequält hatte, um ihr das Geständnis zu entringen. »Ich will unabhängig sein«, murmelte sie kichernd, und die Worte verfehlten ihre Wirkung.

»Unabhängig, wie?« knurrte er und spreizte mit dem Knie ihre Schenkel. »Muß ich dich zwingen, bis du mir die Wahrheit gestehst?«

Cordelia spürte seine wachsende Erektion an ihrem Schenkel. »Soweit ich mich erinnere, hatten deine schamlosen Versuche, mich zu etwas zu zwingen, keinen Erfolg. Du hast mich zu nichts gezwungen. Denn alles, was ich sagte, geschah freiwillig.«

Er umfing ihre Gelenke und hielt ihre Arme neben ihrem Kopf gefangen. Seine dunklen, verheißungsvollen Augen senkten sich tief in die ihren. »Sag, daß du mich heiraten willst, mein Engel. Dann darfst du mich für meine Dreistigkeiten bestrafen, so lange und so qualvoll, wie du willst.«

Einen endlos langen Moment verlor Cordelia sich im glühenden Blick des Mannes, den sie über alles liebte, von dem sie nie genug bekommen würde. »Diesem Angebot kann selbst eine unabhängige Frau nicht widerstehen.«

Er schmunzelte zufrieden, beugte sich über sie, sein Mund saugte hingebungsvoll an ihrer Brustwarze. Er gab ihre Hände frei. »Ich liebe es, eine unabhängige Frau zu besiegen.«

Cordelia schob ihre Hand zwischen sich und ihn und umfing seine seidige Erektion. »Wenn ich mit Ihnen fertig bin, Euer Gnaden, werden Sie Ihre Worte bereuen. Ich nehme Ihr Angebot mit Vergnügen an, Sie für Ihre niederträchtigen Foltermethoden zu bestrafen.«

Er stöhnte lustvoll, als ihre Finger begannen, ihn zu liebkosen. »Bestrafe mich, Geliebte. Ich fürchte, dies ist nur der erste von ungezählten Kämpfen, die wir miteinander ausfechten werden. Und ich werde jeden einzelnen genießen.«

Genau wie ich, dachte sie, während sein Mund ihre Lippen in Besitz nahm. *Genau wie ich.*

Kapitel 23

Cordelia erwachte träge in einem wohligen Nebel aus Wärme und Zufriedenheit. Sie hielt die Augen geschlossen, um die Empfindungen noch länger zu genießen. Allmählich wurde sie sich Sebastians Arm quer über ihrem nackten Bauch bewußt und seines Atems, der warm an ihre Wange hauchte. Lüsterne Erinnerungen an die vergangene Liebesnacht tauchten in ihr auf, in der Sebastian ihr neue, herrliche Variationen des Liebesspiels gezeigt hatte.

Und wir werden heiraten, dachte sie staunend.

Sie öffnete die Augen und saß im nächsten Moment kerzengerade im Bett. Barmherziger Himmel! Wie konnte das passieren? Das Schlafzimmer war von hellem Sonnenlicht durchflutet. Sebastian hatte sie dazu überredet, die Nacht bei ihm zu bleiben, und ihr hoch und heilig versprochen, sie vor dem Morgengrauen zu wecken, damit sie ungesehen in ihr Zimmer huschen konnte. Der Morgen graute schon längst nicht mehr.

»Schlaf noch ein bißchen, Geliebte«, murmelte Sebastian benommen.

Zum Teufel mit dir, du Verräter! dachte sie und fuhr erbost zu ihm herum. Beim Anblick seines friedlichen Gesichts mit den Bartstoppeln, umrahmt von zerzaustem Haar, lächelte sie selig.

Dann hörte sie Geräusche auf dem Flur, und ihr Lächeln schwand. Sie riß Sebastian das Kissen unter dem Kopf weg und schlug damit auf ihn ein.

»Hoffentlich weckst du mich nicht jeden Morgen so grausam«, brummte er und blinzelte in das grelle Sonnenlicht. Dann lachte er glucksend.

»Das ist nicht komisch. Du hast versprochen, mich zu

wecken.« Cordelia sprang aus dem Bett und suchte fieberhaft nach ihren Kleidern.

»Wir haben verschlafen«, stellte er belustigt fest. »Na und? Komm wieder ins Bett.«

Sie würdigte ihn keiner Antwort, zog ihr zerknittertes Unterhemd unter seiner Leinenhose hervor und zog es sich über den Kopf.

»Nur noch ein paar Minuten«, bat er. »Richard hat vermutlich ohnehin allen erzählt, was er gesehen hat.«

»Wenn mein Vater davon wüßte, hätte er dich längst aus dem Bett geworfen und dich vor den Altar gezerrt.«

»Ich könnte mir Schlimmeres vorstellen«, meinte er seelenruhig und setzte sich gähnend auf. »Komm wieder ins Bett, Liebes. Ich möchte noch ein wenig kuscheln.«

Ihr entrüsteter Blick brachte ihn wieder zum Lachen.

»Bleib du nur ruhig im Bett liegen!« schnappte sie. »Ich bin sehr wohl in der Lage, allein mein Zimmer zu finden.«

Seufzend sprang auch Sebastian aus dem Bett, griff lüstern nach ihr und küßte sie.

»Sie haben einen unersättlichen Appetit, Euer Gnaden«, gurrte Cordelia an seinem Mund, ehe ihre Vernunft wieder die Oberhand gewann. Unsanft stieß sie ihn von sich.

Sebastian fiel stöhnend aufs Bett. »Bevor ich dich kennenlernte, hatte ich keinen unersättlichen Appetit.«

Sie warf ihm seine Hosen an den Kopf. »Falls du heute noch naschen möchtest, mein hungriger Geliebter, rate ich dir, mich schleunigst auf mein Zimmer zu begleiten, ohne daß mein Ruf Schaden nimmt.«

Unter Küssen und Zärtlichkeiten, denen sie sich nur schwer widersetzen konnte, verging eine weitere Viertelstunde, ehe die Liebenden einigermaßen züchtig angezogen waren.

»Laß uns vom Arbeitszimmer in den Flur gehen«,

schlug Sebastian vor. »Wenn uns jemand sieht, behaupten wir einfach, wir hätten eine wichtige Besprechung gehabt.«

Cordelia verdrehte die Augen. »Gute Idee! Und zufällig tragen wir die gleichen Kleider wie gestern abend.« Seufzend folgte sie ihm ins Arbeitszimmer.

Sebastian öffnete lautlos die Tür, und beide spähten in den Korridor. Auf einem Stuhl, der Tür schräg gegenüber, saß Honorine. Cordelia entfuhr ein Schreckenslaut, Sebastian wollte die Tür wieder schließen. Zu spät.

Honorine sprang auf, rauschte heran und stieß die Tür weiter auf.

»Aha, die Turteltäubchen verlassen das Liebesnest!«

Ihre Stimme troff vor Sarkasmus, ihr Gesicht war dunkelrot vor Zorn. Cordelia hätte vor Scham in den Boden versinken mögen.

»Warten Sie schon lange?« fragte Sebastian ungerührt.

»Seit Sonnenaufgang«, versetzte Honorine bissig.

Cordelia warf Sebastian einen beschwörenden Blick zu, doch er schmunzelte heiter.

»Und wieso diese Umstände?« fragte er gleichmütig und zog die Geliebte an sich.

»Das ganze Haus ist in Aufruhr. Doch niemand wagte es, Seine Lordschaft zu stören. Und die Zofe, die Sie Cordelia zugewiesen haben, weigert sich, das gnädige Fräulein zu wecken. Ich habe den Braten selbstverständlich gerochen.«

»Selbstverständlich«, bestätigte Sebastian mit großem Ernst.

»Wieso ist das ganze Haus in Aufruhr?« fragte Cordelia zaghaft.

Honorine stemmte die Hände in die Hüften. »Lord Kent und Lady Judith sind miteinander durchgebrannt. Sie haben einen Zettel hinterlassen, daß sie nach Gretna Green unterwegs sind.«

Sebastians schallendes Gelächter erntete entrüstete Blicke von Cordelia und Honorine. »Die beiden haben es verdammt eilig, wie?« meinte er anerkennend. »Damit ist dem Baron der Wind aus den Segeln genommen. Glänzende Idee. Hätte ich auch draufkommen können.« Er zwinkerte Cordelia zu. »Stell dir vor, mein Engel, wir könnten irgendwo im Norden von London in einem gemütlichen Gasthaus übernachtet haben und uns das Frühstück ans Bett bringen lassen.«

»Nur über meine Leiche«, versetzte Honorine schneidend. Dann zog sie eine Augenbraue hoch. »Gehe ich recht in der Annahme, daß der Heiratsantrag endlich gemacht wurde?«

Cordelia blickte verständnislos von Sebastian zu Honorine.

Sebastian nickte. »Sehr wohl, Madame. Und er wurde angenommen. Es hat mich zwar einige Überredungskunst gekostet, aber ...«, er legte eine vielsagende Pause ein, ehe er fortfuhr ..., »schließlich willigte sie ein.«

»Natürlich willigte sie ein«, erwiderte Honorine. »Das Mädchen ist ja nicht dumm.«

»Soll das heißen, ihr zwei habt hinter meinem Rükken ein Komplott geschmiedet?« fragte Cordelia, die nicht wußte, ob sie wütend, verlegen oder beglückt sein sollte.

Honorine bedachte Sebastian mit einem finsteren Blick. »Als mir klar war, daß Seine Lordschaft seine Grenzen überschritten hatte, bestand ich darauf, in seine Pläne eingeweiht zu werden. Und er erklärte mir, dir einen Antrag gemacht zu haben, den du abgelehnt hast.« Sie schüttelte mißbilligend den Kopf. »Ich muß sagen, Cordelia, das hätte ich nicht von dir erwartet. Seine Lordschaft mag zwar anmaßend sein, aber er wird einen passablen Ehegatten abgeben ... nach einer gewissen Übungszeit, versteht sich.«

»Ich werde ein Mustergatte sein«, versicherte Sebastian schmunzelnd. »Es hat nur ein wenig gedauert, bis Cordelia das einsah.«

Er blickte Honorine herausfordernd in die Augen. »Da Sie nun von meinen ehrenvollen Absichten überzeugt sein dürften, Madame, bitte ich Sie, uns zu entschuldigen.« Damit wandte er sich zum Gehen, den Arm um Cordelias Mitte geschlungen.

»Nicht so schnell, Euer Gnaden«, rief Honorine den Liebenden hinterher. »In fünfzehn Minuten erwarte ich Euch beide unten im Salon ... *züchtig gekleidet* ... Dann werden Sie in aller Form bei Oswald um Cordelias Hand anhalten. Ist das klar?«

Sebastian stöhnte. »Und diese Frau nennt mich anmaßend«, murmelte er. »Ich begreife jetzt, warum dein Vater sie einen alten Drachen nannte.«

Sebastian warf einen finsteren Blick über die Schulter. »Ich werde zur Stelle sein, Mrs. Beardsley.«

»Und noch etwas.«

Er knirschte mit den Zähnen. »Ja?«

Sie hielt einen Umschlag hoch. »Dieser Brief kam heute morgen für Cordelia. Von Händel.«

Sebastian klappte der Unterkiefer herunter. Rasch faßte er sich, ging zu Honorine zurück, nahm ihr den Umschlag aus der Hand und händigte ihn Cordelia feierlich aus.

Mit klopfendem Herzen blickte sie auf das Siegel, zögerte, es zu brechen. Dann faßte sie Mut und öffnete den Umschlag.

Die Handschrift war nicht weniger dramatisch und imposant als der Komponist selbst. Und der Inhalt traf Cordelia völlig unerwartet:

Liebe Miß Shalstone,

Nachdem ich Ihre Notizen zu meinem Arioso erneut studiert habe, bin ich zur Einsicht gekommen, daß Ihre Choralversion eine Verbesserung darstellt. Mit Ihrer gütigen Erlaubnis möchte ich davon Gebrauch machen.

Als Gegenleistung werde ich, Ihrem Wunsch gemäß, Lord Kent ein Oratorium zur Veröffentlichung überlassen. Da Lord Kent offenbar Ihre Kompositionen ohne meine Fürsprache in Zukunft nicht zu verlegen gedenkt und Sie seinem Verlagshaus die Treue zu halten wünschen, sehe ich mich zu diesem Schritt veranlaßt. Ich scheue mich, der Welt Ihr außergewöhnliches Talent vorzuenthalten.

Bitte unterrichten Sie Lord Kent von meinem Wunsch, ihn nächsten Dienstag in meinem Hause zu empfangen, um weitere Einzelheiten zu besprechen. Bitte begleiten Sie ihn, damit wir auch über die zahlreichen Mängel Ihrer Choralversion sprechen können.

Hochachtend
Georg Friedrich Händel

Cordelia schmunzelte beim Lesen des Schlußsatzes. Es mußte Händel große Überwindung gekostet haben, den ersten Absatz zu schreiben, und sie konnte es dem großen Meister nicht verdenken, im letzten Satz seine Ehre zu retten.

»Nun?« fragte Sebastian gespannt. »Was schreibt er?«

Sie reichte ihm den Brief und strahlte übers ganze Gesicht. Nachdem er die Zeilen gelesen hatte, schnappte Honorine sich den Brief, las ihn, und ihr Gesicht erhellte sich zusehends.

»Wir haben es geschafft«, flüsterte Sebastian. »Heilige Mutter Gottes, wir haben es geschafft!«

Honorine zog eine Braue hoch. »*Wir* haben überhaupt nichts geschafft, Euer Gnaden. Diese Entwicklung ist Cordelias Verdienst, vergessen Sie das nicht.« Sie schürzte die Lippen im Bemühen, ihre ernste Miene durchzuhalten. Doch Cordelia bemerkte ihre blitzenden Augen, als die Freundin ihr den Brief zurückgab.

»Fünfzehn Minuten«, mahnte Honorine mit erhobenem Zeigefinger. »In fünfzehn Minuten sehe ich euch beide unten im Salon.« Damit rauschte sie würdevoll ab.

Cordelia hörte, wie ihre Schritte sich beschleunigten, als sie außer Sichtweite war. Und dann ertönte ein fröhliches Trällern auf der Treppe.

»Ich scheine mich in Mrs. Beardsley getäuscht zu haben«, lächelte Sebastian.

»Sie hat dich gern«, murmelte Cordelia und schmiegte sich an ihn. »Sie ist nur sehr um mein Wohl bemüht.«

Sebastian blickte ihr tief in die Augen. »Genau wie ich.« Er strich ihr das zerzauste Haar aus der Stirn. »Jetzt ist plötzlich alles anders, Liebste. Du könntest tatsächlich eine unabhängige Frau sein, jetzt, da Händel ...«

Sie legte ihm einen Finger an die Lippen. »Hast du etwa vor, mir das Komponieren zu verbieten, wenn wir verheiratet sind?«

Sebastian drückte einen Kuß auf ihre Stirn. »Wenn Händel sich scheut, der Welt dein außergewöhnliches Talent vorzuenthalten, wie dürfte ich das wagen?«

»Nun, dann bin ich eben eine unabhängige Frau, die mit einem unabhängigen Mann verheiratet ist. Damit kann ich zufrieden sein.«

Er preßte seinen sehnigen Körper an sie. »Mehr als zufrieden, wie ich hoffe.«

Sie lachte beglückt, und sein Mund senkte sich über ihre Lippen. »Mehr als zufrieden. Sehr viel mehr als zufrieden«, gurrte sie und schlang die Arme um seinen Nacken und erwiderte seinen Kuß mit der Leidenschaft, der Liebe und dem ganzen Stolz einer unabhängigen Frau.

Und Händels Schreiben flatterte zu Boden.

Epilog

Sebastian verharrte auf der Schwelle zum Musikzimmer und lauschte den Klängen des Cembalos. Seine Gemahlin saß mit dem Rücken zu ihm vor dem Instrument, wiegte Kopf und Oberkörper im Takt der Melodie, die unter ihren kunstfertigen Fingern dahinperlte. Immer wieder versetzte ihn ihre Musikbegabung in Erstaunen, deren Genuß ihm jederzeit zuteil wurde.

Die Heirat mit Cordelia hatte gravierende Veränderungen in Sebastians Leben mit sich gebracht. Zunächst galt es, seinen Aufenthalt in Indien zu verkürzen, da Cordelias Verbindungen zu Richard und Händel einen langen Auslandsaufenthalt für sie schwierig gestalteten. Doch Sebastians Strategie hatte sich als erfolgreich erwiesen. Das Ehepaar hatte ein Jahr in Indien verbracht, ausreichend Zeit für Sebastian, einen tüchtigen Nachfolger in die Führung der Geschäfte einzuweisen. Als das Paar endgültig wieder nach London zurückkehrte, stand Sebastians Unternehmen auf solidem Fundament; auch Richards Verlag florierte wieder.

Sebastian ließ den Blick durch das elegant eingerichtete Musikzimmer schweifen. Cordelias Reich, in das sie sich zum Komponieren zurückzog. Er kam sich beinahe wie ein Eindringling vor.

Doch heute war seine Anwesenheit gewiß willkommen, da ihn eine Geschäftsreise nach Paris drei lange Wochen von zu Hause ferngehalten hatte.

Er scheute sich, sie in ihrem versunkenen Spiel zu stören, und während er ihr andächtig lauschte, steigerten sich Tempo und Ausdruck ihres virtuosen Vortrags, die Akkorde drängten kraftvoll voran, schwollen zur mächtigen Klangpracht an. Cordelia rutschte die Haube vom Kopf und gab ihr goldschimmerndes, zum lokkeren Knoten gewundenes Haar frei. Es waren beinahe zwei Jahre seit der prunkvollen Trauung des Paars in der St.-Pauls-Kathedrale vergangen, und Sebastian löste mit gleichbleibender Andacht nachts in der Stille des ehelichen Schlafgemachs die Nadeln aus ihrer Haarfülle, und er wurde nicht müde zuzusehen, wie ihre Augen sich im Verlangen nach ihm verdunkelten und ihr warmer Rosenmund sich unter seinen Lippen öffnete.

Plötzlich zerschmetterten schrille Dissonanzen den Wohlklang der Musik und rissen Sebastian aus seinen träumerischen Gedanken. Er furchte die Stirn. Und dann ertönte jauchzendes Kinderlachen vom Cembalo her, und ein kastanienbraunes Lockenköpfchen tauchte an Cordelias Schulter auf.

Beim Anblick der kleinen Elizabeth erhellte ein stolzes Vaterlächeln Sebastians Züge. Wieder jauchzte das Kind, und das Instrument wurde mit weiteren mißtönenden Dissonanzen malträtiert.

Cordelia drückte ihre Tochter lachend an sich. »Du hast einfach keine Geduld, dir das Stück bis zu Ende anzuhören, mein Schatz, wie?« Sie strich über die widerspenstigen Kinderlocken. »Hoffentlich schlägst du deinem Großvater nicht nach. Ein unmusikalischer Mensch in der Familie genügt. Zugegeben, die Musikalität deines Vaters läßt auch zu wünschen übrig. Vielleicht muß ich mich damit abfinden, mein Goldschatz.«

»Laß dir von deiner Mutter keinen Unsinn einreden«, ließ Sebastian sich hören, der den Salon durchmaß. »Vom großen Talent deiner Mutter fällt noch reichlich für dich ab.«

Cordelia fuhr auf der Musikbank herum. »Sebastian!« rief sie strahlend. »Ich habe dich erst morgen erwartet!«

Elizabeth streckte dem Papa jauchzend ihre dicken Ärmchen entgegen.

Er legte die mitgebrachte Mappe aufs Cembalo, nahm das lachende Kind hoch und wirbelte es im Kreis herum, bis es vor Vergnügen quietschte. »Und wie geht es meiner kleinen Prinzessin? Wie ich sehe, gibt Mama dir bereits Musikunterricht.«

Elizabeth brabbelte glucksend, dann steckte sie den Daumen in den Mund.

»Heute ist der erste Tag, an dem ich sie ein paar Stunden für mich habe, seit Vater und Honorine zu Besuch sind.«

Sebastian dachte schmunzelnd an die Veränderung, die in Cordelias Vater vorgegangen war, seit er ihn kennengelernt hatte. Er hatte seinen Schwiegervater keinen Tropfen Alkohol anrühren gesehen, seit jenem Tag, an dem Cordelia damit gedroht hatte, die Reise nach London ohne ihn fortzusetzen.

»Und nun zeige ich dir, was Vater unserer Prinzessin beigebracht hat«, rief Cordelia begeistert, deren Wangen sich rosig gefärbt hatten. »Gib sie mir und geh ein paar Schritte zurück.« Sie streckte die Hände nach dem Kind aus. »Komm, mein kleiner Liebling, wir zeigen Papa, was du schon alles kannst.«

Sebastian entfernte sich ein paar Schritte und machte ein gespanntes Gesicht. Cordelia stellte Elizabeth auf die Patschfüßchen.

»Geh zu Papa«, ermunterte sie die Kleine. »Geh, mein Schatz. Zeig Papa, was du kannst.«

Elizabeth stand wackelig auf ihren dicken Beinchen und wagte einen zaghaften Schritt, knickte ein wenig ein und machte einen zweiten wackeligen Schritt. Dann verlor sie das Gleichgewicht und plumpste auf ihr Hinterteil.

Sebastian nahm sie lachend hoch und wiegte sie stolz in den Armen. »Papas kluges Mädchen«, schmunzelte er stolz. Seine Augen suchten Cordelias Blick. »Ich bin stolz auf meine beiden klugen Mädchen.«

Er setzte Elizabeth ab und sah ihr mit leuchtenden Augen zu, wie sie flink auf allen vieren loskrabbelte. Dann wandte er sich wieder an Cordelia. »Apropos kluges Mädchen. Ich habe dir etwas mitgebracht.«

Cordelia bedachte ihn mit einem gespielt vorwurfsvollen Blick. »Etwas aus Paris? Aber Sebastian, du mußt mir nicht von jeder Reise kostbaren Schmuck oder ein teures Kleid mitbringen. Ich freue mich auch ohne Geschenk, dich wieder bei mir zu haben.«

»Ich habe dir nichts aus Paris mitgebracht.« Er nahm die Mappe vom Cembalo und zog ein gebundenes Heft heraus. Auf dem Deckblatt stand ›Verlagshaus Kent‹ in gedruckten Goldlettern. »Ich bat Richard, es bei meiner Rückkehr fertig zu haben.«

Er reichte ihr das großformatige Heft und beobachtete vergnügt, wie sie den Titel und ihren Namen darunter las, in großen schwarzen Buchstaben gedruckt. Cordelias Mienenspiel wandelte sich von Staunen in Entzücken.

»Das ist deine erste Veröffentlichung, Liebste«, sagte Sebastian mit belegter Stimme. »Das erste von vielen Musikstücken, die unter deinem Namen veröffentlicht werden. Es hat sich alles ein wenig verzögert, durch unseren Indienaufenthalt und Richards Bemühungen, den Verlag wieder in Schwung zu bringen.«

Cordelia legte das Heft bedächtig auf das Cembalo, ehe sie in seine Arme flog, Tränen verschleierten ihr den Blick. »Wie wunderbar!« flüsterte sie gerührt. »Ein schöneres Geschenk hättest du mir nicht machen können, Sebastian.«

»Eigentlich hatte ich ja nicht viel damit zu tun ...«, protestierte er lachend, während sie sein Gesicht mit Küssen bedeckte.

»Aber natürlich hast du.« Sie sah ihm tief in die Augen. »Ohne dich würde ich immer noch in Belham versauern und von einem Leben als Komponistin träumen.

Ohne dich hätte ich Maestro Händel nie kennengelernt und …«

»Und ohne dich hätte mein Bruder seinen Verlag verloren, und ich hätte mich in einer Ehe mit der falschen Frau zu Tode gelangweilt. Also sind wir quitt, Liebste.« Er sah sie zärtlich an. »Ich danke Gott jeden Tag für die glückliche Fügung, die mich zu dir gesandt hat …«

Er zog sie enger an sich, schob die Hüften vor und preßte seine Lenden an sie, um ihr zu beweisen, wie sehr sie ihm gefehlt hatte. Cordelia warf einen flüchtigen Blick zu Elizabeth hinüber, die eifrig darum bemüht war, die Notenblätter ihrer Mutter auf dem Parkett zu verstreuen.

Dann schmiegte sie sich zärtlich an den Geliebten und bot ihm ihre Lippen. Sebastian küßte ihren Rosenmund in tiefer Dankbarkeit. Und ihre Herzen schlugen gemeinsam den Takt zur berauschend süßen Melodie ihrer Liebe.